Marie-Luise Scherer
DER AKKORDEONSPIELER

DIE ANDERE BIBLIOTHEK
Herausgegeben
von Hans Magnus Enzensberger

Marie-Luise Scherer

DER AKKORDEON-SPIELER

Wahre Geschichten aus vier Jahrzehnten

Eichborn Verlag
Frankfurt am Main 2004

Ich danke dem SPIEGEL
für die guten Arbeitsbedingungen,
die er mir eingeräumt hat.
Marie-Luise Scherer

ISBN 3-8218-4541-4
Copyright © Eichborn AG
Frankfurt am Main 2004

Inhalt

Der Akkordeonspieler
Seite 7 bis 139

Die Hundegrenze
Seite 141 bis 196

Brot
Seite 197 bis 200

Kleine Schreie des Wiedersehens
Seite 201 bis 214

Die Bestie von Paris
Seite 215 bis 280

Dinge über Monsieur Proust
Seite 281 bis 308

Der letzte Surrealist
Seite 309 bis 335

Der unheimliche Ort Berlin
Seite 337 bis 382

Der RAF-Anwalt Otto Schily
Seite 383 bis 396

Die falsche Nummer
Seite 397 bis 398

Die Herbstwanderung
Seite 399 bis 403

Der Akkordeon-
spieler

Vladimir Alexandrowitsch Kolenko aus der kaukasischen Stadt Essentuki im Stawropoler Gebiet war geblendet von der Sauberkeit des Berliner Flughafens und dessen Toiletten. Ja, er war regelrecht erschüttert nach dem Schmutz und der Kälte Moskaus, wo er einen Monat in der Warteschlange der Deutschen Botschaft hatte zubringen müssen. Es war im Dezember. Über das ganze davorliegende Jahr hatte er die Einladung einer Frau Gertrud aus Potsdam am Leib getragen. Und dann, als die Reihe an ihn kam, er den Brief in den Schalter der Botschaft reichte, war das Papier schon so dünn und die Schrift so verwischt, daß man einen Fachmann zum Entziffern rufen mußte.

Der Akkordeonspieler Kolenko war verheiratet mit Galina Alexandrowna, einer Jakutin, mit der er drei Söhne hatte. Vor seinem Aufbruch nach Berlin wirkte er in den musikalischen Kollektiven von Sanatorien mit, begleitete und leitete die hauseigenen Chöre. Er hetzte von Heilbad zu Heilbad, von Essentuki nach Kislowodsk und Pjatigorsk, von der Kuranstalt *Rußland* für die Veteranen der Arbeit und des Großen Vaterländischen Krieges zur Kuranstalt *50 Jahre Oktoberrevolution* für die Atomtschiki; er spielte in den Kuranstalten der

Chemiker, der Miliz, des Militärs, der Kolchosenmitglieder des Stawropoler Gebiets, des ZK der Ukraine und des Ministeriums für Innere Angelegenheiten.

Allen voran aber fühlte er sich dem Sanatorium *Kasachstan* verbunden, einem Haus, das sich dem hohen Harnsäurespiegel kasachischer Moslems verschrieben hatte, einer Folge übermäßigen Pferdefleischgenusses. Seine Verbundenheit galt weniger dem kasachischen Publikum, dessen Männer bestickte Hinterkopfkappen aus Seide trugen, als vielmehr einem mit roter Perlmuttimitation verkleideten Akkordeon der Marke »Barkola«. Es war Eigentum der Republik Kasachstan und von allen Akkordeons, auf denen Kolenko Kurmusik machte, ihm das liebste.

Sogar in der entlegenen südrussischen Stadt Essentuki bemühte man sich damals, auf berufsfremden Wegen an Geld zu kommen. Das Ende der Sowjetunion war herangerückt und die Preise freigegeben, das heißt, sie stiegen unaufhaltsam. Und Kolenko mit seinen 140 Rubel im Monat zählte sich und die Seinen den Armen zu. Er war auch sicher, daß seine musikalische Begleitertätigkeit sich bald erübrigen würde. Denn die Chöre fingen an, kläglich zu werden. Es fanden sich kaum noch Sängerinnen, selbst unter den machtvoll summenden Küchenfrauen nicht. Das unbezahlte Singen war jetzt verlorene Zeit.

Die Einladung der Frau Gertrud aus Potsdam kostete Kolenko 300 Rubel. Sie kam über die Geschäftstüchtigkeit dreier Schwestern zustande. Zwei gehörten dem Heilpersonal des Sanatoriums *50 Jahre Oktoberrevolution* an und sangen dort im Chor. Wenn auch mit jenem erlahmenden Schwung, den man bei solchen gesellschaftlichen Einsätzen nun allgemein antraf.

Beide waren ansehnlich und von Trinkern geschieden. Dem in Rußland herrschenden Frauenüberschuß begegneten sie mit der unverhohlenen Darbietung ihrer Reize. Sie trugen dienstlich keine Haube, sondern das Haar getürmt und den Kittel im oberen Drittel ungeknöpft.

Aus einer lebensvollen Unruhe heraus hatten die zwei Schwestern sich zu einer Reise nach Deutschland entschlossen, wo die dritte Schwester lebte, Offiziersfrau in der russischen Garnison Potsdam. Reisebeschützer sollte ihr Chorleiter Vladimir Alexandrowitsch sein, ein Mann von asketischer Attraktivität, Mitte Vierzig, zudem von der in Rußland raren Sorte, die nur dann Wodka trinkt, wenn die Höflichkeit es unumgänglich macht.

Die Schwestern lobten Deutschland, das sie selber gar nicht kannten, die Freigebigkeit seiner Menschen, den stabilen Klang ihrer Münzen, die nur so auf Kolenko regnen würden, wenn er spielte. Sie saßen im Geiste schon im Zug und fuhren die viertausend Kilometer von Essentuki über Moskau nach Berlin. Natürlich würden sie singen, das Akkordeon gäbe die Lieder vor, und die Abteiltür bliebe offen, weil im Waggon es alle wünschten.

Die Einladung aus Potsdam erreichte Kolenko in Essentuki über jenes komplizierte Kuriersystem, mit dem man die zeitvergessene russische Post unterlief. Zuvor aber hatte Frau Gertrud, die unweit des sowjetischen Villenghettos zwischen Cäcilienhof und Pfingstberg Servierin in einem Kaffeegarten war, für die Sache gewonnen werden müssen.

Sie hatte die Willkommenszeilen zu schreiben. Dann mußten Kolenkos persönliche Daten auf ihrer Meldestelle beglaubigt werden. Und bis sie schließlich das Dokument in Händen hielt, das ihr im Krankheitsfalle des fremden Gastes alle Kosten auferlegte, hatte sie, die mit der russischen Bittstellerin kaum mehr verband als eine Grußbekanntschaft über die Tische hinweg, drei Stunden mit Warten zugebracht. Die Offiziersfrau adressierte das Kuvert in kyrillischen Buchstaben und fuhr damit zum Bahnhof Berlin-Lichtenberg, wo der Nachtzug nach Moskau stand. Sie ging die Reihe der vor den Schlafwagen postierten Schaffner ab und steckte dem ihr vertrauenswürdigsten zwanzig Mark und den Brief zu.

In der Frühe des übernächsten Tages dann, auf dem Belorussischen Bahnhof in Moskau, übernahm ein Vetter Kolenkos den Brief. Er hatte ihn gegen Abend zum Bahnhof Kurski zu bringen, einem atmosphärisch ziemlich rauhen Ort, wo die Züge in Richtung Kaukasus abfahren und an den es so gut wie nie einen Reisenden aus dem Westen verschlägt. Hier konnten Gefälligkeiten noch in Landeswährung abgegolten werden: Fünf Rubel kostete damals das Entgegennehmen des Briefes und sein Aushändigen sechsunddreißig Stunden später noch einmal die gleiche Summe.

Was den Vermittlungspreis von dreihundert Rubel betraf, so könnte ihn die Enttäuschung der Schwestern in diese Höhe getrieben haben, denn die gemeinsame Reise kam nie zustande. Die Einflüsterungen der beiden hatten sich für Kolenko aus einer Verlockung zu etwas Bedrohlichem verkehrt. Er sah sich mit den tatendurstigen Sängerinnen über Tage und Nächte in der überheizten Enge des Coupés, unterwegs zu einer dritten Schwester, hinter der wiederum Frau Gertrud stünde, die ihm, einem ihr gänzlich Unbekannten, ein Bett bereitet hätte. Und zurückbleibend in Essentuki seine schöne Frau Galina Alexandrowna, die ihren Argwohn verbergen müßte. Dies alles nur im Hinblick auf das zukünftige Geld, das Vladimir Alexandrowitsch in Deutschland zu erspielen hoffte.

Im Herbst 1990 fuhr Kolenko von Essentuki nach Moskau, um für das Sanatorium *50 Jahre Oktoberrevolution* ein neues Akkordeon zu kaufen. Zuerst wandte er sich an die für die Atomtschiki zuständige Verwaltung, wo man ihm 13 000 Rubel für das Instrument aushändigte. Dann suchte er die Akkordeonfabrik »Jupiter« auf. Und gerade als er ihren Hof überquerte, wollte es der Zufall, daß jemand zum Entladen eines Lieferwagens fehlte und Kolenko einsprang. Es handelte sich um eine Fuhre Puppen vom Typ »Sonja«, jede mit blauen Haaren und in starrem Cocktailkleid hinter dem Cellophanfenster eines Kartons. Kolenko kaufte dreißig Stück davon, nahm sie aus Platzgründen aus ihren Gehäusen und trat mit immensem Gepäck gegen Abend die Heimreise an.

Galina Alexandrowna war von den Puppen angetan. Sie hatte beschlossen, sich im Handel zu versuchen, was inzwischen ja halb Rußland tat. Als Kassiererin der Stadtkantine von Essentuki verdiente sie achtzig Rubel. Und die zählten bald weniger als die Krauteintöpfe, von denen sie manchen Kellenschlag in eine Plastiktüte gleiten ließ und nach Hause brachte.

Sie borgte sich Geld, um Ware zu kaufen. Die Puppen sollten der Blickfang ihres ansonsten unauffälligen Sortimentes sein, alle möglichen Werkzeuge, insbesondere Stromindikatoren, Feilen und Scheren. Alles mußte in Taschen passen und ohne hilfeheischende Mühe von ihr getragen werden können. Eine Schönheit wie sie durfte keine zusätzlichen Anlässe schaffen, sich ihr zu nähern.

Galina Alexandrowna fuhr in die türkische Stadt Trabzon am Schwarzen Meer, wo die neue russische Händlerschaft schon in Heerscharen auftrat, wenn auch im Schatten der Handelstalente aus Armenien. Ihre Mitreisenden schienen das gleiche Ziel zu haben. Alle hatten Unmengen massiger Behältnisse in die Waggontüren hinaufgereicht, auch die Zusteigenden auf den späteren Bahnhöfen. Beim Einfahren erkannte Galina Alexandrowna auch die Wartenden als ihresgleichen, da jeder in einem Wall aus Taschen stand.

Der kürzeste Weg war zugleich ein Umweg, weil die mächtigsten Bergketten des Großen Kaukasus umfahren werden mußten. Statt südlich durch Tscherkessien und Abchasien an das Schwarze Meer zu gelangen, mußte man zuerst westlich durch Krasnodarsker Gebiet, wo die Berge flacher wurden. Galina Alexandrowna hatte sich bald in die Obhut eines Ehepaares begeben, das auch mit Stromindikatoren sein Glück zu machen hoffte. Der Mann sprach etwas Türkisch und war mit der Statur eines Leibwächters gesegnet. Er mußte sich nur von seinem Platz erheben, und jede Unstimmigkeit im Abteil verflog.

Sie fuhren über die Seebäder Sotschi und Suchumi, entfernten sich dann aber vom Wasser, um tief im georgischen Osten Tiflis zu erreichen, die Endstation des Zuges. Jetzt mußte man wieder entgegengesetzt, also westwärts fahren. Es war ein ständiges Hakenschlagen, und jedesmal stiegen sie um, wobei das Händlergepäck in endlosen Kaskaden aus den Zugfenstern und Türen hinabgelassen wurde, als habe es sich unterwegs vermehrt.

Schließlich mußte Galina Alexandrowna mit dem Ehepaar und fünf weiteren Russen, die sich ihnen zugesellt hatten, in einem Lasttaxi noch den Kleinen Kaukasus überqueren, in einem Fußmarsch die türkische Grenze passieren, dann die Reise in einem Bus fortsetzen, bis nach dreißig Stunden Beschwerlichkeit das Händlergewimmel von Trabzon sie endlich aufnahm.

Vladimir Kolenko war mit der »Barkola«, dem von ihm überaus geschätzten Akkordeon des Kurhauses *Kasachstan,* in Berlin angekommen. Ludmilla Sergejewna, die im Sanatorium mit den Bunten Abenden befaßt gewesen war, hatte ihm das Instrument leihweise überlassen. Da keiner im Fundus danach suchen würde, weil es keinen mehr gab, der darauf spielte, blieb ihre eigenmächtige Handlung ohne Risiko. Denn auch über die kurenden Kasachen und das von ihrer Heimatrepublik bestellte Haus war der Mangel hereingebrochen. Zahlungen von Löhnen und Betriebskosten standen aus, und nur die diätetisch gebotene Buchweizengrütze blieb weiterhin reichlich bemessen.

Kolenko trug das Akkordeon in einer Stoffhülle wie einen Rucksack auf dem Rücken, während er im Akkordeonkoffer drei Flaschen Wodka und sowjetische Jubiläumsmünzen transportierte. Der Wodka sollte seine Gegengabe für Gefälligkeiten sein, und die Münzen gedachte er an Sammler zu verkaufen. Sein Gepäck hatte irreführende Konturen, da er mit zwei Instrumenten beladen schien. Genauso hätte auch in keinem der Behältnisse ein Instrument stecken müssen.

So sah er sich bald polizeilich aufgefordert, den Koffer zu öffnen, was ihm durch nervösen Übereifer aber mißlang. Er hantierte vergeblich an den Schlössern, und da mit jeder Sekunde seines Hantierens seine Verdächtigkeit wuchs, bat er den Polizisten um ein Messer. Es endete aber alles gut, und Kolenko, der den Koffer unversehrt in die Durchleuchtungsröhre hatte schieben dürfen, nahm den gnädigen Polizisten für ein Omen des Willkommens.

Er tauschte zehn Dollar ein. Das Geld stammte aus dem Erlös seiner Frau als wagemutiger Händlerin. In seiner Vorstellung mußte ihre Reise voller kränkender Momente gewesen sein, dazu brauchte er nur die beredten Männer des kaukasischen Südens vor sich Revue passieren lassen. Galina Alexandrowna hatte alle Schulden tilgen können, hatte den Schwestern die Vermittlungssumme gezahlt und ihm den Fortgang nach Berlin.

Anfangs ängstigte ihn der Gedanke, einzutauchen in das unbekannte Berlin, so daß er den Flughafen kaum zu verlassen wagte. Er fürchtete, sich zu verirren. Jeder falsche Schritt hätte eine unwägbare Ausgabe bedeutet, etwas von dem Geld kosten können, das ihm heilig war und das er nur vermehren wollte. Zur Einübung in die Fremde setzte er sich in die S-Bahn und fuhr, einer Eingebung folgend, zwölf Stationen. Er befand sich nun an der Jannowitzbrücke. Und für einen Ort, den er nach einem inneren Lotteriesystem sich selber zugewiesen hatte, war es ein Treffer, der ihm nach fünf Stunden Spiel schon siebzig Mark einbringen sollte.

Am Abend fand sich Kolenko wieder in der Wartehalle des Flughafens ein, wo er sich gegen Mitternacht, das Akkordeon unter dem Kopf, ausstreckte und bis sieben Uhr schlief. Danach ließ ihn die Morgentoilette das unbequeme Nachtlager vergessen. Sie war ein Ereignis unter vollstrahligen Wasserhähnen, die unerschöpflich flossen in allen gewünschten Temperaturnuancen, so daß er neben der körperlichen auch eine technische Erquickung empfand.

So verfuhr er auch am nächsten und übernächsten Tag, unbehelligt von den Ordnungskräften, da er ein Rückflugticket vorweisen konnte. Erst nach dem vierten Tag blieb er abends in der Stadt. Er hatte unweit der Jannowitzbrücke einen Platz im Vierbettzimmer einer Pension gefunden. Die dreißig Mark vergällten ihm jedoch den minimalen Schlafkomfort, denn er stellte sich das Geld in einer Rubelsumme vor. Und die übertraf den Monatslohn von Galina Alexandrowna, seiner Frau, die den Unterhalt der Familie in Essentuki bestritt. Dieses Umrechnen sollte ihn fortan begleiten. Es stellte sich selbst bei geringsten Einkäufen ein. Schon ein Brötchen löste den Reflex in ihm aus, den Groschenpreis in seine Heimatwährung umzudenken.

In diesem Sinne gestand er sich nur drei Nächte zu in der Pension. Er hatte sich, wenn er spielte, ein Pappschild »Suche Wohnung für zehn Tage« zu Füßen gelegt, was ihm das Schlafangebot eines kleinen Mannes namens Lutz einbrachte. Und da jener einen Pudel an der Leine führte, hielt Kolenko ihn für einen Anwohner der Jannowitzbrücke beim abendlichen Hundeausgang.

Sie trafen eine Verabredung für neun Uhr, die Zeit, zu der Kolenko mit dem Versiegen der Menschenmenge gewöhnlich auch zu spielen aufhörte. Er war guter Dinge. Einmal, weil Lutz, wie der kleine Mann umstandslos von ihm genannt sein wollte, nur zehn Mark für das Bett verlangte. Und, weil er dessen Wohnung in der Nähe wähnte, den täglichen Hin- und Rückweg vor Augen mit zwanzig Kilo Musikgepäck.

Statt dessen ging es mit der S-Bahn neun Stationen bis nach Kaulsdorf, danach in einem Fußmarsch noch einen Kilometer durch die Finsternis, wie sie Kolenko nur aus Essentuki kannte, wenn der Bahnhof hinter einem lag. Und als er endlich die Tür des ihm zugeteilten Zimmers hinter sich geschlossen hatte, stellten sich Bilder aus seiner dörflichen Kindheit ein, denn unter dem Bett blinkte ein Nachttopf.

Immerhin verbrachte Kolenko zwanzig Nächte bei diesem Lutz, obwohl es, vor allem geographisch, keine günstige Fügung war und er bereits nach wenigen Tagen das Pappschild wieder vor sich liegen hatte. Die Februarkälte hatte ihn von der Jannowitzbrücke vertrieben, und er spielte in einem Fußgängertunnel am Alexanderplatz. Der Tunnel führte von der Karl-Liebknecht- zur Memhardstraße, in der Margot Machate wohnte, eine im Unglück bewanderte, rauh erscheinende Frau Ende Sechzig, die gegen die Lustlosigkeit und das Grübeln sich hin und wieder selbst einen aktiven Tag verordnete. Und solch einen Tag wollte sie gerade meistern, als sie den unterirdischen Akkordeonklängen entgegenging.

Kaum hatte die Musik sie in den Tunnel hineingezogen, verwandelte sich ihr therapeutischer Tatendrang in einen Zustand der Beflügelung. Sie traf auf einen entrückten Mann und sagte: »Prima, wie du spielst.« Tatsächlich spielte Kolenko ohne jede mimische Ermunterung, die seinem Fach ja gewöhnlich das Publikum schafft. Er lächelte ohne Blickkontakt, auch wenn eine Münze fiel. Frau Machate erfaßte gleich, als sie das Pappschild las, den Grund für dieses abgekehrte Musizieren. So wollte er vermeiden, daß man seine Kunst verquickte mit seiner bettlerhaften Wohnungssuche.

Margot Machates Entschluß, den Russen aufzunehmen, resultierte aus familiärer Verdrossenheit. Ohne die Gabe, ihrem zurückliegenden Leben auch nur geringste Vorzüge einzuräumen, einen gnädigen Schimmer über die Jahre zu legen, begriff sie sich als Tochter eines Triebtäters, bei der sich das Schicksal der Mutter wiederholen sollte, zudem mit einem Mann, der trank. Dabei galten ihr seine Rauschzustände als das kleinere Übel, weil sie ihn dann überlisten konnte und eingeknöpft in einem Bettbezug seiner Begattung entging. Auch nach der Scheidung wurde sie nicht froh. Vier große Söhne, schon bei den Geburten zwölfpfündige, sie zerreißende Riesen, wetteiferten in desolaten Existenzen. Und ihr fehlt jene trostreiche Verblendung, die Müttern zu Gebote steht. Zwar spricht sie, während einer sonntäglichen Kaffeestunde etwa, deren Stimmung sie erhalten will, von ihren Strolchen, von ihren Faxen, die sie manchmal dicke hatte, um bald darauf die Korrektur zu setzen: »Ohne Kinder hätte ich wie ein Mensch gelebt.«

Natürlich genoß Margot Machate ihre Güte und die feierliche Dankbarkeit des Russen. Abends kippte er seine Einnahmen über der Mitte ihres Tisches aus, und sie half, das Geld in kleine Haufen zu sortieren. Danach stapelten sie die Groschen, Fünfziger und Markstücke und zählten jeweils fünfzig Münzen ab, um sie zu strammen Kolonnen in Rollpapier zu wickeln. Diese banküblichen Rollen waren Frau Machates Idee. Sie zahlte sie bei ihrer Sparkasse ein und brachte deren Gegenwert in Scheinen zurück.

All diese Prozeduren ersparten Kolenko nun die Bittgänge zu den Kiosken und kleinen Läden, wo er bisher sein Kleingeld lassen durfte. Wobei nur die wenigsten und diese auch nur ausnahmsweise ihm gewährten, den prallen Stoffsack in ihrem Wechselteller auszuleeren und, als Taktmaß für sein Zählen, auch noch Türmchen zu errichten.

Kolenko schlief auf einer Campingliege in Frau Machates sieben Quadratmeter großer Küche, welche sich unmittelbar der Wohnstube anschloß, in der ihr zur Nacht umzurüstendes Ecksofa stand. Beide Schlafstätten trennte eine lamellendünne, schon durch ein lautes Wort zu erschütternde Schiebetür. Frau Machate hörte den Russen, wenn er die Seiten seines Wörterbuches blätterte, während er, geübt im russischen Zusammenrücken, für sich das Glück weiträumiger Verhältnisse genoß.

Das Hochhaus mit seinen Einraumwohnungen und vorrangig weiblicher Mieterschaft war ein Relikt der späten DDR. Und diesem Umstand wurden die baulichen Mängel angelastet, wobei manche von ihnen, die Blasen werfenden Tapeten auf der Wetterseite etwa, gemeinschaftsstiftend waren. Das Ärgernis schuf Einigkeit. Nichts als Konflikte schürte hingegen das nicht isolierte Rohrsystem. Einmal gab es die Benutzer in ihren Gewohnheiten preis, profilierte sie über das Rauschen, Gurgeln und Tröpfeln, über den strammen Guß oder ein zögerliches Fließen. Dann verriet es davon abweichende, zusätzliche Geräusche, die auf Besuch, eine Liebschaft oder einen unerwünschten Untermieter schließen ließen, auf einen Schlafburschen also in Frau Machates überkommener Diktion. Und nun mischte sich unter die vielgestaltigen Wassergeräusche des Hauses noch Kolenkos Variante, der sich ein Bad einließ, das nur seine ausgestreckten Beine bedeckte, um dann mit den Händen Wasser gegen die Brust zu schlagen.

Das tat er aus Sparsamkeit, aber mehr noch aus einer alten Gehetztheit heraus, herrührend aus Kommunalka-Zeiten, als er mit vier Parteien eine Wohnung teilte und die Muße eines Wannenbades den Egoisten vorbehalten war. Hier aber, in einem Hochhaus voller autonomer Einzelwesen mit eigenen Zählern, Herden, Wannen und Toiletten, waren Kolenkos rücksichtsvolle Waschungen nichts als irritierend. Kaum, daß die Hausverwalterin den Fuß ins fünfte Stockwerk setzte, dachte Frau Machate, der Kontrollgang gelte nur dem Plätschern ihres Russen.

Mittwochs gegen 6 Uhr 30 steht Kolenko auf dem Zwischendeck des U-Bahnhofes Kleiststraße für eine Musikgenehmigung an. Die Mehrzahl der Wartenden bilden die Gitarristen. Ihnen folgen die Akkordeonisten und Geiger und diesen wiederum die Xylophon- und Keyboardspieler. Die absolute Minderheit teilt sich eine Harfenistin mit einem Vertreter fernöstlicher Streichmusik, in dessen Futteral ein Brett mit einer einzigen aufgespannten Saite steckt. Nicht erlaubte Instrumente sind Trompeten, Hörner sowie Klangverstärker.

Die vorherrschende Sprache ist Russisch. Und unter jenen, die sie sprechen, sind es die Harfenistin und die Geiger, denen man anzusehen glaubt, daß sie nicht für die hallenden Gänge der Berliner Verkehrsbetriebe ihr Fach studiert hatten. Die frühe Stunde, vielmehr die jedem abverlangte kurze Nacht, verbindet die Wartenden, den Asiaten ausgenommen, in einer klammen Munterkeit. Dazu fördert die Kälte den Gemeinschaftsgeist. Sie ist das eigentliche Übel dieses Aufenthalts. Sie nötigt jeden, sie irgendwie zu kommentieren, so wie ein Schlauchguß jedem abverlangt, sich schreiend oder wimmernd mitzuteilen.

Fast alle stampfen, als tanzten sie, und behauchen ihre Fingerspitzen. Und manche schlagen die gekreuzten Arme auf den Rücken, wobei sie einen scharfen

Atemstoß entlassen. Selbst die Harfenistin löst sich aus ihrer Petersburger Adelsattitüde und gerät ins Hüpfen. Da ihr brettgerader, bodenlanger Fohlenmantel die Füße schluckt und ihr kleiner Kopf unter einem Mützenwulst verschwindet, bietet sie den Anblick einer Schachfigur auf einer Sprungfeder.

Um fünf vor sieben strebt U-Bahner Hofer dann flott und schlafgesättigt seinem Schalter zu. Und Sekunden später dringt Licht durch die Ritzen der Eisenjalousie, und man hört Hofer drinnen noch kleine Wege machen. Im letzten Bruchteil seiner Zeitreserve rückt er sich den Stuhl zurecht, und sogleich zeigt sich seine gediegene Miene in der Neonhelligkeit des Schalters.

Seine Wirkungsstätte ist über und über mit Postkarten, Widmungen und scherzhaften Botschaften besteckt, dazwischen auf Nadeln gespießte Inflationsdevisen, pelzige Papiergeldläppchen der Ukraine oder Belorußlands, die selbst ein Hohn im Bettelhut des Allerärmsten wären. Hier zeugen sie nun von ihrer Verzichtbarkeit, wie es an wunderwirkenden Orten die Krankenstöcke der Geheilten tun.

Um 7 Uhr 30 findet die Verlosung der Spielbahnhöfe statt. Als solche ausgewiesen sind vierundfünfzig der hundertsechsundsechzig U-Bahnhöfe Berlins, von denen wiederum nur vier als besonders lohnend gelten, angeführt vom U-Bahnhof Stadtmitte.

An diesem Mittwoch haben sich vierundvierzig Musiker in Hofers Namensliste eingetragen, und nach der Reihenfolge ihres Eintreffens war Kolenko der fünfte. Hofer zählt pro Anwärter ein Los in den Kübel. Jedes steckt in einem Überraschungsei aus gelbem Plastik.

Kolenko greift, seinem Listenplatz entsprechend, als fünfter in den Kübel und zieht Los Nummer 7, was weder ein Mißgriff noch ein Glücksgriff ist. Also wird er der siebte sein, der unter den Bahnhöfen wählen darf, und natürlich sind die excellenten vier dann längst nicht mehr im Spiel. Zwei Stunden vergehen, bis dieses Regelgespinst sich langsam entwirrt, dieses von Hofer ausgetüftelte Verfahren, das den sauberen Zufall garantieren soll und sich jeden Mittwoch wiederholt.

Um 9 Uhr endlich hält Kolenko seinen gelben Schein in Händen, seine Musikgenehmigung, die ihn als solistisch auftretenden Akkordeonspieler ausweist. Auch die Wochentage mit dem jeweils erwählten Bahnhof sind aufgeführt. Für jeden Tag war eine Verwaltungsgebühr von 12 Mark 50 zu entrichten, einschließlich der Hin- und Rückfahrt vom Wohnort zur Musikstation. Das Dokument zählt die Behinderungen auf, die der Musizierende zu vermeiden hat. So dürfen seine Darbietungen die Lautsprecherdurchsagen im Unternehmensbereich U-Bahn weder übertönen noch störend beeinflussen.

Nichts ist willkommener jetzt, als im geheizten Zug zu fahren. Kolenko verschmerzt schon im voraus die mäßigen Beträge, die ihm der Standort dieser Woche verheißt. Nur die Windstille zählt, seine vom Außenwind unerreichbare Nische im Bahnhof Kaiserin-Augusta-Straße.

Er sitzt in der U 7 Richtung Rudow, neben ihm ein Ukrainer mit Holzxylophon. Der bedauernswerte Mann steigt Yorkstraße aus, die Arktis unter den Musikstationen. Elf Eisenbrücken beschicken diesen Fangkorb mit ihren scharfen Lüften. Und nach den Minusgraden, die vor Hofers Schalter herrschten, fand sich nur der Mann aus Kiew, den der Platz nicht schreckte, da er in Handschuhen die Klöppel schlagen kann. Ebenbürtig kalt ist nur noch Eisenacher Straße, allerdings nicht zugig, mehr ein Gefrierhaus, in dem die Abwärme eines Bogenstrichs schon Dampf erzeugt.

Die Musik muß zur Tages- und Jahreszeit passen, mitunter auch zum Bahnhof und zur Gegend, die sich über ihm erstreckt. Im Bannkreis einer Einkaufsmeile, wo die Leute schon im Sog von Billigposten den Waggons entsteigen, sollten die Melodien kräftig sein. Hier wäre also keinesfalls der Ort zum Vortrag eines Jessenin-Gedichtes zur Gitarre. So wie ganz allgemein die Frühe es verbietet, mit sehr beschwingten Stücken aufzuwarten. Denn kaum dem Schlaf entrissen und mit vor Müdigkeit noch derangierten Zügen macht Frohsinn einen reizbar.

Gegen 10 Uhr sind schon Müßiggänger unterwegs, darunter stark vertreten die Seniorenschaft, deren Überschuß an freier Zeit sie gern zu selbsternannten Ordnungshütern macht. Manche sogar, darunter nicht die Allerrüstigsten, verhehlen ihr Vorfreude auf kleinere Konflikte nicht. Zum Beispiel zieht Kolenkos Nische im Unterdeck des Bahnhofs Kaiserin-Augusta-Straße Personen dieses Zuschnitts an.

Links der Nische steht ein Gabelstapler zur Belustigung von Kindern. Er geht, nach Einwurf einer Mark, die Kinder rüttelnd für zwei Minuten auf und nieder und macht, als ob er im Fabrikhof stünde, ernsthafte Arbeitsgeräusche. Und rechts der Nische steht ein Automat für Wochenhoroskope. Dessen Dienste sind zwar leise, er rattert nur am Ende, wenn er das Schicksal ausspuckt für die nächsten sieben Tage. Doch dafür hat er eine diffizile Kundschaft, die sich Ruhe ausbedingt, bevor sie ihre Daten eingibt und sich als Gegenwert für ein Zweimarkstück die Gewogenheit der Venus wünscht.

Kolenko hat den Akkordeonkoffer auf einen Marktroller geschnallt, obwohl er bei den vielen U-Bahn-Treppen das Gefährt fast öfter tragen muß, als er es ziehen kann. Vor seiner Nische gelangt er in den Luftstrom aus den Karstadt-Türen. Jede Schwingung bringt einen warmen Schwall. Und jeder Schwall, so glaubt er, lindert seine Ohrenschmerzen, sein Wintergebrechen, so weit er sich zurückerinnert.

Es begann ihn schon zu plagen, als er das Abenteuer in Jakutien suchte, der Heimat von Galina Alexandrowna, die damals sechzehn war und nur darauf gewartet hatte, daß er bei minus sechzig Grad plötzlich dastand im Kultursaal des Kolchosendorfes Eljdikan, ein Akkordeon auspackte und Pariser Walzer spielte, die ihm jede Überredungskunst ersparten für ihren Aufbruch in den Süden Rußlands.

Kolenko klappt das Sitzbrett an seinem Marktroller herunter, ein selbstmontiertes Patent, das ihn bei geradem Rücken und etwas vorgestreckten, leicht auswärts gestellten Beinen in Balance hält. Auf dem Instrumentenkoffer steht eine flache Plastikschüssel für das Geld. Und am Boden vor dem Koffer liegt ein beschriebenes Stück Karton: »Nehme gebrauchte Sachen für meine drei Söhne.« Diesen Wortlaut, bittstellerisch so zurückgenommen, daß er fast wie die Offerte zur Entrümpelung von Schränken klingt, hatte Frau Machate ihm diktiert.

Er beginnt mit »Lara«, der Filmmelodie aus *Doktor Schiwago*. Sie ist winterlich und russisch, zumindest sind ihr diese Eigenschaften durch die Kinobilder mitgegeben. Vor allem überbringt sie so viel Liebeswehmut, daß selbst ein Glücklicher sich diesem Mangelzustand überläßt.

Junge Mütter, die ins Kaufhaus wollen, bestimmen jetzt das Publikum. Sie feilschen mit den Kindern um das Bravsein und erfüllen ihnen schon beim Gabelstapler ihren ersten Wunsch. Und sogleich fällt in das Weihelied an die Vergeblichkeit der Liebe das maschinelle Rucken ein, so daß Kolenko nur dem letzten Ton noch eine Rundung gibt und unterbricht. Dann drückt er den Balg zusammen im Gestus des Kollegen, der die Szene für den Künstler auf dem Gabelstapler räumt.

Gewöhnlich bringt der Winter gute Spielbeträge. Je kälter die Kulisse, um so bezwingender die Musik, und um so weicher stimmt die Tapferkeit des Musizierenden. Und vornehmlich sind die Frauen diese Weichgestimmten. Oft errät man schon von weitem, wenn sie, befaßt mit ihrer Tasche, den Passantenstrom verlassen, daß sie etwas geben werden. Oder sie bleiben im Vorbeizug der Menge, werden von ihrem Gemüt aber eingeholt und gehen zur Musik zurück.

Kolenkos Standort entbehrt dagegen jeder winterlichen Härte und inspiriert die Gebefreude nicht. Es ist im Gegenteil fast eine Wärmestube, in die es Leute zieht, die zu Hause ihre Kohlen sparen. Darunter mischt sich eine gutgestellte Rentnerklientel in ihren alpinen Monturen von kühnster Farbigkeit. Sie muß den Tag bestehen ohne Pflichten und neigt zu Mißgestimmtheit, was der Leuchtkraft ihrer Kleidung widerspricht.

Man steht im Bann des Wechselspiels zwischen Gabelstapler und Akkordeon. Einer ruft *Schiwago,* als der Rüttler aufhört und das Kind absteigt. Der Russe soll noch mal von vorn anfangen. Er tut es, aber kommt nicht weit, weil schon der nächste Reiter im Begriff ist, aufzusitzen. Es folgt Protestgemurmel wie im Parlament. Man wünschte sich den Russen etwas widerständiger. Hierauf klagt ein Schlichter mehr Verständnis für den »Spaß der Knirpse« ein, dem beigepflichtet wird in einem vielfachen »genau!«. Und diese altbewährte Beistandsformel wiederum entzündet einen Vaterländischen, der gleich die Fremdarbeiterfrage stellt.

Keiner friert und keiner hat es eilig, und jeden scheint die Streitbarkeit wie Frühsport zu beleben. Dann verebbt das Disputieren bei den Klagelauten einer alten Frau. Ihr Schmerz gilt dem Verlust einer Katze. Sie habe noch versucht, sie zu beatmen, sagt sie, ohne daß sie dafür einen Adressaten hätte. Unterdessen rettet sich Kolenko in das robuste Melodienstückwerk eines Potpourris, vorneweg den Schieber »Rosamunde« setzend.

Er spielt ohne Mütze und kann daher den Klang von Silbergeld und Groschen unterscheiden. So hört er bis zum Mittag vor allem Groschen niedergehen, von den Müttern erbettelte Kinderspenden. Die Kinder wollen ständig etwas geben, so wie sie ständig füttern wollen bei ihren Zoobesuchen, und nähern sich Kolenkos Schüssel wie einer fordernd ausgestreckten Affenhand.

Kolenko lebte gut bei Frau Machate. Er gab fünfzehn Mark Kostgeld für den Tag, und sie übte sich wieder im Kochen, das sie ohne das Echo eines Tischgenossen längst vernachlässigt hatte. Mittags schob Kolenko manchmal eine kurze Heimfahrt ein und konnte sich über eine Hühnersuppe setzen und nachher auf dem Läufer vor der Schrankwand eine Stunde schlafen.

Am Abend schleppte er die Sachen an, die er seinem Schild verdankte. Einmal stand er so bepackt auf Frau Machates Schwelle, daß sie, eingedenk der kleinen Wohnung, die Hände über dem Kopf zusammenschlug und er in ein geniertes Lächeln auswich. Er hatte inzwischen einen beträchtlichen Fundus zusammengetragen: Lederjacken, Stiefel, Hemden, Hosen, Mützen, Unter- und Nachtzeug.

Sein Schild erreichte auch das Herz der Witwen, die sich gewöhnlich schwertun mit den Hinterlassenschaften ihres Toten. Manche stellten noch am Tage der Begegnung die Leiter für den Hängeboden an, um an die Schuhkartons und Koffer zu gelangen. Sie stöberten in Truhen und Kommoden und fanden sich mit einem Bündel tadelloser Kleidung wenig später wieder bei ihm ein. Es kam auch vor, daß sie den Russen gleich zu sich nach Hause vor die Schränke baten.

Margot Machate, der soviel Mildtätigkeit selber nie widerfahren war und die über Kolenkos anwachsenden Beständen fast unwillig an das Gute im Menschen zu glauben begann, brachte dieses Gute indes nur Platzprobleme. In ihrem Flur, dem Wohnschlafzimmer vorgelagert und nicht größer als für einen aufgespannten Schirm, blieb gerade eine Schneise ausgespart. Hier türmten sich die Bündel und die Plastiktüten, die zudem leicht aus dem Gefüge rutschten und dabei alles mit sich rissen. Dann stiegen aus den guten, besonders pfleglich aufbewahrten Stücken, die ihm die Witwen überlassen hatten, die grämlichen Gerüche der diversen Mottenmittel.

So schwankte Frau Machate zwischen dem Gefühl der Nachsicht und dem der Übertölpelung, wobei sie letzteres nie lange zuließ. Schließlich zeugten die Kleiderkollekten des Russen von Familiensinn, dem ihre neidvolle Hochachtung galt. Ihr schien ein männliches Geschöpf, wie dieser sorgende Kolenko eines war, von der Natur bisher nicht vorgesehen. Der Mann war letztlich eine Freude. Gleichzeitig führte seine väterliche Rührigkeit zu unseligen Vergleichen. Denn sie war in Grobheit aufgewachsen.

Sie kam aus Neiße, einer Stadt in Oberschlesien; der Vater ein durch Faulheit ausgeruhter Sattlermeister, und die Mutter, in Folge dieser Ausgeruhtheit, fast nur im Wochenbett erinnerlich. Sie war Modistin, garnierte Hüte auf dem Küchentisch, wenn sie es körperlich vermochte und eine Münze für den Elektrokasten übrig hatte, denn sonst verlosch das Licht.

Nächteweise und für kleines Geld schlief ein Reichswehrsoldat mit seinem Mädchen auf Machates Küchensofa. Er nannte sie »Paketchen«, weil er sie handlich fand. Doch als der Sattlermeister dem Soldaten einmal sagte: »Bei dem Paketchen tropft mir auch der Zahn«, endete das Mietverhältnis.

Bei Tisch herrschte Mangel, der aber nicht den Vater traf. Denn der leidliche Verlauf eines Tages hing an seinem Wohlbefinden. Oft zogen Bratendüfte aus der Küche, die die Sinne animierten, indes nichts anderes verhießen, als daß der Vater alleine vor dem Batzen sitzen würde. Zu den festlichen Daten des Jahres gab es zwei Rouladen, für den Vater die eine, und die andere, zerschnitten, für die sieben Kinder. Die Mutter nahm nur Sauce, sie zählte als Esserin nicht.

Es waren Mahlzeiten von kleiner Opulenz. Die Kinder hatten eine Kostbarkeit auf ihrem Teller, die sie, den Katzen ähnlich, wenn diese spielerisch der Maus noch eine Todesfrist einräumen, sich möglichst lange aufbewahrten. Sie trieben ihre Vorratsspäße, versteckten ihren Happen unter Bergen, Wällen und in Kratern aus Kartoffeln und täuschten einander, als hätten sie ihn längst verspeist. Schließlich kam der Augenblick, da der

Vater seinen letzten Bissen kaute und, nach ihren Tellern Ausschau haltend, die Gabel wieder hob. Da schoben sie das Aufgesparte schnell in sich hinein.

Machates hatten das Ansehen armer Leute, für die der Bäcker das altbackene Brot zur Seite legte und der Metzger seinen Wurstverschnitt. Jeder wußte, daß der Vater, immerhin ein Handwerksmeister mit Geselle, das Übel der Familie war. Einmal klopfte eine Nachbarin ans Küchenfenster. Es war ein dunkler Wintertag. Drinnen brannte ein Kerze, in deren Schein die Mutter einen Hut aufschmückte, und ihr zur Seite Margot, ihre Älteste, die ihrer Schwester Klärchen bei den Schularbeiten half.

»Zieht euch schnell was über«, rief die Frau, »euer Vater sitzt mit einem Fleischwurstring in seiner Werkstatt.«

Er praßte unter vollem Arbeitslicht, man sah ihn von der Straße. Er hielt den Wurstring wie ein Jagdhorn zwischen seinen Lippen, und neben ihm auf einem Hocker glänzten frische Brötchen. Man schickte Klärchen vor, ein zögerliches, sanftes Mädchen, dem der Futterneid des Vaters etwas natürlich Vorbestimmtes war. Und entsprechend zögerlich biß Klärchen in die Wurst. Als Margot allerdings, die beherztere der beiden, vor ihm stand, markierte er die Wurst mit seinem Daumen. Dann schrie er plötzlich auf. Margot hatte zu weit gebissen. Der Daumen blutete. Klärchen und die Mutter weinten. Da griff er nach dem Bleibeschwerer und warf ihn Margot in den Rücken. Jetzt schrie auch sie.

Kolenko hatte Frau Machates grüblerisches Leben aufgewirbelt. Sie ängstigte sich gern um ihn, hielt abends seine Zughand unters Licht, die strapazierte Linke, die den Balg bediente, die Atmung des Akkordeons. Er spielte jeden Tag zehn Stunden, Auftritte bei privaten Festen nicht gerechnet. Jetzt war sein Gelenk entzündet. Und auf dem Handrücken wuchs ein Überbein heran. Während Frau Machate beides kühlte mit Melissengeist, erging sie sich in einer sorgenvollen Litanei, die ihm behaglich war. Dann mündete die Litanei in ihre Prophezeiung, daß er, wenn er so weitermache, am Ende keine Mundharmonika mehr halten könne.

Nach zwei Monaten trat Kolenko seine erste Heimreise an. Sein Flugticket war auf den Tag noch gültig, und zeitgleich war sein Visum abgelaufen. Doch zog es ihn, von alldem abgesehen, ohnehin nach Hause. Das Akkordeon konnte bei Margot Machate bleiben. Es stellte keinen nationalen Kunstwert dar und mußte somit nicht zurück nach Rußland.

Jetzt galt es nur, den immensen Kleiderberg noch auf den Weg zu bringen. Kolenko schaffte ihn zum Nachtzug Berlin–Moskau. Das meiste gab er in die Obhut eines der Waggonchefs. Den Rest übernahm das Speisewagenkollektiv, devisenverwöhnte, teure Leute, die nur gegen Dollar Güter transportierten. Kolenko als Empfänger ihm zugeworfener Münzen und Sammler getragener Kleidung zählte sie schon den Gewinnern Rußlands zu.

Auch die Klientel ihrer Kurierdienste paßte ins Bild der neuen wilden Wirtschaft. Kolenko hatte zwei Männer beobachtet, die mit der Achtsamkeit von Sanitätern, die einen Kranken heben, Autoteile in den Speisewagen reichten. Zwei weitere Männer standen oben in der Tür. Sie mußten die Teile entgegennehmen und um die Ecken balancieren. Sie gingen millimeterweise vor, probierten Schräglagen und Hochkantpositionen aus, der eine rückwärts über die Plattform zum nächsten Waggon ausweichend, während der andere den Spielraum der geöffneten Toilette einbezog. Und dann kam der Moment, wo noch zwei Hände fehlten und Kolenko ihnen nützlich war.

Der Speisewagen war ein obskures Kabinett. Trübes, indirektes Licht von oben, lila die Schirme der Tischlampen, deren Schein auf lila gemusterte Tischdecken fiel, und die Fenster blickdicht hinter üppig gerüschten lila Gardinen. Dazu setzte sich die Farbe in synthetischen Fliederdolden fort. Sie fielen in Girlanden von der Decke, nur längs des Mittelgangs gerafft.

Die hinteren Tische waren für die Autobleche reserviert. In ihrer Glätte, einem metallisch wassergrünen Lack, und unter dem Flieder, der sie überrankte, lagen sie wie aufgebahrt. Davor hatten die vier Männer Platz genommen, um das vollbrachte Manövrieren zu begießen. Sie baten auch Kolenko, ihren Helfer, in die Runde, denn bis zur Abfahrt war noch Zeit.

Er setzte sich, genügte seiner Mindestpflicht als Russe und stieß mit ihnen an. Die Männer waren generöser Stimmung, die bald schon überschlug in Bruderseligkeit, in deren Mitte sich Kolenko fand. Es hieß, er schulde ihnen einen Wunsch. Da bat er sie, sich bei der Restaurantbelegschaft für seine Kleidersäcke zu verwenden.

Nach Kolenkos Abreise kehrte bei Margot Machate die Gleichförmigkeit ihres früheren Alltags wieder ein. Sie hatte ihr Gutes. Es gab keinen Kostgänger mehr, der hausfrauliche Überlegungen abverlangte und ihre Stunden bestimmte. Sie war des Sortierens der Münzen überdrüssig geworden, deren allabendlichen Niederprasselns auf ihrem einzigen Tisch, des Auftürmens, Abzählens und Einschlagens in die Rollpapiere, dies jeweils zur besten Fernsehzeit. Die Wohnung schien geräumig wie niemals zuvor, als habe sie, befreit vom Ballast des Russen, einen tiefen Atemzug getan.

Bei den Mahlzeiten entfiel jeglicher Aufwand. Sie sanken, wie es bei Alleinstehenden so häufig ist, auf das Niveau bloßer Nahrungsaufnahme herab. Jetzt hatten die Rätselhefte wieder Konjunktur, asiatisches Lasttier mit drei, Flächenmaß mit zwei, alter Name für Istanbul mit vierzehn Buchstaben. Fließend, wie unter einem Weichensteller, kreuzten und fügten sich die Wörter, wenn Frau Machates Bleistift niederging. Es waren lachhafte, ihren Scharfsinn unterfordernde Übungen, nur dazu da, die eigenen Rekorde in Schnelligkeit zu brechen. Schließlich radierte sie die ausgefüllten Felder wieder aus und tauschte ihr Rätselheft gegen das einer Nachbarin, die ebenfalls radierte.

So vergingen einige Wochen, bis Margot Machate die einfachen Vergnügen, es warm zu haben, Programmzeitschriften zu studieren und auf den Abend mit den Filmen hinzuleben, immer weniger genoß. Ihre Ungestörtheit wurde trostlos, denn hinter der herbeigesehnten Ruhe hielt sich die Altersstille schon bereit.

Kolenko fehlte ihr. Sie hatte seine melodische Betrübtheit im Ohr, wenn er »meine liebe Frau Margot« zu ihr sagte. Auf diese Anrede war meistens eine Bitte gefolgt, manchmal auch eine Zumutung. Er hatte einmal einen Landsmann zu ihr hochgebracht und um ein warmes Bad für ihn gebeten. Es war ein abgerissener, erschöpfter, stummer Junge mit armeehafter Kopfschur, die, würde er gedient haben, bald hätte wiederholt werden müssen.

Frau Machate dachte sofort an einen desertierten Sowjetsoldaten, denn die Rückführung der Truppen stand damals bevor. Täglich las man über solche abgetauchten Burschen, die nichts mehr als ihre Heimkehr fürchteten und die gesteigerte Misere dortigen Kasernenlebens, wo sie hier schon vegetierten. Jetzt wurden sie als Tagediebe aufgegriffen, beim Mundraub und im Unterschlupf brachliegender Fabriken. Sie verkauften ihre Kalaschnikoff. Und jeder Schuß aus dieser Waffe, gleich wer ihn gefeuert hatte, belastete zuerst den Lieferanten.

Den Abend, an dem sie, trotz ihrer Vermutung, daß es ein Deserteur war, den Jungen baden ließ, rief Margot Machate sich gerne zurück. Kolenkos dreistes Anliegen war inzwischen eine ritterliche Handlung, und die Rolle, die ihr damals zugefallen war, trug jetzt Züge einer kühnen Mitwisserschaft. Er sei Musiker und kein Soldat der Heilsarmee, hatte sie Kolenko angeherrscht, während der Junge in der Wanne lag. Ihr Bad sei nicht der Waschplatz eines Männerheims, hatte sie gesagt und war dabei schon mit dem Abendbrot befaßt. Und kaum, daß der Junge saß und aß, suchte sie die Utensilien für sein Bett zusammen.

Kolenkos Deutsch wirkte flüssig, da in jede seiner Äußerungen Höflichkeiten eingeflochten waren. Hörte er zu, drückte seine Mimik ein gebanntes Interesse aus. Damit nährte er Margot Machates Illusion, die gerne vom Hundertsten ins Tausendste, vom Hölzchen aufs Stöckchen kam, er begreife jedes ihrer Worte.

Eines Abends hatte er sie mit einer Kokosnuß überrascht, der Gabe eines wunderlichen Mannes im Bahnhof Möckernbrücke. Kolenko hatte mit dem Hammer einen Schraubenzieher in die Nuß getrieben und ihr die Milch kredenzt. Es war die zweite Kokosnuß im Leben Frau Machates. Sie nahm sie gleich zum Anlaß, die Geschichte ihrer ersten Kokosnuß vor Kolenko auszubreiten.

Sie tauchte tief hinab in die Jahre ihrer Berufstätigkeit, bis sie dem Genossen Herbert Warnke gegenübersaß, der sie zum Diktat gebeten hatte. Warnke war Vorsitzender des Freien Deutschen Gewerkschaftsbundes. Er züchtete Wellensittiche neben seinem hohen Amt und verschenkte Jungvögel in der Chefetage. Auch der Springersekretärin Margot Machate hatte er ein Exemplar geschenkt.

Es war grau, und sie nannte es Bobchen. Und Bobchen hatte im Umgang des Vorsitzenden mit Frau Machate eine kleine Privatheit gestiftet. Wann immer er sie sah, stellte er die Frage: »Was macht Bobchen?«, und darauf ihr verzücktes Schildern, wie Bobchen auf dem Brillenbügel langspaziere.

Dann lag um die Weihnachtszeit auf Warnkes Schreibtisch eine Kokosnuß. Sie befand sich noch in vollem Bast und irritierte Frau Machate, die so ein Ungetüm von einer Nuß bisher nur abgebildet kannte. Vor allem irritierte sie die struppige Beschaffenheit im Kontakt mit einem aufpolierten Möbel. Doch überspielte sie das für sie Ungebührliche, indem sie Warnke fragte: »Wem willst du denn den Kopp einschlagen, Herbert?« Und Warnke sagte: »Margot, du kannst sie haben, leg sie untern Tannenbaum.«

Endlich kam Post aus dem Kaukasus. Leider war es nur ein Bittbrief mit vorausgeschickten Dankesformeln. Vladimir Alexandrowitsch Kolenko, den Frau Machate »Vladi« nannte, erbat eine Einladung für sich und

Galina Alexandrowna sowie für Sergej, den ältesten ihrer Söhne. Obwohl es sie enttäuschte, daß gleich der erste Brief auf ihre Nützlichkeit gerichtet war, ging Margot Machate zum Meldeamt.

Sie sah das Nachtlager schon vor sich, die bei Tage aufgetürmten Bettenberge. Wo schliefe der Halbwüchsige und wo das Elternpaar, das Monate an seiner Trennung krankte und dann bei ihr vereinigt wäre? In ihrem Antwortbrief beschwor sie die Enge der Wohnung. Es sei kein böser Wille, schrieb sie an Kolenko, doch rate sie ihm ab, zu dritt zu kommen. Trotz ihrer Bedenken legte sie ihrem Brief die Einladung bei.

Zuerst reiste Kolenko an, teilte aber gleich im Ton einer frohen Botschaft mit, daß Frau und Sohn drei Wochen später kämen. Sein Glück darüber mußte auch das Glück Margot Machates sein. Er sprach sogar, als habe er ihren verhaltenen Brief gar nicht gelesen, eine nächste Einladung an, indem er sie belehrte, wie diese noch besser zu verfassen wäre.

Es war Hochsommer, und Kolenko schätzte jetzt die Zugluft in den U-Bahnhöfen. Doch fehlte das bessergestellte Publikum. Es fiel kaum Silbergeld in den Karton. Wer sich in der heißen Stadt aufhielt, hatte wenig zu verschenken. Familien mit Schwimmbadgepäck zogen an ihm vorüber, junge Touristen, die Daumen hinter die Rucksackriemen geklemmt. Kolenko spielte und sparte. Er aß die Vortagesbrötchen, die an den Kiosken einiger Türken umsonst zu haben waren. Nur Unermüdlichkeit half gegen die schlechte Saison. Für die letzten Stunden bis Mitternacht fuhr er zum Kollwitzplatz und trat noch im Café *Zur Krähe* auf.

Galina Alexandrownas Ankunft fiel mit den Wonnen des Sommerschlußverkaufs zusammen. Es schien, als habe Berlin ihr einen Empfang bereitet. Bis auf die Bürgersteige reichte die schwindelerregende Warenüppigkeit. Und in Frau Machates Flur türmten sich bald wieder Tüten.

Die Eheleute schliefen in der Küche hinter der lamellendünnen Schiebetür. Es werden keine überschwenglichen Nächte gewesen sein, da die Tür jede Regung einer Liebesinnigkeit scheppernd übertragen hätte. Auch das gekniffte Stück Papier dazwischen, zu dem Margot Machate wohlweislich geraten hatte, machte aus der Küche keinen verschwiegenen Ort. Im Grunde kannten Galina Alexandrowna und Vladimir Alexandrowitsch aber gar keine anderen als solche hellhörigen Nächte. Sie hatten sechzehn Jahre in Kommunalkas verbracht, auf die Abwesenheit von Nachbarn hingelebt, ständig eingedenk der jähen Störung. Gegen den Unterschlupf in ihrem ersten Ehejahr jedoch, als sie Jakutien verlassen hatten und zehntausend Kilometer südlich davon in der kabardinischen Stadt Prochladni lebten, waren diese Quartiere privilegiert. Dort trennte sie nur ein Schrank von der nächsten Wohnpartei. Man wünschte deren Schlaf herbei, wartete, daß jenseits des Schranks die Atemzüge regelmäßig würden. Und die beste Fügung war ein Vollrausch, der den Nachbarn niederstreckte.

Frau Machate, der die Ehe nur eine Zufügung von Derbheiten bedeutete und der eheliche Akt zu den ruhestörenden Widrigkeiten in Mietskasernen zählte, nahm die Stille in ihrer Küche als einen Beweis des Glücks, als würde das Heimliche die Haltbarkeit der Liebe bedingen.

Sergej schlief vor der Schrankwand in Frau Machates Stube. Er war sechzehn und von der Gelangweiltheit eines jungen Mannes, der die Familienwärme wie ein ermüdendes Bad hinnimmt. Er hielt zwei Stunden Mittagsschlaf. Am Abend übte er die Hoheit über die Fernsehprogramme aus. Frau Machate beschrieb ihn als einen »bräsigen Bengel«, vom Wesen her nicht Fleisch, nicht Fisch. Dazu nährte er ihren Verdacht, das Deutsche besser zu verstehen, als er es eingestand. Er gefiel ihr nicht, im Gegensatz zu seiner Mutter, die Frau Machate ein »Topweib« nannte.

Sie sprach sie in der Koseform *Gala* an, der Vorstufe des noch zarteren *Galitschka,* die sich Kolenko vorbehielt. In der Frühe, wenn er aus dem Haus war, Sergej noch schlief und Frau Machate ohne Elan für den neuen Tag liegend vor sich hin sinnierte, trat Gala mit Tee an ihr Sofa. Sie hatte schon Lidschatten aufgetragen, war untadelig frisiert und gekleidet. Sie trug die geschenkten Sachen aus Berlin, mit denen Kolenko sie überhäufte. Und ihre Schlankheit machte sie alle erlesen. Gala war schön.

Es war eine Freude, sie um sich zu haben. Die übervölkerte Wohnung schien vergessen. Der Mangel an Verständigung beförderte die Harmonie, da Frau Machate gerne redete, und Gala, statt zu reden, lächelte.

Sie führte den Haushalt, senkte beschwichtigend die Hände, Margot Machate möge sitzen bleiben. Die Nachtlager waren schon verstaut, ehe Margot Machate von dem ihren sich erhoben hatte. Wie eine Nomadenfrau, der jeder Handgriff vor dem Aufbruch zur Natur geworden war, hatte Gala freie Bahn geschaffen. Nach vierzehn Tagen reiste sie ab, ihr zur Seite Sergej, der, plötzlich zur Nützlichkeit erwacht, nun ein guter Gepäckträger war.

Im Februar 1994 trat Kolenko drei Wochen im Kaufhof am Alexanderplatz auf. Für die unwirtliche Jahreszeit war es ein ideales Engagement. Er verdankte es einem Abteilungsleiter, der ihn auf der Jannowitzbrücke gehört hatte. Man gab ihm achtzig Mark am Tag, dazu das Essen. Um 10 Uhr war Spielbeginn im Parterre. Dann folgten die anderen Etagen, bis er um 17 Uhr zur Blauen Stunde oben im Café aufspielte. Dabei trug er einen bunt garnierten Strohhut.

Seine kranke Linke, die Zughand beim Akkordeon, verdeckte ein Verband. Er hatte sie inzwischen operieren lassen. Er solle öfters Pause machen, mahnte der Abteilungsleiter, man brauche ihn noch länger. Sogar ein zweites Gastspiel im August war schon vereinbart, der hierzu benötigte Einladungsbrief ihm auch schon ausgehändigt worden.

Ende Februar fährt Kolenko zurück nach Essentuki, obwohl sein Visum bis Ende März verlängert ist. Er hinterläßt einen verärgerten Abteilungsleiter. Doch Galina Alexandrowna sitzt zu Hause ohne Geld. Die vorgezogene Reise sollte er noch büßen müssen.

Im Mai schickt Kolenko Paß und Einladung des Kaufhof an die Deutsche Botschaft mit der Bitte um ein Visum für August. Da er keine Zweifel an einer routinierten Abwicklung seines Anliegens hegt, macht er sich Mitte Juli auf den Weg nach Moskau, anderthalb Tage und eine Nacht. In seinem leichten Sommergepäck befindet sich eine bestickte Tscherkessenmütze. Sie behagt ihm mehr als der Strohhut, den ihm der Kaufhof überlassen hatte. Er sieht sich schon damit zur Blauen Stunde spielen.

Am 27. Juli nimmt Kolenko dann in Moskau seinen Paß entgegen, in dem, mit Datum des gleichen Tages, ein Stempelvermerk die Einreise nach Deutschland verbietet. Die Botschaft hatte den Kaufhof kontaktiert.

Im Oktober versucht Kolenko noch einmal sein Glück. Wieder die lange Anfahrt aus dem Kaukasus, und wieder ist er zuversichtlich. Er hat einen neuen Gastgeber für Berlin gewinnen können. Paß und Einladung liegen der Botschaft vor. In der Warteschlange lernt er die Jüdin Mara Lwowna kennen, die ebenfalls nach Deutschland möchte. Sie verhilft ihm zu einem Nachtquartier bei ihrer Freundin Lilia Moisewna. Und er schenkt ihr zum Dank sein deutsches Wörterbuch.

Kolenko findet Lilia Moisewna in einem fünfstöckigen Block, den man in Moskau *Chrouschtschowki* nennt, ein Name, dem kein guter Klang anhaftet. Der Häusertypus, für den er steht, half in der Ära Chruschtschow einem Wohnungsnotstand ab. Sein minimaler Standard, hieß es damals, sei vorübergehend.

Während Kolenko die letzte Treppe noch vor sich hat, wartet oben schon die Moisewna. Sie spielt gleich auf die Dürftigkeit des Hauses an. Nichts währe ewiger als das Vorübergehende, sagt sie zum Empfang. Das Zimmer kostet 20 000 Rubel, der Inflation entsprechend das Doppelte von dem, was er im Juli bei Verwandten zahlte. Doch tröstet ihn die günstige Lage zur Botschaft. Vierzig Minuten von Haus zu Haus, wofür er damals fast drei Stunden brauchte.

Am anderen Abend steht Lilia Moisewna verlegen in der Tür. Ihre Tochter sei überraschend heimgekehrt. Sie war aus Iwanowa angereist, einer Textilstadt östlich von Moskau, einem, seines Frauenüberschusses wegen, legendären Ort, von dem robuste Lieder handeln. Eines lautet sinngemäß: »Jetzt halt den Mund, sonst seh ich mich in Iwanowa um!« Die Tochter will nicht mehr nach dort zurück und Kolenko mußte weg.

Gegen Mitternacht erreicht Kolenko die ländliche Vorortsiedlung. Beim Anblick des Mannes, der einen Marktroller mit aufgeschnalltem Instrumentenkoffer zieht, regen sich die Hunde auf. Ihr Bellen begleitet ihn bis zum letzten Haus, wo er an ein Fenster klopft, hinter dem man ihn erwartet. Sogar die beiden Kinder turnen noch herum. Die späte Ankunft des Onkels samt der Inbrunst seiner Entschuldigungen ist ein willkommenes Spektakel. Auch das Räumen der Betten mit der Aussicht, ins Elternzimmer umzuziehen, genießen sie.

Kolenko bringt noch sieben Tage in der Schlange vor der Botschaft zu. An jedem dieser Tage schleicht er um 5 Uhr 30 aus dem Kinderzimmer. Aus Rücksicht auf die Schlafenden bricht er ohne Frühstück auf, besteigt um sechs den Bus, um 6 Uhr 20 den Zug zum Leningrader Bahnhof, um sieben steigt er in die U-Bahn, Station Komsomolskaja, um, am Prospect Vernadskovo wechselt er zum Bus 666, der um 8 Uhr 30 in der Uliza Krawtschenko hält, wo die Deutsche Botschaft liegt.

Aus der Mitte der Warteschlange winkt die Jüdin Mara Lwowna ihn an ihre Seite. Und jedesmal spricht sie, ihre Untröstlichkeit beteuernd, den Fehlschlag mit der Moisewna an. Dann prangt am siebten Tag der negative Stempel wieder in Kolenkos Paß. Jetzt strebt er einen Namenswechsel an.

Drei Monate später, im Januar des folgenden Jahres, hieß er Karpow. Kolenko hatte sich scheiden lassen und die frisch verwitwete Olga Andrejewna Karpowa geheiratet, eine Freundin Galinas. Beide arbeiteten in der Stadtkantine von Essentuki, Olga im Büro die Bücher führend, während Galina, die Kassiererin, im Tagestrubel stand.

Natürlich war die Eile, in der dies alles sich vollzogen hatte, teuer. Die Scheidungsrichterin wollte dem Paar die Zerrüttung nicht abnehmen, bis sie für 50 000 Rubel schließlich daran glaubte. Dazu erließ das Standesamt für weitere 50 000 Rubel die Bedenkzeit, die es normalerweise auferlegt. Galina weinte etwas bei der kargen Zeremonie. Alle, außer der Beamtin, trugen Alltagskleider. Trauzeugen waren ein Bademeister vom Sanatorium »Rußland« und Ludmilla Sergejewna, die Kulturarbeiterin des Sanatoriums »Kasachstan«. In der Stadtkantine trank man eine Flasche auf Kolenkos neuen Paß, in dem nun Karpow stand.

Diesen Paß nahm am Abend des übernächsten Tages Mara Lwowna, Kolenkos Moskauer Vertraute, im Bahnhof Kurski in Empfang. Er war in der Obhut einer Schlafwagenschaffnerin nach Moskau gelangt, wo Mara Lwowna ihn für 20 000 Rubel auszulösen hatte.

Sie reichte ihn bei der Deutschen Botschaft ein. Alleine diese Gefälligkeit sollte sie die Vormittage einer ganzen Woche kosten. Und als die Warteliste derer, die nach Deutschland wollten, den Namen Karpow führte, war es März geworden. Dann wurde es Mai, und Mara Lwowna meldete dem Freund im Kaukasus, jetzt sei die Reihe bald an ihm.

Von nun an wird Kolenko nur noch Karpow heißen. Vladimir Alexandrowitsch Karpow also, der Mann mit dem Akkordeon aus dem kaukasischen Kurbad Essentuki, folgt der Verheißung Mara Lwownas und bricht nach Moskau auf. Doch Mara Lwowna hatte sich verschätzt. Karpow muß noch bis Juli auf sein Visum warten.

Er wohnt bei Maria Nikovorowna, die Wächterin im Tolstoi-Haus ist. Bevor sie diesen Dienst versah, nähte sie Fallschirme in der Fabrik Rote Rose. Das Fenster, hinter dem sie nähte, lag zum Tolstoischen Garten hin. Er empfahl sich ihr zu jeder Jahreszeit. In ihm war nie ein Winter schmutzig, und in den Sommern führte er die Kühle unter seinen Bäumen vor. Auch wenn Maria Nikovorownas Liebe zu Tolstoi nicht erst hatte geweckt werden müssen, so hielt der erquickende Garten diese Liebe doch frisch.

In der Stille des Tolstoi-Hauses grenzt ein Gelächter fast schon an Tumult. Beispielsweise das Gelächter einer Mädchenklasse, die ihre Auswahl unter den Pantoffeln trifft. Es handelt sich um dünne Schlappen mit zwei Bändern für die Fesseln. Sie befinden sich in einer hochgeklappten Truhenbank, in der man lange wühlen muß für zwei intakte Exemplare. Meist fehlt ein Band, und sollte keines fehlen, hat man ein Ungetüm ans Licht gezogen, das breiter ist als ein Rhabarberblatt.

Die Intimität der oftmals dunklen Zimmer verwandelt auch die Wächterinnen in historische Figuren. Das Altersfrösteln hat sie im Griff. Sie tragen Umschlagtücher, über der Strickjacke noch eine Weste, über den Strümpfen noch Socken und alles in bunter Zufälligkeit. Doch scheinen sie sorglos, als vergönne die Herrschaft ihnen bis zum Lebensende einen Ofenplatz.

Man bemerkt die Wächterinnen gar nicht auf den ersten Blick, da sie so reglos sitzen. Erst wenn man einen Teller anfaßt oder im Begriff ist, die Portiere anzuheben, lösen sie sich aus ihrer statuarischen Versunkenheit und erläutern die Gegenstände, über die sie wachen. Das Geschirr für täglich sei aus englischer Fayence. Beim sechsten Ruf der Kuckucksuhr, eines deutschen Fabrikats, nahmen die Tolstois das Mittagessen ein. Am oberen Tischende, den Rücken zum Fenster, saß Leo Nikolajewitsch, der Vegetarier war. In der kleinen Schüssel neben der Terrine für die Fleischbouillon wurde ihm sein Brei serviert.

Man zeigt sich bewegt über die Bestimmung jener kleinen Schüssel, was die Wächterin zum Anlaß nimmt, ihre monotone Hinweistätigkeit zu unterbrechen. Sie erzählt von einem Huhn, mit dem Leo Nikolajewitsch zu einer Mahlzeit erschienen sei. Er habe es an einen Stuhl gebunden, auf das Tischtuch eine Axt gelegt und die Versammelten belehrt, wer ein Huhn esse, müsse ein Huhn auch töten können.

Die Wächterin liebt diesen Auftritt des Hausherrn. Und läge er nicht hundert und mehr Jahre zurück, könnte ihr erregter Vortrag einen glauben machen, alles habe sich soeben erst ereignet und sie habe dem durch einen Türspalt sehend beigewohnt.

Einmal im Jahr nimmt sie das Tischtuch mit, um es zu waschen. Auch dieser Pflicht gibt sie den Anschein, Leo Nikolajewitsch persönlich habe sie damit betraut. Sie erwähnt es wie ein über sie verhängtes Los, von dem sie aber keinesfalls befreit zu werden wünscht. Und unwillkürlich stellt man sich ihr knapp bemessenes Zuhause vor, wo jene riesige Tolstoische Tafeldecke aus Damast nie ausgebreitet liegen könnte, wo sie mehrmals gefaltet über einer Heizung trocknet und schließlich von einem Bügelbrett in schmalen, mühsam geglätteten Partien zu Boden fällt.

Dem Speisezimmer schließt sich das Kabinett von Sonja Andrejewna, Gräfin Tolstoja an, dem sogleich das Kinderzimmer folgt. Es ist mehr Durchgang als Refugium, ein den häuslichen Behelligungen ausgesetzter

Zwischenraum. Schon die Miene seiner Wächterin verrät, daß es kein Ort heiterer Aufenthalte gewesen sein kann. Aus jedem Möbelstück macht sie ein Requisit des Fleißes, bringt es in Zusammenhang mit Mutterpflichten und Ehepein: den eleganten Nähtisch, an dem die Gräfin Kindersachen flickte, den Schreibsekretär, an dem sie das Tagwerk ihres Mannes aus der Wirrnis verworfener und zugefügter Zeilen in Schönschrift übertrug, *Krieg und Frieden* ein dutzendmal.

Zu den Ehebetten tritt die Wächterin wie an ein Grab. Sie sind schmal und stehen hinter einem Wandschirm, was ihnen eine hospizhafte Strenge gibt. Eigentlich ist es ein Witwenlager, da auf einem Bett die Kissen fehlen. Auch der bunte Überwurf kaschiert nicht die Hälfte dieses Bettenpaares. Sonja Andrejewna habe ihn gehäkelt, sagt die Wächterin in einem Ton melodischen Jammerns, wie er nur dem Russischen gegeben ist. Hier gilt er dem Entzug der Gattenliebe.

Das Genie des Hausherrn entschuldigt für sie nichts. Sie mißt ihn daran, daß er mit Sonja Andrejewna dreizehn Kinder hatte und ihr keine Amme zugestand. Die Gräfin stillte unter Schmerzen. Diese Torturen stellt die Wächterin mit vorgeneigtem Oberkörper und über der Brust verschränkten Händen dar. Dann fallen die Gebärden plötzlich von ihr ab, da als unliebsame Zeugin Ninel Michailowna hinzugetreten ist.

Sie trägt eine Brille, kurzes, blaugetöntes Haar und entgegen der hier üblichen Vermummung nur ein Seidenkleid. Gewöhnlich sitzt sie lesend am Broschürentisch im Vestibül, wo auch die Pantoffeltruhe steht. Ihre Kühle kontrastiert mit der im Hause nistenden Bekümmertheit. Denn jedes Zimmer bringt eine Tragödin hervor, zumindest fördert es den Hang dazu; und allen voran das Kabinett der Gräfin, das die Bühne eines Klageweibes ist.

Man spürt das Mißvergnügen Ninel Michailownas an den Moritaten über das Tolstoische Eheleben. In ihrem Beisein muß dem Kabinett die Düsternis entweichen. Der Gräfin müssen schöne Augenblicke zugestanden werden. Bei Neumond, sagt die Wächterin, habe sie Tolstoi den Bart beschneiden dürfen. Er saß dabei im selben Wiener Sessel, in dem man sich soeben noch Sonja Andrejewna beim Stillen vorzustellen hatte.

Ohne Sonja Andrejewna würde es das Haus nicht geben, das heißt, es wäre nie erworben worden von Tolstoi, da ihm vor Moskau graute, während es ihr fehlte. In Jasnaja Poljana, dem Tolstoischen Familiensitz, waren der Gräfin die Winter zu lang. Sie entbehrte Gesellschaft und etwas Mondänität. Also hatte man 1882 ein Anwesen gekauft, das seiner Abneigung wie auch ihrer Vorliebe Rechnung trug. Es war ein Landsitz für die Stadtsaison mit Remisen und Pferdestall, einem Hügel für Schlittenfahrten und einer Eisbahn, die in jedem Jahr durch Hunderte von ausgekippten Wasserfässern neu entstand.

An den Garten grenzten damals schon Fabriken. Ihre Sirenen irritierten den aristokratischen Tag. In der Frühe, die Tolstoischen Hähne übertönend, scheuchten sie Elendsgestalten aus ihren Schlafverschlägen. Sie heulten zur Teezeit, wenn sich im Samowar die Sèvres-Tassen und die Konfitüren spiegelten, beim Musizieren später wieder, dann ein letztes Mal, wenn die Fabriken schlossen. Das war am Abend zur Lektürestunde. Leo Nikolajewitsch schämte sich der angenehmen Bräuche seines Standes inmitten dieser Fron.

Der Kinder wegen hielt man eine Milchkuh. Sie traf mit der Dienerschaft aus dem zweihundert Kilometer entfernten Jasnaja Poljana ein. Über die Frage, wie die Kuh nach Moskau gelangte, geraten zwei Wächterinnen in einen Wettstreit der Mutmaßungen. Die erste glaubt, ein Güterzug habe sie zum Kursker Bahnhof transportiert, was der zweiten unvorstellbar ist. Es wird die Möglichkeit erörtert, daß sie, in einem Pferdeschlitten stehend, gezogen wurde. Dann läßt man sie in einem Wagen in die Stadt einfahren. Am Ende führt die erste Wächterin den Fußmarsch zweier Pilgermönche an, zweier Buddhisten ohne Strümpfe, die für den Hin- und Rückweg eine Woche brauchten. Jetzt schickt man auch die Kuh zu Fuß nach Moskau. Ihre gemächliche Gangart bedenkend sowie das zügige Ausschreiten der Mönche, gesteht man ihr vier volle Tage für eine Strecke zu.

Für einen Adelssitz im damaligen Moskau war Tolstois Haus bescheiden. Es galt als mittelmäßig ausgestattet. Dieselben Wiener Bugholzstühle standen auch in Restaurants. Das Haus verriet die Widersprüche eines Grafen, der eine Muschikbluse trug und den Lakai im Vestibül mit weißem Handschuh wünschte.

Eine tuchbespannte Treppe führt zum Salon hinauf. Auf dem ersten Treppenabsatz hält ein junger Bär, sein Präparator hat ihn ganz schwach lächeln lassen, das Tablett für die Visitenkarten. Es war ein Beutetier Tolstois, der sich dieses Jagdglück nie verzieh.

Drei Blumenständer mit Dauergrün schaffen dem Bär eine Wildnis. Sie ist kümmerlich wie die Gewächse auf den Fensterbänken. Allesamt sind es Pfleglinge der Wächterinnen, die jedem Ableger ihre zimmergärtnerische Hege angedeihen lassen. Jedem Seitentrieb bereiten sie ein Wurzelbett, separieren jeden Schößling in einen gesonderten Topf.

Unter dem Flügel im Salon sieht ein zweiter Bär hervor. Sein Schicksal hat ihn zum Teppich gemacht. Er liegt auf einem rotgezackten Tuch, das einen Flammenrand darstellt, der ihn unentrinnbar einschließt. Auch sein Gesicht, obwohl er zu dekorativen Zwecken den Feuertod erleidet, drückt Wohlbefinden aus.

Indessen treibt die Wächterin zur Würdigung des Tisches an, der den Salon beherrscht. Der Teetisch habe zwanzig Beine. Zu seiner vollen Länge ausgezogen, reiche er für vierzig Gäste. Die beiden Sätze klingen wie vom Laufwerk einer Puppe hergesagt. Und auch das Wort »französisch«, das sie für die Kostbarkeit des Teegeschirrs bemüht, fällt wie nach einem Münzeinwurf.

Dann zieht sie aus dem Dickicht ihrer Wollbekleidung das Poliertuch für den Samowar, ihren nimmersatten Götzen. In ganz Rußland wird es keinen glänzenderen geben, denn die Alte wischt nach jeder Tischbesichtigung an ihm herum, als habe ihn der Atem der Besucher stumpf gemacht.

Am Ende folgt der Handgriff, der sie über alle Wächterinnen hebt. Sie hat die Augen schon geschlossen, als sie den Knopf eines Recorders drückt.

Knackend und rauschend setzt ein Walzer ein, am Flügel Alexander Borissowitsch Goldenwejser. Er spielt zu Tolstois achtzigstem Geburtstag im Jahre 1908. Dann spricht der Jubilar. Er dankt einer Schulklasse für ihren Besuch. Es freue ihn, daß sie gute Kinder seien. Und was er ihnen heute sage, werde später einmal mehr Bedeutung haben. Zugegen war auch Thomas Alva Edison, der phonographisch alles konservierte.

Das Tondokument scheint für diesen musealen Zweck zurechtgestutzt. So ist das Ereignis nur kurz, der Wächterin hingegen, für die es mehrmals täglich wiederkehrt, ist es zu lang. Der Sitzschlaf hat sie eingeholt und ihr Gesicht in den vom Alter geräumigen Hals gebettet.

Karpow hatte seine Zimmerwirtin Maria Nikovorowna auf der Twerskaja kennengelernt, wo sie in Höhe des Dolgoruki-Denkmals, des Reiterstandbilds des Begründers von Moskau, ein böser Zwischenfall zusammenführte. Wie alle Magistralen und wichtigen Plätze profitierte auch die Twerskaja vom Beleuchtungsehrgeiz des Bürgermeisters. Sie lag in jener Lichtzone, in der das abendliche Moskau triumphiert, wodurch die angrenzenden Straßen um so kontrastreicher dunkel sind.

Der Schrei kam aus der Stoleschnikow-Gasse, die Maria Nikovorowna und Karpow, mit etwas Abstand hinter ihr, gerade überquerten. Während Maria Nikovorowna beschleunigt weiterging, hielt Karpow inne und sah in die abschüssige Gasse hinab, in der er ein Geschehen um den Schrei zu erkennen hoffte. Drei Männer schlugen eine Frau, die sich jetzt wimmernd zu rechtfertigen schien und dann, am Boden liegend, nur noch schrie.

Davon hob sich das Aufjaulen eines Hundes ab. Jemand mußte ihn getreten haben, denn er schoß schmerzgetrieben aus der Dunkelheit der Gasse auf die helle Twerskaja, die seinesgleichen, ein elender Futtersucher, falbfarben und mager, eher meidet. Er raste direkt zum Rathaus hinüber, vor die Beine zweier Milizen, um gleich auf die Fahrbahn zurückzustürzen.

Wenig später war auch Maria Nikovorowna stehengeblieben. Sie sorgte sich um den Fremden, der hinter ihr gegangen war und nun entschlossen schien, der Frau in der Gasse zu helfen. Offenbar um freie Hand zu haben, hatte er seine Tasche am Denkmal abgestellt, als sie ihm zurief, sich nicht einzumischen.

Die Schinder waren immer noch zugange. Sie fürchteten keinen Zeugen, schon gar nicht den zierlichen Karpow, der flehentliche Gesten zu den Milizen hinüberschickte. Diese versahen, obwohl dem Rathaus zugeordnet, ihren Dienst in aller Lockerheit, rauchten und scherzten, vertraten sich die Füße oder gingen formlos auf und ab. Sie unterlagen also keinesfalls dem Ritual von Wachsoldaten, die über dem gereckten Kinn den Blick ins Nichts gerichtet haben und, soweit es dem zu schützenden Objekt nicht schadet, jedwedes Ereignis ignorieren müssen.

Doch Karpows Notsignale wurden nicht empfangen. Die Milizen hatten plötzlich Haltung angenommen und standen nun wie die Mausoleumsgarde unabkömmlich stramm.

Nach dem Rausch der Züchtigung löste sich das Schlägertrio auf. Der eine warf der Frau, die über den Asphalt kroch, ihre Tasche zu und verschwand in einem Haus. Der zweite half dem Opfer auf die Beine und zog es gassenabwärts mit sich, während der dritte hinaufging zur Twerskaja. Er wuchs mit jedem Schritt, wurde immer größer und breiter, die Lederjacke noch gewaltiger, und seine herausgekehrte Ruhe wurde schärfer. Dieses Prachtstück eines Exekutors kam nun auf Karpow zugeschlendert. Im Grunde war sein Anblick eine vorgezeigte Waffe. Karpow, den kurz zuvor noch die Gesinnung eines Ritters fast hinabgetrieben hätte in die Gasse, setzte ein von Angst verformtes Lächeln auf. Er sah sich schon niedergestreckt durch eine beiläufig vorschnellende Faust. Aus dieser Erwartung riß ihn die Stimme Maria Nikovorownas.

Sie empfing ihn als Held, der eine Schlacht geschlagen hat. Sie nannte ihn tapfer, gleichzeitig verurteilte sie seine Tapferkeit als den Zeiten nicht mehr angemessen. Indes verstärkten ihre vorwurfsvollen Huldigungen Karpows Schmach. Er hatte kapituliert, fast schämte er sich seiner heilen Haut. Es erbitterte ihn auch Moskau, das solche unbesorgten Täter gedeihen läßt, auch die prunkende Twerskaja, auf der man einen Schrei hinnimmt wie das Gezänk bei einer Katzenpaarung, von den Milizen ganz zu schweigen. Ihnen mußte Karpow als das eigentliche Ärgernis gegolten haben.

Karpow und Maria Nikovorowna entfernten sich in Richtung Puschkin-Platz. Sie mieden den Fußgängertunnel mit seinen Verzweigungen zu den U-Bahnhöfen, da sie dort unten den Riesen aus der Stoleschnikow-Gasse vermuteten. Zu Füßen des patinagrünen Puschkin erregte etwas, das am Boden lag, das Interesse der Passanten. Und Maria Nikovorowna ahnte, daß es der Hund war, dessen Flucht über die Twerskaja ihn getötet hatte.

All dieses Unheil machte sie einander zugehörig. In groben Zügen stellten sie ihr Alltagsdasein dar. Karpow führte seine Übernachtungsnöte an und Maria Nikovorowna ihre Kommunalka, die sie inzwischen nur noch mit einer Alten teilte, deren Eigenheiten ein ihr angenehmes Ehepaar vertrieben hatte. Das nunmehr freie Zimmer bot sie Karpow an. Dann bestellte sie ihn für den nächsten Tag zu sich ins Tolstoi-Haus.

Er fand sie am Ende des vorgegebenen Parcours, in einem dunklen Flur im Erdgeschoß. Für die Tolstois hieß er *Die Katakombe,* auch der steilen Treppe wegen, die vom Salon zu ihm hinunterführte. Links gingen Kammern ab, die des Kammerdieners Ilja Wassiljewitsch mit seinem Portraitphoto über dem Bett, dann die der Wirtschafterin und die der Schneiderin, in denen jeweils eine Schürze am Nagel hing.

Die Decken waren niedrig, am Boden Bretterdielen und unsichtbar hinter dem Lichtstrahl einer Taschenlampe Maria Nikovorowna. Karpow hörte sie ein Taftkleid kommentieren, das, den Kammern gegenüber, einen ganzen Wandschrank füllte. Es stamme aus Paris, die Tolstoja habe es für einen Bittbesuch beim Zaren angeschafft. Dabei stocherte Maria Nikovorowna mit ihrer Lampe seinem Faltenwurf entlang. Karpow bedauerte sie für ihre Wirkungsstätte, und sein Mitgefühl kränkte sie nicht nur, es war auch übereilt.

Im hinteren Teil des Flures fiel Tageslicht auf Tolstois eigentümlich langgestrecktes Fahrrad, auf seinen Waschtisch, ein über Kreuz gelegtes Hantelpaar aus Eisen, auf seine selbstgenähten Stiefel und ein Zinngeschirr, in dem er Schusterpech erwärmte. Es waren Reliquien, die das Herz berührten, doch Karpow fehlte die Muße.

Er existierte nur noch im Bann des unwägbaren Visums, im Warten in der Botschaftsschlange, in irrwitzigen Bus- und U-Bahn-Fahrten zu entfernten Nachtquartieren. Er mußte schlechte Betten, die er zahlte, loben, erfreut und leise sein und alles für den Glücksfall eines ambulanten Musizierens in Berlin. Und hier beugte er sich nun wegen eines Wohnversprechens über Tolstois Fußlappen, seine Hausschuhe und über seinen mönchischen Kapuzenschal. Um Maria Nikovorownas Amt zu ehren, gab er sich sogar den Anschein, die Dinge zu studieren.

Maria Nikovorowna war eine ansehnliche Frau im schwarzen Kleid mit applizierten dunkelgrünen Blumen, das zur Elegie des Hauses paßte. Sie verfügte noch über die heikle Schönheit vor dem letzten Lebensdrittel, und als jüngste der Wächterinnen nannte sie auch für den Lohn eines ungläubigen Staunens ihr Alter nicht. Trotz des dunklen Flures fand sie sich begünstigt, denn sie bewachte Tolstois Arbeitskabinett. Die Überraschtheit der Besucher, nach den Kammern für die Dienerschaft auf dieses Heiligtum zu treffen, erfüllte sie. Es war ein Eckzimmer mit vier Fenstern. Die Polstermöbel trugen Wachstuchüberzüge. Um den Schreibtisch lief, der damaligen Mode entsprechend, ein kleines Geländer aus gedrechselten Säulen, davor der Arbeitsstuhl auf abgesägten Beinen, wie präpariert für einen Zwerg. Tolstoi hatte ihn gekürzt, damit er dichter über seinen Manuskripten saß. Er ersparte ihm die Brille. Für Maria Nikovorowna war der Stuhl die Quintessenz des Hauses. Und so freute sie sich auf die Ehrfurcht, die Karpow überkommen würde.

Am Abend war die Zimmerübergabe. Als Karpow in den Flur der Wohnung trat, drang von der Treppe her ein Luftzug mit ihm ein, der auf zweifache Weise für Wirbel sorgte. Zuerst flogen Zeitungen auf, als Staubschutz vor den Mänteln aufgehängte Doppelseiten und einzelne, der Abdeckung von Eimern, Koffern und anderen Behältnissen dienende Blätter. Dann stürzte sich Maria Nikovorownas Mitbewohnerin in das Flattern und schrie, als habe ihr der Raubzug eines Fuchses die Hühner dezimiert.

Karpow hob die Zeitungsseiten auf und reichte sie der Alten. Diesen Herrscherinnen des beengten Wohnens war er ein geübter Untertan. Er kannte die tyrannischen Marotten, das Gerümpel, das aus ihren Türen wuchs, die Tüten in den Tüten, ihre Bindfadennester und die Parade ihrer Schraubdeckelgläser. Sie heulten auf, wenn man in ihr Wuchern eingriff, oder schluchzten, daß man ihnen nicht mehr Lebensraum als einer Maus vergönne. Und immer siegten sie.

Hier galt es nun Iwana Iwanowna zu ertragen. Sie hatte aufgehört zu schreien. Statt dessen lamentierte sie bei jedem Handgriff, mit dem sie ihre krause Ordnung wieder schuf. Sie führte Selbstgespräche mit deutlichen Verwünschungen. Der dritte Mieter widerstrebte ihr. Er würde Platzansprüche geltend machen, angefangen bei den Garderobenhaken. Sie hatte tausend Sachen in dem ihm zugedachten Zimmer deponiert. Und er bedeutete das Ende dieser Deponie. So hatte Karpow, noch bevor es zur Begrüßung kam, Iwana Iwanowna schon zur Feindin.

Sonntags handelte Iwana Iwanowna mit Angler-Maden und Zierfischfutter auf dem Moskauer Vogelmarkt. Sie fuhr, ihre Ware in einer Kühltasche transportierend, mit der Straßenbahn zur Abelmanowskaja Sastawa, wo unweit der Haltestelle auch schon das seltsame Kassenhäuschen stand, kaum breiter als ein Soldatenspind. Bis auf den Schlitz für die Billetts war es ein geschlossener Container, aus dem die Stimme der Kassiererin nur noch als schwaches Überlebenszeichen drang.

Zwischen den fest installierten Buden führten Straßen durch das Marktgelände. Dazu gab es den wilden Rand der Sonntagshändler. Iwana Iwanowna hatte ihren Stammplatz neben einer pensionierten Hauptbuchhalterin der Staatsbank, die hinter einem Deckelkorb mit

Hühnern saß. Sie hoffte zwar, sie zu verkaufen, doch jedes Mal, wenn eines Zuspruch fand, befiel sie Trennungsschmerz, als übergebe sie dem Pfandverleiher ihre letzte Brosche.

Vögel, sah man vom Nutzgeflügel ab, wurden auf dem Vogelmarkt nicht angeboten. In bordellhaft dekorierten Puppenstuben schliefen Rassekatzen. Den Kontrast zu ihnen stellte eine Greisin mit einer Kiste voller Findlingskatzen her, für deren Unterhalt sie bettelte. In der stillen Zeile mit dem Zubehör bediente man sich eines grünen Äffchens für den Kundenfang. Es turnte über Striegel, Bürsten, Mähnenkämme, schüttelte die Waschlotionen und das Parasitenpulver in den Büchsen. Laut und geschäftig war nur die Hundezeile.

Hier zitterten die Pitbulljungen mit den blutig frisch kupierten Ohren. Die Kleinsten offerierte man als heiße Ware. Die Händler trugen sie am Leib wie Drogenpäckchen, während in den Kojen ihre strammen Väter suggerierten, daß mit ihnen nicht zu spaßen sei. Die Mütter, ständig den Strapazen der Vermehrung ausgesetzt, hielt man wohlweislich fern.

Jedermanns Entzücken lösten die Kaukasierwelpen aus. Es waren schon Kolosse. Ihre frühe Wuchtigkeit verriet, daß sie stündlich wuchsen. Das Los der Riesen war ihnen vorbestimmt, die kurze Kette und der Maulkorb. Auch ihnen hatte man die Ohren abgeschnitten; der Wölfe wegen, beteuerten die Händler. Das erste Angriffsziel des Wolfes sei das Hundeohr. Man kutschierte sie in Kinderwagen, aus denen ihre Pranken hingen; die noch im Pelz versunkenen Gesichter ragten aus den Klappverdecken. Wer sich besonders hingerissen zeigte, durfte einen der enormen Wichte an sich drücken. Die Händler zwickten sie und versetzten ihnen kleine Püffe, damit sie knurrten und einen Reißzahn blinken ließen.

So gab es vielerlei Begegnungen mit Tieren auf dem Vogelmarkt, trotz drolliger Manöver jedoch mehr schlechte als erfreuliche. Und was die oftmals trübe Händlerschaft anging, so hätte man ihr lieber alte Autos anvertraut. Iwana Iwanowna trafen aber keine Vorbehalte. Ihre weißen, leicht pelzigen Angler-Maden von der Länge eines Fingergliedes und die Zuckmückenlarven, rostrote, fadendünne Millimeterwürmchen (lat. *Tubifex*), entbehrten nichts.

Sie lagen in getrennten Haufen auf einem Campingtisch, wobei die Maden mehr Bewegungsfreude zeigten als die Larven, die eher dazu neigten, ruhende Verklumpungen zu bilden. Wenn sich jemand näherte, steckte Iwana Iwanowna einen Finger in den Klumpen, und er wimmelte sofort.

Ihrer Kundschaft, den Anglern und den Aquaristen, bot sie auf dem Gummihandschuh Proben an. Es war ein wortloser, fischgemäß stummer Vorgang, bei dem sie den Kenner erriet, gleichsam den Vorschmecker des Barsches und der Brasse. Danach mußte sie die aufgestörten Haufen wieder arrondieren.

Sie stand mit ihrer Ware konkurrenzlos da, jedes händlerische Heischen blieb ihr erspart. Die Klientel trat mit eigenen Gefäßen an, ausgedienten Eßgeschirren, Frühstücksdosen und Joghurtbechern, in die Iwana Iwanowna mit spitzer Hand die Maden portionierte. Die feuchten Larven nahm sie mit einer Kelle auf. Am Mittag war sie ausverkauft. Während andere dem Geschäftsglück noch entgegenhofften, wischte sie schon ihren Tisch und packte für die Fahrt nach Hause, wo die üblichen Konflikte sie erwarteten.

Hier war Iwana Iwanownas Ware Dauerthema. Seit Jahren gab es Tanz um dieses Zubrot, das sie sich verdiente. Die Larven der Zuckmücke erzeugte sie aus einem Pulver. Sie setzte es mit Salz und warmem Wasser an, ein simpler Schöpfungsakt in einem hohen Gurkenglas. Sobald sich Leben darin regte, verteilte sie die Masse in flache Plastikschalen, drückte Deckel auf und packte die Brut in den Kühlschrank, den sich die Mietparteien teilten.

Maria Nikovorowna war darüber längst zermürbt. Sie hatte keine Kraft mehr für Dispute. Das Gewürm der Alten widerte sie an. Auch die Alte selber, wie sie am Küchenfenster laborierte und im Bad den Brausekopf in ihre Tasche hielt, um diese auszuspülen. Unvergeßlich blieb ihr jener Sommertag, als im Gurkenglas die Larven schlüpften, und im Nu die Wohnung unter einem Mückenschleier lag.

Karpow füllte nur die Hälfte eines Kühlschrankfaches. Um Iwana Iwanowna nicht zu reizen, trat er, wo er konnte, Rechte an sie ab. Dank seiner Großmut hatte sie nun Lagerraum hinzugewonnen. Da er Moskau bald verlassen würde, lohnten die Maden keinen Krieg.

Lipa und Samy Gladkich haben es in wenigen Jahren zu Wohlstand gebracht. Sie waren von Moskau nach Berlin gezogen, wo sie gleich der russischen Im- und Exportklasse zugehörten. Vielleicht sind sie noch etwas grob geprägt von ihrem jungen Reichtum, und das abträgliche Wort vom Russengeschmack, das in der Geschäftswelt des Kurfürstendamms und seiner Seitenstraßen aufgekommen ist, verdankt sich auch ihnen. Sie haben eine gute Stadtadresse in einer der zentral gelegenen

Wohnstraßen des Westens. Hier sieht man Lipa mit ausschwingendem Nerz und hervorspringend rot geschminkten Lippen aus einem der Portale treten. Und übte man sich in Geduld, könnte man sie Stunden später mit den Lacktüten der ersten Modehäuser dort wieder verschwinden sehen.

Lipa trägt am Vormittag schon eine Menge Schmuck, und Samy liebt den häuslichen Auftritt im weit geöffneten Rehlederhemd, auf nackter Brust den handtellergroßen Davidstern. Eine funkelnde Geräumigkeit umgibt sie. An den Wänden hängen Bilderrahmen aus Murano-Mosaiken, auf weißen Teppichen von Schwänen getragene gläserne Tische, und jedes Ding wiederholt sich in den Türen der Spiegelschränke.

Nun wollen Lipa und Samy Gladkich ein Fest im Schloßsaal eines Grandhotels geben. Die Bat Mizwah ihrer Tochter Zelda steht ins Haus, der große Tag der jüdischen Mädchen, die das zwölfte Lebensjahr vollendet haben. Die Gestaltung macht eine Frau vom Film. Sie hat Photos mitgebracht von anderen, im selben Saal gefeierten Bat-Mizwah-Festen und bietet dazu Varianten an. Meistens sind es aber Steigerungen, die Gladkichs Prachtversessenheit entgegenkommen. Der Stern für die Decke, der unter blühenden Girlanden verschwinden wird, soll größer als vorangegangene Sterne sein. Man einigt sich auf eine Schenkellänge von jeweils vierzehn Metern.

Alles soll schimmern in der Mädchenfarbe Rosa, die zehnstöckige Torte, der fünf Meter in die Höhe und acht Meter in die Tiefe des Saales reichende Wandprospekt mit einem glitzernden Herz in der Mitte, in dem der Name Zelda geschrieben steht. Rosa das Wasser in den Tischvasen und der Glimmer auf ihrem Grund, die umrüschten Podeste und die herabfallenden Bänderkaskaden.

Das Buffet soll eine Wasserskulptur dominieren, ein gefrorener Engel, der aus einer Muschel wächst. Samy Gladkich möchte, daß der Engel seine Flügel ausgebreitet hält, während Lipa angelegte Flügel schöner findet. Die Filmfrau pflichtet Lipa bei. Mit einem körpernahen Flügelpaar käme die Skulptur zudem auch billiger, ein Hinweis, der die Gladkichs bei der Ehre faßt. Denn nun will Lipa ebenfalls den Engel voll entfaltet.

So wartete das Fest mit allem auf, was machbar und beschaffbar war. Im Glauben, daß es prunkvoll sei, hatten Gladkichs auf dem teuersten Geschirr bestanden. Es wurde angeliefert von einem Leihdepot für Grandhotels und Staatsbankette. Nun waren die Tische eingedeckt mit einem seiner Schlichtheit wegen berühmten weißen Porzellan, und Lipa weinte. Sie rief nach Ada, der Armenierin. Ada Akajian bestritt ihr Leben in Berlin durch Schönheitsdienste an den reichen Russen.

Sie machte Hausbesuche. Die Frauen schätzten sie für mancherlei kosmetische Finessen. Unübertroffen war ihr Augensud, den sie an Ort und Stelle braute. Sie zupfte und klopfte Müdigkeit aus den Gesichtern, manikürte und pedikürte, verstand sich auf Klistiere und Friktionen. Jeder Handgriff verriet eine überlieferte orientalische Fertigkeit. Sie schuf ein träges Behagen, wie Haremsbilder es vermitteln, auf denen eine Mohrin der Lieblingsfrau die Glieder ölt, ein Zustand, im Grunde schöner als der zu erwartende Abend, für den man sich hatte erneuern lassen.

Nachdem Lipa angekleidet war, schlug der Friseur ihr Haar zu einer hohen Schnecke ein, in die er rosa Rosen steckte. Dann legte Ada letzte Hand an Lipa. Mit ein paar Pinselschwüngen hatte sie das Rouge mit Goldstaub überzogen. Sie puderte das Dekolleté hantierte mit Lacken und Firnis, versiegelte, was immer möglich war: die schattierten Lider und den geschminkten Mund, denn mit allen Gästen würde Lipa zur Begrüßung Küsse tauschen. Dreihundert waren eingeladen.

Lipas Mutter und die Schwiegereltern kamen angereist aus Moskau, viel Verwandtschaft aus New York, Paris und London, einige Ipontis aus der weitverzweigten Sippe Lipas kamen von der Côte d'Azur, ein ganzer Schwung von Samy Gladkichs Leuten aus Haifa und Jerusalem und jede Menge Freunde, die es auch aus Rußland in die Welt hinausgetrieben hatte. Dazu die russisch-jüdische Geschäftswelt aus Berlin, die Im- und Exporteure, die Vorstände der jüdischen Gemeinde, und alle mit Familie.

Auch während des Festes mußte Lipa Ada in der Nähe wissen. Sie sollte über ihre Schönheit wachen, mit einem Auge auch nach Zelda sehen, die in ihrem glatten Schopf einmontierte Schillerlocken und einen Tuff aus rosa Schleierkraut im Scheitel trug. Ada Akajian hatte das Köfferchen dabei mit ihren Utensilien, dazu einen Vorrat halberblühter Rosen für Lipas Hochfrisur.

Zeldas rosa Reich begann schon auf der Treppe, die zum Foyer des Schloßsaals führte: das Geländer ein Spalier aus rosa Herzen, die Nischen der Wandlüster mit rosa Herzen zugehängte Grotten. Sie zitterten und schwirrten an unsichtbaren Fäden. Die Potpourris des Pianisten klangen rosa. Rosa stand die Samtschatulle für die Geldgeschenke auf dem Gabentisch. Zeldas Reifrock, ihre Halbhandschuhe und die kleinen Fingernägel waren rosa.

Zelda hätte man in dieser Feensphäre eine zartere Gestalt gewünscht. Nun war sie aber eine stämmige Prinzessin, an der das Rosa unerbittlich wirkte. Lipa sah dafür phantastisch aus. Das Kleid schien auf die Haut gegossen, als sei sie einem rosa Tauchbad nackt entstiegen, und in ihrem porenlos mattierten Dekolleté lag das Feuer eines Achtkaräters.

Die Juweliere feierten Triumphe. Das Handwerk der Coiffeure hatte jede Kühnheit ausgelebt. Edelsteine vom Kaliber eines Zuckerwürfels und Haaraufbauten mit steilen, straßbesetzten Segeln überboten sich. Sechzehn Athleten waren mit der Sicherheit betraut. Sie trugen einen Knopf im Ohr an einem dünnen Kabel, das in ihren Smoking führte. Im Smoking auch die kleinsten Knaben, nur drei Männer mit Käppchen, den Rabbi mitgerechnet.

Der Empfang verlief nach einem festen Ritual. In der Reihenfolge ihrer Ankunft, gleich nach der Begrüßung, der Übergabe und Entgegennahme des Geschenkes und seiner Würdigung, begaben sich die Gäste mit Familie Gladkich in die Photoecke, wo sich der Photograph darum bemühte, die attraktive Lipa möglichst unverdeckt im Bild zu haben. Sie ergötzte ihn, doch mußte er die Mitte Zelda zugestehen, um deren Reifrock er die Gruppen komponierte. Er gehörte der Gemeinde an, und solche Feste waren seine Pfründe.

Die übrige Gesellschaft trank derweil Champagner. Von Glas zu Glas nahm ihre Sprachenvielfalt ab und das Russische nahm zu. Die Kellner reichten Canapées, deliziös beladene, aus Teig geformte kleinste Schiffchen, die wie Bonbons im Mund verschwanden. Mit den letzten Photos ging dann der Empfang zu Ende. Zur Erinnerung würde Lipa jedem Gast ein Bild in einem rosa kartonierten Mäppchen schicken. Sie hatte nun weit über eine Stunde im Schein der Photolampen zugebracht, und Ada hatte sie kosmetisch zweimal aufgefrischt. Der Pianist versuchte, seinem Potpourri noch eine Schlußvignette anzufügen, da dröhnte aus dem Schloßsaal schon die Band aus Tel Aviv.

Der Deckenstern erbebte unter den Verstärkern. Seiner Übergröße wegen hatte man die Zacken wie die Zipfel einer Narrenkappe in eine weiche Abwärtsneigung bringen müssen. So war ein Baldachin aus ihm geworden.

Die Gäste strömten ihren Tischen zu. Es waren Zehnertische, jeder war benannt nach einer biblischen Persönlichkeit, zu der es eine zehnzeilige Legende in Goldschrift gab. Die alten Gladkichs suchten nach Tisch »Abraham«, Samy und Lipa standen bei Tisch »Salomon« und warteten, bis alle saßen. Lalja, das Kindermädchen aus Odessa, dirigierte seine Schutzbefohlenen zu Tisch »David«. Ada Akajian war »Berenice« zugeteilt, dem Tisch der Musiker, an dem sie zwar die meiste Zeit verwaist sein würde, doch um so ungestörter konnte sie ihr Augenmerk auf Lipa richten.

Die Kerzen in den Kandelabern brannten und überglänzten die Horsd'œuvres, die gefillte Fisch, die fingerlangen Spindeln aus haschiertem Hecht- und Karpfenfleisch, farcierte Datteln, Wachteleier, Blinis und Piroggen, den grauen Kaviar wie sonstwo Brot in generösen Mengen, gehackte Zwiebeln und die gebündelten mit Lauch, dann das Sauer- und das Salzgemüse *à la russe* zur besseren Bekömmlichkeit des Wodkas. In den Kübeln, auf hohem Fuß den Tischen beigestellt, steckten zwei geeiste Literflaschen, das Quantum für die erste Stunde.

Das Placement war Lipas Werk gewesen. Sie hatte Empfindlichkeiten bedenken müssen, alte Zerwürfnisse, Animositäten und Rivalitäten. Nächtelang hatte sie gedanklich Gäste hin und her gesetzt. Kaum hatte sie dem Vetter ihrer Mutter, dem Herzensbrecher Luc Iponti, zur Rechten die kesse Schenja Lukitsch zugesellt, sah sie im Geiste schon zu seiner Linken die mißvergnügte Frida Gankin. Zwischen den Marewins aus Jerusalem und den Marewins aus Paris sollten mindestens drei Tische liegen. Hier war ein Familienband zerschnitten, und die Vorgeschichte dazu spielte noch im Moskau der Sowjetzeit, wo sie gemeinsam sich für Israel entschieden hatten. Sie waren auch gemeinsam eingetroffen dort. Dann war Lew Marewin, der Bruder Ossips, ohne seinen Koffer ausgepackt zu haben, weiter nach Paris gereist.

Luc Iponti, Lipas alter Onkel, der schon in seiner Jugend mit der Forschheit eines Tangotänzers ausgeschritten war, schien nun vom Müßiggang in Nizza noch gestraffter. Wie ein Lorgnon die Brille haltend, was ihre zeitweilige Entbehrlichkeit betonte, spähte er nach seinem Namen an Tisch »Aharon«. Als er sich seiner Nachbarschaft vergewissert hatte, winkte er bedauernd zu Tisch »Mordechai« hinüber, an dem Schenja Lukitsch im Begriff war, Platz zu nehmen.

Zu Lipas Glück offenbarte aber nur der Onkel seine Unzufriedenheit. Trotzdem blieb sie angespannt. Das Licht der Kerzen war von Natur aus trügerisch; es stimmte die Gesichter weich und erwartungsfroh. So mißtraute sie der Harmonie, die sich nur diesem Licht verdanken könnte. Dann brauste von der Bühne her, vergleichbar einer Woge, die alles unter sich begräbt, der Goldfinger-Song und begrub auch ihre Nöte.

Zwei Sängerinnen stießen mit verruchtem Timbre das Lied aus sich heraus, dazu summten vier Backgroundsängerinnen und bogen sich zur Melodie. Die grüngoldenen und bronzefarbenen Bustiers umschlossen knapp die Oberkörper, und aus den engen hochgeschlitzten Röcken sah ein Bein hervor, das fordernd wippte.

Der erste Trinkspruch kam von Fedor Gladkich, Zeldas Großvater aus Moskau, den inmitten der kosmopolitischen Gäste das Fest wohl am meisten erregte. Bärtig und zierlich stand er da, dankte für das Glück, das seinen Nachkommen beschieden sei, und für die Fügung, noch Zeuge dieses Glücks zu sein. Unzählige Trinksprüche folgten. An jedem Tisch erhob sich jemand, um den Augenblick zu preisen.

Einige riefen sich die Zeit zurück, als Beschränkungen den Alltag noch diktierten, und ließen erst danach die schöne Gegenwart hochleben. Man sang das Lob der Frauen, dann das der Männer, die verloren wären ohne sie. Verstorbene wurden herbeigewünscht, abwesende Kranke. Ausholendes Deklamieren überschnitt sich mit dem Genius des Stegreifs. Während sich Tisch »Moscheh« in Geduld zu üben hatte, brach man an Tisch »Baruch« in Gelächter aus. Der Wodka wirkte. Auch den Stillsten löste er die Zunge, und ein Spruch entzündete den nächsten, so daß die Literflaschen bald kopfüber in den Kübeln steckten.

Nach den Horsd'œuvres tanzte man. Der Überschwang von Klarinetten nahm den Überschwang des ersten kleinen Rausches auf. Die Sängerinnen klatschten in die vorgestreckten Hände und packten ihre ganze Stimmgewalt in jähe Jubelschreie. Über den Köpfen thronte Lipa auf einem schwankenden Stuhl. Vier kräftige Männer aus der Verwandtschaft hatten sie in die

Höhe gestemmt und trugen sie durch das Gewoge. Obwohl sie gute Miene machte, schien sie nur halb amüsiert, denn für diesen alten Brauch war ihr Kleid zu kurz. So hatte sie Mühe, geziemend zu sitzen. Dazu kämpfte sie mit den Pailettenschuhen, die ihr von den Fersen geglitten waren und nur noch an den Fußspitzen hingen. Es herrschte eine volksfesthafte Ausgelassenheit, als sei die Nacht schon fortgeschritten. Zelda hatte sich versöhnt mit ihrem Reifrock und setzte ihn burlesk in Szene. Und Ada Akajian hielt sich dienstbereit schon draußen bei den Schminkkonsolen auf.

Die Erwartung des Soupers verkürzte Abi Schnitkin, ein dicker Junge in Zeldas Alter etwa, der zum Geschenk er einen Bühnenauftritt wagte. Wie er im Smoking dastand, hätte auch das Herrenattribut »beleibt« auf ihn gepaßt. Zu kleinen weichen, seitwärts hingesetzten Entertainerschritten gab er Sinatra-Songs zum besten, zuerst »My Way« und dann »New York«, Monumente, mit denen er zu stürzen drohte. Also bangte man um ihn und schickte, um sein Wagnis abzukürzen, verfrühte Bravorufe zu ihm hoch.

Ein Lichtkegel fiel auf einen hohen roten Berg aus Hummern, die Apokalypse eines Poissonniers. Dicht an dicht im Huckepack, als wollten sie einander retten, strebten die komplizierten Körper mit ihren Scheren, korsettierten Rümpfen und Fächerschwänzen gipfelwärts. Der alte Gladkich bedeckte dankend seinen Teller mit der Hand. Ihn schüchterten die Hummer ein; er kannte sie bisher nur von Gemälden. Der Rabbi und außer ihm noch ein paar Fromme versagten sich den Hummer, weil nach jüdischen Gesetzen ein Wassertier, das weder Flossen noch mindestens drei Schuppen hat, nicht koscher ist.

Die übrige Gesellschaft schenkte sich die religiösen Vorbehalte. Mehr oder weniger geläufig hantierte sie mit den Spezialbestecken. Der lebemännische Iponti gab, da er in Nizza lebte, seinen Wissensvorsprung über Meeresfrüchte an die Tischgenossen weiter. Er stieß die lange Hummergabel durch die feinsten Röhren und förderte noch Fleisch zutage. Sein ganzes Trachten galt dem Schwerzugänglichen, den versteckten Happen, die er gewürdigt sehen wollte. Ada Akajian hingegen, die alleine über ihrem Hummer saß, versuchte gar nicht erst, ihm richtig beizukommen. Sie hatte nur den Schwanz für sich herausgelöst, als sie die Fingerschale schon benutzte.

Vierzehn Kellner in Phalanx lüfteten auf einen Schlag die Deckel von den Chavings. Das vielstimmige Bouquet von Fluß- und Meeresfischen, von Saiblingen, Zandern, Rotbarben und Goldbrassen in Kräuternagen oder Lauchstroh stieg zusammen mit den Düften des gebratenen Geflügels auf. Die Wachteln saßen im Schneidersitz in einem Trüffeljus, die Stubenküken auf Gemüsenudeln, und um die Entenbrüste lag ein dünner Mantel aus einer Cognacsauce.

An Tisch »David« mäkelten die Kinder. Sie wollten Ketchup nur aus den gewohnten Flaschen und nicht mit Silberkellen aus Saucieren schöpfen. Ihre Schnitzel waren tiergestaltig. Den etwas Älteren schien ein gewisser Schliff aus Internaten mitgegeben. Steif und gelehrig, als fürchteten sie Minuspunkte, führten sie die frisch erworbenen Manieren pantomimisch übertrieben vor. Und während sie, den Fisch sezierend, wie Prüflinge vor einem Werkstück saßen, gaben sich die Väter völlig ungequält von jeder Etikette. Sie faßten nach den Gräten, ohne daß sie ihren Mund abschirmten.

Als die Tische abgetragen waren, gab es einen Film. Er hieß *Zelda in Zuoz*. An den Buchstaben hingen gemalte Eiszapfen von ungleicher Länge. Eine Totale, für die man sich einer Postkarte bedient hatte, zeigte ein Dorf im Oberengadin mit alten Bauern- und Patrizierhäusern. Dann rückten die orangeroten, festungsartigen Gebäude des Lyceums Alpinum heran, die im Schnee wie Feuerblöcke glühten. Und schon suchte die Kamera mit torkelnden Auf- und Abwärtsschwüngen nach Zelda.

Sie stand in der Einfahrt zur Rektorenvilla zwischen zwei Steinbockskulpturen. Die gewaltigen quergerippten Hörner bogen sich in einem Viertelkreis bis zu den Flanken. Ihr Gewicht zwang den Köpfen eine gebieterische Haltung auf. Zelda kletterte auf die Podeste, kraulte die Kinnbärte der Böcke und lachte wie aus einem Fenster unter den Geweihen hervor. Ausschnittweise sah man auch die Bergwelt durch das Horngewölbe.

Es folgten Gruppenszenen, Zelda mit Mädchen aus dem Internat, blonde und rote, dunkelhaarige mit ernsten Nasen, eine wollköpfige Schwarze. Sie trugen Steppanzüge in sphärischen Kältefarben, Zelda eine blaß-blaue Daunenmontur, in der sie wie in einer Wolke steckte. Sie hielten einander bei den Händen und kamen angerannt, als stürmten sie aus einem Bühnenhintergrund hin zum Applaus.

Ein musealer Pferdeschlitten, einspännig, mit feinen Kufen und hoher Deichsel, fuhr ins Bild. Zelda hielt die Zügel. Sie teilte sich die schmale Bank mit Lipa, die einen Weißfuchsmantel raffte. Aus dem Kragen blitzten ihre tierhaft tadellosen Zähne, ein Lachen, das den Kürschnertod der Füchse abzusegnen schien.

Sie machten einen Ausflug nach Sankt Moritz, um auf die Lebewelt zu treffen. Vorbote dieser Welt, mit grüner Pelerine und Zylinder, war der Doorman des *Palace Hotel*. Er stieß die Drehtür an und gab der Kamera den Weg frei ins Foyer, wo Lipa und Zelda dann die Überraschten spielten.

Schließlich Großaufnahme von den Eltern, beide hinter Sonnenbrillen, Gladkich mit Zobelmütze, die Ohrenklappen waagerecht, Lipa von einer opulenten Nerzkapuze weich umrandet. Man saß beim Winterpolo. Die Familie hatte Plätze in der ersten Reihe, direkt am Saum des eisbedeckten Sees. Hufe dröhnten, die Pferde jagten dicht vorbei, und Zelda, die kaum an die Bande reichte, winkte, als ertrinke sie.

Es wurde hell für drei, vier Tänze, dann wieder dunkel für die Inszenierung der Geburtstagstorte, eines enormen Konditorenbauwerks mit zehn sich verjüngenden Etagen und einem von der Stadtansicht Jerusalems gekrönten Dach. Jerusalem zu Füßen, auf umlaufenden Terrassen, symbolisierten Zuckergußfiguren Glück und Reichtum. Man sah ein Brautpaar, ein Mercedes-Cabrio, eine Villa und einen Kinderwagen sowie die verschlungenen Insignien von Coco Chanel. Die Torte drehte sich ein paarmal unter beifälligem Gemurmel. Dann stellte Zelda sich auf eine Fußbank, um sie anzuschneiden, wobei ein Patissier das Messer führte.

Ada Akajian bot Lipa Gladkich ihre Dienste an, indem sie mit einer kleinen Fragehaltung ihres Kopfes zu ihr hinübersah. Doch meistens winkte Lipa ab. Je weiter vorgerückt der Abend, um so selbstvergessener und schöner wurde sie. Das Tanzen hatte inzwischen an Tempo gewonnen, und die Luft im Schloßsaal war gesättigt von Kerzenbrand, den Bouquets der Cognacs und Schnäpse, den reichlich zerstäubten Parfums und Tausenden Rosen, die, noch immer knospig durch künstlichen Tau, um das Holzgerüst des Deckensterns gewunden waren.

Ada Akajian war in ihren Berliner Jahren so manchen Spielarten des Reichtums begegnet, allen voran der russischen, die alles vorzeigte. Doch was in den Häusern und Wohnungen, den Garagen, Kleider- und Schuhschränken jenes Personenkreises steckte, für den sie heilberuflich und kosmetisch tätig war, lag zu weit hinter dem Horizont ihrer eigenen Begehrlichkeiten, als daß es ihren Neid erregte. Im Grunde waren es einfache Leute, die sich in ihre Hände begaben und unter den wohltuenden Griffen in Redseligkeit oder Schlaf verfielen. Lipa zum Beispiel redete.

Sie breitete ihre Wünsche aus, die oft schon erfüllt waren, wenn Ada eine Woche später wiederkam. Dann wollte sie den Beifall Adas für ein golddurchwirktes Handy-Täschchen von Chanel, ein Requisit des Überflusses, das zur Verspottung seiner Trägerin erfunden schien, wobei der Spott weniger das Täschchen meinte als die Bereitschaft, 1320 Mark dafür zu zahlen. Manchmal war Lipa auch ermüdet von den erfüllten Wünschen und überließ sich einer mäkelnden Verdrossenheit, bis diesem Zustand, wieder eine Woche später, der Wunsch entwuchs nach einem durch Verzicht gesteigerten Leben.

Nun wollte Lipa nur noch vegetarisch essen und flog nach Indien, um sich darin einzuüben. Wieder in Berlin, hatte sie zwei Kleidergrößen abgenommen. Und bald saß sie an der Seite Samys in den Daunensofas der Boutiquen, wo das Schneiderauge einer Chefin sie taxierte.

In Frauen wie Lipa sah die Branche eine abhanden geglaubte Weiblichkeit zurückgekehrt. Details aus der Sphäre der Umkleidekabinen waren in Umlauf, Verlautbarungen des Personals über die Marmorglätte der Haut, über die Üppigkeit und das Auftrumpfen damit in luxuriöser Wäsche, die anstiftende Art und Weise, die Brust wie Naschwerk in ein Dekolleté zu betten. Das von Natur aus Schöngeratene befinde sich zudem in einem Zustand erfreulichster Gepflegtheit, um nicht zu sagen höchster Wartung. Überhaupt jedes Tun, das zeremonielle Parfümieren der Armbeugen und Schläfen, das Einfahren des Flaconstöpsels in die Busenschlucht, das Abstreifen eines Kleidungsstückes, sein Überziehen und das Hineinschlüpfen arte zu einer sinnlichen Verrichtung aus.

Korkenknall im Hintergrund, dann näherte sich das Klingeln von Champagnergläsern. Die allem Personal vorangestellte tüchtigste Kraft spielte schnell die ersten Modelle ein. Sie hielt sich die Sachen erst einmal selber vor, dabei ermunternd zu Lipa und konspirativ zu ihrem Finanzier hinlächelnd. Dieser verriet gleichzeitig Ungeduld und Kaufbereitschaft, eine günstige, doch leicht zu verscherzende Befindlichkeit, die wie bei chirurgischem Assistieren konzentriert bedient werden mußte.

Auf eine Kopfbewegung der Chefin hin wurde die Ladentür abgeschlossen. Jetzt wünschte sie keine weitere Kundschaft, bedächtige, mit Zeit gesegnete Leute womöglich, die eine volle Stunde über der Anschaffung eines Gürtels zubringen, sich mit jedem Teil ans Tageslicht bemühen und Strümpfe über den gekrümmten Handrücken spannen. Eine Kleiderstange mit den ausgewählten Stücken wurde herangefahren. Vorherrschend in dem stillen Geschehen waren die Metallgeräusche der hart darübergehängten Bügel und das Auf und Zu der Reißverschlüsse hinter dem Kabinenvorhang. Die Hausschneiderin steckte die Säume ab, wobei sie, ohne sich aus der Hocke zu erheben, die Russin umrundete. Sie reagierte nervös auf Samy Gladkichs zeitknappes Gebaren und zeigte ein leichtes Fingerbeben, wenn sie nach der Nadel zwischen den gepreßten Lippen griff.

In äußerster Angespanntheit, als folge sie im Fernglas ihrem ins Ziel galoppierenden Pferd, beobachtete die Chefin Gladkichs Beifall für die Kleider, seine kurzen Handbewegungen nach rechts oder links. Nach rechts abwinkend gab er sein Mißfallen kund. Doch überwog der Beifall. Die rangärmste Angestellte mußte die Tüten vorbereiten durch ein brüskes, einen Knall erzeugendes Ausschlagen, damit sich der Faltboden öffnete. Gladkich zahlte bar aus einem Aktenkoffer, in dem die Scheine paßgerecht wie Lösegeld gestapelt lagen. Der erschöpften Schneiderin, die ihr Stecknadelkissen vom Arm abstreifte, gab er einen Schein aus seiner Jackentasche.

Das Fest gipfelte in einem Überraschungsbuffet um Mitternacht, das vier Kellner mit Fackeln flankierten. Mit gedrosselten Schritten, als begleiteten sie eine Friedhofslafette, schoben sie einen langen rollenden Tisch, von dem Feuerfontänen hochschossen, die als Goldregen wieder herabfielen. Dazu stiegen über der gesamten Fläche des Tisches die Dampfschwaden von Trockeneis auf. Man spürte einen Kältehauch und hörte das Knistern und Knacken vieler kleiner Explosionen. Und nach dem letzten Ansturm der Feuer und Dämpfe lag schließlich der Blick auf die Süßspeisen frei, aus deren Mitte der gefrorene Engel ragte.

Ada Akajian hatte das Fest über nicht getanzt. Einmal war sie in eine Polonaise hineingeraten, doch das zählte nicht. Ansonsten hatte sie in der Befürchtung, von Lipa und Zelda gerade dann gebraucht zu werden, alle Tänze ausgeschlagen. Sie war eher klein, vielleicht Mitte Vierzig und von jener in südlichen Ländern häufigen Schönheit, die sich der schwarzen Haarfülle und großen dunklen Augen verdankt. Ein braungoldenes Brokatkleid, in dem sie festlicher und zugleich ärmer wirkte als die übrige Gesellschaft, betonte ihre stramme Rundlichkeit. Sie war als Tochter eines armenischen Erdölarbeiters in Baku, der Hauptstadt Aserbaidschans, aufgewachsen. Wie vormals ihre Mutter hatte auch sie einen armenischen Erdölarbeiter geheiratet. Da es das Paar ins westliche Europa zog und Baku schon so gut wie hinter ihnen lag, wohnten sie zum Übergang bei Adas Eltern. Und wie später in Berlin machte Ada auch in Baku Hausbesuche mit ihrem weitgefaßten Angebot der Schönheitspflege.

Der Beruf schien ihr vorbestimmt. Die Großmutter hatte ihn schon ausgeübt. Im Radius ihres kleinen Dorfes war sie mit Feilen, Scheren und Pinzetten unterwegs gewesen, wobei das ungenaue Wissen über manche ihrer Tätigkeiten die Phantasie der Dörfler angetrieben hatte. Sie war sogar den Moslems aus der Gegend dienstbar, die im Sinne des Propheten ihren Frauen eine gänzlich schattenfreie Nacktheit abverlangten. Sie entfernte deren Körperhaare. Dazu trug sie eine steife Zuckerlösung auf, wartete, bis sie erstarrte, und begann zu zupfen. Den Bräuten, die zum erstenmal die Prozedur erlitten, riet sie, in ein Taschentuch zu beißen.

Die Mutter, später dann in Baku, legte Dauerwellen in der Küche. Im Terminbuch stand der ganze Wohnblock. Bei der Rückwärtswäsche lag der Kopf auf einem Blech, von dem das Wasser wildbachartig in den Spülstein stürzte. Schaumgebirge türmten sich. Die rigorose Süße der Shampoos und der versprühten Lacke trafen auf die Mittagsdüfte. Zwei Trockenhauben lärmten, während man zu Tisch saß. Ihre scheppernden Gebläse zerhackten jeden Satz, so daß sich Unterhaltungen auf Zurufe verkürzten. Die Wärme rötete die Gesichter, und mit leicht töricht entrücktem Lächeln setzte die Müdigkeit ein. Dann kam der Schlaf. Ada sah ihn sich anschleichen. Er zog an den Lidern, ließ den Kopf wie bei einer Lumpenpuppe haltlos wackeln, bis er, aus dem Luftstrom heraus, ruckartig nach vorne fiel.

Gegen ein Uhr morgens gab es Kakao aus napoleonischen Deckeltassen. Um ihre Kostbarkeit herauszustellen, verstummte die Musik bis auf die Schlagzeugbesen, unter deren drohendem Rotieren die Kellner die Gedecke brachten. Das Service gehörte einem Münchner Sammler. Die Tassen hatten zwei Henkel und waren umlaufend bemalt mit französischen Soldaten vor ägyptischen Altertümern, mit lagernden Frauen, gebogenen Palmen und Minaretten, mit Kamelen, Packeseln und anderen Orientmotiven, die auf das Hauptmotiv, den Imperator, trafen.

Ihrem Zofenamt verpflichtet, hatte Ada Akajian nur die ersten rituellen Gläser gleich zu Anfang mitgetrunken. Nun wurden ihr die Stunden lang. Die Eindrücke stumpften ab. Die sich jagenden Spektakel der Tischfeuerwerke aus Portugal und Frankreich versetzten sie in einen heißen Sommertag in Baku. Sie hatte ein Blutbad überlebt. Der Krieg um Berg-Karabach war aus dem innersten Aserbaidschan am Kaspischen Meer angelangt. Die Front reichte bis auf die Strandpromenade. Dann sprang sie in Adas Wohnblock über, in die Küche hinein, wo die Mutter das Friseurgeschäft betrieb. Glücklich, wer dort saß und nicht armenisch war.

Die Mörder fielen zur Mittagsstunde ein. Adas Mann starb gleich durch eine Kugel. Er erlitt den besten Tod. Einer mit Axt erschlug die Mutter, den Vater traf es in die Beine. Er war als Rumpfmensch wieder aufgewacht, den man zu seinesgleichen in ein Heim bei Moskau überführte. Dort starb auch er.

Die Tischordnung war längst aufgehoben, und neue Gruppen hatten sich gebildet. Die Ruhelosen wechselten, um die Sinne zu erfrischen, von Gelächter zu Gelächter und trugen notfalls ihren Stuhl quer durch den Saal. Ältere Respektspersonen gewährten Audienzen. Und für Lipas alten Onkel, Luc Iponti, bot sich jede Art Musik zum Engtanz an. Er schob Schenja Lukitsch vor sich her, den Führarm starr wie eine Deichsel, oder kippte sie nach hinten wie ein Saxophon und bog sich über sie.

Ada sah dem Gewoge zu, dem Übermut sich umhüpfender Paare und ihrem erhitzten Kapitulieren. Zu Hause wartete Rainer Kusack auf sie, ein Maurer, den sie der Einbürgerung wegen mit kaltem Herzen geheiratet hatte. Auch er hatte keine Gefühle investiert. Keinem von beiden, so werden sie sich gesagt haben, würde viel entgehen, wenn man sich zusammentäte. Er war ein unfroher Mann, der bei allen Versuchen auf dem Gebiet der Liebe bisher gescheitert war. Hinter ihm lag ein langes Junggesellenleben in der Fürsorge seiner Mutter. Als sie gestorben war, hatte er die Armenierin zu sich ins Haus geholt. Die frisch verwitwete Flüchtlingsfrau schien ihm der beste Ersatz. Und nichts kam ihm mehr gelegen, als daß ihr ganzes Begehren dem Bleiberecht galt.

Eine klingende Eisbombe beschloß um drei Uhr am Morgen das Menü. Ihr folgte der Abschied der Kinder. Sie bildeten eine Gasse für zwei bronzierte Athleten, die mit Handbandagen eine Sänfte trugen, aus der sich Zelda neigte und »doswidanja« rief.

Karpow konnte auf die Freigebigkeit der Frauen setzen. Er gefiel ihnen. Sie stellten den generösen Teil seines Publikums. Der Lebensernst, mit dem er weiche Melodien spielte, sprach sie an, die männlichen Züge und das abgekehrte Lächeln darin, wenn eine Münze niederging. Für dieses Lächeln wiederholten und verkürzten manche ihre Alltagswege.

Dem Vorzug, ihnen zu gefallen, entwuchsen jedoch auch Unannehmlichkeiten. Sie nahmen ihren Ausgang bei dem Schild zu seinen Füßen, das seiner Wohnungssuche galt. Und mit Wohnraum gesegnet waren naturgemäß die Witwen, durch Tod oder Scheidung dem Alleinsein wie der Freiheit überlassen. Unter ihnen hatte Karpow seine Wirtinnen gefunden, in der Regel umstandslose, couragierte Frauen, was schon ihr Entschluß verriet, einen Fremden aufzunehmen.

Auch wenn die Jüngsten nur unbedeutend älter waren als er selber, war es für Karpow eine Altersklasse, in der man Frauen gerade dafür, daß man sie nicht begehrt, mit doppeltem Respekt begegnet. So nahm er, sich im Glauben wiegend an ihr weites, mütterliches Herz, ihre Wohnofferten an, um sich am Abend mit Sack und Pack und einem kleinen Fresienstrauß bei ihnen einzufinden.

Karpow überreichte die Blumen mit einem Schwall von Dankesformeln. Den meisten Platz in seinem schmalen Deutsch nahm das Danken ein. Er hatte dafür einen wilden, wie wahllos auf ein Blech gekehrten Wortschatz angehäuft, der die geringste Geste wie die größte Güte ohne Unterscheidung feierte. Und jetzt dankte er für die noch ausstehende Wohltat eines Bettes.

Manchmal gab sich eine Wirtin dem Wunschgebilde hin, den Blumen hafte eine Note von Umwerbung an, der sie sich erwehren müsse, wobei der Unmut immer schwächer ausfiel, als es die Entzücktheit tat. Dann lief die Ankunft Karpows auf eine längere Gemütlichkeit hinaus. Er sank in die schilfgrüne Masse eines Sessels. Über der Lehne des zweiten Sessels, des Stammplatzes der Wirtin, hing auf den Tag geblättert die Programmzeitschrift. Im Ersten lief *Das Schloßhotel,* in dem eine reife Frau logiert, die dem verwitweten Direktor wieder Mut macht für die Liebe. Große Natur, ein See vor einer Bergkulisse.

Die Wirtin nahm aus der Vitrine ihrer Schrankwand eine Vase und verschwand, um Karpows Fresien zu versorgen. Sie lobte seinen Blumengeschmack, der genau den ihren treffe. Alles, was sich ihren Augen darbot, fand ihr Wohlgefallen, der zurückgelehnt sitzende Russe, der sich aufrichtete, wenn sie eintrat, der Akkordeonkoffer, der gleichsam das Behältnis seiner Seele war, die Tasche, die sein Bleiben verhieß.

Das Wohnzimmer lag im Licht einer Stehlampe mit rauchgelbem Schirm, eine unberührte Kissenvielfalt auf dem Sofa, davor der Couchtisch mit Nußschale und Wabenkerze, die noch nicht brannte. Dafür brennen die Kerzen im Speisesaal des Schloßhotels, wo der Abend nun ebenfalls begangen wird. Die Paare streben ihren

Tischen zu, lesen die Menüs und teilen einander ihre Gelüste mit, die Damen in verwöhnter Unentschlossenheit, die Herren in verliebter Geduld ihre Langmut demonstrierend. Die Frau am Einzeltisch schmerzt dieses Glück, so daß sie nach dem ersten Bissen schon das Besteck ablegt.

Karpow hörte aus der Küche den gedämpften Schlag der Kühlschranktür, der seinen Hunger weckte, ein Geräusch der Vorfreude auf ein Wurstbrot, ein Geräusch auch für die Unabwendbarkeit von stimmungsfördernden Getränken. Unterdessen verläßt die Frau vom Einzeltisch den Speisesaal und geht trotz schweren Wetters nur mit einem Umschlagtuch nach draußen.

Beim Anblick der belegten Brote, sie waren garniert mit gefächerten Gurken und Tomaten, hob Karpow die Hände, als wolle ihn ein regennasser Hund anspringen. Die Wirtin stellte den Teller auf den Couchtisch und holte mit einem letzten Gang in die Küche den Sekt. Sie zündete die Wabenkerze an, er hatte die Flasche zu öffnen. Sie stieß auf die Begegnung mit ihm an.

Vor dem Schloßhotel knirscht jetzt der Kies unter den Schuhen des Direktors. Der Zufall hat den Mann zum Steg hinausgeschickt, wo die Frau im Umschlagtuch ins Wasser starrt. Da sie zittert, legt er ihr seine Jacke um. Sturm und schwarze Nacht begünstigen die körperliche Nähe. Also folgen, ihrem Jahrgang angemessen, sachte, küßchenhafte Küsse. Im letzten Bild, die Jacke des Direktors spannt sich über beide, eilen sie ins Warme Richtung Schloßhotel.

Karpow hatte jeder Schnitte, die er aß, sein Lied gesungen, und jede sollte die letzte sein. Sosehr er sich bemühte, zwischen Hunger und Bescheidenheit zu balancieren, die Wirtin schaffte es, daß er von neuem zugriff. Sie drehte den zur Hälfte leeren Teller, damit die andere Hälfte vor ihm stand. Wie einem Kranken diktierte sie ihm die Bissen, während sie dem Sekt zusprach.

Mit der Sättigung ging Karpows Müdigkeit einher. Die Wirtin hingegen hatte einen kleinen Rausch. Für sie hatte der Abend erst begonnen. Das späte Glück im Film, sein schönes Ende beflügelten sie und beförderten ihren Wunsch nach Liebe. Nichts müßte ihr im Wege stehen. Im Gegenteil, man müßte einander nicht mehr suchen, man könnte, ohne daß Nacht und Sturm die Weichen stellten, einander schon gefunden haben.

Sie wünschte, daß er etwas spielte, worauf er, der nachbarlichen Rücksichtnahme eingedenk, den Blick zur Decke richtete. Sie wollte ihn zum Trinkgenossen haben, das Bedenkliche an ihm verscheuchen, die Schläfrigkeit, die weiter nichts versprach, als unaufhaltsam fortzuschreiten.

Karpow unterdrückte das Gähnen durch ein Aufeinanderbeißen seiner Backenzähne. Die Erwartungen der Wirtin versetzten ihn in das Dilemma eines Schuldners. Mit allen Höflichkeiten, die ihm zu Gebote standen, versuchte er, sie nicht zu kränken. Er gab den Dummen, der nichts verstand, übertrieb gesundheitliche Mängel, um den Weinbrand abzuschlagen. Er führte Magen, Kopf und Rücken an, umfaßte mit der rechten Hand das Gelenk der linken, seine Zughand beim Akkordeon, die bei der kleinsten Drehung schmerzte, und führte dann den Schmerz herbei, um glaubhaft aufzuzucken. Sogar das Überbein, das von der strapazierten Hand aufragte, brachte er ins Spiel, indem er prüfend nach ihm tastete, als spüre er ein neuerliches Wachsen. Jedes Gebrechen war ihm gut, um von sich abzuraten.

Karpow ging um Mitternacht zu Bett. Die Wirtin war bei leiser Tanzmusik zurückgeblieben. Ihr Werben hatte sich in Übellaunigkeit verkehrt, so daß sie ihn vom Sessel aus zu seinem Zimmer dirigierte. Er lag hellwach und sah sie vor sich, wie sie brütend dasaß und das Unglück zu ertränken suchte. Auch Karpow war nicht wohl in seiner Haut.

Er hatte sie trotz der Manöver, einen unbrauchbaren Mann für eine Liebesnacht aus sich zu machen, am Ende doch gekränkt. Er war auf einen Racheakt gefaßt. Jeden Augenblick könnte sich die Tür auftun, die verschmähte Frau ins Zimmer treten, sich vor seinem Bett aufbauen und sein Verschwinden fordern. Oder ein wütendes Weinen würde sie schütteln, und er müßte sie besänftigen.

Die Tanzmusik lief weiter, sonst aber rührte sich nichts. Nun fand Karpow, der sich eben noch als Opfer eines groben Auftritts phantasierte, diese Stille nicht geheuer. Die zarten Geigenstücke suggerierten Zweisamkeit. Und er malte sich ihr Zusammenwirken mit dem Weinbrandquantum seiner Wirtin aus. Rausch und Geigenklänge könnten ihre Liebeswünsche neu entfachen. Die begehrliche Frau könnte klopfen, und er läge wehrlos im Gästebett der Samariterin.

Um ein Uhr war der Spuk vorüber. Die Wirtin hatte ihr Schlafzimmer aufgesucht, das an das Zimmer Karpows grenzte. Er vernahm das Knipsgeräusch einer Lampe, das brüske Schließen zweier Vorhanghälften, begleitet vom harten, metallischen Rauschen der Laufrollen, die Schleuderstangen stießen aneinander. Dann noch ein schwaches Rumoren, gefolgt vom Ächzen der Bettfederung. Karpows Angespanntheit löste sich. Er war davongekommen. Schlaflaute der Wirtin drangen durch die Wand. Genauso würde sie ihn atmen hören, jeder Seufzer, jedes Räkeln teilte sich dem jeweils Wachen mit.

All das war Karpow, der nur beengtes Wohnen kannte und immer in entsprechend dichtgestellten Betten lag, nicht unvertraut. Trotzdem packte er und verließ gegen alle Skrupel des Undanks noch zu nachtschlafender Zeit das Haus. Er machte sich auf den Weg zu Jonny Siebert am Schlesischen Tor, einem Vertrauten seiner Nöte. Wann immer Karpow zu dieser Frühe bei ihm klingelte, ahnte Siebert die prekäre Vorgeschichte und nahm ihn auf. Er tat es, obwohl die Freundschaft zwischen ihnen längst beschädigt war, was musikalische Gründe hatte.

Jonny Siebert, der als Sänger dilettierte, hatte Karpow als instrumentalen Begleiter gewinnen wollen. Doch Karpow, ein diplomierter Absolvent des Konservatoriums von Astrachan, hatte abgelehnt. Schließlich willigte er widerstrebend ein, denn es war Winter geworden, und er brauchte ein Bett.

Siebert lebte von kleinen Auftritten, die er Frank Sinatra nachempfand. Seine ganze Existenz war eine Huldigung an Franky-Boy. Die Songs pulsierten wie das Blut in ihm. Sie machten seine Schritte weich. Auf den Trottoirs der rauhen Gegend, in der er wohnte, sah man ihn schlendernd, dazu lächelnd, als sei er abgeschirmt von einer Droge. Jeden Alltagssatz war er versucht sinatrahaft zu modulieren, selbst den kurzen Text der Telefonansage. Man glaubte einen Mann zu hören, der auf den samtbespannten Stufen einer Nachtclub-Bühne sein Publikum begrüßt.

So lebte Jonny Siebert auf seinen Durchbruch hin, während Karpow wußte, daß es den nie geben würde. Die

Vortragskünste des jungen Freundes schmerzten ihn. Er hätte es ihm gerne beigebracht, ein väterliches Wort an ihn gerichtet, denn Siebert war noch unter Dreißig. Doch fehlte ihm der Mut für diese Offenbarung. Also stützte er, soweit er es vermochte mit den Mitteln des Akkordeons, die dünnen Imitate.

Die Abende spielten wenig ein. Siebert nahm es zuversichtlich. Sein Enthusiasmus siegte über jeden Mißerfolg. Karpow hingegen stapelte im Geist die Münzen, die anderswo ihm zugefallen wären. Dann traf er in der Wilmersdorfer Einkaufszone auf den Geiger Oleg Gutkin, einen lettischen Juden mit Konzertsaalreife.

Das autofreie Straßenstück war voller Musiker, und Töne aller Instrumentenklassen überlagerten und kreuzten sich. Gutkin mußte sich behaupten gegen Bambusflöten, Trommelperkussionen und ukrainische Trompeten. Aus der offenen Reisetasche, die vor ihm stand, fluteten Orchesterklänge. Sie brandeten heran und verebbten sogleich für den erregten Part einer Streichergruppe. Bis auch diese sich zurücknahm für die Höhenflüge des Solisten Gutkin.

Er geigte, ein Schweißtuch zwischen Kinn und Schulter, mit dem Habitus des Virtuosen, die Augen geschlossen oder blicklos, die Gesichtszüge fernab und beglückt. Die Finger attackierten den Violinenhals, der Bogen glitt und hüpfte oder schrammte, eine Breitwand aus dissonanten Tönen erzeugend, alle Saiten abwärts.

Als Karpow vor ihn hintrat, erfaßte Gutkin instinktiv in ihm den Russen, zumindest aber einen Mann, der gleich ihm ein sowjetisches Vorleben hatte. Die weitere Gemeinsamkeit, das Straßenmusikantentum, war unschwer zu erraten, denn der Mann schob ein Akkordeon auf einem Einkaufsroller, dem Fahrgerät der Ambulanten. Das Tonband, das die Tempi vorgab, lief unterdessen weiter. Gutkin mußte spuren. Die Musikkonserve hetzte ihn. Schon nach einem Takt Verspätung würden ihn die unnachsichtig vorwärts treibenden Begleiter fallenlassen.

Bei Anbruch der frühen, winterlichen Dunkelheit, als nur noch das Licht der Kaufhallen und Geschäfte auf die Straße fiel, wechselte Gutkin seinen Platz. Dabei legte er wie ein Gesuchter, der trainiert war im Entkommen, eine routinierte Eile vor. Er tauschte die Glasfront, vor deren Helligkeit sich seine Geigersilhouette abgehoben hatte, gegen die Nische eines Hauseingangs, die unbeschienen war. Karpow folgte ihm dorthin. Vertraut mit den Fährnissen der Straßenmusik, wußte er sofort, warum sich Gutkin aus dem Blickfeld brachte. Doch schon geschah, was dieser fürchtete.

Die tönende Tasche hatte die Kontrolle angelockt, zwei Streifengänger bei der Fahndung nach unerlaubten Instrumenten. Darin inbegriffen waren Klangverstärker, wie Gitarristen sie benutzten, oder, wie im Falle Gutkins, die konzertante Untermalung einer Solovioline. Die Kontrolleure trugen, im Unterschied zum grünen Hoheitstuch der Polizei, dunkelblaue Uniformen, die schon dadurch, daß sie nicht so streng gebügelt waren, ihren halben Ernst einbüßten.

Es ging zum Feierabend hin. Von den Erträgen her war es die beste Zeit der Musiker, als profitierten sie vom Überschuß einer allgemeinen Gutgelauntheit. Die Kontrolleure schoben mit dem Gestus staatlicher Befugnis Gutkins kleines Publikum beiseite, während er, auf seinen Einsatz wartend, die stumme Geige hielt. Das verborgene Orchester spielte »Ave Maria« von Bach/ Gounod, ein Ohrwurm allerorten, dem nun auch Gutkin gleich die Sporen geben wollte. Offensichtlich wollten aber auch die Männer das Bravourstück hören, denn sie zögerten die Amtshandlung hinaus. Und Gutkin, dem ihr Tätigwerden, ob er nun geigte oder nicht, in jedem Fall bevorstand, ließ sich vom Aufwind aus der Tasche tragen und sprengte los.

Noch an diesem Abend entstand das Duo Karpow-Gutkin, das bald durch die Nachtcafés von Berlin-Mitte zog. Man wagte einen Neubeginn nach ehrenrührigen Begleitumständen, nach der zu stümperndem Gesang vertanen Kunst sowie der Allmacht zweier beutefroher Streifengänger. Die Könnerschaft des einen war sich jetzt der Könnerschaft des anderen gewiß.

Ihr Äußeres entsprach den Instrumenten, die sie spielten, Karpow, ein Wind-und-Wetter-Mann, trug feste Schuhe, Anorak und Mütze. Gutkin hingegen, seinem Fach gemäß weniger ein Mann der Straße und des freien Himmels, trug dünne Schuhe, Hut und Mantel, jeweils schwarz. Seine Kleidung war in schlechtem Zustand, so daß er zugleich frierend, feierlich und arm aussah. Daneben wirkte Karpow wie ein wohlverpackter Wanderer. Er war glattrasiert und auf eine trocken harte Weise schön, während in den weichen Zügen Gutkins, dem ein fahrig rotes Bärtchen auf die Oberlippe hing, sich eine Art von Geigerwehmut eingenistet hatte.

Sie waren schnell erfolgreich. Gäste und Wirte der späten Lokale, voran die der weißgedeckten *à la mode* mit langen Kellnerschürzen und überhohen, zum Zerbeißen dünnen Rotweingläsern, versicherten sich ihrer Wiederkehr.

Man befand sich in einem Teil Berlins, in dem das einstmals Östliche verlockte. Ein Quantum Niedergang und Fremde hielt sich noch. Die Menschen aus dem

Westen waren wild darauf. Doch wurde das, was sie erregte, zusehends schwächer. Ja, es drohte unter einem Riesenpinselschwung der Investoren gänzlich zu verschwinden. Dem Russen und dem Letten kam diese östlich ausgerichtete Verzücktheit also sehr gelegen.

Den Rücken zum Tresen zog Karpow einen Stuhl zu sich heran, um das linke Bein auf einer Sprosse abzustützen. So trug der Schenkel die Last des Instrumentes. Es kam auch vor, daß diesem Installieren eine Geste deutlichen Willkommens vorausgegangen war, daß im Moment, wo er mit Gutkin durch den Windfang trat, ein Kellner oder Wirt den Stuhl ihm schon entgegenrückte. Dann erlaubten sie sich trotz der Kürze ihres Gastspiels, die Garderobe abzulegen. Karpows Pullover sah unter den gesteppten Rhomben einer Traktoristenweste vor. Dazu kontrastierte die Orchesterschwärze von Gutkins Anzug. Der Abglanz Tausender von heißen Eisen, die über ihn hinweggeglitten waren, ließ ihn wie Seide schimmern. Er saß an allen Enden knapp, Hand- und Fußgelenke nicht bedeckend. Sein Träger hätte schon als Knabe in ihm stecken können.

Die Geige im Anschlag faßte Gutkin den Parcours ins Auge, die Wege, die er ungehindert nehmen könnte. Es war nur eine Sache von Sekunden, fast zeitgleich mit dem Blick zu Karpow, dessen fauchend atemholendem Akkordeon und seinem ersten Bogenstrich. Dann überschwemmten sie mit »Schwarze Augen« die Gemüter, und Gutkin ging die Tische ab. Ein Wandel hatte sich in ihm vollzogen. Die Distinktion der höheren Berufung war von ihm abgefallen. Wo er sonst zwischen sich und der Straße Abstand wahrte, gab er sich hier dem fahrenden Volke zugehörig und spielte das gestische Feuer eines Zigeuners aus.

Er zog sich hoch, daß man den Gürtel sah und seine Jackenknöpfe spannten, und senkte sich ab, um einflüsternde, anbetende Positionen einzunehmen. Er vollführte eine Geigerakrobatik, die man fast olympisch hätte nennen können. Er steuerte die Paare an. Die Entflammbarkeit der Frauen brachte Kasse. Herabgebeugt auf ihre Augenhöhe, mit dem Bogen fast die Wange streifend, entriß er sie der Lebensödnis, entfachte den köstlichen Tangoschmerz und half den Tränen auf die Sprünge. Natürlich hatte Karpow seinen Anteil an diesen wunderbaren Reaktionen, denn jetzt waren seine langgezogenen Akkorde das Orchester.

Sie spielten bis zur letzten S-Bahn weit über Mitternacht hinaus. Gutkin mußte in sein Wohnheim nach Marzahn und Karpow zu Siebert am Schlesischen Tor. Im Bahnhofslicht am Hackeschen Markt zählten und teilten sie das Geld, das Gutkin mit dem Hut gemacht hatte.

Es war nun abzusehen, daß Karpow über seinem Musikantenglück mit Gutkin sein Nachtquartier verlieren würde. Der Sänger Siebert fühlte sich versetzt. Dank dem Geiger, seinem Widersacher, mußte er sich jetzt behelfen und selber die Gitarre schlagen, um die Songs zu unterfüttern. So kam ihm langsam das Motiv abhanden, warum der Russe bei ihm wohnte. An Stelle eines klaren Wortes ließ er die Alltagsfeigheit eines Mannes walten und nahm den Umweg über Karpows Kleidersäcke. Er bat den Sammler, sich zu mäßigen. Dann brachte er die Rede auf seinen flachen Schlaf, auf Ruhestörung durch nächtliche Toilettenspülung, sogar die Kette fand Erwähnung. Karpow ziehe sie zu brüsk.

In der Reihe seiner Unterkünfte rangierte die Siebertsche Wohnung am untersten Ende der Dürftigkeit. Sie lag im vierten Stock eines maroden Hinterhauses. Man mußte Treppenstufen überspringen. Die Mieter waren noterprobte Bohemiens, die Briefkästen viele Male aufgestemmt und wieder hingebogen. Keiner reklamierte Ordnung. Karpows Matratze füllte eine türlose Kammer aus, für die er hundert Mark im Monat zahlte. Das Fenster schloß nicht, so daß er seiner kranken Ohren wegen mit Mütze schlief. Der Ofen war ein ungenutztes Möbel. Wenn die Kohlenmänner hätten liefern können, war Karpow unterwegs, und der für Franky-Boy entflammte Siebert fror nicht. Die Herdplatten waren defekt, der Tauchsieder kochte das Nudelwasser.

Zum Baden fuhr Karpow quer durch die Stadt zu Margot Machate, der nörgelnd ihn umsorgenden Wirtin aus seiner Frühzeit in Berlin. Er war noch immer ihr Vladi und sie seine gute Frau Margot. Nach dem Haarewaschen drängte sie ihn unter ihre rosa Trockenhaube, ein Unikum aus dem Versand für Heimfriseure mit der Typbezeichnung Fixe Susi. Sie bestand darauf, da er sich sonst erkälte. In ihren Worten war er zugempfindlich wie ein Hefeteig. So saß er wehrlos, während sie sich amüsierte, wenn der zu Anfang weiche Gummifladen über seinem Kopf durch Zufuhr warmer Luft zu einem strammen Turban auftrieb. Dem Bad schloß sich eine Kaffeestunde an, der dann bei einem Fläschchen Piccolo das aufgestaute Ach und Weh der redemächtigen Frau Margot folgte.

Wenn nicht Dankespflichten Karpows Leben komplizierten, beschwerte ihn der Undank, dessen er bezichtigt wurde. Seine Gegengaben wogen immer leichter als die Gefälligkeiten, die man ihm gewährte. So hörte er mit einfühlsamer Brudermiene über Stunden Frau Machate zu, um doch in ihrer Schuld zu bleiben. Er genügte nie.

Aus diesem Regelwerk war kein Entkommen, auch jetzt bei Siebert nicht. Der miserable Unterschlupf blieb nur als gute Tat zurück.

Nach Weihnachten, der Saison der milden Gaben, fuhr Karpow nach Hause in den Kaukasus. Berlin hatte ihn gut beschert. Wie in jedem Dezember hatte der Segen der dreizehnten Gehälter ihn gestreift. Und als Balsam gegen den Verdruß mit dem Sänger Siebert hatte ihm ein gütiges Geschick die Krankenschwester Rita Dudek zugelost. Sie war nun seine Bürgin für den nächsten Aufenthalt. Er sollte unentgeltlich bei ihrer alten Mutter, Elsa Dudek, wohnen und ihr zur Hand gehn. Das Angebot gefiel ihm. Es schien frei von jenen schwelend ihn beengenden Erwartungen zu sein, an deren Ende immer das Desaster stand.

Bei Karpows Rückkehr Anfang Februar trug Rita Dudek Trauerkleidung, da Elsa Dudek, ihre Mutter, als er noch im Zug durch Polen saß, gestorben war. Die bürgerliche Wohnung der nunmehr toten alten Frau lag in der Müllerstraße in Berlin-Wedding. Er war direkt vom Bahnhof in der Frühe hergefahren und hatte sein Gepäck schon mitgebracht. Viertausend Kilometer auf den Schienen lagen hinter ihm. Mit der Gewißheit auf ein Bett war ihm die Reise diesmal aber kürzer vorgekommen. Und nun empfing ihn die verweinte Tochter.

Er kondolierte. Dabei fand er sich nicht weniger beklagenswert. Die Mühsal, ein Quartier zu suchen, schien ihn wieder einzuholen. Er spürte schon die Fuchtel neuer, unwägbarer Zimmerwirte, für die er sich verbiegen müßte.

Das eigene Übel galt jetzt aber nicht. Die Pietät gebot ihm Haltung. Als er nach seinen Taschen griff, um aufzubrechen, hielt Rita Dudek ihn zurück. Sie zeigte auf die schweren Garnituren und Konsolen mit den tausend Sächelchen, die sich im Laufe eines Lebens sammeln, und sagte: »Bleiben Sie, Herr Vladimir, und räumen Sie die Wohnung aus.« Sie war das Eigentum der Mutter, und ihre Erbin wollte sie verkaufen. So kam der Tod von Elsa Dudek ihm schließlich noch zustatten.

Die erste Woche, in die das Datum der Bestattung fiel, wurde ihm geschenkt. Hundert Quadratmeter warme Behaglichkeit, ohne einen Finger krumm zu machen, nie war es ihm besser ergangen. Als die Woche vorüber war, mußte Karpow dann das schöne Nest zerpflücken. Er leerte Kommoden und füllte Kartons, schlug Ehebetten und Schränke ab und schleppte Stück für Stück des demontierten Hausstands, das Klavier ausgenommen, das zwei Packer über Schulterriemen trugen, herunter auf die Straße, wo die Trödler vor den Kleintransportern rauchten.

Zum Märzbeginn stand bis auf Karpows Bett und einen Küchenstuhl die Wohnung leer. Die Bleibefrist war damit abgelaufen, und Karpow führte Rita Dudek durch die besenreine Zimmerflucht. Doch von seiner Emsigkeit und Umsicht überwältigt, sann sie sogleich auf eine neue Tätigkeit für ihn. Alle Pflanzen vom Balkon, die den Winter überdauert hatten, sollte er zur Mutter auf den Friedhof bringen.

Auf dem Grab lag noch dahingewelkter Trauerschmuck. Die Kranzschleifen waren hartgefroren wie der Boden. Er hätte nicht mal eine Gabel in ihn stechen können. Es mußte also wärmer werden, um nicht gärtnerisch zu scheitern. Diesmal war die Kälte das Ereignis, das zwar zu bedauern, ihm aber dienlich war.

Die Kälte stand ihm noch für einen vollen Monat bei. Im Kalender war der Frühling fast zwei Wochen alt, als Karpow sich das Grab vornahm. Es bildete den Anfang eines neuen Feldes. Inzwischen war die Reihe bis auf den letzten Ruheplatz, um den sich noch der Aushub türmte, voll belegt. Vor einem dieser frischen Gräber sah er eine Frau, die mit der tatenlosen Stille des Gedenkens überfordert war. Kaum, daß sie mit gesenktem Kopf verweilte, durchzuckte sie ihr Ordnungssinn, so daß sie gleich an den gezausten, vom Wind unleserlich gelegten Schleifen zupfte.

Karpow trug die Kränze und Gebinde von Elsa Dudeks Hügel zum Kompost. Als er zurückkam, fand er das leere Grab in ihrer Reihe von zwei Kanthölzern überbrückt und mit grünem Kunststoffrasen ausgeschlagen. Ein dünnes Läuten war zu hören. Dann rückte schon der Trauerzug heran, vorneweg die rumpelnde Lafette unter schwarzem Tuch mit abgesenktem weißem Palmzweig.

Karpow zählte fünf Gestalten, die sechs Träger und den Pastor ausgenommen, jede alt und für sich, vier Frauen und ein Mann in Alltagskleidung, als habe man sie eilig herzitiert, um eine minimale Menschenfülle aufzubieten. Vom entfernten Ende der Allee hastete noch eine Frau heran, die offenbar dazugehörte.

Die Märzsonne schien, eine ungnädig kalte Inspizientin. Ihre scharfe Helligkeit machte alles schäbig. Die schwarzen Mäntel der Bestattungsfirma waren im Begriff, ins Braune auszubleichen. Und jenseits davon, schon ins Violette spielend, die dazugehörigen Prinz-Heinrich-Mützen. Unter dem Talar des Pastors sahen Fahrradklammern vor. Weit hinter ihm trotteten die fünf Versprengten. Sie rückten erst auf, als die mittleren Träger die Kanthölzer zogen und der Sarg an den Seilen der äußeren vier in die Grube fuhr. Die Träger nahmen ihre Mützen ab. Um jeden Kopf lief eine Schweißband-Delle. Sie blieben standhaft feierlich und hielten so das klägliche Begängnis am Zügel ihrer Dienstvorschriften.

Ein Trauergast schloß sich dem Vaterunser des Pastors an. Da sonst keiner einfiel, gab er in der Mitte des Gebetes wieder auf. Als die Nachzüglerin das Grab erreichte, sprach der Pastor schon den Segen.

Sie störte das Begräbnis wie ein stilles Wasser auf, in das ein Stein gefallen war. Die Alten maßen sie mit Blicken. Man glaubte wohl, sie habe sich verirrt. Das Rot ihres geschminkten Mundes prangte. Und an dem blumenlosen Grab wirkte das Bouquet in ihrem Arm verschwenderisch. Sie trug pelzverbrämte Stiefeletten, eine schwarze Lederjacke mit eingeprägtem Rosenmuster und um den Kopf ein Lurextuch. Die Kleidung, obwohl dem Anlaß angemessen, verriet ein starkes Schmuckbedürfnis. Man hätte sie daher für eine Russin halten können. Doch dem Gesicht nach mit dem dunkelblassen Teint entstammte sie dem Süden.

Karpow erkannte Ada Akajian, die Armenierin aus Baku, mit der ihn eine Zugfahrt von Brest nach Berlin Zoo verband.

Der Erdbehälter, der in bequemer Höhe einem Eisenfuß aufsaß, war mit feuchtem gelbem Sand gefüllt. Der Pastor warf ihn aus der Hand in kleinen Prisen auf den Sarg, die Trauergäste aus dem Schippchen. Er prallte mit dem nassen Ton von Mörtel auf, als ob die Kelle eines Maurers ihn hinabgeschleudert hätte. Der Pastor blieb noch eine Weile für den Fall, daß jemand seinen Beistand wünschte. Minuten später, er war gerade in den Hauptweg eingebogen, fuhr der Friedhofswart auf einem Schaufelbagger vor.

An guten Tagen kehrten bis zu fünf Trauergesellschaften in dem Café am Friedhof ein. Das waren Schübe von jeweils ein paar Leuten, die, wenn es hoch kam, einen Ecktisch brauchten. Die friedlichen Düfte der Backwaren empfingen sie. Für das Auge zogen sich Schilfgitter über die Wände, an denen Bastampeln mit Rohrkolben und starren Gräsern hingen, standen Moosnester mit Drahtvögeln auf den Fensterbänken und, wo immer es Platz gab, Kerzen mit einer kartoffelfarbenen Schleife aus Sackleinen. Auch zwischen Karpow und Ada Akajian, die sich an einem Zweiertisch niedergelassen hatten, stand ein auf Kork montiertes Trockengesteck.

Trotz des überreichen, die Behaglichkeit umwerbenden Dekors, war das Café auf einen schnellen Gästewechsel ausgerichtet. Es herrschte Kännchen-Zwang wie auf einem Ausflugsdampfer. Kaum, daß die Leute saßen, schlug die Serviererin mit ihrem Bleistift gegen den Bestellblock. Sogar die Ungeduld darüber, daß jemand zwischen Bienenstich und Linzer Schnitte schwankte, übertrug sie ihrem Bleistift, der nun das Zeitmaß vorgab wie der Fingerknöchel auf dem Tamburin.

Die Nachtfahrt, auf der Ada Akajian dem Russen Karpow, der damals noch Kolenko hieß, die schlimmen Dinge aus Baku erzählte, lag sieben Jahre zurück. Am Abend hatte man Brest erreicht, die Grenzstadt zu Polen, wo die breiten Schienen Rußlands aufhörten und die schmalere, ins westliche Europa führende Schienenspur begann. Während des Achsenwechsels, der sich über drei Stunden hinzog, hatten die Fahrgäste im Abteil zu bleiben. Es dröhnte aus der Tiefe des gemauerten Gleisbettes, Hammerschläge erschütterten die Waggons, ein krachendes Kollidieren von Rädern.

Die Türen standen offen, vor jeder ein dichter Keil weißrussischer Händler, die allerärmsten auf der ganzen Strecke. Ihr Papiergeld mit den Tieremblemen hieß aus Spott und nicht aus Zartheit »Häschengeld«. Eine Alte bot einem Mann aus Saratow ein Brathuhn an. Es war noch warm, man roch es durch den Zeitungsbogen. Er kaufte es für Rubel, die sie wie Gold entgegennahm. Als sie ihm Wechselgeld hinzählte, sagte er großrussisch generös: »Laß deine Häschen stecken!« Der Speisewagen war abgekoppelt worden. Und da das Essen die schönste Kurzweil jeder langen Reise ist, machte die Händlerschaft aus Brest ihr kleines Glück.

Zur Schlafenszeit fuhr der Zug in Polen ein. Minuten vorher, auf weißrussischer Seite noch, hatte eine Durchsage vor polnischen Banditen gewarnt. Wenn überhaupt, stiegen sie in Warschau zu, verlautbarte die Stimme, schreckten die Schlafenden mit ihrem Klopfen hoch, verschafften sich unter Nennung des Wortes »Interpol« Zutritt in die Abteile, um dann Geld zu erpressen. Nach wenigen Stationen, hieß es weiter, stiegen die Banditen wieder aus. Daher seien die Reisenden angehalten, die Coupétüren von innen einzuklinken und jedwedes Klopfen zu ignorieren.

Ada Akajian hatte die Durchsage gleichmütig aufgenommen. Keine Untat würde die Axthiebe und Schüsse in der Küche ihrer Mutter steigern können. Die Bilder hielten sich ständig bereit, paßten jeden Moment der Stille ab und stiegen dann wie Hitze in ihr hoch. Wenn sie sich niederlegte, waren sie besonders unerbittlich.

Sie zerrissen ihre Müdigkeit und liefen über eine Leinwand, die ein Saboteur des Schlafes für sie aufgerollt zu haben schien.

Es nahm sich also nichts, ob Ada Akajian nun wach im Hochbett lag oder die Nacht im Gang verbrachte. Sie befand sich auf dem Weg nach Berlin, dem Ort ihrer Zukunft, von dem sie sich mildere Sitten versprach.

Im Gang stand auch Karpow, den Streitereien von seinem Liegeplatz vertrieben hatten. Die Warnung vor Banditen hatte die brutwarme Enge des Abteils noch mal um Grade aufgeheizt. Die sechs Reisenden, gesellige Russen allesamt, hatten über tausend Kilometer miteinander harmoniert, gegessen, getrunken und gesungen. Dann hatte sich der nachbarliche Überschwang verflüchtigt. Und wider die Erwartung, daß die Gefahrennacht, in die sie fuhren, sie zwischenmenschlich schmiegsam machen würde, kam Zwietracht auf.

Plötzlich litten alle unter der erhöhten Körperdichte. Jeder gab dem Wunsch nach nervlicher Entladung nach. Jeder glaubte, das ihm zugeteilte Lager sei exponierter als ein anderes. Karpow sollte unten auf die Sitzbank, weil jetzt die Frau, die in der Nacht zuvor dort lag, partout nach oben wollte. Er stieg in Strümpfen, in einer Hand den Instrumentenkoffer, auf die angelehnte Bettenleiter. Dann stieß sich jemand aus dem Mittelbett, der nach unten Reden hielt, den Kopf an seinem Koffer. Er jaulte und fluchte. Man reichte ihm ein Messer zur Kühlung seiner Beule, die es noch gar nicht gab.

Natürlich hatte dieser Zwischenfall sein Gutes. Er entrückte die Banditen. Und es herrschte wieder Einigkeit, da Karpow, der von Natur aus die Konflikte flach hielt, jede Schuld einsteckte. Alles war sehr unerfreulich.

Die Jahre, die seit jener aufgeladenen Nacht im Zug vergangen waren, hatten Karpow zum Routinier eines bizarren Lebenskampfes gemacht. Kein Glück war ohne Tücke. Es gab ihm Frauen an die Angel, Wirtinnen, die ihm seiner hoffnungslosen Kameradschaft wegen kündigten. Und jede Kündigung, sofern er sie nicht selbst betrieb, war dann von außen eine Hilfe, die ihn in neue Abenteuer stieß.

Er kannte Berlin von jedem Ende her. Wahrscheinlich kannte er es besser als jeden Kindheitsort und alle Orte, die ihm Rußland jemals zugewiesen hatte. Am besten kannte er die U-Bahn. Ihr verzweigtes Netz war mit seiner Nervenbahn verknüpft, so wie die tote Luft, die aus ihren Bodengittern stieg, ihn heimatlich umfing. Er hätte sich mit einer Augenbinde in der unterirdischen Gesamtheit dieser Stadt zurechtgefunden. Und jetzt hatte ihn im Zickzack seiner Überlebenswege ein Hakenschlag auf einem Friedhof landen lassen, dem Sankt-Phillipus-Paulus-Kirchhof, See-/Ecke Müllerstraße, wo ihm die Frühjahrspflanzung eines Grabes aufgetragen war.

Damit war das Rätsel des Begegnungsortes, soweit es ihn betraf, gelöst. Vergleichbar undramatisch erklärte sich das Friedhofsgastspiel der Armenierin. Die Mieter ihres Wohnblocks in der Togostraße hatten sie als ihrer aller Abgesandte zur Beerdigung geschickt.

Längst waren Trauergäste späterer Beerdigungen eingekehrt und wieder aufgebrochen. Alle hatte die Serviererin mit ihrer Hast traktiert. Das Paar, das russisch miteinander sprach, hingegen saß und saß. Wider ihre sonstige Gewohnheit hatte sie es warten lassen. Irgend etwas ritt sie gegen diese Leute. Dann wiederum reizte sie die Langmut, mit der dies hingenommen wurde. Sie hätte ihnen gerne vielbeschäftigt abgewunken. Doch weder er noch sie versuchte, sie heranzuwinken. Und am Ende bestellte dieser Russe wie zur Verhöhnung des Servierberufes »Zweimal Tee mit Kuchen«.

»Was heißt hier Kuchen? Welchen?« Darauf sagte Karpow: »Ganz egal«, und darauf sie: »Egal gibt's nicht.« Dann fing sie an, im Schweinsgalopp die Kuchennamen herzusagen. Der Russe schmeckte ihr, ganz zu schweigen von der Frau, die sich die Augen wischte.

Ada Akajian war bei ihrem impotenten Maurer angelangt, bei ihrer für nichts als das reine Unterkommen überstürzten Heirat mit der Ausgeburt von einem Mutterpflänzchen. Gegen jeden Säufer Rußlands würde sie den Maurer tauschen. Und Karpow hatte keinen Trost für sie. Das war nun wirklich nicht der Augenblick für Kuchendifferenzen.

Damals, im Zug durch Polen, schien die Armenierin in eine Schmerzensaura eingehüllt. Und ihr Blick verriet ihm, daß sie sich von ihrem Schmerz auch nicht zu trennen wünschte. Trotzdem war er an sie herangetreten. Alle, außer ihm und ihr, lagen in Erwartung der Banditen hinter eingeklinkten Türen. Statt seiner ruhte das Akkordeon auf seinem Liegeplatz.

Die jeder Nacht eigene Stille war aufgewühlt. Die Schleusen für Bekenntnisse und Beichten standen also offen, als Ada Akajian dem ihr fremden Russen die Tragödie anvertraute. Damals war sie ohne Tränen und von der Distanziertheit einer Pathologin. Und er war ein Tresor für sie, in den sie das Unsägliche versenkte.

Nun breitete dieselbe Frau den Fortgang eines wohlversorgten Lebens vor ihm aus und weinte. Wahrscheinlich unterstellte die Serviererin ein trübes Rendezvous, dem das Café am Friedhof und die Hinterbliebenen darin als unverfängliche Kulisse dienten. Kein Wunder bei dem Bild, das beide boten, er überfordert, meistens schweigend, und sie untröstlich, ein vom Ehebruch zermürbtes Paar, das bilanzierte. Das Thema Kuchen war längst ausgestanden. Sie hatten es beim Tee belassen. Als die Serviererin ihn brachte, dankte Karpow mit dem Wort »perfekt«. Er favorisierte dieses Wort. Es war der Joker Karpows, dieses Enthusiasten des Harmonischen.

Karpow verschwand hinter dem Gepäck, das er schob. Nur die bewegte Mütze über der hohen Ladung verriet, daß die Karre auch einen Lenker hatte. Er trat mit sieben knüppelhart gepackten Taschen, einem Karton, der die Aufschrift »Küchenwunder« trug, und zwei Instrumentenkoffern die Reise in die Heimat an. Der Zug nach Moskau war schon eingefahren. Die Schaffner hingen aus den Türen. Sie nahmen das Gewimmel in den Blick, die Heerscharen in schwarzen Lederjacken, vor allem aber die immense Stückzahl ihrer Fracht.

Sie überstieg bei weitem den Bedarf an Dingen, den man einem Reisenden zu Friedenszeiten zugestehen würde, und paßte eher in das Bild von Krieg und Flucht. Der Bahnsteig war bedeckt mit Säcken, Bündeln und Paketen, wild verschnürt oder verklebt mit einer Orgie aus Tesafilm, den buntgestreiften Asylantentaschen, deren Leuchtspur um den ganzen Erdball zieht, mit übervollen Koffern, durch Seile oder bis ins letzte Loch zerdehnte Riemen abgesichert, dazwischen die zu rollenden Modelle der Gepäckmoderne mit versenkten Deichseln und jene international gebräuchlichen Behältnisse mit Schulterriemen, Klettverschlüssen und einer Unzahl Seitenfächern.

Nach Augenmaß, zumindest einem, das nicht russisch wäre, hätte nur ein Schiffsbauch solche Massen bergen können. Und hätte man alles auf Lasttiere verteilt, den Rücken von Mulis, Eseln und Kamelen aufgeschnallt, die Karawane würde sich von Berlin-Lichtenberg bis Frankfurt/Oder hingezogen haben. Doch dieser Zug schien sich zu dehnen.

Der Jüngste im Abteil war Alexander Karbatin, ein ausgesucht städtischer Mensch mit randloser Brille und kleinem, nervösem Gesicht. Selbst wenn es keine Kleiderordnung für fernreisende Russen gab, es sei denn, man ließ die Lederjacke als stille Übereinkunft gelten, überraschte er in seinem grauen Anzug. Auch mit dem Köfferchen, seinem einzigen Ballast, lag er außerhalb der Sitten.

Der Zug fuhr gegen zehn Uhr abends ab. In den Zweiercoupés erwarteten den Reisenden gemachte Betten, und die Schaffner wünschten gegen Vorabkasse eine ruhige Nacht. Im Abteil von Karbatin und Karpow, das sich sechs Männer teilten, zog man die flach zur Wand geklappten Mittelpritschen vor, die über Tag die Rückenlehnen für die Sitzbank bilden. Nicht jeder von ihnen war Russe im engeren Sinne, doch jeder im Riesenreich der einstigen Sowjetunion gebürtig. Sie begriffen sich als Landsleute, zumal dort, wo ihre Währung nichts galt.

Mit seiner Platzkarte für die oberste Pritsche hatte Karpow auch das Anrecht auf den kleinen Hohlraum unter dem Waggondach, in den vier seiner sieben Taschen paßten. Das übrige Gepäck hatte er im Gang gelassen, wohl wissend, daß es auch das Maß für Russen überschritt. Jetzt rückte er es Stück für Stück vor das offene Abteil, aus dem ihm Schweigen, das eine hämische Belustigung zu bergen schien, entgegenschlug. Und er setzte, was er immer tat, wenn eine Hürde ihm den Weg versperrte, ein geniertes Lächeln auf.

Er erinnerte an einen schlauen Hund, der zu seinem Herrn aufs Bett will, aber vorerst nur die Pfote auf die Kante legt, um dann, sowie der Herr unachtsam schläfrig seine Pfote toleriert, hinaufzuspringen. Hier war nun Alexander Karbatin der Herr und seine reservierte Sitzbank nun das Bett, auf dessen Kante Karpows Pfote lag. Denn wer die Sitzbank hatte, der hatte Stauraum unter sich, die begehrte tiefe Truhe, die das Gewicht des Schläfers fest verschließt. Karbatin ließ ihn die Truhe füllen. Und Karpow hatte wieder Glück.

Er bedankte sich mit einem Bier zur Nacht im Speisewagen. Beim Nastrovje nannten sie einander Sascha und Volodja. Entsprechend jenem Hang der Russen, aus dem Bruder bald ein Brüderchen zu machen, um dann das Brüderchen noch weiter zu verkleinern bis Sascha zu Saschenka und Volodja zu Voljoscha wird, bedienten sie sich erst der Vorform ihrer Kosenamen.

Wie üblich war der Speisewagen reichlich aufgeschmückt. Schon auf die Schwelle fielen Blütenranken. Der Pächter war vernarrt in Rosa. Hier hätte man bei Tage die Taufe eines Mädchens feiern können. Doch jetzt gab sich das Rosa schlüpfrig. Unsichtbare Lampen spendeten ein unschlüssiges, fast submarines Licht. Man glaubte, daß die Ranken, vom Takt des Zuges hin- und hergeschaukelt, schwammen. Und wenn sie sich für Augenblicke um die eigene Achse drehten, glaubte man, sie würden sinken. Auch in diesem Speisewagen fuhr als Beifracht ein zerlegtes Auto mit. Die schlierige Waggonbeleuchtung machte ein vom Sumpf geschlucktes Wrack aus ihm, das gut zur Unterwasserstimmung paßte.

Karpatin ordnete die Männer, die vor den Autoteilen saßen, einem der transkaukasischen Völker zu. Sie riefen nach Schampanski. Aus der Küchenklappe drang das scharfe Flüstern zweier Kellnerinnen, die eine war Mongolin, die andere blond, vielleicht sibirische Tatarin. Jede wollte das Revier, in dem das Auto stand, für sich. Schließlich stöckelte die Blonde mit der kalten Flasche los. Bei jedem ihrer Schritte hörte man das Wetzgeräusch der Strümpfe. Und einer am vermeintlichen Kaukasentisch, zu dem sie unterwegs war, ahmte das Geräusch mit seinen Händen nach.

Drei Wodkatrinker aus Omsk brachten daraufhin die Rede auf die Tschernomorez, den vom Schwarzen Meer geprägten Menschenschlag. Dann weiteten sie das Thema geographisch aus, schlugen die östliche Richtung ein bis hin zu den Küsten des Kaspischen Meeres und zogen über die Geschlechtsgenossen des gesamten Südens her. Nichts als Fiesta, Tanz und Liebe mit den Frauen Rußlands, drei Tage Himmel und wieder heimwärts zur weggesperrten Mutter ihrer Kinder. Auch die Händlerschläue fand Erwähnung. Warenmonopole wurden angeführt, der Blumenhandel bis nach Wladiwostok fest in Händen Aserbaidschans. Die Tschetschenen kamen auf den Tisch. Sie kauften sich Diplome an den Universitäten, wollten immer Herren sein, trügen ihren Birkenbesen für die Sauna in der Aktentasche, hätten als Soldaten den Toilettendienst verweigert.

So ging es fort mit allen Vorbehalten gegenüber dem Nichtrussischen. Dem Ethnologen Karbatin, der sich den Minderheiten unter dem vergangenen Regime verschrieben hatte, bot sich auf engstem Raum die ganze Breite seines Faches dar. Er fühlte sich beschenkt, während Karpow sich auf seine Pritsche wünschte. Karpow spürte ein Gewitter nahen. Jetzt war es aufgezogen und im Begriff, sich zu entladen. Am liebsten hätte er geschlichtet, noch bevor gestritten wurde.

Der Nachahmer des Strumpfgeräusches, gerade noch der Fröhlichste, schob mit bösem Schwung seinen Teller von sich, und einer aus dem Omsker Trio sandte Mutterflüche zu ihm hin. Karpow sah beide schon nach einer Flasche greifen, sie zerbrechen, um mit dem Scherbenstumpf aufeinander loszugehen. Indessen blieben die Parteien durstig. Der Schampanski floß, der Wodkanebel im Bedienungsabschnitt der Mongolin wurde dichter, und der Pächter, offenbar im Widerstreit, ob er den Richter spielen oder die Geschäfte laufen lassen sollte, saß sichtlich unbequem in seiner Ecke. Er war Russe. Aus pekuniärer Sicht war ihm die Autoklientel jedoch die interessantere.

Er erhob sich erst, als der Fluchende aus Omsk den Stuhl abrückte, und stellte sich seemännisch breit in den Gang. »Wir fahren immer noch durch Deutschland!« sagte er im Ton einer Geschmacksempfehlung, als sei es ungehörig, sich hinter hellen Fenstern familiär zu metzeln. Es klang wie tausendmal vergeblich hergesagt, vergeblich wie die in einer Mietskaserne immer wieder angemahnte Ruhe vor derselben Tür.

Die beiden Stilleren am Wodkatisch erreichte nichts mehr. Sie starrten blicklos vor sich hin. Der Dritte hingegen, der wie ein angezählter Boxer schwankte, reklamierte Nachschub. Da die Mongolin Order hatte, ihn im Trockenen zu lassen, schmähte er den Pächter. Er nannte ihn den falschen Mann am Platz. Ein Russe tauge nicht zum Wirt. Hier müsse ein Armenier her. Jetzt sang er einem Volk das Lied, das eben noch zum Schaden Rußlands existierte.

Karbatin hatte nach dem zweiten Bier auch das nächste übernommen. Das dumpfe Klima inspirierte ihn, aus seiner Militärzeit zu erzählen. Zwei Jahre Riesa in Sachsen, die Bataillone in der Mehrheit rein muslimisch, Tadschiken, Turkmenen, Usbeken, Baschkiren, Mondmenschen für das deutsche Brudervolk, die Fremdheit unaufhebbar und gewollt. Ihn als Juden hätte man normalerweise an der Grenze Chinas stationiert oder an der Barentssee, aber nicht in Riesa, einem versehentlichen Privileg für seinesgleichen. Denn gegen die Ödnis anderswo war Riesa fast Paris.

Karpow trieben andere Dinge um. Er reiste in dringender Sache, die schwangere Braut seines Sohnes Sergej sollte endlich ihre Hochzeit haben. Für den künftigen Vater hatte er ein Keyboard im Gepäck. Seine Welt war die Familie. Während Karbatin die Reibungen der Völker stimulierten, ihr Tun und Lassen, Reiz und Kluft der Andersartigkeit, war Karpow nur dem zugekehrt, was bindet, und nicht dem, was trennt.

Er zog aus einem Mäppchen Photos, Sergej als Rekrut in Pjatigorsk, die Blonde links Natascha, das Paar mit kußgespitzten Schnuten im Tanzclub *Zeitgenosse,* Karpow mit dem kleinen Juri huckepack, das Kükenköpfchen auf der väterlichen Schulter. Er wartete nach jedem Bild ein Echo ab, bevor er Karbatin das nächste reichte. Er sortierte sie nach dem Gesetz der Steigerung und gab sie in den Stufen seiner eigenen Entzücktheit weiter. Manche Photos behagten ihm so sehr, daß er sich gar nicht lösen mochte und Karbatin die Hand ins Leere streckte. Zum Beispiel eines, auf dem Vitali und Juri, beide noch im Kindesalter, das wuchtige Akkordeon vorführten: Vitali stehend, zwischen seinen dünnen Armen den breitgezogenen Balg und unter ihm auf allen vieren Juri, die Last des Bruders mit dem Buckel stützend.

Das ihm liebste Bild steckte Karpow ungezeigt zurück. Die Bedingungen zur Andacht fehlten, denn aus der Küchenklappe wurden zur Ernüchterung der Kontrahenten Salzgurken und grüne, in Lake schwimmende Tomaten auf den Weg gebracht, und der Omsker schrie, er wolle keine Gurken. Dann streckte seine Trunkenheit ihn nieder. Der Pächter atmete erleichtert auf, die Kaukasier lachten, und Karbatin erlöste den familienfrommen Karpow, indem er um das letzte Photo bat.

Nach einer kurzen, zur Sammlung des Betrachters eingelegten rituellen Pause, als stünde die Enthüllung eines Denkmals an, holte er das Photo vor. Es zeigte Galina Alexandrowna, seine Gala, seine Galitschka. Karbatin huldigte ihrer Schönheit, worauf Karpow ihn, von Stolz beflügelt und vom dritten Bier, Saschenka nannte und dieser seinen sehnsuchtsvollen, den Tränen nahen Reisekompagnon Voljoscha.

Man saß noch eine Stunde. Karpow erzählte Episoden aus Berlin, von den Zufällen der Straße, vom harten Brot der Dankbarkeit, den weichgestimmten Herzen und ihren glimpflich abgewendeten Offerten. Er schwärmte vom Zusammenspiel mit dem Geiger Gutkin, womit er Karbatin das Stichwort für die Streicher in den Orchestern Moskaus lieferte. Es waren einmal alles Juden, sagte er, unabkömmlich, wenn auch kaum gelitten. Dann seien viele ausgereist, und die geblieben waren, traf die Parole »Weg mit euch!«. Sie stellten, immer auf dem Sprung, zu emigrieren, die Orchester unter Risiko.

Jetzt, wo der Aufruhr abgeklungen war und Trinksprüche die versöhnte Verschiedenheit zum Inhalt hatten, geriet Karbatin in einen Furor gegen Judenfeinde in der russischen Konzertwelt. Er gab den Namen eines Dirigenten preis, der, bevor die Wiener Philharmoniker ihn riefen, noch den letzten kleinen Moishe zu entfernen trachtete. Er könnte Steine nach ihm werfen.

Dann zog er sich am Schicksal eines Dirigenten hoch, der seine Juden keinesfalls verlieren wollte und daher ausgewechselt wurde. Statt seiner habe dann der Chef des staatlichen Orchesters für Balalaika- und Akkordeonmusik am Pult gestanden, ein gesalbter Großrusse, Feind der Juden und aller kleinen, einst sowjetisch einverleibten Völker. Trotz seines Hasses nannte er den Mann einen Spitzenspieler des Bajan, einmal der Gerechtigkeit zuliebe, aber mehr noch zum Gefallen Karpows, zur Würdigung von dessen Instrumentenklasse.

Der Lautsprecher, der das Abteil mit Frühmusik beschallte, war über Karpows Pritsche installiert. Gewöhnlich hatte er beim allgemeinen Wecken die Morgentoilette schon hinter sich. Diesmal schlief er aber noch, und der Hahnenschrei, der die Melodie abschloß, fuhr ihm wie ein Dolch ins kranke Ohr. Er fühlte sich zerschlagen von der langen Nacht, als ungeübter Trinker, der er war, vor allem aber von den Bieren. Und jetzt stand ihm die Menschenschlange auf dem Gang bevor, ihr zähes Vorwärtsrücken zur Toilette.

Auch wenn das aufgereihte Warten, gleich welches Ziel an seinem Ende lag, einmal zu den passionierten Tätigkeiten eines Russen zählte und die Not sowohl das Warten damals wie jetzt hier im Zug diktierte, hier war es auf spezielle Weise peinigend. Die Aura jener Örtlichkeit, zu der man strebte, reichte tief in den Gang hinein. Sie unterteilte ihn in Zonen, die jeweils von der Mitte aus zum rechten und zum linken Ende des

Waggons verliefen. Die Mitte, an die etwa drei Abteile grenzten, war neutral. Dann trat man in die erste Zone der noch schwachen Harngerüche ein. Sie wurden, über Jahre beständig aufgetürmt und sich jeder Putzmaßnahme widersetzend, hartnäckiger und schwerer, bis sie sich zu ihrer höchsten Penetranz verdichteten.

All das verdiente keinerlei Erwähnung, hätte man im Eilschritt diesen Ort aufsuchen können. So aber hatte jeder auszuharren, und die Minuten zogen sich wie bei körperlichem Schmerz. Man kommentierte das Befinden mit Grimassen. Dazu kam die Mürrigkeit der jäh Geweckten. Und die Ungeduldigen, die ihre individuelle Drangsal über die der andern stellten, wünschten Vorrang. Einer suchte um Verständnis nach für seine Frau, die Entwässerungstabletten nehme.

Einer war ein Bild von einer männlichen Person, ein Beau in Unterhosen mit grün-beigen Biedermeierstreifen. Sie stammten vom Designer Calvin Klein. Auch dem Frottiertuch war ein Markenname eingewebt. Seine schiere Wohlgeratenheit hob ihn aus der Reihe. Er wollte deutlich nicht hierhergehören, tat, als stünde man um Tenniskarten an, sah aus dem Fenster und rasierte sich, wobei die leiseste Bewegung seiner Hand den Bizeps seines Armes tanzen ließ. Selbst im Stillstand zuckten seine Muskeln wie bei einem Pferd, auf dem sich Fliegen niederlassen. »Leibwächter, früher Sportstudent«, sagte Karbatin zu Karpow, seinem Hintermann.

Karpow war begünstigt, da seine Pritsche unter dem Waggondach am Tage keinen störte. Er stieg die Leiter wieder hoch und zog sich liegend, sich auf Kopf und Fersen stützend, die Cordhose aus. Er durfte weiterschlafen, was Karbatin verwehrt war, auf dessen Bank schon der Abteilgenosse von der inzwischen hochgeklappten Mittelpritsche saß. Am Nachmittag erreichte man Brest, wo der Achsenwechsel vorgenommen wurde. Der mittlerweile frische Karpow räumte seinen Platz für Karbatin, damit der etwas Schlaf nachhole. Es war gut gemeint, doch bei den Hammerschlägen aus dem Untergrund federte das Hochbett wie ein Trampolin.

Also vertrat man sich die Füße auf dem Gang und setzte das Erzählen fort. Karbatin war auf der Insel Sachalin geboren, ein Verbannungskind, die Mutter kurz zuvor geschieden. Karpow hatte einen Teil der Kindheit im Donez-Becken bei den Kohlegruben zugebracht. Der Vater war der Rente wegen zehn Jahre Bergmann unter Tage, worauf Karbatin das Thema Löhne und Gehälter im Sowjetsystem eröffnete. In der Bezahlung, gestaffelt nach Gefahren und Strapazen, lag der Bergmann noch über den Piloten und Simultandolmetschern.

Die Nomenklatura, sagte Karbatin, habe im Vergleich zur Bergmannschaft nur unerheblich mehr verdient. Gegen diesen trügerischen Tatbestand griffen beide dann zum Zeitvertreib die Privilegien der Regierungsklasse auf und überboten sich in Villen, Limousinen, Jagdrevieren, Yachten auf dem Schwarzen Meer, Spezialgeschäften, westlich ausgerüsteten Spitälern, Staatsdatschen in allen Klimazonen und so weiter, um im Hinblick auf den Bergmann, dem dies alles fehlte, in Gelächter auszubrechen.

Es war schon dunkel, als der Zug anruckte auf der nun breiten, ausschließlich für den Kontinent der Russen geeichten Schienenspur. Und kaum, daß er Fahrt aufnahm, teilte sich sofort die rauhe Gangart dieses Kontinentes mit. Die Räder schlugen mit dem groben Tremor eines Blindenstockes an die Gleise. Es rüttelte, als säße man in einer Kutsche, und wie bei Seegang mußte man die Schritte eckig setzen. In den Teegläsern sprangen die Löffel. Über die Abteiltische wanderten die Flaschen wie auf okkulten Befehl.

Im Speisewagen traten diese Phänomene noch deutlicher zutage. Karbatin hielt mit beiden Händen die Soljanka fest und hätte eine dritte Hand gebraucht, um sie zu essen. Der Leibwächter aus der Toilettenschlange befand sich in der gleichen Lage, löste aber das Problem, indem er seine Suppe trank. Bekleidet war er genauso schön wie unbekleidet, das Jackett aus flaschengrünem Kaschmir, das fette Gold der Rolex hätte einen Überfall gelohnt.

Karbatin malte sich die Herrschaft aus, die er beschützen mußte, und sprach Karpow auf die Neuen Russen an. Und Karpow, für den der Reichtum anderer so unvermeidlich wie der nahe Winter war, sagte, er kenne diese Spezies nur von weitem, das Berlin, in dem er spiele, sei nicht ihre Gegend. Die Leute interessierten ihn auch nicht. Karbatin hingegen, diesen unentwegt Studierenden, interessierten sie sehr wohl. Mit ihnen hatte Rußland eine neue Minderheit, die durch die Welt flanierte und dort das Russenbild bestimmte.

Er schloß dem Thema eine Episode an aus dem Berliner KaDeWe. Dort habe er für seine Mutter ein Geschenk gesucht, und immerzu den lauten Russen folgend, sei er bis zur Feinkost hochgelangt, wo ein reicher Russe, seinem Gespür nach Jude, einen Schwertfisch kaufte und ein armer Russe, ebenfalls ein Jude, am Ende mit dem kleinen Kopf und dem fleischlos meterlangen Schwanz abzog.

Dann geriet man in den Bann eines anderen Gastes. Ein Soldat mit steiler Tellermütze aß Kaviar aus einem

Stahlgefäß. Auch die Zahnfront des Soldaten war aus Stahl, desgleichen die Gabel, die er zu Munde führte. So hörte man vor jedem Bissen die Stahlberührung von Gabel und Gefäß und gleich darauf das Aufeinandertreffen der Gabel und der Zähne.

Um sieben Uhr früh kam der Zug in Moskau an. Man hatte sich schlafend dem Winter genähert, denn die Hauptstadt überraschte mit Schnee. Er war frisch gefallen und setzte das helle Palastgrün des Belorusskaja-Bahnhofs ins schönste Licht. Eine der Wintergestalten auf dem weißen, weiten Vorplatz war Fenja Abramowna, Karbatins Mutter. Im Glauben, daß Saschenka sich aus der Masse der schwer Beladenen lösen und auf sie zustürzen würde, sah sie an dem schwarzen Pulk, unter dem nun auch der Schnee verschwand, vorbei.

Dann kam er aber schleppend angewankt wie jedermann, Karpow dicht neben ihm mit noch mehr Last. Fenja Abramowna wußte sofort, daß ihr ein Gast ins Haus stehen würde. Sie tauschte Begrüßungsküsse mit dem Sohn. Danach hieß sie den Fremden willkommen.

Sie gingen zur Twerskaja vor, um ein privates Taxi heranzuwinken. Der Fahrer mußte eine gute Seele sein, den das Gepäck nicht schreckte.

Zwei Autos kamen auf sie zugefahren, fuhren aber wieder weiter. Der Fahrer des dritten zeigte einen Vogel. Erst das vierte, ein Schiguli, durften sie beladen. Am Steuer saß ein milder, alter Mann mit einem Schaufelbart. Er drängte sie, sich zu beeilen, denn die Taximafia liebte die Privatchauffeure nicht. Die Bahnhöfe samt ihren Trägern und Karren waren ihr Terrain.

Ein Expander hielt die Klappe des berstend vollen Kofferraumes fest. Die instabile Konstruktion verlangte, daß man wie auf Glatteis schlich. Man behinderte die schnelle Hauptstadt. Die Limousinen scheuchten sie mit Aufblendlicht. Die Seitenfenster rauschten herunter, Verwünschungen, hinausgeschrien oder mit der Gestik eines Armes ausgeführt.

Der Alte war Professor für Sanskrit. Er lächelte und blieb in seiner Spur. Das graugelbe Viereck seines Bartes bedeckte wie ein Binsendach die Brust. Karbatin ergötzte sich an seinem Starrsinn, und Karpow war wieder schuldbewußt. So gelangte man zur Pogowischnikow-Gasse im alten Weberviertel, in dem auch Tolstois Holzhaus stand.

Die Karbatinsche Wohnung war halb Warenlager und halb weiches Nest. Gleich im Flur fabrikneu gebündelte Tapetenleisten, ganze Sätze emaillierter Schüsseln, zwischen denen noch die Trennpapiere steckten, Schuhe in extremen Größen und andere Dinge mehr, deren Eigenbedarf sich nicht erklärte.

Fenja Abramowna schien Restposten aufzukaufen, um sie bei Engpässen wieder loszuschlagen. Offensichtlich war sie noch dem alten Tauschgeflecht verhaftet, jener Güterbewegung am unteren Ende der russischen Schattenwirtschaft, als man noch Keilriemen für Kinderstiefel gab, ein Grammophon für ein Toilettenbecken und zwei Autofelgen einen Wasserkasten brachten.

Für Fenja Abramowna war das Neue Rußland nur ein Irrlicht. Sie blieb auf Not gefaßt, denn gute Zeiten waren flüchtiger als schlechte. Wie jede alte Frau war sie vom Virus des Sammelns und Hortens befallen. Als Verwerterin von allem, was der Alltag abwarf, schätzte sie das Neue Rußland allerdings, da sich mit seiner Warenfülle die gleiche Fülle attraktivsten Mülls verband. Von diesem und diesem allein war sie besessen.

Sie liebte Plastikbecher, ineinandergesteckt bildeten sie hohe, sich wieder neigende Türme, die schönen Quarkgefäße, quadratisch, auswaschbar, zur breitesten Verwendung. Einige waren markiert mit energischer Schrift, botanische Abkürzungen und jedesmal die Silbe »Usp«, die für Uspenskoje stand, den Siedlungsnamen ihrer Datscha. Sie dienten offenbar der Einsaat irgendwelcher Pflanzen, die sie später dann pikierte. Es gab auch eine Unzahl weißer Plastiklöffel, in deren Mulde sich die Silbe »Usp« wie ein Kommando las.

Die Wohnung war nicht eben klein für zwei Personen. Während das Zimmer Karbatins, das mit Schreibtisch, Bücherregalen, die über drei Wände liefen, und einem mönchisch schmalen Bett eindeutig das Refugium eines Kopfarbeiters war, entbehrten die übrigen Zimmer, was ihre Nutzung betraf, jeglicher Klarheit. Es waren wild möblierte Salons voller Schlafrequisiten, auf den Kommoden sich bauschende Federbetten, Ersatzmatratzen lehnten hinter vorgerückten Schränken, keine Ritze, die nicht ein kleingedrücktes Kissen stopfte.

Jeder Raum empfahl sich als warmes Asyl. In jedem hätte man familienweise biwakieren können. Fenja Abramowna lebte, als gelte noch der Kodex des Zusammenrückens, als in den Küchen noch fünf Tische standen, weil fünf Parteien sich die Wohnung teilten. Und nun war sie enttäuscht, daß Karpow schon am Abend weiterreisen würde und das Nachtquartier ausschlug.

Man setzte sich zum Frühstück in die Küche. Der Tisch war vorgedeckt. Nur für den unangekündigten Gast fehlten noch Tasse und Teller. Fenja Abramowna trug Hafergrütze auf, Kraut- und Fleischpiroggen, Weißkäse, Dickmilch und wachsweiche Eier. Konfitüren süßten den Tee. Karbatin sah beglückt zu seiner Mutter und stolzerfüllt zu Karpow hin, dem Zeugen seines Wohlergehens. Er biß in die Piroggen und lobte sie, noch während er sie kaute. Keine Frau in Moskau backe ihresgleichen, selbst die Hafergrütze gerate nur aus ihrer Hand.

So redete er los, damit sie lachte und ihn in die Seite stieß. Die Eintracht zwischen Söhnen und ihren wunderbaren Müttern nannte er ein russisches Spezifikum, gefährlich, aber schön. Und um vorwegzunehmen, was Karpow denken könnte, nannte er sich selber einen Prototypen dieser Lebensform. Der beste Ort auf Erden sei immer noch der Wickeltisch der Mutter. Nun lachte auch Familienvater Karpow. Vor ihm saß ein Mann von Ende Dreißig, der noch Kind im Hause war und das auch bleiben wollte, den Streifzüge zu den Frauen führten, die er auch liebte, sofern sie ihn nicht an sich banden, da Fenja Abramowna jede überragen würde.

Auf der Fensterbank reihten sich Zehnlitergläser mit Pilzen, Gurken, allen Sorten Kohlgemüsen und Tomaten. »Wir leben aus dem Garten«, sagte Fenja Abramowna, Uspenskoje halte sie gesund. Ihn hingegen, sagte Karbatin, rege Uspenskoje nur noch auf. Luschkow, Moskaus Bürgermeister und erster Demokrat, habe sich den Wald für seine Datscha einverleibt. Er liege hinter Stacheldraht, die Dörfler knüpften jedes Schlupfloch ihrer Kinder wieder zu.

Danach tauchte Karbatin in die Kiefernwälder von Nikolina Gora ein, jenseits des Moskwa-Flusses das Visavis von Uspenskoje. Dort siedelten Banditen neben den Kultureliten, die Türme ihrer Burgen über den Wipfeln ihrer Waldparzellen. Die Datscha der Tatjana Jelzina umschließe eine sechs Meter hohe Kremlmauer, feinster roter Ziegel, Pechnasen und Zinnen. Sie habe abholzen lassen wie Peter der Große. In den Wind geschlagen die Proteste der Michalkows, der Gebrüder Andron und Nikita, ihrer Nachbarresidenten, Rußlands höchster Filmprominenz.

Karbatin sprach von einem Pandämonium des Kapitals, von Gesindel, das sich in Gold aufwiegen lasse, von Scheichtümern in lächerlichsten Stilmixturen, Waffenhändlern in bojarischen Kastellen mit grünen Butzen. Reitpfade durchschnitten die Wälder der neuen Oligarchen, frühmorgens die Töchter in deutschem Trab die Hintern hebend auf den schönsten Pferden. Die Dörfler stritten sich um deren Dung für die geschrumpften Gärten. In Rußland, sagte Karbatin, mutiere Freiheit zu Verbrechen.

Fenja Abramowna schlug ihr Messer an den Teller: »Es reicht, Saschenka! Nun laß es gut sein.« Nikolina Gora sei immerhin der Ort, an dem ein Juri Baschmet neue Kräfte sammle. Sie verehrte diesen Geiger, einen Juden aus Ossetien, für sie der neue Paganini, auch äußerlich.

»Also kehren wir zurück nach Uspenskoje«, sagte Karbatin in Karpows Richtung und zeigte auf die Pilze in den Gläsern.

»Bevor der Wald an Luschkow überging, suchten wir die Pilze vor der Tür.«

Jetzt fahre man die fernsten Wälder an. Die alten Mütter ließe man im Auto sitzen, damit es nicht gestohlen werde. Und tauche jemand auf, der ihnen nicht geheuer sei, alarmierten sie die mit den Körben Ausgeschwärmten, indem sie auf die Hupe drückten. Nach diesem Abgesang auf die geraubten Wälder schlug Karbatin dem neuen Freund einen Gang durch Moskau vor.

Für Karpow bestand die Hauptstadt nur aus Kopfbahnhöfen, an dem einen kam er an, von einem anderen fuhr er ab. Sie war als Zwischenort in Kauf zu nehmen. Die Gefühle waren anderswo. Moskau hatte ihn nie fesseln können. Kam er aus dem Kaukasus, und vor ihm lag ein Vierteljahr Berlin, hatte er ein schweres Herz. Und kam er aus Berlin gereist und nur zwei Nächte und ein Tag trennten ihn noch von zu Hause, band die Wiedersehensfreude seine Sinne. So wie jetzt, wo er mit Karbatin auf der Twerskaja Richtung Kreml promenierte und nichts anderes genoß, als die Hände frei zu haben und das Gepäck in Sicherheit zu wissen.

Die Luxusgüter in den Fenstern lagen jenseits seines Horizontes. Während Karbatin ein Sechstausend-Dollar-Kettenhemd noch als Vorzeichen für die Sintflut nahm, war das Hemd für Karpow schon ein außerirdisches Gespinst. Es empörte ihn sowenig wie die Lichtverschwendung des Polarsterns. Eigens zum Schutz dieser Güter hatte Moskau eine neue Wächterrasse hervorgebracht, stämmig, rundköpfig und geschoren, das Furchterregende, das ihnen Lohn und Brot gab, fast schon überzeichnend. Ihre Brüder waren die Chauffeure, ebensolche Männerbatzen. Die Sonderklassen, die sie lenkten, räumten alles weg wie Schnee.

Das Hotel *Minsk* war noch in alter Häßlichkeit belassen, ein kartonfarbener Kasten, sowjetisch noch bis zur Robustheit seiner Frauen an der Rezeption. Karpow kannte eine Telefonistin des Hotels. Lena Kukschina gehörte zur jakutischen Verwandtschaft seiner Frau. Er hätte sie schon tausendmal aufsuchen und grüßen sollen. Es hatte aber nie gepaßt. Nun ergab sich die Gelegenheit. Und Karbatin, immer für ein Abenteuer gut, folgte ihm im Hüpfschritt durch die Schwingtür.

Es war Mittag. Lena Kukschina hatte Pause und befand sich außer Haus. Die Freunde warteten im Frühstücksraum. Er unterschied sich kaum von einer Werkskantine, nur daß die Mehrzahl der männlichen Gäste noch in Schlafanzügen steckte, auch etliche Vertreter asiatischer Stämme aus dem früheren Imperium.

Alle saßen zum Fernseher ausgerichtet, der auf einem Eckbrett unterhalb der Decke stand. Es liefen Sketche in hauptstädtisch schnellem Schlagabtausch. Jeder lachte, ob nun Usbeke, Tadschike oder Russe. Man hatte sich die Würstchen vorgeschnitten, um sie mit dem Kaschabrei zu löffeln.

Die Handhabung von Messer und Gabel, sagte Karbatin, falle hierzulande schwer. »Wir sind ein Volk der Suppen und Grützen und tauchen unsere Löffel ein.« Der einfache Mann sei findig genug, einem Floh ein Hufeisen aufzuschlagen, aber er scheitere am Eßbesteck.

Eine mißgelaunte Angestellte räumte das Geschirr im Eimer fort, warf den nassen Lappen auf die Tische und wischte um die aufgestützten Ellenbogen. Sie war die Verkörperung dieses einfachen Hotels. Für Karbatins Empfinden war sie unheilbar sowjetisch deformiert.

Dafür versöhnte ihn die blonde Küchenkraft am Tresen, die mit der Gurkenzange nach den blassen Würstchen griff. Das Dekolleté war für diese Tätigkeit, zumal am hellen Mittag, unangemessen tief. Der Dunst des Siedewassers lag in Perlen auf der Brust. Doch sie war nicht mehr lange jung. Die Zeit raste, und sie wollte die Blicke.

Lena Kukschina war das krasse Gegenteil von ihr, ein vergessenes Mädchen, das die Männer nicht lockte, wahrscheinlich auch nie hatte locken wollen. Ohne Überraschungslaut ging sie auf Karpow zu, als sehe sie ihn jeden Tag. Sie als Brünette zu bezeichnen wäre zu pompös gewesen, denn das braune Haar hatte sie verschenkt in einer umstandslosen Steckfrisur. Und ihre Kleidung diente allein dem Zweck, den Körper zu bedecken. Sie wirkte insgesamt ergraut und eingemottet.

Zum Austausch verwandtschaftlicher Neuigkeiten bat sie die Besucher in die Telefonkabine. Der erste Eindruck war der eines wohnlich dekorierten Arbeitsplatzes, wie man ihn allenthalben antraf. Statt spielender Kätzchen, bei Tisch sitzender Affen und anderer dem Gemüt zuträglichen Motive waren es hier Vögel. Über dem Armaturenschrank mit den Verbindungsstöpseln hing eine Weltkarte, auf der die Zugbahnen der Küstenseeschwalbe eingezeichnet waren.

Karpow hatte die Familienphotos vorgeholt, die Lena Kukschina ungerührt betrachtete. Auch die bevorstehende Hochzeit Sergejs erwärmte sie wenig. Sie hörte nur hin, erfaßte aber aus dem Augenwinkel, wie sich Karbatin zur Weltkarte reckte, in die Flugrouten vertiefte und dem Zeichensystem der Brut- und Winterungsplätze folgte. Und plötzlich war die glanzlose Lena Kukschina voller Leuchtkraft. Die Wangen hatten sich gerötet. Sie schien wie wachgeküßt vom Interesse Karbatins an ihrer Vogelwelt.

Ein Hagel entlegenster Fakten ging auf die beiden nieder. Die Auswirkung pleistozäner Vereisungen auf den Strichzug, die Umwege des Grönländischen Steinschmätzers und die sich teilenden Formationen der Störche am Golf von Iskanderun überstieg fast schon Karbatins Wissensdurst. Lena Kukschina gehörte der Internationalen der Avifaunisten an. Nach einer Stunde ließ man sie glücklich zurück.

Gleich über die Straße lag das Stanislawski-Theater. Der Spielplan führte *Hundeherz* nach Bulgakow, eine Wissenschaftsgroteske, in der ein Medizinprofessor einen Straßenhund auf chirurgischem Wege in einen Genossen verwandelt, den Hund am Ende aber wieder auferstehen läßt, weil er ihm angenehmer war als der Neue Mensch. Karbatin liebte dieses Stück. Er liebte auch die Straßenhunde Moskaus und haßte ihretwegen noch einmal mehr die Allmacht Luschkows, der sie fangen und töten ließ.

Da die Kälte eingesetzt hatte und weit und breit kein Hund zu sehen war, erinnerte sich Karbatin eines schönen, winterlichen Brauches der Theaterleute. Er hoffte, daß der Brauch noch immer fortbestand, und zog Karpow durch ein Labyrinth von Höfen bis zum Bühneneingang, wo seine Hoffnung sich erfüllte. Auf den Steinstufen waren wieder Pappen ausgelegt, auf denen Straßenhunde lagerten.

Am Puschkin-Denkmal war der Schnee noch kaum zertreten. Die Sonne schien, und das nadelige Glitzern blendete. Im Gegenlicht die Silhouette einer Frau in schwingendem, kniekurzem Mantel, zwei Drittel der Gestalt bestand aus Beinen. Karbatin erwartete schon halb betört ihr Näherkommen. Es war eine Schönheit im Nerz mit schmollendem Mund. »Die Prinzessinnen von Moskau«, sagte er zu Karpow, »haben immer schon geschmollt, schmollend die Männer bezwungen.« Um sie auszuführen, habe man Kredite aufgenommen. »Als andere nach Milch und Brot anstanden, saßen sie im Sessel und feilten sich die Nägel. Sie existierten wie die Blumen, ernährt und gegossen.« Kurzum, ihr Schmollen vergälle ihm die Schönheit. Karpow pflichtete ihm bei, auch wenn derlei Sorgen nie die seinen waren.

Vor dem Kaufmannspalast der Jelissejews wurde Karbatin am Arm gepackt. Es war Papi Titow, in der alten Zeit berühmt für seine Bestarbeiter und Traktoristen auf der Bühne. Jetzt stand er da, nur noch die Hälfte seiner selbst, alt und eingesunken mit dem Bärtchen eines Csárdás-Geigers und rief: »Sascha, guter Jude, dich gibt es noch, wie schön! Das U-Bahn-Fahren ist so trist geworden, die jüdischen Gesichter fehlen.«

Karbatin umarmte ihn. »Papi, guter Papi, wie geht es dir?«

»Mir geht es schlecht, bin viel zu dünn geworden, vor zwei Jahren meine letzte Rolle.«

»Wo, Papi?« fragte Karbatin den einstigen Heroen. »Und was hast du gespielt?«

»Väterchen Frost im Kaufhaus Gum, ich hatte damals noch Statur.«

Es wurde langsam dunkel. In den Neonröhren fing es an zu zucken. Dann war es hell auf einen Schlag. Leuchtbänder liefen die Häuser entlang, als bestünden sie aus einem Block. Über den Giebeln, wandernd und wiederkehrend, die Lichtbekundungen der Warenwelt und in den Erdgeschossen die Punktstrahler der Boutiquen. Der kranke Papi Titow blühte auf in all dem Licht wie frisch genesen. Sie setzten jetzt zu dritt die Promenade fort.

Vor ihnen ging ein Mönch, der eine Estée-Lauder-Tüte trug. Seine Schulterblätter drückten durch die leichte Mönchsmontur. Papi Titow, als Bühnenmensch geschärft für körperlich gesetzte Pointen und Akzente, nahm sein verwischtes Hinken wahr. Unwillkürlich blickte man zu seinen Füßen. Der Mönch hatte Löcher in den Strümpfen. Die schlechten Schuhe hielten seine

Fersen nicht. In Höhe des *Grandhotel National* verließ er den Passantenstrom, um den Türsteher zu begrüßen, einen jungen Mann, der seinetwegen den Zylinder zog.

Ihr kurzer Austausch bestand aus einer schnellen Einigung. Der Türsteher hob die Mantelstulpe an, sah auf seine Armbanduhr und nickte, worauf der Mönch in den Bereich der Drehtür huschte. Dort bot er, ohne seine Tüte abzustellen, klösterliche Chorgesänge auf Kassetten feil. Er schien darauf gefaßt, verscheucht zu werden. Von vorne sah er doppelt elend aus, fast schon gegeißelt, dünnhalsig, totenbleich, durch das schwarze, kraftlos lange Haar schimmerten die Ohren. Die Bruderschaft, deren Gesänge er verkaufte, sah wohler aus. Das Kassettenphoto zeigte gutgenährte Bässe, Baritone und Tenöre mit gekämmten Bärten, im Hintergrund die Sommerblüte eines Klostergartens und ein blitzend weißes Kirchlein.

»Und diesen armen Teufel«, sagte Karbatin, »lassen sie durch Moskau hinken.«

Karpow fand den Mönch nicht nur beklagenswert, weil er mit unbedecktem Kopf dem Winter trotzte. Sein Mitleid erfaßte auch den Tatbestand, daß er dem Chor nicht angehörte. »Wenn ich auf der Straße friere, friere ich bei eigener Musik.«

Das alles scherte Papi Titow wenig. Für ihn, den Atheisten, war der Mönch nichts als ein abgefeimtes Mannequin des frommen Rußland.

Für den Kreml schien der Himmel selbst die Lichtregie zu führen. Um die Heiligtümer innerhalb der Mauern lag ein nach oben unbegrenzter heller Schein. Karpows Reserviertheit gegenüber Moskau schmolz dahin. Die Hauptstadt seines Heimatlandes mochte noch so außer Rand und Band geraten sein, die Gangster stimulieren und jeden braven Russen ängstigen, hier hatte sie das Recht, ihn einzuschüchtern. So dachte er, als Karbatin die ganze Andacht aber schon zunichte machte, indem er auf sechs Männer zeigte.

Sie standen aufgereiht wie leichte Mädchen vor der alten Stadtduma. Zwei trugen das Stirnmal Gorbatschows. Bei dem einen hatte es die Form der Insel Sachalin, bei dem anderen die eines glatten, langen Tropfens. Ein Hüne sah wie Jelzin aus, ein Alter, so man guten Willens war, wie Breschnew, dem er sich offensichtlich nahe dünkte durch das Gewölle seiner Augenbrauen. Zwei hatten eine Leninglatze und reckten ihren Kinnbart vor, der eine kleinwüchsig, der andere nur klein. Sie konkurrierten um Touristen.

Ein anrückender Trupp schwarzgekleideter Japaner sorgte für Bewegung in der Galerie der Doppelgänger. Die beiden Gorbatschows lächelten und nickten, damit man ihre Flecken besser sah. Der Hüne spielte Jelzins Liebe für den Wodka aus und begann zu schwanken. Der Alte hob und senkte seine Brauenbögen, während sich die Leninfiguranten schon um das Gruppenphoto der Japaner stritten. Der Kleinwüchsige sprang dann aus der Reihe und vollführte Tänze, um den Mitbewerber auszuschalten.

Papi Titow mochte seinen Auftritt nicht. Er sprach im Namen dessen, der im angestrahlten Mausoleum ruhte, von Blasphemie. »Wladimir Iljitsch war klein, aber er war kein quirliger Zwerg.«

»Dafür ist Breschnew gut getroffen«, sagte Karbatin. Der karnevalsköpfige Alte gefalle ihm.

Karpow erreichte das Spektakel nicht mehr. In vier Stunden ging sein Zug. Er hatte schon die Kommentare über sein Gepäck im Ohr.

Der Kursker Bahnhof war eingerüstet. Die Zeit, da er den obdachlosen Trinkern als Wärmestube und Kaschemme diente, da die Vielzahl der zerlumpten Wattejacken glauben machte, alle seien hier in Lumpen, war vorbei. Karpow sah den alten Kachelgang noch vor sich, den flüssigen, aus Abfällen geflochtenen Zopf, der ständig nachwuchs und durch die Mitte drückte, längs der Wände die vollends Betäubten und eben Weggesackten, die noch fluchten. Er erinnerte sich der Gerüche nach Blut und sonstigen Menschensäften.

Jetzt war derselbe Kachelgang wie eine Apotheke weiß und sauber. Der Treffpunkt des Gelichters, als der er einmal galt, war sozusagen ausgeräuchert. Karpow fand sich in Begleitung Karbatins, der ohne Not den Kursker Bahnhof nie betreten hätte. Er kannte ihn von alten, zittrig verschneiten Filmsequenzen, die Tolstoi zeigten, als er mit Kutsche aus der Ankunftshalle fuhr und das Volk von Moskau ihn empfing, als sei er Jesus beim Einzug in Jerusalem.

An einem Kiosk außerhalb des Bahnhofs kaufte Karbatin ein Witzblatt zur Kurzweil Karpows für die lange Reise. Der Kiosk war ein durch Eisengitter hochgesichertes Gehäuse. In der Tiefe dieses Käfigs das Lächeln der Verkäuferin. Die Luke, durch die sie ihre Ware reichte, war nicht größer als ein Schuhkarton. Für Karbatin, den ruhelosen Frauenfreund, war sie jedoch nicht klein genug, um nicht den Kopf hindurchzuzwängen. Er gab sich erst zufrieden, als seine Kinnlade auf ihrem Zahlteller lag.

Vor einem Bauzaun, in einem Halbkreis aus geschipptem Schnee, standen Frauen mit Schildern vor der Brust. Rentnerinnen offenbar, sofern man sich nicht täuschte, in ihrer dicken, konturenlosen Winterkleidung. Sie boten Zimmer an, auch solche für Stunden. Ihre liebsten Mieter waren ausnahmslos Kaukasier. Sie saßen in den Autos, die langsam um den Bahnhofsvorplatz kreisten, auf der Rückbank eingekeilt ein Mädchen. Karbatin hörte sie verhandeln. Die Kopfzahl der Insassen entschied den Zimmerpreis.

Jenseits des Bauzauns fing die bewachte Zone an. Milizen patrouillierten. Sie hielten jeden fern, der nicht verreiste. Ein Kasache mit bestickter Mütze und besticktem langen Mantel trieb zwei Ziegen durch die Sperre zu den Vorortzügen.

Die Schalterhalle, die Karpow als Inferno im Gedächtnis hatte, laut wie Kairo, ein Reisender auf fünf Diebe, war bis auf eine Ecke, wo eine Alte für sich und ihren Hund ein Lager baute, leer gefegt. Nach der Bedachtsamkeit, mit der sie ihre Bündel schichtete, und danach, wie der Hund frohlockte in Erwartung seines Bettes, hatte sie hier Sonderrechte. Einerseits begrüßte man die rigorose Ordnungspolitik, die den Ruf des Bahnhofs aufpolierte, fand es aber andererseits auch herzerwärmend, daß irgendwo noch ein Rest Gnade walten durfte.

Die alte Pracht der Wartesäle war wieder hergestellt. Sie vereinte die gesamte Ornamentik des feudalen Abendlandes. Karbatin sprach von einem Rauschen durch die Neostile.

Es gab den Tympanon genannten flachen Dreiecksgiebel über bildgefüllten Wandkassetten; über blinden Türen einen Portikus; barocke Deckenmalerei, in der die Himmelsbläue über einer milden Landschaft durch die Wolken sticht, von korinthischem Arkanthus eingefaßt; goldene Fruchtzöpfe, Medaillons, Pilaster mit Fuß und Kapitell, von Rokoko-Gespinsten überwuchert. In teichgrünen und bernsteingelben Marmorböden spiegelten sich die Lüster. Hinter romanischen Arkadenfenstern kam ein Zug zum Stehen.

Es gab keine Bänke mehr, um sich darauf auszustrecken, statt dessen eingeschraubte Stahlrohrstühle. Karpow hatte ganze Tage hier im Halbschlaf liegend sein Gepäck bewacht. Mit diesem Biwakieren war jetzt Schluß. Man saß gesittet wie in einer Kirche.

Um 23 Uhr war Abfahrtszeit. Karpow und Karbatin tauchten in das heillose Durcheinander des Bahnsteigs ein. Das ewig gleiche Vorprogramm des Reisens war im Gange, jeder suchte jeden, der eine irrte noch den Zug entlang, der andere saß schon im Coupé und klopfte aufgeregt nach draußen. Es fügte sich, als habe Karbatin den Dienstplan aufgestellt, daß die schönste aller Schaffnerinnen vor Karpows Liegewagen stand.

»Guten Abend, ich bin Sweta«, sagte sie, das hart gekniffte Schiffchen tief in ihrer Stirn, der dunkelblaue Schaffnermantel von korrektem Sitz wie der Mantel eines Admirals.

Sie war frisch und ausgeschlafen wie ein Kind, die Lippen rot, die Lider grün, das Rouge auf ihren Wangen etwas bäuerlich und apfelhaft plaziert. Und gerade dieses Unschuldsvolle berührte Karbatin. Er neide ihm die Reise, sagte er zu Karpow, die vielen Stunden unter einem Dach mit der entzückenden Soldatin. Beim letzten Händedruck, Karpow stand schon auf dem Trittbrett, lud er Karbatin zur Hochzeit ein. »Im Kaukasus«, versprach er, »sind alle Mädchen so wie Sweta.«

Das Winken entfiel, da die Fenster nicht zu öffnen waren, und man behalf sich mit anderen, allerletzten Abschiedsgesten. Die einzelne Frau in Karpows Abteil schlug mit den Fingernägeln an die Scheibe. Sie teilte sich die Fensterfläche mit zwei Männern, von denen der eine Herzen malte auf das trübe Glas, der zweite pantomimisch in ein Telefon hineinsprach. Eine Durchsage wies darauf hin, daß während der vierzig Minuten, die der Zug durch Moskau fahre, die Toiletten abgeschlossen blieben.

Im Bewußtsein der schnell vergehenden Minuten machten sich die Klugen auf den Weg mit ihren Zahnputzbechern und trafen auf die lange Schlange der noch Klügeren. Karpows Abteilgenossin fing unvermittelt ein Gespräch über Fleischpreise an. Als Geschichtslehrerin im Kommunismus habe sie für ihr Gehalt sechsundsechzig Kilo kaufen können, jetzt reiche es gerade noch für fünfzehn Kilo.

»Wem sagen Sie das!« so Karpows mattes Echo. Er war müde und angestrengt vom Tag mit Karbatin und wollte keinen Austausch mehr, am allerwenigsten die alte Leier über jetzt und früher.

Die Frau war Mitte, Ende Fünfzig, eine hellwache Streiterin, Empörung schien ihr Lebensstoff zu sein. Ohne Übergang sprang sie vom Thema Fleisch zu Churchill, der England seinerzeit verboten habe, Devisen auszuführen. Nur die Russen deponierten alles außer Landes. Dann wurden die Toiletten freigegeben, und sie rückte auf.

Karpow lag auf der Pritsche oben rechts, die Lehrerin links unten auf der Sitzbank. Er hatte sich gleich zur Wand gedreht, während sie noch las. Beim ersten Halt, nach einer guten Stunde Fahrt, schlief sie noch immer nicht.

»Wir sind in Tula«, sagte sie in die Stille des Abteils. »In Tula stieg Tolstoi von seiner Kutsche in den Zug nach Moskau um.« Nicht weit von hier befinde sich sein Landsitz. »In Tula«, fuhr sie fort, »war Lew Nikolajewitsch in jungen Jahren Kanzleiangestellter Erster Klasse.«

Solange dieser Brunnen nicht versiegen würde, graute Karpow vor der Reise. Inzwischen waren alle wach. Zwei knipsten ihre Lämpchen an. Sie hingegen knipste ihres aus, denn früh um sieben hole sie in Belgorod ihr Bruder ab. Als der Zug anruckte, fügte sie, als Postskriptum sozusagen, noch hinzu, daß Rußlands schönste Samoware aus Tula stammten, und wünschte allseits eine ungestörte Nacht. Karpow hielt sie für verrückt.

Der Morgen war schon voller Geräusche. Belgorod hatte die Geschichtslehrerin aufgenommen und Händlerinnen und magere Hunde zum Bahnhof geschickt. Die Händlerinnen riefen Limonaden aus. Sie setzten auf den Durst nach einer Wodkanacht. Die Hunde, in Vorfreude auf einen Happen, hatten schon die Ohren abgesenkt. Sie saßen bei den Müll-Amphoren, deren gußeiserne Eleganz überall in Rußland zum Bahnhofsmeublement gehört.

Dicht vor den Gleisen zwei Geistesschwache in glücklicher Wahrnehmung des sie umgebenden Lebens, der jüngere mit schlaff hängender Hand, der ältere mit staunend geöffnetem Mund und dem leeren Gaumen eines Neugeborenen. Karpow kannte sie. Sie standen immer an den Moskau-Zügen.

Es schneite. Belgorod zog vorüber. Was es auch an Schönem hätte präsentieren können, es lag nicht an der Strecke. Die hellen Steinberge der Neubaublöcke waren den Datschen auf den Leib gerückt, hatten sie der Ländlichkeit beraubt. Die Holzhäuser waren jetzt Bestandteil der Barackenvorstadt.

Die ersten Männer kamen naßgekämmt aus der Toilette. Auch Karpow kehrte schon mit steilem Wasserscheitel in sein Abteil zurück. Ein geschorener Kaukasier mit bläulich schimmerndem Kopf rasierte sich im Gang, die Wange von innen mit der Zunge stützend. Er hatte einen Spiegel, der durch einen kleinen Saugfuß auf jeder Fläche haftete. Sobald die Schlange sich bewegte, riß er ihn ab, um ihn zwei Schritte weiter wieder anzudrücken.

Er war schon für den Tag gekleidet, die Russen noch im Nachtzeug, ihre Frauen in graurosa Morgenröcken, einige mit wirrem Haar, als habe eine Heugabel es aufgeworfen. Alles, was dem Erwachen folgte, war unumgänglich familiär.

Sweta hatte Zahnweh und hielt sich die Wange. Das Gesicht glühte und war schief vor Schmerz. Sie gab im Trainingsanzug das Teewasser aus. Der Samowar, ein rund um die Uhr kochender Kasten, war neben ihrer Koje installiert. In einer Kurve rollte ihre Tür zur Seite, so daß man das zerwühlte schmale Bett sah. Karpow stand mit Reisebecher und Beuteltee vor dem gequälten Mädchen und schob in einem Kavaliersreflex die Tür ins Schloß zurück.

Es war heiß in den Abteilen. Wer eine Weile auf dem Gang gestanden hatte, den fiel die Hitze an wie ein Betäubungsmittel. Doch wer ihr ganz und gar entfliehen wollte, der mußte auf die Plattform zu den Rauchern, ein auf seine Art unerquicklicher Aufenthalt in purer, direkter Kälte; geschüttelt, als stünde man auf einem Leiterwagen, ohne Licht in der sich dehnenden und wieder faltenden Harmonika zwischen den Waggons, unter den Füßen die schiebenden Eisenplatten und der Durchblick auf rasenden Schotter.

Die Scheiben waren getönt wie bei einer Limousine, doch es war Schmutz. Dörfer flogen vorbei, das brettergefügte Rußland in seinen traulichen, armseligen und stabilen Varianten, Spielzeughäuser, schöne Fensterordnungen, geschnitzte Firste, Vordächer über sorgsam geschichtetem Brennholz, eingeknickte Schuppen, Hütten mit Lumpenwülsten um die Türen, aus Baumstämmen gestapelte Katen, flach wie Flöße, Zäune aus Rutengeflecht, Lattenzäune, kleine Gärten, einzelne, den Schnee überragende Kohlstrünke.

Fern jeder Menschensiedlung ging eine Gestalt im wegelosen Schnee. Sie zog einen Schlitten, auf dem eine Kanne stand. Vielleicht kam sie vom Melken oder war erst unterwegs zu dieser Kuh. Doch auch im Weiterfahren, die Gestalt war längst nicht mehr im Blick, sah man weder Haus noch Stall, nur unbewohnte Winterlandschaft.

Im Vorgeschmack des Frühstücks fuhr man in die Ukraine ein. Man räumte die Klapptische frei, das immerwährende Picknick auf der Sitzbank konnte seinen Anfang nehmen. Würste wurden ausgepackt, Brot in dicken Riegeln vorgeschnitten. Die Gurken schaukelten in ihrer Lake. Die dünnen Teeglashülsen zitterten. Und bald sah man wieder Datschen eine Stadt ankündigen; die Geschwindigkeit ließ nach, und schon hielt der Zug Punkt neun in Charkow, wo ein händlerischer Ansturm alle bahnhofseigenen Geräusche schluckte.

Die Händler waren flehentlicher als die an russischen Stationen. Für sie kam dieser Zug aus dem Gelobten Land. Und nun begaben sich die Glücklichen aus diesem Zug herab zu ihnen, den Ukrainern, auf den gefegten und daher glatten Bahnsteig, um sich das Frühstück noch zu komplettieren. Was man in der Nacht gebacken hatte, hielt man ihnen an die Nase, Piroggen mit Kraut, Ei oder Fleisch, Quarkkuchen und anderes mehr. Die Aufzählung geriet zum Bittgesang. Ein alter Mann fächelte mit stocksteifen großen Fischen, ließ sie prüfen und betasten, gab sie aus der Hand und nahm sie, wenn der Handel nicht zustande kam, wie ein Schicksal wieder an. Die Frauen kämpften mehr, hatten Inbrunst, notfalls Tränen. Sie raschelten mit kleineren, auf Draht gefädelten Trockenfischen, an denen zwischen Kopf und Schwanz nicht viel zu pflücken war, und empfahlen sie als Zeitvertreib zum Bier. Andere suggerierten schon den nahen Mittag und den nicht mehr allzu fernen Abend mit Bratgeflügel.

Sweta hatte sich in ihre Uniform gezwungen und lachte etwas mühsam mit den Zöllnern. Neben ihr stand ihre Mutter Olga Nikolajewna. Sie war Schaffnerin im selben Zug, war es schon seit zweiundzwanzig Jahren, als sie noch mit Sweta schwanger ging, und fühlte sich, obwohl sie zweimal in der Woche fünf Stunden Aufenthalt in Moskau hatte, noch immer außerstande, einen Fuß in diese Stadt zu setzen. Sie schreckte aus dem Schlaf, wenn sie in Kislowodsk in ihrem Bett zu Hause lag, und fragte Sweta, mit der sie sich das Zimmer teilte: »Warum steht der Zug?«

Von diesen Befindlichkeiten hatte sie Karpow, Dauergast auf ihrer Strecke, in einer Nacht erzählt. Sie kannte ihn schon, als er noch Kolenko hieß, war schon Kurierin seiner Post gewesen, einmal sogar Empfängerin eines Lederrockes, seiner Gegengabe für drei in ihrer Koje abgestellte Taschen. Gerade stieg er mit Pantoffeln, in ihre Richtung grüßend, aus dem Zug. Er deckte sich mit Äpfeln ein. Sie enthielten Phosphor, das dem

Gehirn zugute kam. Alles andere hatte er bei Aldi in Berlin gekauft.

Karpow achtete auf die Figur, sein Körper war in Schuß. Wenn man unten auf der Sitzbank praßte, lag er auf seiner Pritsche oben und las sein Buch über *Die Wiedergeburt des Adonis.* Auch nach dreiundzwanzig Jahren würde er als wohlgestalter Bräutigam seine Galitschka umarmen können.

Galina Alexandrowna hatte Sergejs Hochzeit bis ins kleinste vorbereitet, die Konservenfabrik von Essentuki stellte die Kantine zur Verfügung. Die Teppiche durften tags zuvor schon angenagelt werden, hatte sie am Telefon gesagt, und Loscha schwinge schon den Pinsel für die Hochzeitssprüche. Loscha, Bewacher des Schwimmbassins im Sanatorium *Kasachstan,* war zart wie eine Libelle, trank wie ein Holzfäller und tanzte wie ein Derwisch. Karpow sah den guten Jungen vor sich, wie er sich mühte, die alten Sprüche auf Karton zu malen.

»Auf den Storch ist kein Verlaß, tu selber was!« – »Wir bitten beide Schwiegermütter, das Blut des jungen Paares nicht zu vergiften!« – »Ein Nüchterner auf einer Hochzeit ist immer ein Spion!« – »Soviel Bäume im Wald, soviel Söhne für euch!« und so fort.

Die Animateurin mit den Babypuppen war engagiert. Drei junge Männer, darunter Sergej, der Bräutigam, würden sich im Wickeln einen Wettkampf liefern, das Gelächter der Mütter war Bestandteil des Programms. Die Reihenfolge mußte stimmen, zuerst die Windel, dann das Höschen, danach die Strümpfchen, das Hemdchen und das Jäckchen, zuletzt das Mützchen. Wer mit dem Mützchen anfing, hatte verloren, doch dafür den Applaus. Galina Alexandrowna hatte die Zusage von drei Autobesitzern. Der BMW-Fahrer, der das Hochzeitspaar chauffieren würde, sei Geschäftsführer einer finnischen Filiale, sie wisse nicht, wofür. Er gebe sich als strammer Neuer Russe, sei letztlich aber weich.

Es gab auch Unerfreuliches. Karpows Mutter war gestürzt. Sie sei verstört seitdem, behalte nachts das Kopftuch an, lasse Pipo aus dem Käfig fliegen, überall der Vogelschiß und dazu ihr Gelächter. Sie bestehe auf dem Abwasch, den man wiederholen müsse, wenn sie schlafe. Auch über Maria Petrowna, der Schwester seiner Mutter, ballten sich nur schwarze Wolken. Sie war aus Prochladni schon zur Hochzeit angereist, der Sohn, ein Säufer, habe sich ihr Zimmer einverleibt. Ihr drohte jetzt das Heim.

Karpow hatte die Wohnung vor Augen; sie war ausgereizt bis auf den letzten Winkel, die Mutter, vorübergehend auch die Tante; Natascha, die Schwiegertochter, käme hinzu, in fünf Monaten ihr Kind, auf das sich alle freuten; das frischvermählte Paar mußte einen Rückzug haben, Juri und Vitali, wo schliefen sie, und wo war er mit seiner Galitschka alleine?

Man würde es regeln, das Schöne überwog. Juri und Vitali waren aufgetreten im Sanatorium *Stavropol*. Der Chor der Musikschule von Essentuki hatte einen Preis gewonnen. Das Fernsehen war dabei. Und Sergej war aus der Armee entlassen. Die Sorge, er würde nach Tschetschenien eingezogen, wo nur Söhne armer Familien dienten, war damit aus der Welt. Man hätte zehn Millionen Rubel haben müssen, um ihn freizukaufen. Inzwischen war er Bademeister im Sanatorium *Rußland* bei den Veteranen der Arbeit und des Großen Vaterländischen Krieges. Dort stand auch Irinas Massagetisch. Sie schaffte achtzehn Personen in acht Stunden und dachte an Fürstenwalde bei Bad Saarow/Pieskow, an die stramme Klientel der sowjetischen Luftwaffe, die dort ein Sanatorium unterhalten hatte. Karbatin wäre hingerissen von ihrer losen Zunge. Sie war ein Faß ohne Boden, wenn man es nur anstach.

Dann müßte Karbatin Ludmilla kennenlernen, unter deren Hände sich die Metallurgen aus Magnitogorsk begaben. Davor waren es ZK-Mitglieder, Eiskunstläufer, auch die Mutter Gorbatschows, im Sanatorium *Moskau,* einem Haus der 4. Medizinischen Abteilung, also der ersten Kategorie. Der KGB hatte Ludmilla samt Verwandtschaft ein Jahr lang überprüft. Eine Springflut von Geschichten überrannte Karpow: der Ossete, der so schamlos stöhnte, daß ihn Ludmilla nur bei offener Kabinentür massierte; der Bürgermeister von Astrachan, der statt Trinkgeld Räucherfische gab.

Karpow würde Karbatin das Badeleben zeigen, den Parcours der Trinkhallen aufnehmen, einen regionalen Zug mit ihm besteigen und Pjatigorsk und Kislowodsk besuchen. Die beiden Städte, deren Mondänisierung sich der Poesie Puschkins und Lermontows verdankte, waren schon berühmt, als Essentuki noch Kosakensiedlung war. Der Kaukasus, dieser »rauhe Zar der Welt«, wie Lermontow ihn nannte, empfahl sich dem seelenkranken, gebildeten Russen zur Genesung und kam dann bald in Mode, obwohl die Reise länger war und um vieles strapaziöser als die nach Baden-Baden. Puschkin vermißte 1829 »die ungesicherten Pfade, die Kellen und halbierten Flaschen«, mit denen man noch 1820, während seines ersten Aufenthaltes, das Heilwasser geschöpft hatte. In den Säulenhallen, Grotten und gedeckten Bogengängen, auf den Brunnenpromenaden und Boulevards trafen sich Sankt Petersburg und Moskau, hohe Militärs, strafversetzte Dekabristen, blasse, zur Heirat bereite Adelstöchter und ihre furiosen Mütter. Es war dieses Personal, auf dessen Kosten der Zyniker Petschorin, Lermontows *Held unserer Zeit,* dem Weltschmerz und der Langeweile zu entfliehen suchte. In einem Romanfragment von Puschkin ist die Kutsche einer Gutsbesitzerin beschrieben, die sich mit ihrer Ältesten auf den Weg zu den kaukasischen Bädern macht: »Gestern brachte man mir den neuen Reisewagen; was für ein Wagen! ein Spielzeug, ein Schmuckstück – lauter Schubladen ... Betten, Toilettentisch, Kühlkeller, eine Reiseapotheke, Küche, Service...«

Stanislawski fand das Wasser in Essentuki besser als das in Vichy und Bad Nauheim, und Tolstoi ließ sich über die »durchreisenden Gesellschaftslöwinnen« aus, über die Offiziere auf den Galerien mit dem verhängnisvollen Blick und dem Geschwafel von Friseuren. Schließlich hatte Lenin diese »Wassergesellschaft« aus den Brunnenhäusern vertrieben und die Badeorte per Dekret zu Heilstätten des Proletariats erklärt.

Karpow hörte schon Ludmilla sagen: »Hier sind jetzt alle gleich, nur manche sind gleicher.« Und darauf Karbatin: »Warum?« Und schon nähme sie das Beispiel der Massagegriffe, die medizinisch verordneten Wohltaten, die länger oder kürzer dauerten, je nach Patientenklasse. Sie liebte die alten balneologischen Begriffe, »Effleurage« für Streichung, »Friktion« für Reibung, »Percussion« oder »Tapotement« für Klopfung und zählte »lockernde Schüttelungen«, »zirkelnde Virbrationen« und »tonussteigernde Knetungen« auf. Kurz, das »Tapotement« beim einfachen Veteranen endete nach sieben Minuten und das bei der Nomenklatura nach einer Viertelstunde.

Aber mehr noch gefiel Karpow die Vorstellung, daß Karbatin bei Maria Petrowna, seiner Tante, säße. Sie hätte endlich einen Menschen neben sich, der fragte, dem sie erzählten könnte, wovon sie voll war, drei Jahre Ravensbrück, von denen fünfzehn Tage fehlten, um den »Invaliden der Ersten Gruppe« zugezählt zu werden. So hatte man sie in die »Zweite Gruppe« eingestuft und alle Torturen mit 1530 Mark vergoldet. Karpow liebte seine Tante mehr als seine Mutter. Das ihr zugefügte Leid verbarg sie eher wie ein Laster, als daß sie es hervorhob. Sie beschämte nie die biografisch Ungeschorenen. Sie hatte die Nummer von Ravensbrück im Kopf: 25 907, trug im Futter ihrer Jacke fünfzehn Urkunden »Für gute Arbeit« bei einer Wasserpumpstation und kochte immer noch Kartoffelschalen aus. Karpow krampfte das Herz.

In Slaviansk stieg eine Frau zu, um Brieftaschen, Cremes und Büstenhalter zu verkaufen. Sie gehörte der Masse der Ukrainer an, deren Betriebe mit Waren statt mit Geld entlohnten. Die Schaffnerinnen gewährten gegen eine kleine Summe zwei Stationen. Die Frau ging die Abteile ab, in denen das reiche Brudervolk der Russen vesperte, hielt sich die Büstenhalter vor und bat in einem Ton, der jeden Scherz im Keim erstickte: »So nehmt doch von dem Zeug, es ist schwer zu tragen!«

Der Speisewagen war so gut wie immer leer. Die Kellnerin sah aus dem Fenster, als wäre ihr die weiße Landschaft von neuem der Betrachtung wert. Wie zur Verhöhnung ihres Müßigganges trug sie eine festlich schwarze Glitterbluse. Ihr gegenüber, in düsterer Geduld, saß der Pächter in einer Tolstoibluse mit Krawatte. Gastronomisch war die Strecke unergiebig. Das Publikum, zumindest was den Alkohol betraf, war abstinent. Es fuhr zur Kur. Und was das Essen anbelangte, so versorgte man sich an den Bahnstationen der Ukraine.

Es roch nach Enten- und Hühnerfleisch und dem fauligen Samt der eingeweckten Pilze, dazu die angehäuften Gerüche der Gemütlichkeit auf überheiztem, engstem Raum. Man saß in Schlafanzügen und bequemen Trikotagen beieinander, alle in Pantoffeln, man war in Moskau schon hineingeschlüpft. Es schmeckte, mochte der Hausarzt auch zur Mäßigung geraten haben. Ja, es schien, als wolle man die Warnung vor dem Schwelgen nur noch einmal überhören, ein letztes Mal in eine fette Entenhaut die Zähne schlagen, bevor der nächste Tag mit der Diät begann.

Karpow erkannte sie alle schon als Patienten, sah sie schon mit ihrer Schnabeltasse – bei den Weitgereisten stammte sie aus Karlsbad – in einer Brunnenhalle anstehen: die Darm- und Magenkranken in Essentuki, seiner Heimatstadt, mit ihren alkalisch-mineralischen und alkalisch-muriatischen Säuerlingen, die mit dem kranken Herzen in Kislowodsk mit seinen erdig-sulfatischen Säuerlingen und die Rheumatiker in Pjatigorsk mit seinen Eisensäuerlingen. Es herrschte Andrang vor den Quellen, die Frauen am Zapfhahn mit den hohen weißen Mützen hatten alle Zeit der Welt. Man rückte vor in kurzen Kirchenschrittchen, nur die Veteranen des Großen Vaterländischen Krieges, die mit ihren Ordensleisten immer Vortritt haben, mißachteten die Disziplin der Warteschlange.

Schlußendlich Schlammbäder, die waren für alles gut. Saugrüssel mit Geräuschen, als schlürften sie das Mark der Erde aus, beförderten den schwarzen Brei in die Kabinen. Dickschlammpumpen drückten Nachschub in die Bottiche und nahmen die abgebadeten Schlämme wieder auf. Die Herrinnen der Schlammdomäne trugen wadenlange Hosen wie Piraten, die Arme wie im Abendhandschuh bis zum Ellenbogen schwarz. Manche unter ihnen, zumal die Schönsten, waren Biester. Es gab noch Marmorwannen aus der Zarenzeit, Tscherkessen hatten sie gemeißelt. Sie waren kleeblattförmig und ebenerdig eingelassen, inzwischen etwas rostig und porös vom Scheuersand. Karbatin würde seine Freude haben an den Prozeduren. Karpow sah ihn schon wie einen Pharao mit festen Tüchern bandagiert. Er mußte unbedingt ein Photo von ihm machen am Standbild der »Hygiene«, einer Tochter Aeskulaps. Das schönste Schlammbad hatte Essentuki.

Man wurde träge und vom Schlingern des Waggons in den Schlaf gewiegt. Das speckig körnige Kunstleder der Sitzbank bot keinen Halt, so daß der Kopf dem Nachbarn an die Schulter fiel. Die Zweiercoupés waren mit bessergestellten Ehepaaren belegt. Hier verkehrte sich das Bild des Russen, den seine Frau nur liebt, wenn er sie prügelt, in sein Gegenteil. Die Frauen gaben sich schon auf dem Weg zum Sanatorium den Beschwerden ihres Körpers hin und lagen. Sie hatten Kopfweh und diffuse neuralgische Schmerzen. Der Schnee vor den Fenstern war ihnen zu hell, die Gardinen zu dunkel. Sie schickten ihre Männer zu den Eisvorräten in der Speisewagenküche. Kaum hatten sie den kalten Beutel auf der Stirn, brauchten sie Wärme und insgesamt mehr Rücksichtnahme, sofern sie den Kurort noch lebend erreichten. Und während sie lagen, standen die Ehemänner, wachsam wie Polizisten vor dem Krankenzimmer eines Schwerverbrechers, im Pyjama auf dem Gang.

Man gelangte in wärmere Gefilde. Auf die feierlichen Schneelandschaften folgten Äcker mit kurzer, brauner Borste. Entlaubte Pappeln säumten einen unsichtbaren Fluß; Angler, auf Baumstümpfen sitzend, tranken sich die Heimat schön. Der Winter hatte die Dörfer noch nicht im Griff. Man sah Katen, die das blattlose, armdicke Geflecht der Glyzinien fast erwürgte; verlassene Bienengärten mit den aufgebockten Kästen für die Völker; vor einer Haustür eine Kuh auf ihrer Mistmatratze. Eine Frau trug ein Joch, an dem zwei Eimer hingen. Man hätte glauben können, sie habe dafür nur den Zug aus Moskau abgepaßt, um dieser bäuerlichen Tätigkeit noch einmal Geltung zu verschaffen.

Am Bahnsteig in Donezk wurden Moosbeeren mit Puderzucker angeboten. Karpow lag auf seiner Pritsche und lachte über dem humoristischen Wochenblatt, das Karbatin ihm mitgegeben hatte. Die Pointen zielten meistens auf Politiker, eine von Witzen schnell angenagte Kaste. Er würde Karbatin im Sanatorium der Metallurgen unterbringen. Das Haus war gut geführt, dahinter stand Magnitogorsk, Rußlands größtes Hüttenkombinat im Gebiet von Tscheljabinsk im Südural, ein zutiefst sowjetischer Ort mit allerhöchster Luftverschmutzung, der geographisch schon in Asien lag. Die Mehrzahl der Gäste kam von dort, der Rest aus dem übrigen Sibirien.

Karpow hatte vor Jahren die Bekanntschaft von Valentina Vladimirowna gemacht. Sie war Hauptbuchhalterin aller Kantinen von Magnitogorsk, hatte den Mund voller Silberzähne und hielt, das gesamte großrussisch patriotische Stahlprogramm beiseite schiebend, nur die rot emaillierten Kochtöpfe der Serie »Carmen« der Erwähnung wert. Sie war gerade in Essentuki angekommen, hatte drei Tage im Zug gesessen, die mehr symbolischen zu Sowjetzeiten üblichen Preise, als man noch für vierundneunzig Rubel von Kamtschatka bis Georgien fliegen konnte, waren längst Legende. Damals hatte sie wie Karpow darauf warten müssen, daß sich die Vorzimmertür des Direktors öffnete, hinter der Swetlana Robertowna saß, seine Sekretärin. Karpow wollte bei ihr Lobby machen für einen Abend mit Akkordeon im Gesellschaftssaal, und die Hauptbuchhalterin wollte darum bitten, daß man die Heizung ihres Zimmers drosseln möge. Swetlana Robertowna liebte es, betört zu werden, und verlegte sich auch ihrerseits darauf, das Gegenüber zu betören. Ohne die Milderung der entfernten Bühne war sie geschminkt wie eine Opernsängerin, hatte rotes, megärenhaft getürmtes Haar, trug eine Leopardenbluse und lachte, als erwehre sie sich einer Kitzelfeder. Sie saß inmitten von Geschenken, auf ihrem Schreibtisch kolossale Bonbonnieren, Rosensträuße, schnittfrisch und noch unter Cellophan betaut. Für Karbatin hätte sie auch ohne Rosen ein schönes Zimmer frei.

Swetlana Robertowna hätte ihr Vergnügen, sie würde ihn nur ungern Oberschwester Lara überlassen, zu deren Amt die Führung durch das Haus gehörte. Lara schrieb Gedichte, erschien zum Dienst mit Wagenrädern *à la Ascott,* prophezeite, solange sie Karpow kannte, für das jeweils nächste Jahr, daß der Elbrus neu erwache und wieder Lava spucke. Sie war romantisch und belesen, noch während man das »P« von Puschkin mit den Lippen formte, fing Lara an, den *Gefangenen vom Kaukasus* zu deklamieren, oratorisch überschwenglich und in gesamter Länge.

Dann wurde Karpow abgelenkt von der Komödie zweier Eheleute, die unten auf der Sitzbank ihren Lauf nahm. Der Mann hatte in Moskau eine Melone gekauft, von der die Frau nun essen wollte. Sie beklopfte sie mit ihrem Fingerring und fand, er habe schlecht gewählt, sie sei nicht reif. Er widersprach und begann nun selber, die Melone abzuklopfen. Sie sei in Ordnung, sagte er, fast überreif, und halbierte sie mit einem feingewellten Messer. Jetzt ging es um das Messer, das die Frau monierte. »Dieses gute Messer«, sagte sie, »hat Luda uns aus Finnland mitgebracht, und du nimmst es mit auf Reisen!«

Das Schwarzerdegebiet, die Kornkammer des alten Imperiums, nahm und nahm kein Ende, nur eintönige, baumlose Weite, zu dieser Jahreszeit gerade gut, um nachts daran vorbeizufahren. Doch noch war es Tag. In der nächsten Nacht würde man dafür die Schönheit Südrußlands versäumen. Am frühen Abend, nach sechzehn Stunden Ukraine, hatte man das Asowsche Meer erreicht, das aber sehr entfernt vom Bahndamm lag und sich nicht zeigte. Die erste Stadt in Rußland war Taganrog, ein Name, an den sich markante Geschehnisse knüpften: Anton Tschechow war hier geboren und Zar Alexander I. einem Attentat erlegen. Für Sweta verband sich Taganrog mit der Beseitigung der Essensreste.

Am Ende des Waggons stand eine eingebaute, mit Blech ausgeschlagene Kiste, die bei geschlossenem Deckel auch als Notsitz diente. Doch spätestens ab Slaviansk ließ sich der Deckel nicht mehr schließen. Und jetzt verschwand er, vollends an die Wand gedrückt, hinter gelben Entenknochen, zertrümmerten Karkassen, violetten Schlünden, ledrigen, graublauen Hühnerstelzen, zerzupften Fischen mit heilem Kopf und allem, was von Früchten übrigblieb, das meiste von Melonen. Die Flaschen horteten die Schaffnerinnen bis zum Zielbahnhof, wo sie das Pfand kassierten.

Um 19 Uhr 38, pünktlich zur Ankunftszeit in Taganrog, hatten sich die herrenlosen Hunde eingefunden. Dieser Fernzug voller Abfallsäcke war ihr wichtigster Termin. Sie bestanden nur noch aus Begeisterung und Zittern. Doch die große Feier war ihnen nicht vergönnt, denn die Müllcontainer rollten schon heran. Ihre ganze Hoffnung galt nun dem Sack, den Sweta einer Greisin übergab. Die Alte war die Zeremonienmeisterin der Meute. Sie stand mit ihrem Ehrenwort für die Sauberkeit des Bahnsteigs ein und fütterte die Freunde aus der Hand.

Die hellen Fenster der Gegenzüge flossen zu einer leuchtenden Schlange zusammen. Sweta fegte mit einem kurzen Reisigbesen das Tuch, das im Gang über den Teppich gespannt war. Danach verschwand sie mit einem Stock, an dessen Ende ein Stumpf aus gewickelten Lumpen hing, in der Toilette. Bis Rostow mußte ihr Wagen in Ordnung sein. Die Brigadeleiterin kontrollierte dort den Zug.

Für Karpow barg der Aufenthalt in Rostow ungleich Schlimmeres. Er stieg aus und ging in Richtung der Postwaggons, um Ausschau zu halten nach den langen, frischgezimmerten Kisten, die unter dem Gepäckcode »Fracht 200« die toten Soldaten aus Tschetschenien transportierten. Sammelpunkt der Gefallenen war das Lazarett von Rostow, von wo aus die Kisten zu den Nachtzügen gelangten und dann in Begleitung eines Militärs an den jeweiligen Heimatort des Toten.

Karpow glaubte, eine solche Kiste erkannt zu haben, das schnelle Verladen sprach dafür. Und bevor es Tag wurde, würde sie ausgeladen worden sein. Er ging die Städte ab, die man in der Nacht durchfuhr: Kropotkin, Armawir, Newinnomyssk. Mineralnije Wodi 5 Uhr 02. 6 Uhr 45 Essentuki, wo es auch noch dunkel wäre.

Sweta saß in ihrer Koje über einem Buch, einem französischen Liebesroman im Zustand höchster Zerlesenheit. Karpow lag wach und ließ die Hochzeitsgesellschaft Revue passieren: der magere Schwiegervater von Sergej in seiner rauchfarbenen, wie Kaviar glänzenden Russenbluse. Er riß die Leute mit, trank Wodka um die Wette, bis seine Lieder und Tänze in Handgemenge übergingen, während seine Frau über Kartoffeln und Krankheiten sprach. Die Frau hielt sich ihn vom Leibe, seine ehelichen Rechte ein jammervolles Dürfen ab und zu. Dann Wjatscheslaw Nikolajewitsch, der Kosake: Nach dem dritten Glas würde er wieder betonen, ja auf sein Pferd Kasbek schwören, das keiner je gesehen hatte, daß er ein Enkel Stolypins sei, des Reformers unter Nikolaus II. Über seinen Trinksprüchen, daß die Erde den Toten weich sein möge, daß nur Gesundheit zähle, da man sich alles andere kaufen könne, daß die Liebe dauern möge, auch wenn es hagelte und stürmte, und dergleichen mehr, verginge eine gute halbe Stunde. Er sah seine tapfere Tante, Maria Petrowna, mit ihrer billigen Webfellmütze das Tamburin schlagen und mit vor der Brust verschränkten Armen die Schlußpose eines Bauerntanzes einnehmen. Alle tanzten, auch die Alten schwebten, selbst wenn sie auf der Stelle blieben und nur die Arme hoben, der Rhythmus stimmte. Er war angeboren russisch.

Karpow hatte für die Hochzeit fünfzehnhundert Mark beisammen. Zweihundert Mark kostete die Kantine der

Konservenfabrik, inbegriffen die Nachfeier am nächsten Tag, zweihundert Mark das Brautkleid, fünfzig Mark der Schleier. Er rechnete mit neunzig Flaschen Wodka für siebenundfünfzig Gäste, sich selber nahm er aus. Er würde täuschen, vor allem Wasser trinken, doch immerzu genötigt werden; auch wenn er mal ein Gläschen kippte, für die Säufer bliebe er ein Deserteur. Galina hatte, seine Abstinenz betreffend, sogar Neiderinnen unter den zermürbten Säuferfrauen, war ihrem Argwohn ausgesetzt, ein Mann, der nicht trinke, verbrauche anderweitig seine Kräfte, und der ihre dazu meistens in Berlin.

Karpow fiel die Autogrammpostkarte von Cornelia Oehlmann ein, Miß Germany von 1994. Sie hatte, während er im Kaufhof spielte, Signierstunde und ihm die Worte »Alles Liebe für Vladimir« gewidmet. Die Karte steckte zu Hause hinter der Vitrinenscheibe, alles harmlos, von Galina großmütig hingenommen wie die Scheidung. Trotzdem, die Karte mußte weg. Er wollte nur noch Freudentränen an ihr sehen, sah sie auch schon, sowie er das Kleid aus Goldbrokat auspackte, das Parfum »Garance« und die Münzenkette. Juri und Vitali würden wie die Löwen, die aus einem frisch erlegten Springbock die Geweide ziehen, ihre Jeans und T-Shirts und die Mützen mit dem überlangen Schirm, die man rückwärts trug, aus seinen Taschen zerren.

Er würde sich in einem dunkelblauen Smoking präsentieren, dem Geschenk eines Mannes im U-Bahnhof Kaiserin-Augusta-Straße. Er sei ihm entwachsen, habe zuviel Bauch, hatte der Herr zu ihm gesagt. Für Nina Vitaljewna, die Ukrainerin, die ständig klagte, daß sie zu dick sei für die schicken Kleider aus Italien und immer türkische Modelle tragen müsse, hatte er ein blaues

Jäckchenkleid dabei. Nina Vitaljewna half Galina beim Wickeln der Rouladen für die Hochzeitstafel. Ihr Mann, Alexander Semjonowitsch, hatte den Dienst bei der Miliz quittiert und war nur noch mit Maja, seiner Kuh, befaßt. Er führte sie tagtäglich fünf Kilometer zu einem Berghang, auf dem sie weiden konnte, wo er sie hütete, während des Sommers zwölf Stunden, im Herbst nur noch acht. Auch die Kühe zweier Nachbarn weideten auf diesem Hang. Vier Kühe und drei Hirten, das hatte man den tschetschenischen Viehdieben zu verdanken. Natürlich kannte jeder auch einen guten Tschetschenen, doch aus der Ferne waren es Banditen.

Eine Zehlendorfer Witwe hatte Karpow die Schlipse ihres Gatten überlassen. Doch wer sollte sie in Essentuki tragen? Oder kaufen? Wer in Sibirien auf die Rußlandkarte sah, für den lag Grosny vor der Haustür Essentukis. Dreihundertsechzig Kilometer, die die Städte voneinander trennten, schrumpften zu engster Nachbarschaft. Die Gäste aus dem Norden, wohlhabend, solange der Staat noch Frostzulage zahlte, blieben aus. Und die Reichen aus dem alten sowjetischen Orient, magenleidend durch das scharfe Essen und leberkrank vom Hammelfett, Georgier, Usbeken, Tadschiken, Aserbaidschaner und Armenier, waren nicht mehr reich. Essentuki litt unter dem Tschetschenienkrieg.

Je mehr Karpow an die Geschicke seiner Hochzeitsgäste dachte, je mehr wünschte er sich Karbatin herbei. Schon seine dünne Brille, die Tatsache, daß er aus Moskau kam, der Stadt, der die Sehnsucht von so vielen galt, machte ihn zum Mittelpunkt. Alle litten sie auf ihre Weise und brauchten ein geneigtes Ohr, Gennadi Michailowitsch, der Fischer, der zu den Seen in die kalmückische Steppe fuhr und ein Drittel seines Fanges an Wegezoll entrichten mußte, Loscha mit seiner unterbeschäftigten Intelligenz, der zur Raumfahrt wollte und Bassin-Bewacher im Sanatorium der Kasachen war, und erst recht die Frauen, die ihre Überzahl mit Reigentänzen überbrückten.

Die verzerrte Lautsprecherstimme sagte Essentuki an. Juri, Vitali und Sergej hatten sich über den Bahnsteig verteilt. Sweta entriegelte die Tür, gleich hinter ihr stand Karpow, und vor dem Trittbrett draußen, als hätte sie den Haltepunkt seines Waggons geahnt, stand Galina Alexandrowna.

(2003)

Die Hundegrenze

Für die Autos, in denen die Teppichhändler saßen, hatten Sigalls bald einen Blick. Die kamen flott über den Feldweg gefahren und näherten sich dann im Schleichgang den ersten Häusern. Und ehe man abwinkend vor die Tür treten konnte, postierte sich so ein Auto schon im Hof. Zwei fremdländische Männer stiegen aus. Der eine ging mit geschulterter Teppichrolle auf die Hausbewohner zu, warf seine Fracht vor deren Füße ab und breitete die guten Stücke über der Klinkertreppe aus.

Schon ein kurzes Hinsehen, auch wenn es sich verneinend gab, war dann zuviel, denn der Mann nahm es als Ermunterung. Am Ende der Vorführung kam der zweite Mann, dessen Verschwinden den Hausbewohnern vor lauter Teppichen entgangen war, aus dem Schuppen herausspaziert und fragte: »Alte Möbel nix?« Gegen Heimsuchungen dieser Art, die mit der gefallenen Grenze einhergingen, entschlossen sich Sigalls zur Anschaffung eines großen Hundes.

Alles fügte sich in zeitlich passender Reihenfolge. Die letzte Heimsuchung durch Teppiche war mittwochs, am Donnerstag fuhr Herr Sigall als glücklicher Mann den Audi vor, seine neue Errungenschaft, und freitags stieß Frau Sigall auf die Annonce in der *Schweriner Volkszeitung:* Das Grenzkommando Nord hatte einen

Restbestand Hunde abzugeben, Nachfragen sonnabends erbeten.

Sigalls eigentliche Zeitenwende beginnt mit dem Tag, als der Audi vor der Tür stand. Alle Geschehnisse sind als vor oder nach dem Audi liegend sortiert. Auf diese Weise kam ihr Hofhund zu der Ehre, daß es in seinem desolaten Lebenslauf das Datum seiner Übergabe gibt, den letzten Sonnabend im August 1990. Damals fuhren Sigalls von Göhlen bei Ludwigslust nach Schlutup-Selmsdorf, der ehemaligen Grenzübergangsstelle bei Lübeck, um den Hund zu holen. Es war ihre erste längere Tour im neuen Auto.

Oberfähnrich Schönknecht, zuständig für das Dienst- und Wachhundewesen beim Grenzregiment VI, Dienststelle Selmsdorf, stand in ziviler Sommerhose vor der Zwingeranlage. Diese lag, in Reihen gestaffelt, etwas abseits von den Kasernen zu einem Kiefernwald hin. Den dreißig mannshohen Betonboxen schloß sich jeweils ein umgitterter Auslauf an. Die Wege längs der Boxen waren geharkt. An den Querseiten der Hundesiedlung verliefen Rosenrabatten, vor jeder beginnenden Gasse durch einen Zierstrauch unterbrochen. Die akkurate Spärlichkeit dieser Anpflanzung entsprach der Nüchternheit des übrigen Kasernengeländes. Keine atmosphärische Begütigung ging von ihr aus, sowenig wie von den munteren Kegeln des Zwergwacholders in einem Klinikgarten. Oberfähnrich Schönknecht sprach von einem ordnungsgemäßen Umfeld, das auch den Hunden bekomme.

In der vordersten Gasse sprangen die Schäferhunde Amor, Muck und Brando an ihren Auslaufgittern hoch. Es waren ältere Diensthunde mit Herkunftspapieren und Prüfungsdiplomen, die an der Seite eines Hundeführers einmal Grenzdienst machten. Jetzt hatten sie den Verlust ihrer Herren zu verwinden, in die Städte zurückgekehrte Soldaten ohne weitere Verwendung für sie. Auch Oberfähnrich Schönknecht mußte seinem letzten Diensthund das Zuhause schuldig bleiben. Sicher waren das herbe Hundeschicksale, doch für Sigalls nicht herb genug. Sie glaubten sich in einer Kuranstalt, deren Insassen wie die Aale glänzten, aus geputzten Näpfen fraßen und nach kurzen Tumulten wieder absackten in Resignation.

Dieses Prinzendasein wäre hinter ihrem Haus in Göhlen nicht fortzuführen gewesen. Auch würden diese Hunde, von ihrer Anspruchshaltung einmal abgesehen, etwas gekostet haben. Der Zeitwert des Fährtenhundes Amor beispielsweise, mit sieben Jahren so alt wie ihr gebrauchter Audi, betrug noch fünfhundert Mark. Sigalls hatten eher an einen gröberen Wüterich gedacht, der sein Temperament nicht an Heimweh verschwendet.

Oberfähnrich Schönknecht beorderte einen Soldaten, den Sigalls nach Klein Siemz vorauszufahren, einer Ortschaft hinter Schönberg Richtung Ratzeburg. Hier bewachten fünf Laufleinenhunde aus Grenzzeiten ein Munitionsdepot, ein trübsinniger, zu Kopf steigender Dienst wie in den Jahren zuvor zwischen den Zäunen. Das Terrain war schattenlos, und die Hunde hatten sich kühlende Wannen in den Sand gegraben. Sie lagen matt in der Mittagshitze, als sie den Kübelwagen hörten, in dem der Soldat saß.

Jetzt, in Vorfreude einer Abwechslung, bellten sie und rasten zwischen ihren Pflöcken hin und her, daß das Drahtseil über ihnen bebte. Vor allem waren sie durstig. Da der Soldat, der aus dem Auto stieg, keinen Wassereimer trug, verebbte jedoch der Jubel bald, und übrig blieb, indem sie sich setzten, ihr lächelndes Büßertum.

Sigalls fürchteten sich vor diesen Hunden. Was sie soeben in Aktion erlebt hatten, waren galoppierende Mustangs, unter denen der Boden dröhnte. Selbst in ihrer Enttäuschtheit, wie sie mit flachen Ohren und artig gestellten Füßen für den Zuspruch des Soldaten dankten, blieben es Ungetüme. Herr Sigall, als Frührentner zu Hause die Wirtschaft besorgend, sah sich von so einem Burschen im Geiste schon überrannt. Und hätte es nicht den Klagelaut gegeben aus der entferntesten Ecke des Terrains, wäre man ohne Hund nach Göhlen zurückgekehrt.

Die Klage kam aus einem Schafgarbengebüsch. Und wo das Gebüsch etwas zitterte, zeigte sich ein schmaler gelber Hundekopf. Der Klage folgten noch einige kurze, nachhakende Töne, denen das Ereignis, endlich besucht zu werden, anzuhören war. Sigalls und der Soldat gingen an den Laufstrecken von vier schweren, dunklen Hunden vorbei. Dem vierten dieser kahlgefegten Abschnitte schloß sich das Revier des fünften, bis dahin versteckten Hundes an.

Er war inzwischen halb aus dem Gebüsch getreten, was ihn die volle Länge seiner Laufleine kostete. Seine Erscheinung strahlte eine gewisse Festlichkeit aus. Ein Gerieselt von Schafgarbenblüten bildete ein Dreieck auf seiner Stirn, passend darunter die erfreute Miene. Das gelbe Gesicht lag in einem löwenhaften, etwas helleren Kragen. Die Ohren hielt er so lange hochgestellt, bis Sigall ihn ansprach und er in Überschwang geriet. Wie eine Machete schlug die Rute aus, daß es den ganzen Körper mitriß bis zum Kopf, und die kleine Wildnis, aus der er ragte, rechts und links zur Seite knickte. Gleichzeitig wollte er nach vorne springen, wobei die stramm gespannte Leine ihn zurückriß. Aufrecht, mit rudernden Pfoten, hing er in seiner Fessel.

»Das ist Alf«, sagte der Soldat, »den könnte man mit einer Mütze totschlagen.«

Hannes Schween hatte als Zivilbediensteter beim Grenzkommando Nord, Regimentsstab Schönberg, die Planstelle eines Veterinäringenieurs. Seine Aufgabe bestand hauptverantwortlich im Rekrutieren von Dienst- und Wachhunden. Letztere mußten im Unterschied zu den Diensthunden weder Fähigkeiten mitbringen noch später erwerben. Sie hatten nur nach einem Hund auszusehen, worunter Schween eine gewisse abschreckende Größe verstand. Im Idealfall waren sie dunkel und stämmig und durch eine dichte Unterwolle winterhart. Sie sollten nicht von augenfälliger Treuherzigkeit sein und möglichst ohne geringelte Rute. Schween bevorzugte reizbare Kettenhunde vom Dorf mit spitzen Ohren.

Er verfügte über einen festen Stamm von Hundebeschaffern, den er sich mit Beginn seines Amtes 1976 langsam aufgebaut hatte. Hauptsächlich waren es Schäferhundzüchter, die sich ihrerseits von Hundeaufkäufern aus den Dörfern beliefern ließen. Den Bedarf an einfachen Grenzhunden deckten die Züchter aber auch aus eigenen Beständen. Neben den tadellosen, zum Schutz- und Fährtendienst geeigneten Exemplaren gaben sie ihre Mängelexemplare an die Grenztrasse ab; der Zucht abträgliche Hunde mit Zahn- oder Gebäudefehlern, mit sogenannter Wesensschwäche, die Einhoder oder auch den langhaarigen, vom Standard abweichenden altdeutschen Schlag.

Schween traf seine Verabredungen zu den Wochenenden, da sowohl die Züchter wie deren Lieferanten dem Hundegeschäft nur im Nebenerwerb nachgingen. Vor allem für die Lieferanten aus entfernten Dörfern, die schon nachts aufbrechen mußten, gab es keinen anderen Termin. Auch Schween in seinem Pritschenwagen mit Plane und seitlichem Gitteraufbau hatte weite Strecken zurückzulegen. Wenn in Mecklenburg die Hunde knapp wurden, in den Bezirken Rostock, Schwerin und Neubrandenburg sogar die Mischlinge ausgegangen waren, fuhr er von Schönberg bis nach Halle hinunter. Treffpunkt war in der Regel der Hundesportplatz örtlicher Schäferhundvereine. Dienst- und Trassenhunde, sortiert nach ihrer späteren Bestimmung, lagen kurz angekettet einen Zaun entlang, und Schween ging, zu einer ersten Musterung, die Parade ab. Er legte ein barsches, die Hunde aufregendes Gebaren an den Tag. Diejenigen, die davon ungerührt blieben, knöpfte sich Schween noch einmal extra mit dem Beißarm vor, links die dicke Manschette schwenkend und rechts einen Stock. Spätestens bei diesem Fuchteln mußte ein guter Wächter für die Trasse außer sich geraten.

Als Peter Pandosch die Klappe seines Hängers öffnete, lachten alle beim Anblick der beiden spitzen Köpfe. Er hatte eine armselige Colliehündin und deren fast doppelt so großen Sohn mitgebracht, einen gelben Mischling von der Statur eines Schäferhundes. »Die kannst du gleich wieder aufladen«, sagte Schween zu Pandosch, die Hündin betreffend, die mit geklemmter Rute im Gelächter stand.

Stallarbeiter Benno Nehls hatte sie in der Abferkelei Charlottenthal, einer Nebenstelle der LPG Hoppenrade-

Wohlstand, aufgelesen. Nehls zog gerade die Rotlichtlampe über ein Ferkelnest, als die trächtige Hündin sich vorbeischleppte. Stallhygienisch war das eine Katastrophe und für Nehls dazu von persönlicher Peinlichkeit. Ein weiblicher Lehrling der Fachrichtung Schweineproduktion mit Abitur hatte ihm über Mittag die Ferkelwache überlassen, eine Tätigkeit über seiner Kompetenz. Das Mädchen inspizierte einen frischen Wurf, während Nehls vor den Buchten Stroh anfuhr. Sie sagte, er müsse sie kurz vertreten, weil ihr übel sei.

Nehls wußte gleich, warum ihr übel war. In der Reihenfolge ihrer Pflichten hätte sie jetzt die schwachen Ferkel aussortieren und danach merzen müssen, ein lapidarer, wie das Glattschlagen von Teppichfransen einfacher Tötungsvorgang. Nehls war ihr gefällig; auch noch in einem weiteren Arbeitsgang, in dem er dem übrigen Wurf die Schwänze knipste. Und hätte er die Hündin nicht verscheuchen müssen, wäre er nicht mit der Knipszange durch den Stall gelaufen, wobei ihn der Brigadier antraf. Der brüllte ihn wegen Anmaßung einer Fachvertretung an, zuzüglich der eingeschlichenen Hündin.

Nehls fuhr die toten, von ihm gemerzten Ferkel zum Kadaverwagen, in dessen Schutz sich die Hündin gerettet hatte. Er schloß den Deckel über dem speckigen Gewirr; in dieser Frühschicht sein letzter Handgriff von Belang. Die Hündin lag ausgestreckt auf der Seite und hob nur kurz den Kopf.

Für Nehls waren störungsfreie Tiergeburten nie mehr als ein Faktor in der Planerfüllung. Und jetzt schaffte es diese Hündin, der seine Blamage ja zu danken war, daß er sich sorgte um ihre Niederkunft. Der Laster der Abdeckerei würde am Nachmittag laut bremsend am

Kadaverwagen halten. Und ihre unschöne Arbeit verrichtend, würden die Männer die Not der Hündin nicht erkennen. Sie könnten annehmen, die Hündin sei am Verenden, und würden sie, in der ihnen abverlangten Roheit, gleich mit auf den Laster werfen.

Nehls trat den Heimweg mit seiner Fahrgemeinschaft an; vier Männer im Trabant und, leidlich gebettet, im Kofferraum die Hündin. In Klein-Grabow, einem Gutsdorf südlich von Güstrow, stieg Nehls mit der Hündin vor der Kate seines Bruders aus. In bester Absicht eigenmächtig, dirigierte er sie durch den Gänse- und Entenmorast des Hofes bis hinten zu den Verschlägen, wo die Hütte stand, in der sich die Hündin gleich niederließ. Jetzt mußte Nehls nur noch den Bruder ins Benehmen setzen, der auf dem Küchensofa schlief.

Im Sommer 1985 benötigte das Grenzkommando Nord wieder einen Schwung neuer Wachhunde. Weitere Trassen waren zu bestücken und die Abgänge durch Erhängen am Laufseil oder altersbedingtes Einschläfern zu ersetzen. Diesen Bedarf meldete Veterinäringenieur Schween wie üblich bei seinen Gewährsleuten an, vorrangig bei den renommierten Schäferhundzüchtern, da sie über Telefon verfügten. In besagtem Sommer rief Schween den Züchter Krieg in Parchim an, der nun seinerseits eigene Mittelsmänner nach Hunden ausschikken sollte.

Als erstes wandte sich Krieg an die Kameraden des örtlichen Hundesports sowie an die Hundebeschaffer seiner näheren Umgebung, die Tieraufkäufer Tomoschus und Mroske. Dann ließ er das Ansinnen noch von Güstrow aus in Umlauf bringen. Das übernahm Kollege Priem, ein Züchter mittleren Kalibers ohne Telefon, dem er einen Kurier vorbeischickte. Priem nun kontaktierte Pandosch, Zerleger am Schlachthof von Güstrow und Züchter in Lüdershagen, an Bekanntheit noch mal eine Klasse unter Priem.

Pandosch fuhr gleich mit dem Hänger in Klein-Grabow vor, so sicher war er, daß Nehls ihm einen Hund abtreten würde. Hartmut Nehls, der Bruder des Stallarbeiters und selber Melker bei der LPG Hoppenrade-Wohlstand, galt trotz seiner ständigen Übermüdung als gefälliger Mann. Und möglicherweise gründete dieser Wesenszug gerade in seiner Unausgeschlafenheit. Daß er vor lauter Mattigkeit oft wehrlos war, was man dann für Entgegenkommen nehmen konnte. Er hatte zweimal täglich 140 Kühen die Zitzenbecher anzusetzen, stand um drei Uhr zur Frühschicht auf und kehrte abends gegen sechs von der Spätschicht heim. Dazwischen blieben ihm drei Stunden für die eigene Wirtschaft. Die Individuellen, seine zwei bei seinem Schwager stehenden privaten Mastbullen, mußten versorgt werden. Zu Hause ging das Versorgen weiter; die Gänseherde stürzte ihm lärmend entgegen, die Hühner und Enten, diese enormen, im Nebenerwerb zu fütternden Geflügelmassen, die seinen Hof aufweichten, daß er genauso überfordert aussah, wie Nehls sich fühlte. Im Spätherbst kam das Schlachten auf ihn zu. Und zeitgleich lag meistens ein Neugeborenes im Bettchen. Also mußte Nehls auch noch alleine rupfen.

Das Mittagessen, auch über der Woche ragten die krossen Keulen aus dem Bräter, streckte ihn dann in einen kurzen Schlaf. So hatte Nehls, unstörbar in den Geräuschen des Abwaschs, auf dem Küchensofa gelegen, als sein Bruder, der Stallarbeiter, an ihm rüttelte, um ihm die Hündin beizubringen. So lag er auch, als ein

Jahr später Pandosch bei ihm klopfte, nur daß es Abend war und im Hof zwei Kettenhunde angeschlagen hatten.

Was den Melker in Müdigkeit abtauchen ließ, gab dem Viehzerleger Pandosch erst Elan. Nichts regte so sehr seine Lebensgeister an, wie in nebenerwerblichen Absichten über die Dörfer zu fahren. Und mit demselben Schwung, mit dem er am Tage das Beil durch die Viehhälften trieb, kam er zu Nehls in die Küche getreten. Nach dem scharfen Milchgeruch des Vorraumes, wo die Arbeitskleider des Melkers hingen, empfing ihn hier das Duftgemisch eines ungleichen Feierabends. Die Frau hängte Windeln auf, während die Waschmaschine mit einer weiteren Ladung im Schleudergang hüpfte. Auf dem Tisch stand noch das Abendbrot; das Gurkenglas, die herzhaften Würste im Papier, der Kaffeebecher der Frau und die Bierflaschen des Mannes, darüber lagen die Schwaden seiner Karo-Zigaretten.

Es war ein Stilleben von hoher Anfälligkeit, zu dem nur noch Pandosch mit der Schnapsflasche fehlte. Er stellte sie auf den Tisch, und Nehls raffte sich vom Sofa hoch. Zur Gemütlichkeit kippte Pandosch einen mit. Er war auf den gelben Rüden aus, der angekettet vor einem Loch in der Schuppentür lag. »Du hast doch zwei«, sagte er zu Nehls, »den Gelben verkauf' ich dir an die Grenze.« Und Nehls, der Tierwelt weder gut noch schlecht gesinnt, nur daß sie ihn erschöpfte, sagte zu Pandosch: »Dann nimm gleich alle beide mit!«

Pandoschs Verhältnis zu Tieren war wie bei Nehls beruflich geprägt. Eine sachdienliche Pfleglichkeit bestimmte seinen Umgang mit ihnen. Doch während Nehls allen Tieren eine gerechte Gleichgültigkeit widerfahren ließ, machte Pandosch eine Ausnahme bei den Schäferhunden. Das waren für ihn Hoheiten, sofern sie in Wesen und Erscheinung stimmten. Pandosch hatte damals die Funktion des Bezirksscheintäters für Schwerin inne. Schon im sechsten Jahr machte er den offiziellen Figuranten, den Mann mit dem Beißarm im wattierten Anzug, den die Prachtkerle versuchten umzureißen. Und Pandosch mit seinem verwegenen Gesicht über der steifen Montur ließ die gereizten Hunde rotieren, als säßen sie im Kettenkarussell.

Pandoschs Kleinod unter den Schäferhunden hieß Büffel, ein schwarzgrauer Fetzer, der schon als Trassenhund im Abschnitt Utecht am Ratzeburger See gelaufen war. Die Art und Weise, wie Pandosch sich ihn beschafft hatte, wäre ein paar Jahre Bautzen wert gewesen, zu schweigen von der Strafe für Krespin, den Soldaten, der ihm dabei behilflich war.

Grenzaufklärer Krespin hatte den Bezirksscheintäter Pandosch von einem Spitzenrüden wissen lassen, einem namens »Büffel von Gamsetal«, der sich am Laufseil die Seele aus dem Leibe rannte. Er biß sich die Schwanzhaare ab, was der Grund seiner Verbannung war. Und für Krespin stand diese Unart für einen heilbaren Kindheitsschaden. Die Nachricht zerriß Pandosch das Herz. Ständig sah er den exquisiten Hund vor sich, wie dieser im Leerlauf sich verzehrte, nicht anders als die, die er die »tauben Nüsse« nannte, diese nur hundeähnlichen Dorfkreaturen, denen aus seiner Sicht der Grenzdienst erst ein Dasein bescherte.

Es war eine helle Winternacht 1983, in der Pandosch über den Wirtschaftsweg hinter der LPG Rieps ins Sperrgebiet einfuhr. Grenzaufklärer Krespin hatte die Strecke mit allen Biegungen, Gebüschgruppen und Telegrafenmasten aufgezeichnet, ein Dokument, das ihn wie eine notarielle Hinterlassenschaft hätte erledigen können. Pandosch mußte weder einen Schlagbaum noch die binnenländische Hundetrasse der Volkspolizei gewärtigen. Das einzig Unwägbare an dieser Bewachungslücke wäre ein Freiwilliger Grenzhelfer gewesen, was sein weiteres Schicksal allerdings nicht gemildert hätte.

Personen dieses Titels waren in den Dörfern des Sperrgebiets rekrutierte Männer, die über ihrer privaten Hose die Tarnjacke der Grenzer tragen durften. Bei einem Vierteljahressold von 150 Mark versahen sie ihr Amt jedoch mit der spezifischen Schärfe der Freiwilligkeit. Sie kauerten, nach eigenen Dienstplänen in die Nacht geschickt, in den Gräben der Feldwege. Zur graugrünen, in rhythmischer Unterbrechung hell gestrichelten Tarnjacke, die in Grenzerkreisen »Ein-Strich-kein-Strich« hieß, trugen sie noch eine Stoppkelle als offizielles Requisit. Einen Vertreter dieser Spezies, der mit rotblinkendem Lichtgezeter auf den Wirtschaftsweg gesprungen wäre, hätte Pandosch fürchten müssen.

Das Vorhaben, das ihn von Lüdershagen im Kreis Güstrow über Schönberg, Kreis Grevesmühlen, bis nach Rieps im Kreis Gadebusch, von dort über Thandorf bis zur Weggabelung hinter der geschleiften Ortschaft Neuhof hatte fahren lassen, machte ihm jetzt die Kehle eng. Allein seine Anwesenheit stellte einen Akt höchster Staatsfeindlichkeit dar. Und käme dazu noch das Motiv seiner Anwesenheit, dieser Plan für eine bis dahin nie begangene Tat, sähe alles noch um Lichtjahre schlimmer aus. Es würde zusätzlich von Sabotage der den Frieden der Republik gewährleistenden Sicherheitsvorkehrungen die Rede sein.

Pandosch hielt auf der Utechter Höhe. Links des Weges gab es die beschriebene Buchenhecke, in der ihn

Krespin erwarten wollte. Zwischen den welken, in der Form von Fledermaustüten herabhängenden Blättern sah er den Glühpunkt einer Zigarette. Darüber hoben sich die Kanten einer hochgeklappten Wintermütze ab. Von der zu ahnenden Gestalt in der Hecke ragte ein Gewehrlauf im spitzen Winkel zur Mütze hinauf. Eine zweite Gestalt, in halber Höhe der Männergestalt, bewegte sich. Den unsteten Umrissen nach war es ein Hund, der erst saß und jetzt stand.

Doch so wie alles gegen einen Irrtum sprach, hätte auch alles dafür sprechen können. Die geräumige Hecke könnte jeder Streife als Unterstand gedient haben. Pandosch könnte nicht Krespin mit dem Trassenhund Büffel vorgefunden haben, sondern einen Kameraden Krespins mit einem Diensthund. Die Angst, die Pandosch befiel, steigerte sich mit dem Winseln in seinem Kofferraum, wo das Tauschobjekt für den Spitzenrüden Büffel lag, eine »taube Nuß« aus Striggow bei Hoppenrade, ein hyänenhaft getüpfelter Mischling mit brauchbaren Konturen für die Trasse.

Bevor die Gestalt aus der Hecke trat, schickte sie den Hund voraus, ihn an langer Leine haltend. Der Hund setzte sich, die hohen Ohren gegen das Mondlicht gestellt, und knurrte zu Pandosch hinüber. Der beugte sich aus dem Fenster seines Trabant und schickte ihm freundliche Worte zurück. Der Anblick entzückte ihn, wie er dunkel dasaß in der hellen Nacht. Sogar das Knurren war ihm eine Freude. Je nach Inbrunst näherte und entfernte es sich, rollte es heran und ging, eine Versöhnung nicht ausschließend, über in einen brummenden Dauerton. Und drohte der Ton zu versiegen, ließ Pandosch sein Werben in Angriffslaute überkippen, und das Knurren kam wieder in frischer Feindseligkeit durch die Hundekehle. So klang Musik, die Pandosch gern hörte.

Als es in der Hecke knackte und Krespin erschien, fühlte sich Pandosch längst schon als Herr des wunderbaren Hundes. Der Grenzaufklärer wünschte aber trotz der Verlassenheit des Ortes keine Begrüßungs- oder Anfreundungsgesten. Pandosch sollte gleich den Kofferraum öffnen und seine Gegengabe zeigen. Der Mischling bot ein Bild des Jammers; die Autofahrt hatte ihn ins Gemüt getroffen. Statt freudig hochzukommen, blieb er in seiner leidvollen Position, verschlungen und gekrümmt wie eine Brezel, liegen. Pandosch sah schon alles mißlingen. Schließlich half er dem Verstörten auf und band ihn ans Lenkrad seines Trabant. Und während Krespin ihn sich dort besah, hielt Pandosch die Leine mit dem Spitzenrüden Büffel.

Die Männer verfuhren eingespielt, als ob sie eine Katastrophenübung absolvierten. Beide hatten das Ende der Nacht zu fürchten. Zur Übergabe schnallte Krespin dem Spitzenrüden Büffel einen Maulkorb um, und Pandosch nahm das Fleischpaket vom Rücksitz, einen Rinderbatzen vom Schlachthof Güstrow, der den geringeren Tauschwert des Mischlings aufwiegen sollte. Dem war inzwischen gut zumute. Seine Rute machte eine schöne Silhouette. Wie er dahinfederte neben Krespin, schien er sich geehrt zu fühlen. Alles an ihm sprach vom Triumph des einstigen Kettenhundes.

Pandosch nahm denselben Weg zurück. Er war hochgestimmt, obwohl er das Abenteuer noch nicht ganz bestanden hatte. Die Gedanken waren bei seiner neuen Fracht im Kofferraum. Sobald er das Sperrgebiet im Rücken hätte, würde er die Begrüßung des Hundes nachholen. Vor allem wollte er ihn geduldig stimmen für die Beengtheit des Transports. In Thandorf brannte schon Licht in den Küchen. Demnach wird es gegen drei Uhr gewesen sein, und die Stallarbeiter und Melker der örtlichen Rinderanlage stürzten ihren Kaffee herunter. Von diesen unsanft geweckten Menschen befürchtete Pandosch nichts. Die waren alle noch müde und ohne Blick. Trotzdem sah Pandosch sie lieber hinter den Küchenfenstern sitzen als vor die Türe treten, wo die Benommenheit langsam von ihnen abfiel und die erste Zigarette sie wieder in Gang setzte. Niemand außer ihresgleichen war draußen anzutreffen, jeder gehörte der Stallbrigade an. Auf jedem Fahrrad saß einer von der Frühschicht. Mit jedem Trabant, auch wenn er erst zu hören war, verband sich ein bestimmtes Gesicht. Zwischen allen wurden Grußgebärden ausgetauscht. Schon bevor man einander erkannte, hatte man zu dem kleinen männlichen Handzeichen angesetzt.

Was Pandosch vorfand, war die gesteigerte Intimität eines Dorfes im Sperrgebiet, verschärft noch durch die vorverlegte Morgenstunde. So galten auch ihm solche vorsorglichen Grüße. Keiner war gefaßt auf einen Fremden, nicht zu dieser Uhrzeit. Da sich der Fremde in Richtung Republik bewegte, konnte er kein Staatsfeind sein. Er schien legitimiert; er mußte den rosa Berechtigungsschein für die Fünfkilometerzone haben, vielleicht sogar den grünen für die letzten fünfhundert Meter vor dem Zaun. Als Verwandter ersten Grades könnte er von einer Hochzeit oder einem Begräbnis zurückkehren.

Für die Rückkehr von einer Hochzeit wäre es jedoch auffallend früh in der Nacht. Nach Hochzeiten schläft man gewöhnlich noch vor Ort die Schnäpse aus, ebenso nach Begräbnissen. Pandosch fiel eine Ungereimtheit nach der anderen ein, die einem günstigen Anschein zuwidersprachen. Die Grüße im Dorf entgegnend, glaubte er jeden Moment den Blick eines Freiwilligen Grenzhelfers auf sich gerichtet, der nun seinerseits nach Hause kam, um als Stallarbeiter oder Melker wieder aufzubrechen.

Am Ortsende beschleunigte Pandosch. Wie ein Kanu im Wildwasser schoß sein Trabant über die Schlaglöcher, hochgerissen und aufprallend abgesetzt, geschleudert und wieder hart in die Spur gestellt, begleitet von den dreisten Geräuschen des Motors und der eifernden Mühsal des Auspuffs. Über diesem letzten Kilometer in der Illegalität riskierte Pandosch, jemals die Sympathie seines neuen Hundes zu gewinnen. Anders als bei der Herfahrt, wo er nur an einen Achsenbruch dachte, doch nicht an den Mischling aus Striggow, empfand er jetzt, je höher das Auto sprang und ungefedert niederkrachte, je mehr er Gas gab in seinem knallenden Karton, die Tortur des Spitzenrüden als seine eigene.

Noch auf dem Wirtschaftsweg der LPG Rieps hielt Pandosch an, um Abbitte zu leisten bei dem geschüttelten Hund. Das Sperrgebiet lag hinter ihm, aber sein unangenehmer Hauch reichte noch herüber. Der Hund nahm die guten Worte hin, ohne auch nur durch eine Regung seiner Rute zu danken. Pandosch schätzte diese Uneinnehmbarkeit, auch wenn ihn ein Anflug von Freude im Augenblick mehr belohnt hätte. Von jetzt an versuchte er, den Schlaglöchern auszuweichen. Gegen die Müdigkeit bewegte er die schönsten Zukunftsbilder in seinem Kopf: Aus »Büffel vom Gamsetal« würde »Büffel vom Erlengrund«, begehrter Rüde aus dem Zwinger Pandosch/Lüdershagen, Jahresbester aller Schutzhundklassen des SV Güstrow, Bezirkssieger Schwerin, Landessieger mit Kürung in Leipzig. So ging die Nacht der getauschten Hunde ihrem Ende zu. Der eine sah sich in ein besseres Leben gerettet und fand sich gegen Morgen an die Grenze verbannt, während dem wirklich Geretteten die Heimfahrt mit seinem Wohltäter widerstrebte.

Die besten Kontakte zu den Grenzeinheiten unterhielt Großzüchter Krieg in Parchim. Er war Zuchtwart für Schäferhunde des Bezirkes Schwerin, ein Reiseamt wie das des Bezirksscheintäters Pandosch, doch einflußreicher und gefürchteter als jenes. Als Vermittler von Trassenhunden standen ihm die rigorosesten Hundebeschaffer Mecklenburgs zu Diensten. Auf seinem Gehöft lagen manchmal bis zu dreißig Kandidaten angekettet, so daß Aufkäufer Schween vom Regimentsstab Schönberg nur den Wuchtigsten den Beißarm zeigte.

Im August '85, bei einem der sonnabendlichen Hundemärkte auf dem Kriegschen Gehöft, sagte Schween zu Pandosch: »Also, den Gelben nehm' ich.« Im Kaufvertrag wurde er »Alf« genannt. Zur bürokratischen Nachweisführung war der genaue Wurftag anzugeben. Pandosch gab den 5.10.84 an, ein willkürliches, dem Äußeren und Gebaren des Hundes aber zukommendes Datum, da er noch auf dicken Füßen stand und trotz seiner rauhen Kindheit bei dem Melker Nehls die Unernsthaftigkeit eines Welpen hatte.

Er bekam die Stammrollennummer A-0441, wobei der Buchstabe A allen Trassenhunden zwischen Pötenitz und Boizenburg galt. In die Rubrik »Wesensziffer« setzte Schween das Zahlenensemble II/344, das für die Eigenschaften geringe Schärfe, Sensibilität, Unbefangenheit und ausreichende Härte stand. Obwohl der Hund augenfällig gelb war, auf einem Truppendokument die Farbbestimmung »gelb« jedoch den Klang einer

undienstlichen Zuwendung gehabt hätte, wurde er als
»braun-weiß« bezeichnet.

Den ausgewählten Hunden legte Veterinäringenieur
Schween ein Plastehalsband und einen Maulkorb um.
Dann ließ er sie auf seinen Pritschenwagen springen.
Den Störrischen half ein Soldat, der in sommerlicher
Uniformbluse unter der Plane stand, von oben nach.
Er machte die Hunde an kurzen Anbindeketten rechts
und links der Ladefläche fest und versuchte beruhigend
auf sie einzuwirken. Als zehnter und letzter sprang der
Gelbe. Er hatte Pandosch, seinem Beschaffer, 250 Mark
eingebracht, dazu die Genugtuung, die dieser bei seinem
freiwilligen, fast freudigen Sprung empfand. Er entschädigte ihn für das Gelächter um die Colliehündin, die
Mutter des Gelben, die wieder in seinem Hänger lag.

Als Schween anfuhr, setzte sich der Soldat als Schlichter zwischen die Hunde. Der Kopf des Gelben lag auf
die Ladeklappe gestützt, und Pandosch registrierte das
Mißverhältnis des genormten Maulkorbes zu dem schmalen Gesicht. Ein klägliches Bild, kläglich zu Lasten des
Hundes. Denn Pandosch schätzte die Maulkörbe der
Armee. Sie waren engmaschiger als die im Handel erhältlichen. Die besten Beißer kapitulierten in diesen
Lederkörben. Über wirklich gutes Hundegeschirr verfügte nur die Armee. Und im landesüblichen Austausch
von Gefälligkeiten hatte Schween auch einen Maulkorb
oder Hetzarm übrig, wenn Viehzerteiler Pandosch sich
erkenntlich zeigte mit Rouladenfleisch.

Der einarmige Zachow war der Freund aller Hunde aus
Darze und Stralendorf. Er fuhr 33 Jahre auf dem Fahrrad Briefe aus, und die Hunde standen schon vor seiner
Ankunft erwartungsfroh hinter den Toren. Näherte er

sich einem Tor ohne die Absicht, abzusteigen, ließ er es den Hund durch ein Kopfschütteln wissen, so daß dieser als Kurier für ausbleibende Post zum Haus hinlief. Die Abschnitte seines Lebens teilte er nach den Hunden ein, die er besessen hatte. Sie lagen alle unter Feldsteinen in seinem Obstgarten begraben.

Zachows Frau besorgte die Poststelle für Darze und Stralendorf. Als sie den Grünen Star bekam und mit immer stärkeren Lupen sich immer tiefer über den Schaltertisch beugte, gab mit ihr auch Zachow den Postdienst auf und ging als Nachtviehpfleger zur Broilermast Parchim. Für ihn, der die Hunde zweier Dörfer mit Namen kannte, sich ihrer Mütter erinnerte und die Väter zumindest erriet, war das Gewimmel von 20 000 Broilern, einer hybriden, in sechs Wochen schlachtreifen Hähnchensorte, keine schöne Tierbegegnung.

Zachows gute Zeiten schienen vorüber zu sein. Die erblindende Frau sah kaum mehr als Schatten. Das Haus in Darze wurde zu groß. Die Vorzüge ländlicher Lebensumstände verkehrten sich in überfordernde Pflichten. Zachow mußte einen wuchernden Garten ertragen. Er schaffte sein Kleinvieh ab und hielt sich keinen Hund. Als letzte dieser traurigen Notwendigkeiten, die er hinzunehmen oder zu erfüllen hatte, stand der Umzug in die Weststadt von Parchim bevor.

Am Vorabend des Umzuges gab es einen Zwischenfall, den Zachow symbolisch nahm. In seiner Scheune lag eine auf den Tod erschöpfte Colliehündin. Zachow empfand ihre Zuflucht zu ihm wie eine Nötigung, zu bleiben. So als habe sie sich hergeschleppt als Abgesandte der Hunde von Darze und Stralendorf, um seine Unentbehrlichkeit einzuklagen. Die Nachbarn sagten, sie sei schon länger umhergeschlichen.

Zachow hatte die Betten schon abgeschlagen. Seit Tagen wohnte er, in Einübung des Abschieds, gar nicht mehr richtig, sondern nahm sein Haus, der Hündin vergleichbar, nur als Obdach. So standen die Dinge, als er den Bürgermeister fragte, was mit der Hündin zu geschehen habe. Der Bürgermeister schickte den Tierarzt, der auf einen Zustand des Verhungerns schloß. Zachow kämpfte kurz gegen den Gedanken an, sie durch Pflege wieder auf die Beine zu stellen, ließ dann aber, seine Zukunft im Neubau vor Augen, ihre Tötung zu.

Nach ihren Geschäften hatten sich die Hundelieferanten noch in der Parchimer *Bürgerquelle* getroffen. Die Pechvögel unter ihnen hatten einen verschmähten Hund im Auto sitzen, was ihnen dazu den Spott der Kumpane eintrug. Diesen Verschmähten schlug natürlich keine gute Stunde mehr. Von höchstem Unterhaltungswert war Pandoschs Hündin gewesen, die Allerverschmähteste. Auf sie stand eine Runde Bier.

Pandosch, ihrer überdrüssig, gab sie dem Züchterkollegen Priem aus Güstrow mit auf den Weg, der in einem Anflug von Weichherzigkeit ihr ein neues Zuhause zu suchen versprach. Und Priem hatte sich dann in dem zwischen Parchim und Goldberg gelegenen Dorf Darze der Hündin entledigt. Begraben wurde sie vom einarmigen Zachow im Hundehain, wie er seinen Obstgarten nannte.

Nichts an Moldt spricht für den Berufssoldaten, der er dreißig Jahre war, davon die längste Zeit als Grenzaufklärer dienend im Range eines Stabsfähnrichs. An Moldt zeugt alles von einer gewissen Nachgiebigkeit; die aus dem Knopfloch gesprungenen Hemdenknöpfe über dem Bauch, das ziemlich unbezahnte Lächeln, der allen

Pflichten vorangestellte Lebensfriede. Auch dem Haus, das er mit seiner Frau bewohnt, ist das Gewährenlassen anzumerken. Zugewuchert, als nütze es nur der Wildnis als Klettergerüst, steht es am Waldrand von Palingen, einem Dorf im ehemaligen Sperrgebiet nahe Lübeck.

Daneben streckt sich das Moldtsche Gärtnereigelände hin, wie das Haus dem Wildwuchs überlassen. Auf einem Tisch vor der Haustür liegt ein bescheidenes Erntesortiment ausgebreitet. Das Preisschild, eine vom vielen Radieren pelzige Pappe, gibt die mittelgroße Gurke zu 35 Pfg. und die Gesamtheit von vier Tomaten zu 30 Pfg. an. Ohne diesen Tisch würde man gar nicht glauben, daß es Moldt noch gibt. Doch dann tritt er in schilfblasser Jacke über klaffendem Hemd aus dem Dickicht der Gärtnerei, im Gefolge die Foxhunde Anka und Bella, zwei spitzköpfige Luder von kastenförmiger Korpulenz.

Inzwischen haben es ihm solche Spielhunde angetan, wo ihm früher nur die schärfsten und größten gefielen, er die gefürchtetsten Exemplare der ganzen oberen Westgrenze an der Leine führte. Sein berühmtester und letzter hieß Nero, ein schwarzes Ungeheuer mit etwas Grau abgesetzt, im Rücken höher und in der Brust breiter als ein üblicher Schäferhund. Er war ein Beißer von Gnaden. Den alten Giese aus Herrnburg hatte er zu dessen Hauptmannszeiten einmal gebissen, daß ihm das Fleisch wie ein Handschuh herunterhing. Davon spricht Giese heute noch in einem Tonfall von Achtung.

Noch schärfer als Nero sei Greif gewesen, ebenso Sultan. Beide bissen jedoch nur befehlsmäßig, während Nero ohne den ausdrücklichen Befehl, nicht zu beißen, immer biß. Bei solchen Gefährten erübrigte sich das Schießen. Moldt wandte die dreißig Jahre über kein einziges Mal die Waffe an. Die Hunde faßten den am weitesten abragenden Teil des Körpers, meistens einen Arm, und ließen ihn auf Pfiff wieder los.

In der Wohnstube sitzend, teilt Moldt mit den Foxhündinnen seinen Sessel. Die eine thront, vor Bedeutung bebend, auf seinen Knien; die andere hat sich in konkurrierender Wichtigkeit an seine Seite gedrückt. Das Zimmer ist dunkel und pflanzenfeucht. Überall stehen Gläser, in denen etwas Wurzel zieht. Moldt glaubt, seine glückliche Hand im Umgang mit Hunden verdanke er seinem speziellen Individualgeruch. Da der angstvolle Mensch den Geruch von Buttersäure verströme, müsse bei ihm die Furchtlosigkeit eine chemische Aura bilden. Die sichere ihm die Unterordnung jedes Hundes.

Während dieser Ausführungen muß Moldt den Rivalinnen auf seinem Sessel abwechselnd seine Gunst beweisen. Trotz der Nähe zu ihm, deren sich beide erfreuen könnten, wollen sie keine Gerechtigkeit. Statt dessen muß jede tätschelnd begütigt, ja, in einen Zustand des Gönnens versetzt werden, damit die andere bleiben kann.

Moldt war seiner naturscharfen Diensthunde wegen, die er in Gehorsam zu lenken verstand, in Grenzerkreisen hochgeachtet. Sein Ansehen wuchs noch, als er 1966 mit seinen Empfehlungen hervortrat, wie eine Hundetrasse wirkungsvoll zu bestücken sei. Es war die Anfangszeit des Laufleinenhundes, der mithelfen sollte, die Republikgrenze unpassierbar zu machen. Die ersten, die das Los dieses Wächteramtes traf, waren ausgemusterte Diensthunde. In ihrer nutzbringenden Weiterverwendung lag der Beginn des Wachhundesystems.

Eine Laufleinenanlage bestand aus einem zwischen zwei Böcken mannshoch gespannten Drahtseil, dem Laufseil. Je nach Gelände war es zwischen fünfzig und hundert Meter lang. An dem Laufseil hing, mit einer Laufrolle oder einem Ring verbunden, die zweieinhalb Meter lange Laufleine des Hundes. Da sich die Laufstrecke des nächsten Hundes unmittelbar anschloß, die Hunde aber nicht aufeinandertreffen durften, waren vor dem jeweiligen Ende des Laufseils Stopper oder Seilklemmen angebracht. Während Laufrolle oder Ring oben gegen das Hindernis schlugen, reichte der Hund, durch die Länge der Leine, jedoch noch ein gutes Stück in die Nähe seines Nachbarn. In kürzester Distanz waren es fünfzig Zentimeter, die er ihm gegenüberstand.

Es ergab sich also ein Steg, eine winzige Bewachungslücke, die Oberfähnrich Schönknecht später als einen Durchlaß für Flüchtende qualifizierte. Der Flüchtende habe die Hunde zuerst nur das Drahtseil entlanggrasen sehen. Da sie in ihrer Alarmiertheit jeweils bis zum Anschlag rasten und wieder zurück, habe der Flüchtende nach einer Weile den freien Steg ausmachen können. Näherte sich der Flüchtende dann dem Steg, was das Anrennen der Hunde in seine Richtung provozierte, habe er nur ein Stück Wurst nach beiden Seiten werfen müssen, damit ihn die Hunde in Frieden ziehen ließen. Noch nachhaltiger sei die Wirkung von Pfeffer gewesen. In der Darstellung Schönknechts mußte der Flüchtende den vom Stopper gebremsten, ruckartig sich aufbäumenden Hunden nur eine Prise auf die Nase stäuben, und die Hunde drehten ab.

Eine Hundetrasse bezeichnete die gesamte Strecke der Laufanlagen. Sie zog sich bis zu drei Kilometern hin, was den aneinandergereihten Wachabschnitten von wenigstens dreißig Hunden entsprach. Was nun Moldts Empfehlung war, so sollte die Trasse, wo sie als mißliebige Tatsache schon einmal bestand, zumindest eine ideale Wächtergemeinschaft bilden. Moldt hatte damals lange Reihen nur wütender, sich gegenseitig erschöpfender Hunde vorgefunden und, in breiter Phalanx sich anschließend, nur gelangweilte oder sanfte. Solche unvermischten Nachbarschaften, folgerte Moldt, vervielfachten die Mängel der Hunde, während sie ihre Vorzüge vergeudeten.

Zuerst spielte Moldt nur gedanklich mit den Kompositionen für eine brauchbare Hundetrasse. Er komponierte den Wütenden neben den Gelangweilten oder Sanften, wo die Dynamik des einen den lammfrommen oder gelassenen anderen mitreißen müßte. Er dachte sich den Gelangweilten oder Sanften an die Seite des Wütenden, damit dessen Reizbarkeit nicht noch bedient würde.

Moldt kleidete seine Vorschläge in ein Klima von Wissenschaftlichkeit, als er sie beim Bataillon offenbarte. Er tischte die Temperamentenlehre des Hippokrates auf, die auch für Hunde gelte. Die klangvollsten Fremdwörter im Munde führend, erhöhte er die Trassenbelegschaft zu erlesenen Vertretern der klassischen Gemütsarten. Seine Darlegungen handelten jetzt nur noch von Cholerikern, Phlegmatikern und Melancholikern. Den Sanguiniker als den lebensvollen, in seinen Eigenschaften gut dosierten Typus führte Moldt nur der Vollständigkeit halber an. Dieser begreife schneller als ein Professor und gehöre, da er den wünschenswerten Hund verkörpere, nicht an die Trasse. Ans untere Ende seiner Eignungsskala plazierte Moldt den Phlegmatiker. Ihn störe gar nichts. Bei allergrößter Hundeknappheit gebe er jedoch die Attrappe eines Wächters ab. Brauchbarer verhalte sich der Melancholiker, ein Genosse der Angst. So wie ein hartes Wort ihn schon untröstlich stimme, er schon aufjaule, bevor der Schmerz ihn überhaupt treffe, so melde er eine herabfallende Eichel schon als Gefahr. Diese angstgenährte Vorsorglichkeit mache ihn zum besten Aufpasser der Trasse. Gleichzeitig bringe ihn sein aus nichtigstem Anlaß einsetzendes Gebell um die Kompetenz als Wächter.

Für den Grenzposten, dem er triftige Störungen anzuzeigen hätte und nicht sein Erschrecken über einen aufgerichteten, um sich blickenden Hasen, nutze sich sein Melden schließlich ab. Erst wenn sich ihm das Toben des Cholerikers beimische, verdiene es Beachtung. Im günstigsten Fall sei der Melancholiker der Zuarbeiter des Cholerikers, der aus dem Schlaf in Attacke übergehe. Im ungünstigsten Fall verbrauche sich aber auch für ihn die ständige Alarmiertheit des Melancholikers. Sie verschmelze möglicherweise mit den Naturgeräuschen der Trasse und umsorge, einem Wiegenlied vergleichbar, sogar noch seinen Schlaf.

Wo der Melancholiker keinen Vorrang kenne, lerne der Choleriker zwischen Geringfügigkeiten und Ereignissen von Belang zu unterscheiden. Eingerollt in seiner Hütte liegend, im Schutz seiner Erfahrung, daß aller Schrecken nur von ihm ausgehe, überlasse er das Ästeknacken dann nur noch der Obacht des Melancholikers. Für Moldt stand sowohl das eine wie das andere Temperament für ein Mängelexemplar der Gattung Hund. Dieser Befund war nun in einen Nutzen umzukehren, die Gegensätzlichkeit der Mängel als Vorteil einzubringen. Den Gebieter der Trasse sollte der Choleriker stellen, flankiert von dem daseinsfürchtigen Melancholiker.

Befinde sich der Choleriker in der Minderzahl, wären entsprechend breitere Flanken aus Melancholikern zu bilden.

Wilhelm Tews hatte einen Logenplatz auf die Hunde an der Staatsgrenze. Der Gartenseite seines Hauses, des letzten von Herrnburg in Richtung Duvennest/Schattin, schloß sich unmittelbar der geeggte Kontrollstreifen an, auf den der erste Signalzaun folgte. Das engmaschige Rhombengitter entrückte das dahinter liegende Geschehen etwas. Für den flüchtigen Blick war alles weichgezeichnet wie durch Gaze, die Hunde einvernehmlich mit der Natur, in gleichmäßigem Eifer ihr Revier ausmessend. Sie liefen ein kleines Oval um ihre Hütte und längs des Drahtseils ein großes, als vollführten sie eine Kür auf Schienen. Sie trugen, als wollten sie Kunststücke zeigen, ihre Näpfe hin und her. Sie gruben Löcher, in denen sie ganz verschwanden. Über Stunden schossen die Sandfontänen hoch.

Tews wußte, daß diese Erdarbeiten Verzweiflungstaten waren. Nicht Possierlichkeit, sondern Verlassenheit schickte den Pottschlepper und Kürläufer auf seine Bahn. Die ganze Szenerie des Fleißes und der Fertigkeiten war ein Trugbild. Tews kannte alle Nuancen des Hundeunglücks. Mit den Jahren entwickelte er sogar ein forschendes Interesse daran. Wurde ein Neuer ans Drahtseil gebunden, wartete er auf den Moment, wo dieser sein Schicksal begriff. Der Zurückgelassene saß zuerst mit horchend schief gelegtem Kopf und sah in die Richtung, in der das Soldatenauto verschwand. Er schien fassungslos gegenüber diesem Vorgang, gab sich aber noch der Hoffnung auf einen Irrtum hin. Verlor sich das Autogeräusch, fing er panisch zu rennen an.

Andere nahmen ihr Zurückbleiben weniger schmerzvoll. Für Tews waren das die dörflichen Kettenhunde, die ehemals kurzgehaltenen. Sie inspizierten bald ihre Strecke, zu Anfang zögernd, dann sich dem Wunder des mitlaufenden Seiles überlassend.

Wilhelm Tews' abgelegenem Haus hängen zwei unschöne Geschichten an. Die Vorbesitzer galten als politisch ungefestigt und waren 1952 ins Innere der Republik ausgesiedelt worden. Stabsmäßig vorbereitete Vertreibungen aus dem Sperrgebiet wiederholten sich 1961 und 1972 mit den Aktionen »Kornblume« und »Rose«. Allein in Mecklenburg wurden bei der »Aktion Ungeziefer« über 2000 Grenzanwohner wegen ideologischer Fragwürdigkeit zur Umsiedlung gezwungen.

Auch Wilhelm Tews verlor sein angestammtes Haus, das am entgegengesetzten Ende von Herrnburg lag, wo Lübeck fast beginnt. Dort störte es den Grenzverlauf und wurde 1961 abgerissen. Nun wollte man Tews beim Verwinden dieses Unglücks helfen, indem man ihn als politisch zuverlässig würdigte und ihm das geräumte Haus wie einen Orden zuerkannte. Widerstrebend zog Tews in die Einsamkeit. Und als er eines Tages ihr Lob zu singen begann, tat er es im Versuch, seine untröstliche Frau aufzurichten.

Von der Straße führt eine abschüssige Wiese zu dem Haus; links von ihm beginnt ein Kiefernwald, und rechts stehen Birken. Ohne die Rückseite, die als feindwärts gelegenes Terrain planiert worden war, wäre der Standort idyllisch. So hatte Tews aber dreißig Jahre lang an einer Wüste gewohnt, aus der jetzt langsam eine Steppe wurde. Über die schußfreie Ebene fegten die Stürme und drückten den Sand gegen das Haus und durch den Maschendraht der Hasenställe. Dann nahmen sie in scharfen Spiralen den herantransportierten Sand wieder mit, wobei sich der Hof wie ein Rotor zu drehen schien. Alles, was nicht gemauert war, sah nachher struppig aus, am struppigsten die von den Böen geschobenen Hühner.

Schon um seiner betrübten Frau willen versuchte Tews, die Zumutungen der Grenze wie ein Abenteuer hinzunehmen. Mittwoch mittags beim Probealarm glaubte er sich in eine nördliche Wildnis versetzt. Zuerst heulten die Dorfhunde von Herrnburg, dem Standort der Sirene. Dann fielen die Trassenhunde an den Bahngleisen aus Richtung Lübeck ein, danach die hinter den Siedlungsgärten. Von dort sprang das Heulen auf die Feldtrassen über, von wo es sich fortpflanzte auf den Wüstenabschnitt, der bei Tews entlangführte.

Hund für Hund übernahm den aufwärts gezogenen, in der Höhe abbrechenden Ton, gab ihn weiter, um frisch modulierend wieder einzusetzen. Tews erfüllte ein zwiespältiges Behagen bei diesem Kanon der Klage. Ebenso bei dem wölfischen Gebaren der Mitwirkenden, die mit steil gereckten Köpfen ihre Verlautbarungen hochschickten.

Unter allen akustischen Besonderheiten, die die Grenze bereithielt, fand Tews nur eine wirklich behelligend: die von Anschlag zu Anschlag jagenden Eisenrollen, an denen die Laufleinen hingen. Das pfiff und riß an den Nerven. Und die Hunde, die es bewirkten, machte es verrückt. Je besessener sie liefen, um dem Pfeifen zu entkommen, um so schneidender pfiff es. Tews konnte der Entstehung des Hundewahnsinns vom Garten aus zusehen. Doch solange er zusah, griff ihn selber das Geräusch nicht an, vielmehr nahm er es nur als Qual für die Hunde wahr. In seinem Haus dagegen, wenn er das Drama nicht vor Augen hatte, traf ihn das Pfeifen wie Ziehschmerz.

Die Nacht wurde zum Tage, wenn ein Wildschwein den Signalzaun streifte oder ein herbeigewehter Ast. Dann fing der Zaun zu singen an. Und Sekunden später stand das Haus lichtüberflutet wie ein Denkmal da. Das gesamte, als »Gasse Tews« geführte Trassenstück lag unter Halogen. In dieser laborhaften Helligkeit sah Tews auch zum erstenmal jenen gelben Hund paradieren, den er sonst immer reglos antraf. Dann lagerte er mit gekreuzten Füßen auf dem Dach seiner Hütte, den schmalen Kopf in die Windströmung haltend.

Tews fand ihn rein farblich schon unpassend für das Geschäft der Abschreckung, ja diesem sogar abträglich. Viel zu einnehmend, von weithin sichtbarer Sanftmut das Gesicht, eine dem Lächeln ähnliche Mimik, als erreiche ihn die rauhe Örtlichkeit der Grenze gar nicht. Tews hätte ihm von allem, was ihn so erfreulich machte, weniger gewünscht. Denn nach den Kriterien der zu bewachenden Republik handelte es sich um einen eher mißliebigen Hund. Und mißliebig waren solche, die den Bannkreis ihrer Hütte nicht verließen, sich auch ganz in ihr verkrochen, die Einsamkeitsgeschädigten zum Beispiel, die nicht Schußfesten oder die Kaputtgehetzten.

Tews kannte deren Ende. Sie wurden abgeholt zur Spritze. So hatte er sich um den gelben Hund gesorgt, der den Tag wie ein milder Gebieter auf dem Hüttendach verbrachte. Und um so erleichterter war er, als er ihn nachts in Bewegung erlebte, wie er, im Halogenlicht trabend, seine Brauchbarkeit anbot.

Tews begann seinen Tag mit einem Blick zu diesem Hund hinüber. Obwohl ihn der Grenzzaun wie in einem Film entfernte, schloß ihn Tews in die Morgeninspektion seines Hofes mit ein. Er verknüpfte auch die Jahreszeiten mit dem Befinden des Hundes. Die winterliche Nässe weichte ihm die Pfoten auf, bis schließlich Blut aus den Ballen trat und er die eigene Spur aufleckte. Manchmal sah Tews ihn nur als Schemen in den Schneewehen laufen, oder er vermutete ihn in einem Fleck, der sich abzeichnete auf der Strecke. Dann wieder, wenn alles ohne Unterbrechung weiß war, glaubte er ihn tot in seiner eingeschneiten Hütte.

Schlimmeres brachte der Sommer. Tews nahm die leiderzeugenden Umstände der Grenze dann nur noch als Sachwalter der Hunde wahr. Die Trasse kam ihm wie aufgegeben vor, da auch die Wüste, an der er wohnte, mit jedem Sommer breiter wurde und die angewehte Sandmanschette seines Hauses höher. Es gab keinen Schatten für die Hunde außer dem schmalen Streifen, den gegen Abend die Hütte warf. Und bei den extremen Aktivisten, die ihre Hütte demontierten, fehlte selbst dieser Schatten. Auch die Hütten selber, zerlegbare Holzwürfel mit windgeschütztem Seitengelaß, das TGL-Standardmodell der bewaffneten Organe, waren Brutöfen im Sommer, aus denen es sogar die Verschreckten trieb.

Die Qualen des Sommers vollendeten sich jedoch erst im Durst. Zumal in der wüstenhaften Beschaffenheit der »Gasse Tews«, wo nichts wuchs, was zumindest den Tau hätte auffangen können. Morgens fuhr der LO 1801A, ein kleiner Armeelaster, mit Futter- und Wasserbottich die Trasse ab. Ein Soldat hatte die Näpfe zu füllen. Diese waren in zwei Stahlringen eingehängt, die einem in die Erde gerammten Stab aufsaßen.

Nach heißen Tagen war eine weitere Wasserration am Abend auszuteilen. Diese Order schien dem Beobachter

Tews aber mehr vom Charakter einer Empfehlung gewesen zu sein. Zudem wurden personelle Engpässe der Grenzkompanie immer zu Lasten der Hundestaffel behoben. Und fehlte es dort an Soldaten, fiel selbst bei größter Hitze die zweite Wasserfuhre aus.

Anfangs lag die Trasse als gleichmäßiges, über die Jahreszeiten fortdauerndes Ungemach vor Tews, und seine Vorstellung vom Durst der Hunde entsprach der »lütten Schüssel« und der oft achtlos geschwenkten Wasserkelle des Soldaten. Daß dieser Notstand auch noch Höhepunkte hatte, erschloß sich ihm erst, als es keine anonyme Hundeschaft mehr für ihn war, sondern er jeden einzelnen kannte. Die Pottschläger strafte der Sommer am schärfsten. Tews sah sie ihr Wasser schon verschütten, wenn sie den Napf aus der Halterung zwangen.

Die anderen Motoriker der Trasse, die Erdarbeiter, unter deren rasendem Pfotenwirbel sich die Höcker einer Manöverlandschaft türmten, oder die rastlos Galoppierenden brachten sich mit ihrer Emsigkeit an den Rand des Verdurstens. Eine dritte Version dieser Sommerhölle war den Reglosen beschieden. Sie gingen haushälterisch mit ihrem Wasser um und ließen das Aufgesparte im Napf verdunsten. So halfen sie alle noch mit, den Umfang des Übels zu vergrößern. Und täglich erneuerten sie diese Erfahrung, wenn sie die Hitze niederstreckte. Tews konnte sogar zum Feierabend noch mit dem Anblick ihrer vom Hecheln geschüttelten Köpfe rechnen.

Doch erst während eines Sommerregens stellte sich ihm das eigentliche Ausmaß ihres Durstes dar. Sie leckten an Steinen und Stöcken, an ihren Pfoten, an allem, was immer auch einen Moment die Nässe hielt. Sie verrenkten sich für die Tropfen auf ihrem Rücken und versuchten, das Rinnsal entlang ihrer Leine aufzufangen. Ihre Zunge scheuerte das Hüttendach. Und nach dem Regen sah Tews sie mit gesenkter Schnauze oben sitzen, als erhofften sie die Wiederkehr einer Pfütze.

Tews mußte es beim Mitgefühl bewenden lassen, das über die Jahre nicht nachließ, doch aufhörte, eine scharfe Empfindung zu sein. Ihm konnte nur noch das Durstgebaren seines Favoriten einen Sonntag vergällen oder dessen hungriges Zurückbleiben, wenn der Futterbatzen ihn verfehlt hatte. Das letzte Unglück kündigte sich für Tews schon an, wenn auf dem Laster ein Soldat mit Forke stand, bei flotter Fahrt die Batzen schleudernd. Tews folgte dem Forkenschwung mit derselben Angespanntheit wie sein Favorit, sah wie dieser den Batzen fliegen und teilte mit ihm das Entsetzen, wenn der Batzen nicht in Reichweite niederging. Die vergeblichen, durch einen Leinenruck beendeten Sprünge des Hundes waren noch bis in die Nacht hinein zu hören.

Im Lauf der Zeit fühlte sich Tews mit der Trasse verwachsen, und die Not der Hunde bildete nur noch den Hintergrund seines eigenen Lebenskampfes. Auch seine Frau schien beschwichtigt. Sie war eine selbstvergessene Gärtnerin geworden. Das menschenferne Leben hatte seine guten Seiten. Tews, Maschinist bei der LPG Lüdersdorf, erlaubte sich, auf den gewaltigsten Traktoren über Mittag heimzufahren. Aus der Warte des Pilzsammlers Tews waren es sogar unübertreffliche Jahre. Tews mußte nur spurenlos den Kontrollstreifen überwinden. Dazu verhalf ihm ein Brett, mit dem er anschließend das Muster der Grenzegge nachzog. Und war er erst im Wald, konnte er gleich auf den Knien bleiben, so dicht standen die Pfifferlinge.

Tews hatte sein Herz an den Grenzaufklärer Peter Schoschies gehängt, der wie ein guter Sohn zu ihm war. Schoschies versah seine Soldatenpflicht mit zivilem Augenmaß. Er wußte, daß Tews in die Pilze ging, was ihm als Vorkommnis hätte gelten müssen. Spaßeshalber rief er auch »Halt, stehenbleiben!«, wenn es in Tews' bevorzugtem Waldstück knackte. Die beiden Männer tauschten Tauben. Schoschies nahm Tews' Sporttauben zu Friedens- und Solidaritätsflügen sowie Ehrenauflässen mit über die Sperrgebietsgrenze, regelte auch deren Teilnahme an Wettflügen nach Polen. Und der Freund dankte mit reichlich gedecktem Tisch. Sonntags duftete es nach gebratenen Tauben, und Tews sprach von ihrem Herzschlag zwischen seinen Händen, bevor er sie erdrosselte.

Der Grenzaufklärer kehrte während seiner Patrouillen ein, an seiner Seite den Fährtenhund Utz im Suchgeschirr. Sein Risiko, gesehen zu werden, war gering bei dem entlegenen Haus. Wobei diese Abgeschiedenheit aber den Nachteil hatte, daß sie das Haus exponierte und alles, was vom gewohnten Anblick abwich, auch ein fremdes Fahrrad am Gartenzaun, notwendig Interesse weckte. Zumindest am Tage hätte sich Schoschies, wäre er entdeckt worden, auf eine Fürsorgepflicht hinausgeredet, in dem Sinne, daß der alte Tews ihn, um Hilfe nachsuchend, von der Straße heruntergewinkt habe.

Bei Dunkelheit versteckte Schoschies sein Fahrrad bei den Schuppen, dann hätte er seiner abendlichen Rast jenen Anschein nicht mehr geben können. Vor allem bei schlechtem Wetter nicht, wenn er Tews' Wohnstube zu seinem Unterstand machte und ohne Schuhe mit vor dem Fernseher saß, während seine Kleider am Ofen trockneten. Der Grenzaufklärer, den seine Frau für einen Offizier verlassen hatte, trug auch seinen Kummer zu Tews. Ihn hatte er schon eingeweiht, bevor seine Schmach in den Kasernen kursierte. Als höchsten Vertrauensbeweis schenkte er Tews einen Schäferhundwelpen, der einem Trassenwurf entstammte.

Es war ein heikles Geschenk. Schon die Tatsache, daß es eine tragende Hündin hatte geben können, stellte einen Zwischenfall dar. Als das eigentliche Übel galt jedoch der freilaufende Rüde, der Verursacher des Zwischenfalls. Sein Laufring mußte durchgescheuert sein. Er könnte auch sein gelockertes Halsband zerbissen oder den Kopf rückwärts dagegen gestemmt haben, um dann, den vorn gewonnenen Spielraum nutzend, hinauszuschlüpfen. Ihm verdankten sich nun alle Schwangerschaften längs der Trasse.

Trächtige Hündinnen schwächten das Wachpotential. Hochtragend zumindest waren sie nur noch auf Ruhe aus. Danach blieben sie sieben Tage nur mit ihrem Wurf befaßt, und die ganz Rigorosen fraßen nur, wenn der Napf in der Hütte stand. So gab es gegen ihren wochenbettbedingten Dienstausfall den Befehl, den Wurf zu töten.

Tews nannte den Welpen Lux. Lux entwickelte sich zu einem übelnehmerischen Zeitgenossen, was Tews dessen unkomfortabler Geburt anlastete. Die Mutter hatte ihre Hütte verweigert und unter freiem Himmel bei Winterkälte einen Wurfkessel gegraben. Letzteres ließ auf ihre Verwilderung schließen; ein Geschehen, das für Grenzaufklärer Schoschies die Selbstbehauptung der Hündin verriet, eine zurückgewonnene Souveränität, die sie dem Laufleinendasein entgegensetzte. Insgeheim beglückwünschte Schoschies jeden Trassenhund, der aufhörte, ein Menschengefährte zu sein, der die Einsamkeit als unabwendbar erkannte und sich dann selber aus dem Warten entließ.

Schoschies half beim Ausheben des unerwünschten Welpennestes, während die Mutter in einer Fangschlinge gehalten wurde. Sie erfüllte den Rassestandard für Schäferhunde. Da auch der Vater ihrer Nachkommenschaft in diesem Sinne als vollwertig galt, ließ man den Wurf am Leben und brachte ihn in die Obhut einer anderen Hündin. Diese lag mit eigenen Jungen in einem Waldversteck bei Schattin.

Es war eine illegale Wochenstation für Trassenhündinnen sowie ein Refugium zur Aufzucht respektabler Welpen. Es war zudem ein Durchgangslager für die illegalen Tauschobjekte. Hier hielten sich sowohl die Auserwählten auf, die von der Trasse Erlösten wie seinerzeit der Spitzenrüde Büffel, als auch die Unerheblichen, die dann die Lücke an der Trasse wieder schließen mußten. Es diktierte also nur eine halbe Barmherzigkeit dieses Hunderetten, Tauschen und Ersetzen, da die Begünstigten immer Schäferhunde waren.

Auch für den sanftmütigen Grenzaufklärer Schoschies war Schönheit nur bei Schäferhunden anzutreffen. In diesem Punkt ließ er keine Milde walten, selbst nicht seinem Freunde Tews zuliebe, der das Inbild eines Hundes in dem Gelben hinterm Grenzzaun sah. Schoschies ließ gerade die Seitenansicht des Kopfes gelten mit dem hohen Ohr. Von vorn hatte der Kopf optisch aber schon ausgespielt: der Fang zu spitz, die Augen zu schräg, der Schädel fleischlos. Und weil Tews dagegenhielt, befleißigte sich Schoschies bei der übrigen Gestalt einer noch kälteren Genauigkeit. Da begutachtete er ein Wesen, das gar nicht mehr den Hunden zuzurechnen war; dem es an einer Hinterhand- sowie an einer Vorderhandwinklung fehlte, dessen Oberlinie von den Ohren über den Widerrist bis hin zur Kruppe nicht schräg verlief, das also für Schoschies auch keinen Rücken hatte.

Ein Grenzaufklärer war Berufssoldat. Im Unterschied zu den Wehrpflichtigen, den Wachsoldaten auf den Türmen und zwischen den Zäunen, die zur gegenseitigen Kontrolle nur als Doppelposten auftraten, versah er seinen Dienst allein. Er legte Fußmärsche bis zu zwanzig Kilometern zurück, mit dem Fahrrad bis zu dreißig, beides in Begleitung seines Hundes. Er trug eine Kalaschnikow mit sechzig Schuß Munition, eine Pistole sowie Fernglas und Funkgerät. Als ständiger Waffenträger nahm er seine Ausrüstung mit nach Hause, von wo er auch aufbrach. Ebenso war ihm sein Diensthund in private Obhut gegeben.

Der Grenzaufklärer hatte, der Logik eines Grenzbrechers folgend, das Sperrgebiet zu erkunden und sollte das erste Hindernis vor dem Signalzaun sein. Im äußersten Fall hatte er die Schußwaffe anzuwenden. Davor rangierte der Beißbefehl an seinen Hund. Bei Grenzalarm oder erwarteten Provokationen wurde er zu den Schwachstellen hinbeordert. In diesem Sinne waren Hochzeiten und andere Familienfeste durch eine verstärkte Streifentätigkeit abzusichern. Vor allem mußte er die aus der übrigen Republik geladenen Gäste im Auge behalten, die unter Alkohol manchmal gegen die Staatsgrenze rannten.

In der Regel widerstrebte ihm diese Pflicht, von draußen ins Gewoge einer Gastwirtschaft hineinzuschauen, die Schunkelnden am Ausziehtisch eines Wohnzimmers abzuschätzen oder aus dem Busch heraus eine Polonaise im Garten zu fixieren. So waren bestimmte Örtlichkeiten, an denen er sich postierte, dem Grenzaufklärer zwar vorgegeben. Doch zu den Streifengängen der Wachsoldaten verhielten sich seine Patrouillen wie Wanderungen mit offenem Ziel.

Aus dem freien Ermessen, das dem Grenzaufklärer zugestanden wurde und das seinen Dienst auch auszeichnete, erwuchsen ihm Versuchungen. Beispielsweise zählte das verbotswidrige Einkehren bei Zivilpersonen schon zu seinen Gepflogenheiten. Es fand sozusagen innerhalb der Sitten statt. Wie auch seine Teilnahme an der landesüblichen Tauschwirtschaft. Seine Tauschgabe bestand in der Milde, die er walten lassen konnte, im Nachsehen oder Begünstigen einer Zuwiderhandlung. Übte er etwa Nachsicht mit einem LPG-Brigadier, der betrunken Auto fuhr, ließ er sie sich mit einem Sack Weizen für die Hühner entgelten. Übte er Nachsicht mit einem Klempner, geschah es für ein Abflußknie.

Die Aussicht auf eine Mangelware ließ dem Grenzaufklärer Verfehlungen sogar gelegen kommen. Ja, er wünschte sie sich von bestimmten Personen geradezu herbei. Dann paßte er, weil er Dachlatten brauchte, den Bautischler aus dem Hinterland ab, der ein Verhältnis mit einer Frau im Sperrgebiet hatte. Jetzt war der Bautischler zudem verheiratet und die Geliebte eine Frau von nicht sehr gutem Ruf, und ihre trübe Geschichte benötigte eigentlich den Schutz der Dunkelheit. Als Handwerker mit Arbeitspassierschein durfte der Bautischler jedoch nur bis neun Uhr abends bleiben. Die Nöte des Mannes waren also beträchtlich. Und er erfüllte bald den Tatbestand einer illegal verbrachten Nacht im Sperrgebiet.

Die längste Zeit seines Dienstes brachte der Grenzaufklärer in Einsamkeit zu. Seine Wege führten ihn durch eine unangetastete, der Wildnis wieder zugefallene Landschaft, die sich der Grenze verdankte. Er unterschied die Jahreszeiten nach ihren Vorzügen und Nachteilen für einen Fliehenden, die sich gewöhnlich deckten mit seinem persönlichen Wohlsein und Verdruß. Die besten Fluchtverstecke hielt die vollbelaubte Natur bereit, im späten Frühjahr beginnend, wo es sich auch noch angenehm patrouillieren ließ.

Danach kamen die Mückenschwärme, aber auch die warmen Nächte, das Gute am Sommer. Nun konnte der Fliehende länger ausharren, während den Grenzaufklärer solche Nächte die Geruhsamkeit kosteten. In jedem blätterreichen Busch nahm er etwas zusätzlich Kompaktes wahr. Jede überrankte Mulde schien ihm ausgefüllt mit einem Kauernden. Dann, zum Winter hin, wenn ihm selber die Kälte schon zuzusetzen begann, verringerten sich auch die Verdachtsmomente. Die Büsche waren wieder durchsichtig, und das Schußfeld hatte sich gelichtet.

Wenn es sein Naturell hergab, versah der Grenzaufklärer seinen Dienst im Bewußtsein des gewürdigten Solisten. Oder aber er fand sich einer zermürbenden Unabhängigkeit ausgeliefert, in der ihn die Ereignisse der Natur mehr forderten als die Anzeichen einer Flucht. Ihm waren die Nächte vor allem bedrohlich, ihre Geräusche, von denen er nicht wußte, wer sie erzeugte. Überall huschte, schnaubte und fiepte, knarrte und knackte es. Die Laute folgten ihm und eilten ihm voraus. Blieb er stehen, schienen sie ihn einzukreisen, und er fühlte sich wie vorgeführt. In dieser Vielfalt von Tönen hatte er dann noch das Aufknurren seines Hundes einzuschätzen, das einen Republikfeind anders annoncierte als ein Reh.

Je nach Beschaffenheit seines Gemütes erfüllte der Grenzaufklärer auch die Rolle eines naturkundlichen Emissärs. Dann sammelte er für den Lehrer die Speiballen der Eulen ein oder nannte den Dörflern den Zeitpunkt, zu dem die Füchsin nicht mehr säugte und unterwegs war zu den Hühnerhöfen. Und genauso spielte er die umgekehrte Rolle und gab für die Waldtiere den Komplizen ab. Er schickte das Jagdkollektiv dann nach links, wenn die Wildschweinroute rechts lag. In der Regel verabscheute er die Jagdkollektive, diesen Offiziershaufen im Troß des Regimentskommandeurs, der sich in den Grenzwäldern unbeobachtet wähnte.

Ihre Betätigung nannte sich militärischer Wildabschuß. Schon diesem Begriff waren die Gewehrsalven anzuhören. Das ganze Jahr über herrschte ein jagdlicher Ausnahmezustand für die Schützen. Ihr gründliches, unaufschiebbares Wirken sollte den Wildschäden an den Grenzanlagen vorbeugen sowie dem wildbedingten Alarm des Signalzauns. Es sollte auch die Zahl der unter einem Rehhuf oder einer Wildschweinklaue explodierenden Minen verringern. Am Abend vor der Jagd erschien der Adjutant des Kommandeurs in der Kaserne und suchte einen Freiwilligen für den H4-Scheinwerfer. Mit ihm hatte der Soldat den Zielort des Jagdkollektivs auszuleuchten. Daneben blendeten mit kaum geringerer Strahlkraft die Scheinwerfer des russischen UAS-Jeeps, in dem ein Teil der Jägerschaft saß. In dieser Lichtkanonade stand nun das gebannte Wild zur Auswahl. Der Befehlshöchste legte auf das Prachtstück an, und die Dienstgradärmeren erledigten den Rest.

Allesamt waren sie skandalöse Jäger. Sie feuerten während der Fütterung, schossen vom Hochstand herunter auf die angehäuften Äpfel oder hielten in den umzäunten Saufang hinein, bis die Rotte nur noch zuckte. Nichts war regelwidrig für die Schützen. Wie und was sie auch niederstreckten, es schien militärisch erforderlich. Immer handelte es sich um die Erfüllung einer höheren Pflicht, zu der, auch wenn sie Vergnügen bereitete, die Schützen gezwungen sein wollten.

Um die Massaker der Jagdkollektive, soweit sie nicht hörbar waren in den Dörfern, wußte nur der Grenzaufklärer. Nur er, der die Wälder besser kannte als die Jäger, hätte als Zeuge gegen deren Untaten bestellt werden können, auch gegen deren Bereicherung, die der Antrieb ihres Beutefleißes war. Stücke mit vernünftigem Schuß brachten gute Kilopreise bei der Wildannahmestelle. Die unverkäuflich Zugerichteten, vom Sperrfeuer Zersiebten blieben liegen, wo es sie getroffen hatte. Auf ihre Kadaver stieß später dann der Grenzaufklärer, tragende Ricken, Kitze und große Schweine, auf alles auch, was angeschossen entkommen und bald darauf verendet war. Denn die militärischen Jäger traten ohne Hunde an und ersparten sich das Suchen. Am Waldrand lag der Aufbruch jener Beute, die offenbar waidmännisch erlegt worden war und für die Wildannahme taugte.

Im Sommer stiegen die Gerüche von den Überresten auf. Schon der noch aus der Jagdnacht hervorgegangene erste heiße Tag hatte sie in Aas verwandelt, an dem die Vögel zerrten und das Raubzeug saß. Jeder Windhauch kündigte dem Grenzaufklärer einen üblen Anblick an. Er hörte von weitem das gereizte Insistieren der Insekten. Und welche Richtung er auch wählte, er geriet auf einen schaurigen Parcours. Der Gedanke daran konnte ihm zu Hause schon auf den Magen schlagen, wenn er den kurzen Soldatenspaten vom Haken nahm, den er aus freien Stücken mit sich schleppte, um das Aas mit Erde zu bedecken.

Stabsoberfähnrich Zimmermann hatte die aufreizende Vorstellung, daß die Angehörigen des Bundesgrenzschutzes allesamt Industriellensöhne seien oder aristokratischen Familien entstammten. Er glaubte sie alle in Reichtum und prachtvollen Häusern aufgewachsen, was seinem verordneten Feindbild noch ein ziviles Motiv zufügte. Seine Vorstellung gründete auf einem Gerücht, das zum Ansporn des Soldateneifers von höchster Kommandoebene in Umlauf gebracht worden war.

So hatte Zimmermann in Ausübung seines Dienstes als Grenzaufklärer einen verwöhnten, gutsituierten und daher doppelt zu hassenden Feind vor Augen. Beide gingen sie ihre Patrouillen in Gesellschaft eines Hundes, der eine diesseits der Zäune und jenseits der andere. Beide sahen einander so manchen abwechslungsarmen Tag verbringen, an dem sich nichts weiter ereignete als das Wetter. Beide schleppten sich über die Mittagsstunden des Hochsommers in einer parallelen Mattigkeit. Ihr Gleichklang gipfelte darin, daß sie sich im Fernglas anvisierten, wobei jeder die Geduld des anderen durch die eigene Geduld zermürben wollte. Sieger war, wer zuletzt das Fernglas sinken ließ.

Obwohl diese Gegnerschaft hin und wieder solche spielerischen Züge trug, für Zimmermann lag sie weit über dem soldatischen Auftrag. Sie reichte in seine private Lebenssphäre hinein, in die Einliegerwohnung über dem Zuchtbullenstall, in sein kleines akkurates Milieu, das er gegen die Zimmerfluchten des Feindes setzte. Sie rührte an die ihm verliehene sozialistische Überlegenheit, wenn er das zwölfmal nachgestrichene Dienstrad bestieg, auf dem kein Abkömmling des großen Geldes jemals würde fahren müssen.

Das Gerücht hatte sich schließlich gegen das militärische Machtorgan der Arbeiterklasse selbst gewendet, von dem Zimmermann ein Teil war. Es unterhöhlte seine Zufriedenheit. Im Geiste sah er die Söhne der Eliten Tennis spielen, während ihn nach Dienstschluß die nebenerwerblichen Pflichten riefen. Er hielt sechs Schweine, davon fünf zum Verkauf, jedes mit tausendeinhundert Mark kalkulierend. Er zog die Welpen seiner Fährtenhündinnen auf, um sie bei Tauschgeschäften abzusetzen.

Als Züchter hatte er die Kleintierpalette im Programm; Zwerghühner und Tauben, Meerschweinchen als Gabentischartikel für Kinder, Kaninchen, die sowohl dem Rassestandard genügten – fünfzehn Jungtiere je Häsin bei drei jährlichen Würfen – als auch der Weißfleischproduktion. Die Annahmestelle zahlte Stückpreise von fünfzig Mark und mehr. Zimmermann bewegte sich durch eine Budenstadt aus Verschlägen, Volieren und aufgebockten Kästen, Refugien mit Schlupfloch oder Maschendrahtfenster. Hinter jedem Gitter gab es Ansturm und Erwartung, wenn er kam. Alles wollte gefüttert und frisch gebettet sein.

Nicht, daß er Not gelitten und ohne zusätzliche Wirtschaft ihm zur Suppe das Fleisch gefehlt hätte. Die vier Kinder verließen gesättigt den Tisch. Und seiner Frau, Telefonistin in einer Milchviehanlage, standen die Futtermittel zu, die er am Abend verteilte. Zimmermanns Nebenerwerb galt den Dingen des höheren Bedarfs, den Filzfliesen, dem Duschvorhang und der Mischbatterie, den Preziosen aus den Westpaketen, deren Empfänger sie ihrerseits zu Markte trugen.

Ihn selber erreichten keine Westpakete, da er der Truppe angehörte. In dieser Eigenschaft hätte er nicht einmal einen westlichen Absender kennen dürfen. Schon das bloße Deponieren eines solchen Pakets vor seiner Tür, selbst wenn es ein Versehen des Zustellers war, konnte ihn militärisch illoyal erscheinen lassen. Aber auch das kleinbäuerliche Tätigsein, von dessen Erlös er die Produkte des Feindes kaufte, kehrte sich gegen ihn. Mit umgebundener Schürze im Schweinestall beschädigte er das Bild des sozialistischen Berufssoldaten. Ein Stabsoberfähnrich, der Gras für seine Hasen sichelte und Goldhamster gegen Mandelsplitter und Rosinen tauschte, rührte an die Würde der Armee.

Zimmermann hatte mit der beladenen Mistgabel die Stalltür von innen aufgedrückt und lief blindlings in Richtung des Abschnittsbevollmächtigten Möss. Dabei hatte er die Mistgabel wie ein langstieliges Tablett vor sich hergetragen, nämlich waagerecht und in Brusthöhe, so daß Möss den Eindruck gewinnen konnte, Zimmermann wolle ihm servieren. Beide Männer verband seit Jahren eine gegenseitige Abneigung. Der Harmoniegesetze des Dorfes wegen grüßten sie sich jedoch. Und bei neuen, ihre Abneigung auffrischenden Anlässen grüßten sie sich sogar äußerst bedachtvoll. Diese Regel war jetzt aber außer Kraft gesetzt.

Die Männer standen starr voreinander, Möss, die hochbepackte Forke unter der Nase, und Zimmermann, sie ihm darbietend. Dieser Vorgang war nicht mehr unschuldig zu machen. Zimmermann spürte den langen Blick auf sich ruhen. Der Blick verhieß einen Gegenschlag, einen in den Sekunden des Hinsehens sich verfertigenden bösen Plan.

Der Kurier, der die Vorladung zu überbringen hatte, parkte den Kübelwagen quer zum Dielentor. So blieben ihm die Jauchepfützen erspart, und er konnte trockenen Fußes nach Stabsoberfähnrich Zimmermann suchen. Links gingen die Ställe ab. Aus jeder Fuge strömten die warmen Rinderessenzen. Das Wiederkäuen der Bullen war zu hören, das Rumoren der Hufe, ihre Quastenschläge und das strahlscharfe Urinieren. Hin und wieder klirrten die Kettenmonturen an ihren Köpfen. Hinter einer Sperrholztür am Ende der Diele führte die Treppe zu Zimmermanns Wohnung.

Auf der untersten Stufe, zwischen mehreren Schuh- und Pantoffelpaaren, standen seine Grenzerstiefel. Eine Stufe darüber lagen das *Neue Deutschland* vom Vortag, einzelne Textstellen von Hand unterstrichen, eine Geflügelzeitung sowie das Periodikum *Der Hund*. Letztere wirkten zerlesen. Wie Zimmermann später dem Offizier der Staatssicherheit erklären sollte, handelte es sich um die ausgeliehenen Exemplare eines Züchterfreundes, dem er im Gegenzug sein *Neues Deutschland* überließ. Alle drei Blätter habe er abholbereit auf die Treppe gelegt. Er sei, das ND betreffend, das Pflichtblatt für Soldaten, also selber Abonnent gewesen und nicht, wie ihm unterstellt worden war, der Nutznießer eines anderen Abonnenten.

Der Kurier rief nach oben, wo sich aber nichts rührte. Statt dessen drang Zimmermanns Stimme von draußen in die Diele hinein. Die Befehlstöne fuhren wie Schüsse zwischen die Stallgeräusche: »Aus!«, »Fuß!«, »Platz!« Sie kamen von der Gartenseite des Bauernhauses her. Ihrer Richtung folgend, geriet der Kurier in ein Labyrinth von Nebengelassen. Er bückte sich unter Zwiebelgebinden, Dörrobstketten und kopfüber hängenden

Minzesträußen, unter Kaninchenfellen und Schweinsblasen, die an Fäden schwebten. Einer Kammer voller Federn, nach ihren Spendern in Säcke sortiert, schloß sich eine Futterküche an. Im Dämpfer garten die Kartoffeln für die Schweine, die schon zu riechen und entfernt zu hören waren. Neben dem Dämpfer stand, gescheuert wie ein Wirtshaustisch, ein Knochenbock. Alles verriet Zimmermanns penible Hand.

Die Vorladung beim Regimentsstab Schönberg war auf den folgenden Tag datiert. Zimmermann brachte sie gleich in einen Zusammenhang mit dem Abschnittsbevollmächtigten Möss. Er ahnte auch die Vorwürfe, die gegen ihn erhoben würden. Und dieser Ahnung entsprang sein Unbehagen, als er den Kurier aus dem Schweinestall hatte hinaustreten sehen, der einzigen Tür, die aus der Intimsphäre seines nebenerwerblichen Schaffens ins Freie führte.

Der Kurier traf den Gesuchten bei einer hundesportlichen Übung an. Ein Schäferhund, im Fang ein Bringholz tragend, lief auf Zimmermann zu, setzte sich vor ihn und ließ auf das Hörzeichen »Aus!« das Bringholz fallen. Es handelte sich um ein jüngeres, von der Armee neu erworbenes Tier, und Zimmermann, der in seinen freien Stunden auch noch Abrichter von Truppenhunden war, nahm es als Glück im Unglück, gerade jetzt in dienstlicher Strenge mit ihm befaßt zu sein.

Der Regimentsstab residierte in einem früheren Wehrmachtsgebäude mit säulengetragenem Vorbau, weiter Halle und breiter Steintreppe. Im ersten Stock lag das Büro des Offiziers für Staatssicherheit. Die Polstertür hatte nur von außen eine Klinke, von innen war sie durch einen im Polster verschwindenden Knopf zu schließen. Zimmermann befand sich in einem Raum voller Tabakschwaden, in dem selbst der Schreibtisch keine festen Konturen mehr hatte und der Offizier, der dahinter saß und rauchte, nur zu vermuten war. Es roch nach der Dreißigpfennigzigarre der Marke »Jagdkammer«. »Stabsoberfähnrich Zimmermann wie befohlen zur Stelle!« Der straffe Meldeton schien zu versacken wie ein Geschoß in Watte. Der Qualm schluckte auch das Ritual mit der Mütze. Nach der Ehrenbezeigung mit der rechten angelegten Hand war sie abzunehmen und in der herabhängenden linken Hand zu halten, ihre Öffnung zum Körper gerichtet und die Kokarde nach vorn zum Dienstgradhöheren hin. In diesem Falle war es ein Genosse Hauptmann. Er war zu jung für die Sorgfalt, mit der er seine Ringe blies. Auch wie er die Zigarre balancierte, damit sie ihren Aschekegel nicht verlor, entsprach nicht seinen Jahren. Zu beidem paßte aber seine Blässe. Als er sich ausließ über Stallarbeit und Schweine und deren Unverträglichkeit mit sozialistischem Berufssoldatentum, machte er eine Miene, als würde das Genannte ihm soeben in die Kleider dringen. Dann verwarnte er Zimmermann wegen Kleinbürgerlichkeit nach Dienstschluß.

Anfangs verband den Grenzaufklärer Zimmermann und den Abschnittsbevollmächtigten Möss die natürliche Abneigung zweier Männer, deren Kompetenzen sich überschnitten, obwohl sie verschiedene Dienstherren hatten. Als ABV gehörte Möss der Volkspolizei an, somit dem Ministerium des Innern, dem im Aufspüren des inneren Feindes symbiotischen Zwilling der Staatssicherheit. Möss empfahl sich den Dörflern im Habitus des braven Schutzmannes, Freundes und Helfers. Er kannte die Kümmernisse, die ihnen aus der Abgeschiedenheit des Sperrgebiets erwuchsen, die versiegenden Kontakte der Familien und ihre Prozeduren, damit sich der Schlagbaum für eine Hochzeitsgesellschaft öffnete. Sein Augenmerk jedoch galt ihrem darüber entstehenden Überdruß. Denn Überdruß war ein Fluchtmotiv.

Möss hatte eine Vorliebe für das Wittern von Fluchtabsichten. Bei einem Schicksalsschlag, wenn der Betroffene das Herz auf der Zunge trug, war er gleich zur Stelle. Er saß an manchem Stubentisch, das erste Schnäpschen nicht verwehrend, und hörte sich den Jammer an. Jedes Ehezerwürfnis benotete er im Hinblick auf eine zu erwartende Kopflosigkeit. Und da Vermutungen sein Arbeitsfeld waren, sah er den Ehebrecher oder den Betrogenen bald über den Grenzzaun steigen. Gegen diese unbeweisbare Absicht schlug Möss sodann den Dienstweg ein.

Möss hielt einmal die Woche eine Sprechstunde ab. Die meisten kamen, um Besucheranträge auszufüllen. Neben den persönlichen Daten, dem Verwandtschaftsgrad und der Personenkennzahl des Herbeigewünschten war auch noch anzugeben, warum man dessen Besuch sich wünsche. Die Anträge blieben bei Möss, dem ihre Beförderung zum Volkspolizeikreisamt oblag. Möss nahm sich nun die Muße, sie auf ihre Triftigkeit hin zu studieren. Und wo ihm diese nicht gegeben schien, versah er die Rückseite mit einem Vermerk. Er vermerkte auch die zerrütteten Verhältnisse eines Antragstellers, die Tatsache, der Republik abträgliche Reden geführt oder durch Zurüstung des Fernsehgerätes Westempfang zu haben. Der Vermerk war sein Machtinstrument, sein Einspruch gegen ein Besuchsanliegen, seine Empfehlung für eine Nichteinreise. Damit traf Möss den empfindlichsten Punkt, den es im Sperrgebiet zu treffen gab.

Am Neujahrstag 1986 standen Kinder mit einem zitternden Hund vor Zimmermanns Tür, einem kurzhaarigen, dunkelbraunen Pointer. An seinem Halsband hingen eine westliche Steuermarke sowie eine aufschraubbare Kapsel, in der ein Zettel mit Lübecker Adresse und seinem Namen steckte. Er hieß Kemal. Die Kinder hatten ihn morgens bei Herrnburg aufgelesen, dem östlichen Nachbarort von Lübeck-Eichholz, wo auch der Interzonenzug Hamburg–Rostock vorbeikam.

Äußerlich befand sich der Hund in gutem Zustand, so daß ein Umherirren über längere Zeit ausgeschlossen werden konnte. Wahrscheinlicher war, was auch seine Verstörtheit erklärte, daß die Feuerwerke und Knallkörper der Lübecker Silvesternacht ihn panisch das Weite hatten suchen lassen. Dagegen gab es für seinen Grenzübertritt nur einen möglichen Hergang. Er mußte ihn über den Gleiskörper geschafft haben. Zimmermann nahm den Findling auf. Er tat es zum Ärger von ABV Möss, der für den Hund zuständig gewesen wäre.

Kemal ergänzte Zimmermanns Bild vom verweichlichten Westen, ja er übertraf es. Man hatte ihn später in die Stube hochgeholt, ihm einen Kuraufenthalt gewähren wollen für die erste Nacht. Zur Schonung des Teppichs breitete Zimmermann eine Decke neben dem Ofen aus. Und er stand noch gebückt, die Decke glättend, als er einen Seufzer des Behagens hörte. Kemal hatte sich in einem Sessel niedergelassen und zitterte nicht mehr.

Mit dem Tag, an dem der Hund in seinem Sessel lag, sah Grenzer Zimmermann in den Türmen von Lübeck keine feindlichen Köder mehr. Jetzt war ihm ihre Nähe eher angenehm. Sie stärkten seine Zuversicht auf einen kurzen Heimweg des Hundes. Er dachte daran, ihn in den Interzonenzug zu setzen. Der östliche Zugbegleiter, der am Grenzbahnhof Herrnburg aussteigen mußte, sollte ihn der westlichen Ablösung übergeben. Und dieser Beamte sollte nun seinerseits am Lübecker Hauptbahnhof jemanden finden, der den Hund nach Hause schaffte, ihn zumindest in weiterleitende Hände gab. Der Zugbegleiter glaubte, nicht recht gehört zu haben. Das Ansinnen verhöhnte sein Amt.

Da der Hund ohne Impfpapiere in die Republik gelangt war, erfüllte seine Anwesenheit den Tatbestand der illegalen Einfuhr von Tieren. Darüber setzte der Kreistierarzt von Grevesmühlen den Bezirkstierarzt in Rostock ins Benehmen. Der meldete den Vorfall der Veterinärfachverwaltung beim Ministerium für Land-, Forst- und Nahrungsgüterwirtschaft in Berlin. Dort befürwortete man im Interesse des innerdeutschen Friedens eine unkomplizierte Rückführung des Hundes und kontaktierte die Ständige Vertretung der Bundesrepublik, die ihrerseits über die Schleswig-Holsteinische Landesregierung in Kiel den Hundehalter in Lübeck fragen ließ, ob er den Hund zurückhaben wolle. Er wollte es.

Über diesem Aufgebot von Maßnahmen wurde dem Pointer Kemal sein Bravourstück aberkannt, sein die Grenze verspottender Ortswechsel. Er war kein entlaufener Hund mehr. Für sein Vorhandensein in der Republik hatte aus ihm eine Importsache werden müssen und der Logik dieser Deklarierung folgend aus seinem Herrn ein Exporteur. Nun stand jedoch nicht das Verbleiben, sondern die Entledigung des Hundes an. Dazu brauchte er wiederum den Status eines Ausfuhrgutes.

Bis zur Heimkehr des Hundes vergingen Wochen. Unterdessen führte er bei Zimmermann das Leben eines

Gastes. Er war heikel. Nach Spaziergängen hob er jeden seiner Füße einzeln an, damit man sie ihm wischte. Zimmermann sah einen Zögling der Klassengesellschaft in ihm und in seinem Gebaren deren feudale Überreste. Nachts fehlte ihm die Menschennähe, obwohl er das Schnarchen des Grenzaufklärers aus dem Nebenzimmer hörte. Manchmal schleppte er dessen Kleidungsstücke zu seinem Sessel und bettete sich darauf. Diese Anwandlung hielt Zimmermann aber seinem Trennungsschmerz zugute. Im Kameradenkreis hätte ihn seine Nachsicht zur Spottfigur gemacht. Selbst seine Fährtenhündin Corina, die brave Soldatin auf ihrem Strohsack in der Hütte, beschämte ihn. Sie mußte nur anschlagen in jenen kalten Nächten, wo der Pointer vor dem Ofen lag, und er fühlte sich ins Unrecht gesetzt.

Ach, diese Corina, was für große Momente hatte er ihretwegen schon. Sie war berühmt für ihre hohe Nasenleistung. 1982 durfte sie am Taschentuch von Bou Thong, dem Verteidigungsminister von Kambodscha, riechen, um anschließend unter vielen spaßeshalber abgelegten Mützen die des Ministers auszubellen. Solche Intermezzi waren zum »Tag der Grenztruppen« gern gesehen, dem 1. Dezember, wenn Staatsbesuch nach vorn kam. Die Delegationen trugen die Felddienstuniformen des Gastlandes, eine gegen den Bundesgrenzschutz gerichtete Tarnung der Prominenz.

Bou Thongs Mütze war also kein über die Amtsjahre von seinem Schweiß getränktes Exemplar, sondern ein nagelneues aus der Regimentskleiderkammer, was für das Findeglück der Hündin sprach. Und vier Jahre später, wieder zu besagtem Anlaß, dieselben Späße mit Humberto Ortega, dem Verteidigungsminister Nicaraguas. Der ließ an seinem Taschenkamm die Nasenprobe nehmen. Die Lockstoffe, die diesem Gegenstand entströmten, verkürzten natürlich die Sucharbeit für seine Mütze. Daraufhin wollte auch der Adjutant des Ministers seine Mütze zugeordnet haben. Es war ein kleiner Mann, dessen Gestalt der überlangen und knüppeldicken Havanna, die er rauchte, die Proportionen eines Ofenrohres gab. Er hielt Corina die Aluminiumhülse jener Zigarre in die Witterung, ein nun wirklich körperfremdes, kaltes Utensil, von dem er gehofft haben mochte, die Hündin würde daran scheitern. Doch sie mußte ihn enttäuschen.

Nach sechs Wochen stand der Abschnittsbevollmächtigte Möss mit umgehängter Hundeleine in der Stubentür. Bevor noch ein Wort gewechselt war, wußte Zimmermann, daß nun eine Feindschaft besiegelt würde. Der Grenzer, ihm zur Seite Kemal sitzend, sah Sportprogramm. Und Möss fühlte sich beschenkt durch diesen Anblick. »Jetzt geht's heimwärts, Freundchen!« sagte er in die schöne Eintracht hinein. Dabei glühte er vor Zuständigkeit. Da Zimmermann im Beisein des mißliebigen Mannes nicht getroffen wirken wollte, machte er den Abschied kurz. Immerhin beklopfte er den Hund, strich ihm die Ohren nach hinten und nahm, etwas, das ihm sonst als äffig widerstrebte, die Grußpfote an. Möss führte den Westhund dem Volkspolizeikreisamt in Grevesmühlen zu. Dort brachte man ihn auf den Weg nach Gudow-Zarrentin, der Grenzübergangsstelle für lebende Handelsgüter, wo auch sein Herr sich eingefunden hatte.

Am Ende der Flurtreppe hebt sich Zimmermanns straffe Silhouette ab; der Kopf wirkt wie durch ein Brett begradigt. Dieses Phänomen erweist sich dann aber, sobald er aus dem Gegenlicht tritt, als naß gescheitelte Frisur. Er hat ein schmales Wettergesicht. Der Oberlippenbart darin muß jedoch neuesten Datums sein, ein Testgewächs scheinbar, das noch nicht in Einklang mit dem Träger steht. Dasselbe gilt für die kurze, papageienbunte Hose. Zimmermann ist dabei, sich als Zivilist einzuüben. Zuerst gehörte er dem Rückbaukommando für die Staatsgrenze an, unter anderem mit dem Verkauf der feuerverzinkten Stahlgitterzäune betraut. 3 x 1,50 Meter oder 3 x 1 Meter zu acht beziehungsweise sechs Mark. Sie waren, kleinmaschig und rostfrei, hoch begehrt zur Einfriedung von Küchengärten, Hühnerställen und anderen Tiergehegen. Inzwischen ist Zimmermann Nachtpförtner und Aufsichtsperson in einem Asylantenheim, einer früheren Grenzerkaserne in Schlagsdorf.

Um die Irritationen durch die neuen Zeiten besser zu bestehen, hatte er schnell die Kameradschaft westlicher Schäferhundfreunde gesucht und war Mitglied des Gebrauchshundesportvereins Ziethen-Ratzeburg geworden. Beim Einstand gab es das übliche Ritual mit Schnäpsen, aber auch die Frage »Heinz, hast du auf einen geschossen?«, worauf Zimmermann antwortete, er habe das Glück gehabt, es nicht zu müssen, doch wenn nicht, dann hätte er. Das war nun ein klares Wort. Jetzt zählte nur noch sein kynologischer Sachverstand, und er fand sich schon bald in den Vorstand gewählt.

Der GHSV Ziethen-Ratzeburg mit seiner geflämmten Rundholzhütte, den Tiroler Stühlen und dem Flutlicht auf dem Abrichteplatz wärmte den ausrangierten Soldaten. Er prostete mit BGS- und Polizeibeamten, mit den aus rückwärtiger Sicht exponiertesten Feindfiguren. Hundesportlich hatte er durch die Vereinigung Deutschlands allerdings eine Kränkung hinnehmen müssen. Seine Veteranin Corina, diese einstige Nasenkönigin des Grenzkommandos Nord, von der er immer noch in der närrischen Tonlage eines Liebenden spricht, erfüllte nicht das westdeutsche Schönheitsideal eines Schäferhundes. Denn dieser hat einen schwarzen Sattel, große gelbe Abzeichen, einen Karpfenrücken sowie eine gewölbte Vorbrust bei ausgeprägtem Trabergestell. Corina hingegen zeigte alle Merkmale des ostdeutschen Hundeschlages. Ihr fehlte die sogenannte Buntheit; was gelb hätte sein müssen, war grau. Aufgrund des steilen Oberarms und entsprechender Winkelverhältnisse der Hinterhand hatte sie kein Trabergebäude, sondern war von gerader Wolfsarchitektur und vom Gangwerk her unbefähigt für die Pferdetätigkeit des Trabens.

In einer Winternacht erzählte Schoschies dem alten Tews den Grenzzwischenfall vom Lankower See. Hinter beiden Männern lag ein böser Tag. Schoschies war aufgewühlt von privatem Kummer, denn seine Frau wollte die Scheidung. Und Tews hatte seinen Hund erschlagen, vielmehr vom Schwiegersohn erschlagen lassen, ihn dabei aber festgehalten. Der Hund war plötzlich verrückt geworden, nervlich kaputt durch die Soldaten, was mit Tews' Gartenzaun zusammenhing. Der Zaun war mit Strauchwerk ausgeflochten, und die Grenzer zogen die Bündel heraus, um auf dem geeggten Kontrollstreifen ihre Spuren zu verwischen. Dann tobte der Hund und bellte sich in Heiserkeit, und die Soldaten schürten seine Weißglut noch, indem sie mit den Bündeln winkten.

In dieser Nacht, der das Niedergehen einer umgedrehten Axt vorausgegangen war und in der Schoschies, der Trost für ein verfehltes Leben suchte, sein Dienstgeheimnis brach, schien auch der »Gasse Tews« das Leben zu entweichen. Den Laufleinenhunden gefror die Atemluft beim Heulen. Es ging bald in ein Wimmern über, und dann verstummte es. Die Kälte wird also vergleichbar gewesen sein mit der auf dem Lankower See, dessen westliches Ufer feindwärts lag. Das Eis trug. Es hätte auch Traktoren getragen an dem Tag, als man die Trasse installierte und auf die schmalste Stelle sieben Hunde brachte.

Es waren wetterfeste Exemplare, die wolligsten und buschigsten zwischen Pötenitz und Boizenburg, unter ihnen, sie alle überragend, ein Kaukase. Er hatte die Größe eines Bären, und seine Farbe wechselte zwischen Kupfer und Messing. Er bewachte die Mitte des Sees, und je nach Einfall des Lichtes sah Schoschies ihn wie ein Feuer unter seinem Drahtseil laufen.

In sonniger Kälte bot die Trasse das Schauspiel scheinbarer Winterfreuden. Die Bahnen der Hunde beschrieben das gewohnte Oval, das langgestreckte zwischen den Stoppern und das kleine um die Hütte. Nur waren sie jetzt spiegelblank. Vom Uferhügel aus oder durch die Luke des Wachturms konnte man sie für die endlose Acht eines Schlittschuhläufers halten. Die Ringe pfiffen, die Drahtseile federten. Und über dem Eis hatten beide Geräusche einen sphärischen Klang. Dazu vollführten die Hunde ihre Rutschpartien. Sie rannten los, wenn sie das Futterauto hörten, vergaßen die Glätte und schossen wie auf Kufen auf den Stopper zu. Danach mußten sie die Schmach eines Sturzes verwinden und gingen auf steifen Beinen zurück.

Dann ließ der Frost nach, und es schneite. Der Schnee dämpfte die Geschäftigkeit der Trasse. Er tarnte die

Hütten. Ihre Eingänge schienen in Bunker hinabzuführen. Und von den Böcken, die die Drahtseile spannten, ragte gerade noch, als wären es Überreste eines zurückliegenden Geschehens, die obere Hälfte heraus. Nur der Kaukase in der Mitte wirbelte weiter und pflügte seinen Wachabschnitt. Als der Bataillonschef über das beginnende Tauwetter in Kenntnis gesetzt worden war, trug das Eis noch zwei Wochen. Auf dem See breitete sich ein Nässefilm aus, und längs der Trasse bildeten sich morastige Furchen. Die Hunde legten sich, um das Schmelzwasser von den Pfoten zu lecken, eine unsinnige Verrichtung, wie sie bald merkten, da sie anschließend am ganzen Körper trieften. Ihre Hütten standen in einer Lache, die auf ihr Strohlager überfloß.

Grenzaufklärer Schoschies hatte bei den Hunden eine Unruhe wahrgenommen, die anders war als jene Ruhelosigkeit, mit der sie auf ihre gewöhnliche Fron reagierten. Das sonst eher kopflose, die Verlassenheit betäubende Rotieren war jetzt ein hellwaches, von Furcht getriebenes Auf-und-ab-Gehen. Unter der wäßrigen Fläche schien sich ihnen noch eine Tiefe mitzuteilen, die sich bewegte und Töne von sich gab. Auch ihr Aufruhr bei der Ankunft des Futterkommandos wirkte gedrosselt. Schoschies sah sie nur noch ansatzweise Freudensprünge machen, als wüßten sie um die Reizbarkeit des Untergrundes.

Nach der ersten Tauwetterwoche betraten nur die kühnsten und mitleidvollsten Soldaten den See. Das Unglück hätte jetzt noch abgewendet werden können. Doch der Bataillonschef erklärte aus der Entfernung seines Schreibtisches heraus das Eis für stabil. Die Hunde wateten schon mehr, als daß sie liefen. Vor allem den Kaukasen umspülte das Wasser. Der kolossale Hund war der Proband des Bataillonschefs, sein Gefahrenmelder für den Abbau der Trasse. Solange das Eis ihm standhalten würde, so lange wäre es auch als Fluchtweg in Betracht zu ziehen.

Endlich wagte sich auch der allergütigste Soldat nicht mehr hinaus, und die Hunde begriffen, daß ihre Not nur noch Zuschauer hatte. Sie standen auf ihren gefluteten Hütten, als warteten sie auf die Belobigung eines Dompteurs. Zuerst brach das Eis unter dem Kaukasen weg. Er kämpfte einige Schwimmschläge lang. Schoschies sah seinen Kopf noch für Sekunden über Wasser. Nach dem mittleren Trassenstück brachen die angrenzenden Nachbarschaften ein, dann, diese Symmetrie weiter befolgend, die jeweils nächsten. Es schien, daß es dem Riesen aus der Mitte vorbehalten war, alle mit sich hinabzuziehen.

Ein einziger überlebte, vom östlichen Ufer aus gezählt, der erste. Schoschies stand in Blickkontakt mit ihm, als der Sog der etappenweise sinkenden Trasse seine Hütte erfaßte. Er gab ihm Zeichen, abzuspringen, und lief ihm im Wasser entgegen. Es handelte sich um einen gelben Colliemischling, in der Bestandsliste für Lauflleinenhunde beim Grenzkommando Nord unter »Alf« geführt, Stammrollen-Nr. A-0441, Wesensziffer II/344; 1985 über den Bezirksscheintäter und Hundebeschaffer Pandosch aus Lüdershagen bei Güstrow an die Trasse verkauft, später angebunden in der »Gasse Tews« bei Herrnburg, nach dem Grenzfall Hofhund in Göhlen bei Ludwigslust, zuletzt Bewacher eines Gasthofes in Strachau bei Dömitz.

(1994)

Brot

Im Frühjahr war ich vierzehn Tage in Havanna. Palmen, Platanen und Bananenbäume, Feuerwände aus Bougainvillea, Hortensien- und Oleandergebüsche beschönigten den Zerfall der Stadt. Die Menschen dort hatten wenig zu essen. Auf ihre Bezugsscheine gab es nur Weißkohl und ein faustgroßes Stück Brot am Tag. Und die Verteiler, die müßig hinter den Theken der staatlichen Geschäfte saßen, es waren meistens Frauen, schnitten Fratzen, wenn der Tourist zu ihnen hinsah. Trotzdem traf ich nie jemanden an, der am Abend zugegeben hätte, wirklich nur Kohl und sein Stück Brot verzehrt zu haben.

Keiner bestritt zwar den Mangel, im Gegenteil, er war das Thema aller. Doch niemand wollte in eigener Person den Notstand verkörpern. Nachts konnte ich in ein schlafloses Haus hineinsehen. Unter jeder Lampe gab es Tanz. Noch um drei Uhr drehte eine Frau sich vor dem Spiegel, streifte die Träger ihres Unterkleides von den Schultern und fragte ihr Bild, ob sie schön sei. In der Nebenwohnung ging ein Mann schnell hin und her, als suche er von irgend etwas Linderung. Dann waren seine Schritte aber nur das Vorspiel einer Liebesszene.

Es gab das Gerücht, im Zoologischen Garten handelten die Wärter mit Futterfleisch. Auch ging die Rede, daß die Ärmsten Katzen essen. Und plötzlich fiel es einem auf, daß Havanna keine Katzen hatte. Doch dafür liefen katzengroße Hunde durch die Stadt. Sie würden immer kleiner, hieß es, weil die Menschen keine Reste übrigließen. Und wenn die Hunde das geringste auf den Rippen hätten, äße man auch sie. Sie waren meistens weiß, als wäre an ihnen jede Farbigkeit Verschwendung. Sie bellten auch nicht. Bei Dunkelheit drückten sie sich unter der Palisade des Hotelgartens durch. Und vom Fenster aus sah ich, wie sie – angestrahlt vom Unterwasserlicht des Swimming-pools – zwischen den Liegen huschten.

In unserem Speisesaal regierte die Fülle. Die Früchte, die man keinen auf der Straße essen sah, waren in Blütenform geschnitten und zu Ornamenten arrangiert. Aus hohen Glaszylindern zapfte man sich die Säfte. Zwei-, drei- und vierfach in Schwingen übereinander gestapelt die Bananen, mehr zur Optik als zur Sättigung kredenzt. Das waren jetzt nur Beispiele aus der vegetarischen Vitrine.

Ich hatte inzwischen mit dem Füttern der elenden Hunde angefangen und brachte zu jeder Mahlzeit eine Tüte mit. Am besten diente das Frühstück meinen Zwecken. Wie eine Nimmersatte faßte ich zu, Brot und Brötchen, gekochte Eier, von den Würsten aber nur die ohne Pfeffer, denn ich mußte ja den Durst bedenken. Ich bat auch meine Tischnachbarn, sich etwas mehr zu nehmen. Und einmal griff ich auf den Teller eines Mannes, der nur pausieren wollte. Er sagte dann in scharfer Höflichkeit: »Sie werden erlauben, wenn ich mein Hörnchen selber esse!«

Ich spürte auch bald den Blick der Kellner. Sie standen am Fenster aufgereiht, jeder von tadelloser Erscheinung, und traten nur heran, um abzutragen und Platz zu schaffen für den jeweils nächsten vollen Teller, mit dem der Gast zurückkam vom Büfett. Ich hätte ihnen gern den Grund meiner Gier erklärt, fürchtete aber ihr Unverständnis, welches ich ihnen gleichzeitig zugestand.

So verlegte ich mich darauf, erst spät beim Essen zu erscheinen, wenn im Speisesaal fast nur noch Raucher saßen. Ich konnte jetzt die Reste überblicken, auch fremde, halbvolle Teller in meine Tüte kippen. Die Kellner standen jetzt mit dem Rücken zum Saal, was mich glauben machte, sie täten es – meines unappetitlichen Hantierens wegen – aus Diskretion. Ich schob nämlich auch Rührei in die Tüte. In Wahrheit wollten sie selber an die Reste. In jeder Fiber gespannt, manche sogar mit einem Bein zitternd, erwarteten sie mein Verschwinden.

Am Vortag meiner Abreise besuchte ich den Zoo, in meiner Handtasche eine Banane vom Hotelbuffet. Viele Käfige und Gehege standen leer, während die bewohnten den Notstand Havannas widerspiegelten. Hier wie dort an Weißkohl kein Mangel. Er lag in Köpfen wie verschmähtes Spielzeug an den Stäben, selbst bei den Schakalen. Die Großkatzen hatten magere Flanken. Ein Löwe knackte einen Knochen, der war porös wie ein zerlaugtes Badethermometer. Ich hörte ein Geräusch, welches dem Hämmern vieler Zimmerleute glich. Es kam von den Kondoren, deren Schnäbel, ohne Resultate zu erzielen, von einem Pferdekopf abprallten.

Ich erspare Ihnen eine breitere Schilderung meines Parcours, denn sie könnte nicht von den Vorzügen der Gefangenschaft handeln. Und nur der Banane wegen hielt ich mich etwas länger bei den Affen auf. Noch bevor sie wissen konnten, was ich in meiner Tasche trug, wollten sie es haben. Jeder schlug sich mit einer Hand gegen die Brust und streckte den Arm mit der anderen weit aus dem Käfig. Eine Äffin zeigte auf ihr klammerndes Kind, als müßten ihr die Strapazen der Vermehrung angerechnet werden. Es war ein Bettlerdrama und alle Mitwirkenden fast maßlos zu nennende Tragöden. Und sie steigerten ihre Gebärden noch, als sie den Wärter kommen sahen, auf seiner Schubkarre eine Weißkohlpyramide balancierend.

Ich hätte die Banane nie aus der Tasche ziehen dürfen. Ihr Anblick versetzte die Affen in Aufruhr. Auch der Wärter deutete mit einer Handbewegung über seinem Magen an, daß sie ihm schmecken würde. Für eine Sekunde dachte ich, sie ihm zu geben. Dann dachte ich, daß seine Geste stellvertretend für die Affen war und er beleidigt wäre, und warf sie – ohne jeden Blickkontakt – in irgendeine ausgestreckte Hand.

(1994)

Kleine Schreie
des Wiedersehens

Es war die Rede davon, daß alle immer in Schwarz kämen, die Redakteurinnen der dicken glänzenden Magazine, ihre Blattgestalter, Photostylisten, deren jeweilige Assistenten, die Wortberichter und Meinungsschreiber, die Ideendiebe und Tragbarmacher, die Einkäufer aus Tokio und den USA.

Also immer der schwarzen Flut nach unter den Arkaden der Rue de Rivoli. An der Rue de Marengo stoppt die Flut, bis ein Polizist sie rechts über die Straße winkt. Die Flut springt hinüber vor den großen, gelben Baldachin an der Porte Marengo des Louvre, wo sie sich verliert, weil hier alles schon schwarz ist. So schwarz wie ein Mohnfeld rot ist, das heißt, auch ein paar Kornblumen stehen dazwischen.

Kleine Schreie des Wiedersehens, Prét-à-porter in Paris. Über allen Begrüßungen liegen die Altstimmen der Italienerinnen; neben jeder Wange ein in die Luft gedrückter Kuß, wobei der Blick der Küssenden und der nicht wirklich Geküßten schon anderswo am Kontaktieren ist; lächelnd hinübernicken und in Erwartung des zurückkommenden Lächelns zur Seite sagen: »Das ist eine ganz Böse!« Doch auch die herzlichste Begegnung hat ihre festen Zeiteinheiten, bevor sie fahrig wird und beide Parteien wieder frei sein wollen, um anderen Personen zu begegnen.

Weil die Mode so flüchtig ist, bedient sich der weibliche und männliche Habitué, dieser hier vor dem gelben Baldachin versammelte Menschenschlag, nur ihrer Akzente. Hinzu kommt, daß für ein striktes Befolgen der Mode der Habitué oft nicht mehr jung und schmal genug ist. Beides sind Gründe für seine modisch moderate Erscheinung.

Der bevorzugte Akzent des Habitués ist der Schal. Dieser ist meistens schwarz, manchmal zyklamrot oder beidseitig das eine und das andere und immer aus dem willfährigen Kaschmir, der selbst bei dreifädigem Volumen sich wickeln und knoten läßt wie Mull.

Selten liegt der Schal auf dem kürzesten Weg so um den Hals, daß er nur wärmt. Häufig wird er wie die Capa eines Toreros nur auf einer Seite getragen. Manchmal spannt er sich wie der Tragegurt eines Klavierschleppers oder die Armschlinge eines Invaliden von der linken Schulter diagonal über den Rücken und endet in einer satten Quaste auf dem rechten Rippenbogen. In seiner anspruchsvollsten Drapierung bildet der Schal einen Blütenkelch. Zyklamrot und sehr halsfern liegt er dann mit dem Gestus verwelkender Außenblätter auf dem Mantel und zwingt den Kopf seines Trägers in die Rolle der Mittelknospe.

Unterhalb dieser Mutproben ist der Habitué rigoros praktisch gekleidet. Was ihn zum kennerischen Ignoranten der Mode macht, ist ein schwarzer Kaschmirmantel. Da es aber auch im inneren Zirkel der Ignoranten eine Mode gibt, ist dieser Mantel meistens datierbar und stammt aus einem der hart empfohlenen Häuser. So ignorieren auch die Ignoranten nie wirklich. Vielmehr sind sie bei aller persönlichen Modemattigkeit eine doppelt scharfe Jury ihresgleichen.

Die Eigenschaft, gelassen unmodisch zu sein, kann es für den Habitué nicht geben. Denn jeder Verzicht auf deutliche Mode bildet für ihn die Nische einer Nebenmode. Wer vor dem gelben Baldachin im schweren Ulster seines Vaters steht, ist deshalb nicht unschuldig, sondern kontrazyklisch. Wer den Kleppermantel eines Landvermessers trägt, kann behaupten, er habe ihn für dieses Wetter sich nur ausgeliehen. Denn längst ist sein Mantel als kühne Abweichung erkannt.

Es gibt kein Entrinnen aus der Mode. Wer in morgendlicher Benommenheit mit dem rechten Fuß in den linken Schuh geschlüpft ist oder umgekehrt und gelangt so vor den gelben Baldachin, könnte für einen schöpferischen Menschen gehalten werden. Denn alles wird in Absicht verkehrt, auch das Versehentliche. Doch nicht jedem wird im Radius der Modeleute eine Abweichung zugestanden. Wer das gesicherte schwarze Mittelfeld verläßt und den Habitué nicht rühren, sondern seinen Respekt haben will, muß eine Persönlichkeit des Milieus sein.

Alle Bedingungen, eine solche Persönlichkeit zu sein, erfüllt die Modejournalistin Anna Piaggi aus Mailand. Ihre dem Milieu bekannte Freundschaft zu dem Couturier Karl Lagerfeld rangiert um Grade höher als die anderer, ebenfalls auserwählter Modejournalistinnen zu ihm. Anna Piaggi gilt als seine Muse. Sie ist eher klein und hat eine arabisch große Nase, die ihr Gesicht vor einer vergänglichen Lieblichkeit bewahrt. Einen Anlaß, ihr Alter zu raten und sich dabei untertreibend zu überbieten, gibt sie nicht. Sie ist die Inkarnation der Abweichung.

Im Pulk der schwarzen Mäntel steht sie im grünen Reitkostüm der Belle Epoque zu lila Knöpfstiefeletten; auf dem Kopf eine Mütze aus Bast, deren schräg aufsteigender Schirm die Größe eines Ruderblattes hat. Eine Hand umfaßt den Jadeknopf eines Kavalierstockes; die andere liegt auf dem Unterarm ihres Begleiters. Ein Begleiter ist unerläßlich für Anna Piaggi, da er ihr die profaneren Dinge tragen muß, die geräumigen Beutel und den Schirm an dem Tag, wo ein Stock die Nuance ihrer Ausstattung bildet. Sicher wird der Begleiter sie auch vor Behelligungen schützen müssen. Denn Anna Piaggi läuft mit dieser Bastmütze und einer Turnüre unterm Reitrock auch weitab vom Modegeschehen an der Porte Marengo durch die Straßen. Und dort gibt sie Rätsel auf; selbst in Paris, wo alle Spielarten ethnischer Kostüme zum Bild gehören.

Ihr Kleiderfundus, wird erzählt, fülle drei Stockwerke in ihrem Mailänder Haus. Und wenn sie Mailand nur für drei Tage verlasse, nehme sie vier Schiffskoffer voller Sachen mit, die Hutschachteln nicht gerechnet. Und am Zielpunkt ihrer Reise dann würde sie gar nicht jeden Koffer öffnen. Das ganze Gepäck werde nur für die Eventualität einer modischen Stimmung geschleppt.

Mit ihrer dreisten Verquickung der Stile, der Unerhörtheit, mit der sie eine englische Tropengamasche als Abendhandschuh überzieht und auf der Duchessebluse von Jacques Fath ein bretonisches Bauernmieder trägt, kann Anna Piaggi auf das umfassende Einverständnis der Modeleute zählen. Ihre Abweichungen liegen über der Norm einer Abweichung. Sie gelten als sakrosankt und entziehen sich dem Urteil der Meute, die den Daumen einmal senken und das Mißraten eines Auftritts feiern möchte.

So bleiben nur die Kühnheiten der Amateure übrig, die melierte Schafwollsocken zu einer Leopardenhose kombinieren, darüber einen Bratenrock zu einem Jakobinerhut. Und neben ihnen der streng schwarze Block der Japaner unter den schweren, tiefblauen Haaren. Da sie bei eher kleiner Gestalt meist extrem weit gekleidet sind, sehen sie wie kompakte dunkle Würfel aus.

Unter das Gewölbe der Porte Marengo führen zwei Gassen aus enggestellten Straßensperren. Polizisten in halben, dunkelblauen Pelerinen prüfen die Einladungen. Auf diese erste, mit dienstlicher Miene vollzogene Kontrolle folgt eine zweite durch junge Frauen, die die Handtaschen nach Waffen durchsuchen müssen. Und entsprechend ihrer viel intimeren Pflicht bitten die jungen Frauen lächelnd um Entschuldigung und heben, ohne in der Tiefe zu stöbern, den Tascheninhalt nur ein wenig an.

Hinter der Porte Marengo, in der Cour Carrée des Louvre, finden die Schauen statt. Hier sind drei weiße Zelte aufgeschlagen, deren Eingänge Lorbeerbäume in Kübeln flankieren, und wieder Absperrgitter, vor denen sich neue Begrüßungen fügen. Der Einlaß in die Zelte geht etappenweise vor sich. Den Vortritt haben die Chefredakteure internationaler Modemagazine, der französischen Frauenzeitschriften und die Einkäufer der Fifth Avenue. Dieser Personenkreis mit seinem fast steckbrieflichen Bekanntheitsgrad soll noch vor dem Schieben der Menge seine Plätze einnehmen können. Es sind natürlich die besten Plätze, die erste Reihe frontal zum Laufsteg oder gleich in der Kurve des Hufeisens. Mister Fairchild von *Women's Wear Daily* hat in der Mittelachse den mittleren Stuhl, sitzt also im Fadenkreuz der langen, auf ihn zueilenden Beine.

Das Placieren der Modeleute, sie auf einen Stuhl zu bitten, der ihren oder den Namen ihrer Zeitung trägt, ist ein delikates Amt. Denn ein objektiv guter Platz wird im persönlichen Empfinden zu einem schlechten, wenn davor jemand sitzt, den man selber hinter sich placieren würde. So liegen die Selbsteinschätzung und der zugewiesene Stuhl oft um Reihen auseinander. »Ich sitz' in der dritten, das zahl' ich dem heim!« hört man eine Männerstimme sagen.

Wie eine tafelnde Ritterrunde nehmen die Photographen die Ränder des Laufstegs ein. Auf ihren Metallkoffern sitzend, jeder vor seinem markierten Platz, legen sie die Apparate ab und gestatten sich eine kurze Ruhe vor dem Defilee. Dann verlöscht im Zelt das Licht. Jemand sagt: »Ach, es geht los, dann sind die Chefredakteurinnen von *Marie-Claire* schon eingetroffen«, zwei streng gekämmte Damen. Auch die Kommentare über die Einkäuferin von Bergdorf & Goodman, 754 Fifth Avenue, verstummen in der Dunkelheit. »Diesmal«, wurde über sie gesagt, »versucht sie den Look von Lauren Bacall.« Die Einkäuferin trägt eine helle Hemdbluse mit halbem Arm.

Ein Herr kommt zu spät. Er will auf den vierten Stuhl einer Reihe, in der alle in bestmöglicher Bequemlichkeit sich schon ausgebreitet haben. Der Herr muß die Knie übersteigen, auf denen die Notizblöcke schon aufgeschlagen sind; er tritt in abgestellte Handtaschen, reißt die Schals von den übergeschlagenen Mänteln der Vorderstühle und sagt, sich endlich niederlassend, zu seiner Nachbarin: »Frau Mohr, ich bin nicht so schlank wie Sie, obwohl ich viel mehr hungere.«

Auf der Bühnenwand erscheint der Name des Couturiers. Die Musik setzt ein, und wie von Katapulten geschleudert rasen die Mannequins schon auf ihrer Bahn. Sie sind aller Gangarten mächtig. Als würden sie gezogen oder vom Wind gedrückt, treiben sie in den Applaus hinein. Bei jedem Schritt drehen sie ihre Füße auswärts, als wollten sie ein Insekt austreten. In einer schlingernden Vorwärtsbewegung ahmen sie die Kontraktionen einer Schlange nach, die ein Beutetier aus der Rachenzone in die Tiefe würgt. Dazu bringen sie ein Lächeln aus den Kulissen mit, als wirke eine unglaubliche Geschichte in ihnen nach. Die Photographen stellen sich quer zum Laufsteg und biegen ihren Oberkörper seitlich tief hinunter für ein frontales Bild. Dabei will jede Schulter, als hinge sie aus dem Beiwagen eines Motorrades, die andere an Reichweite überragen. Die Moderedakteurinnen machen in großen gehetzten Buchstaben ihre Notizen. Nach den Attacken ihrer Filzstifte muß es ungeheure Neuigkeiten geben. Sie bringen simultane Skizzen zu Papier, indem ihre Striche das Übertriebene noch einmal übertreiben.

Da der weibliche Körper, außer daß er gestreckt oder gedrungen, breit oder schmal sein kann, immer gleich ist, da keine Frau einen geflügelten Rücken hat, weder über ein drittes Bein verfügt noch über den Stützschwanz eines Kängurus, auf dem sie sich schnellend fortbewegen könnte, muß die Mode eine ewig unveränderte Anatomie hofieren. Die Arme brauchen Ärmel, der Rumpf ein geschlossenes oder zu schließendes Futteral, und zumindest das obere Drittel der Beine möchte bedeckt sein. Innerhalb dieser Bedingungen hat sich der Modeschöpfer einzurichten.

Würde der Modeschöpfer die Unterseite eines Kartons mit Löchern versehen, um die Beine einer Frau hindurchzustecken, wäre der Karton dem Wesen nach eine

Hose. Ein zur Brust hin offenes Kleidungsstück mit Ärmeln könnte aus Brotteig gebacken sein, es wäre dem Wesen nach eine Jacke. Der Modeschöpfer kann dem Mannequin einen Melkschemel um die Hüfte binden, um dem Rock das Traditionelle zu nehmen; ein neues Kleidungsstück hat er dadurch nicht erfunden. So bleibt jeder Entwurf, auch der entlegenste, den alten Gattungen von Hemd und Hose, Kleid und Rock, Mantel und Jacke verpflichtet. Der Modeschöpfer hat das gleiche Problem wie der Designer eines Löffels. Soll der Löffel für die Suppe taugen, kann er nur geändert, doch nicht neu geschaffen werden. Immer braucht er eine Kelle und einen Stiel.

Der vorgeführten Mode gibt die Musik einen akustischen Halt. Zum Katzenschreiten der Mannequins ist beschleunigtes Trommelrühren bei versiegender Melodie zu hören. Großkatzen scheuchen ihre Opfer über den Laufsteg. Letztere tragen kleine Lammfellglocken als Miniröcke. Plötzlich haben sich Katzen und Lämmer in schiefergraue Diakonissen verwandelt. An ihren Ohren hängen Aluminiumkreuze. Auch auf dem nackten Busen unter Gaze liegt ein Kreuz. Den weißen Schürzen nach muß es ein dienender Orden sein, das Personal einer Krankenstation. Doch gnade Gott den Kranken, wenn sie ein anderes Leiden als das des Masochismus haben. Diese Geschöpfe durchmessen nur als Verwirrungsstifterinnen den imaginären Saal voller Betten. Es sind Hospitalsirenen, die jedes Wimmern überhören, allen voran die überlegen schönen Negerinnen.

Da es an acht aufeinanderfolgenden Tagen vierundfünfzig Modenschauen gibt, wobei einige nicht in den Zelten stattfinden, sondern im *Grand Hôtel,* in den Stammhäusern der Couturiers, in Theatern, Messehallen oder im Cirque d'Hiver, müssen die Modeleute ein erschöpfendes Hakenschlagen durch Paris absolvieren. Dieser Zumutung entzieht sich der Habitué. Mit seiner über viele Jahre gesättigten Erfahrung weiß er, wo er sich langweilen wird. Couturiers mit einer bourgeoisen Stammkundschaft, inklusive auswärtiger Königshäuser und Emirate, interessieren ihn nicht. Denn dort rangieren vor jedem Wagnis die figürlichen Rücksichten und die Pastelltöne von Konditoreiglasuren.

Dorthin geht er auch dann nicht, wenn im großen Salon des *Grand Hôtel* an der Rue Scribe, unter der üppigsten Kuppel des Zweiten Empire, mit der Anwesenheit von Madame Guy de Rothschild, Marie-Hélène, Madame Elie de Rothschild, Liliane, den Prinzessinnen von Kent und Fürstenberg und Paloma Picasso zu rechnen ist.

Im *Grand Hôtel* läßt Vicomtesse de Ribes ihre Mode vorführen. Als junge Frau, sagen gute Stimmen, als sie noch keine Kleider machte, habe sie die Prominenten, die jetzt auf ihren besten Stühlen applaudieren, alle schon gekannt. Die bösen Stimmen sagen, ein Teil der Prominenz sei gemietet über Madame Dumas, jene Pariser Agentin, die auch den Herzog von Orléans unter Vertrag habe.

Das Publikum bei Jacqueline de Ribes scheint weniger berufstätig zu sein als das in den Zelten. Ihrer kosmetischen Frische nach können die Frauen nicht von anderen Terminen kommen, sondern müssen direkt von ihren Schminktischen zum *Grand Hôtel* aufgebrochen sein. Alles ist untadelig an ihnen, nichts glänzt außer den Haaren und den Lippen. Ihre Schlankheit unter den schmalen Kostümen läßt keine Mühe vermuten, eher eine strikte Unlust, mehr zu essen als einen Artischockenboden und die Filetstreifen einer Seezunge.

Auf ihren Seidentüchern von Hermès tragen sie die Fauna Französisch-Afrikas spazieren, wobei, je nach Drapierung, ein Gazellenhorn sich ihnen in die Brust einbohrt oder der Huf eines Zebras ihnen gegen die Kehle schlägt.

Für dieses Pandämonium der Pariser Damenhaftigkeit zählt in der Mode nur, was persönlich kleidsam ist. Eine Ausnahme bildet das Brautkleid am Ende des Defilees. Es muß nicht praktikabel sein, da der Moment vor dem Altar bei allen längst vorüber ist. Wie eine Scheuklappe wächst dem Kleid ein Kelch aus der Taille bis hoch über den Kopf, als müsse die Braut gegen einen plötzlichen Sinneswandel abgeschottet werden.

Häufig besteht das Sensationelle einer Modenschau nicht aus der eigentlichen Mode. Denn stärker oft als die Kleidungsstücke selber bleibt ihre Inszenierung in Erinnerung. Die Mode liefert, um es überzogen auszudrücken, nur noch den Vorwand für ein neues Unterhaltungsfach.

Yamamoto läßt scharf gebündeltes Licht aus der Kanone schießen; Leuchtturmkegel suchen die Zuschauerköpfe ab; glühende Finger stochern in der Dunkelheit des Zeltes, und über den Laufsteg fegen Mannequins, die in den Händen Bergkristalle schwenken. Gegen diese Salven, Streifen und Splitter aus Licht können sich gerade drei Abendkleider im Gedächtnis halten. Unter schwarzem Chiffon, nur minimal entrückt, zeigen sie das nackte Gesäß ihrer Trägerin samt seiner Schlucht. So sitzt auch jemand, dem die Mode nichts bedeutet, keine öden Stunden ab.

Die Modenschau als Spektakel kennt keine zivilisatorischen Hemmungen. Musettewalzer, Kosakenchöre, Tiefflieger, Hummelflug, Apokalypsen aus dem Synthesizer, Peer Gynt, Schulbeginn in den Karpaten, Kirchgang in Harlem, Bad Fuschl, Córdoba, Stille Nacht, Spieluhrfrieden, chinesisches Bänderwerfen zu bulgarischen Schultertüchern, x-beinig gesetzte Füße in Haferlschuhen, im Jankerl König Ludwigs Wahnsinnsposen zu Jodlern und Zither, schwarzgrüne Bersaglierifedern als Hecke um das Décolleté, karierte Gangstersakkos zu erregten Schubertliedern, rollende Handtaschen an der Hundeleine, weiße Tauben in einer Rotbuche mit bemoostem Fuß, Schneetreiben mit vermummten Kindern und schwarzem Ziegenbock – es ist ein grenzenloses Potpourri.

Bei Chloé, während eines Defilees grauer Flanellkostüme im Stil der Dietrich, wird laut nach Josef von Sternberg gerufen. Dann verebben diese Rufe im Potsdamer Glockenspiel, das seinerseits verklingt in einer abstürzenden Zigeunergeige. Darauf kündet sich ein Unheil an mit süßen Kirmestönen, und jeder glaubt, gleich kommt der Mörder und schnappt sich so eine Kindfrau im ausgereizten Kleid. Bei Montana werden wie beim Kraftsport Entlastungsschreie ausgestoßen und die harten Signale von Hirten, die über Berge hinweg sich zu verständigen suchen.

Zwischen diesen Polen aus weichen und outrierten Tönen, feierlicher Eleganz und abseitigen Entwürfen, die im Glücksfall mit einer begeisterten Empörung rechnen dürfen, entfaltet sich die Kunst der Mannequins. Wenn sie als Herrin schreiten, hat es den Anschein, als ob eine Gasse sich vor ihnen bildet und eine Spezies plumper Gebrauchsmenschen sich rechts und links zur Seite drückt. Wenn sie als Herrin sich beeilen müssen, weil mit langen, schnellen Schritten eine Robe schöner weht, entsteht der Eindruck, sie müßten im Schloß ein vom Unwetter aufgestoßenes Fenster schließen. Und immer strahlen sie Verachtung für den Financier ihrer Kleider aus. Auch als Luder mit ausschlagenden Hüften zeigen sie einen unverhohlenen Stolz auf seinen Ruin. Mit einem somnambulen Lächeln tragen sie Schwangerschaften in Empirekleidern vor sich her, über dem hohen Leib die Hände gefaltet. Sie schneiden Fratzen im Spiegel einer Puderdose und verwandeln den langen Laufsteg in ein schläfriges Serail.

Als pantomimische Vollstreckerinnen bitten sie auch in einem lächerlichen Aufzug nie um Gnade. Sie setzen auf die Tugend des Geldes, da die Schönsten unter ihnen 7000 Mark pro Schau verdienen und bis zu viermal täglich laufen. Auf alles sind sie gestisch eingerichtet, auf Himmel, Hölle, Jüngsten Tag samt Gotteslästerung. Bei Thierry Mugler singt ein Kathedralenchor »Hosianna in excelsis«, dazu tragen die Mannequins abendlich gemeinte Fechtanzüge mit spitz zum Schritt verlaufendem Polsterschutz gegen den feindlichen Stich. Zu schlimmen Taten aufgelegt, drücken sie jeden Finger ihrer schwarzen Handschuhe bis zum Ansatz hinunter und ziehen ihr Chiffontuch wie eine Gerte durch die schmal gemachte Hand.

Aus grünen Dämpfen löst sich die Belegschaft eines Höllenbordells unter den Bittgesängen von Mönchen. Dominas im Paßgang mit geballten Brüsten und mahlenden Hinterbacken tragen Handtaschen in Form eines Flammenblocks oder eines Backenzahns, Kokainelfen schleifen Schwänze unter rückwärts geknöpften Smokingjacken und reißen plötzlich ein Bein zur Schulter hoch. Beim Agnus Dei schleicht Maria Stuart zum Schafott. Die Henkerstöchter ziehen am Schößchen ihres Tailleurs und freuen sich auf das arme Weib. Dann hört man schon das Requiem, gefolgt von Knabenstimmen zu Ehren einer weißen Braut.

Das modisch Brauchbare an dieser blasphemischen Revue wird sich nur dem Kenner, dem Habitué, mitteilen. Da er überreizt und unschockierbar ist, vermag nur er zwischen den Dämpfen, den ekstatischen Oratorien und Satansschwänzen erste Anzeichen des Neuen zu entdecken, das einmal Geschmack werden könnte.

Nach seiner Modenschau zeigt sich der Couturier auf dem Laufsteg. Für einige geht der Beifall dann in Ovationen über. Nicht allen wäre auf der Straße anzusehen, was sie sind. Yves Saint Laurent geht die Bravos wie ein schlechtbezahlter Zeichenlehrer ab und Christian Lacroix wie ein gutgelaunter Koch, während Karl Lagerfeld als gesättigter kleiner König, der sich soeben die Serviette abgebunden hat, durch den Jubel läuft. Und wie ein Harem seinen Sultan, feiern auch die Mannequins den Modeschöpfer. Es ist ein mörderisches Fach, dem hier gehuldigt wird. Zweimal im Jahr muß es mit einer Neuheit auf die Bühne, zumindest muß es imstande sein, den Charakter einer Neuheit vorzutäuschen.

Wer den Modeschöpfer kennt oder über ein freches Naturell verfügt, verschwindet nach dem Defilee hinter der Bühne, wo es Champagner gibt. Auch der allem überdrüssige Habitué findet sich ein. Um seiner Neugierde keine Blöße zu geben, versucht er sein Dabeisein mit Kühle auszustatten. Er steht abseits mit seinem Glas und wartet, bis sich der Pulk der Gratulanten lichtet und die tobenden Audienzen nicht mehr so beliebig sind. Erst dann geht er frontal auf den Modeschöpfer zu, damit dieser die Hand schon nach ihm ausstrecken und ihn beim Vornamen nennen kann.

Hinter einsehbaren und lose zu Kabinen gefügten Stellwänden ziehen sich währenddessen die Mannequins um. Sie lassen sich aus den Modellen helfen und bewegen sich in ihrer Nacktheit so sachlich, als ob sie ein Berufskittel wäre. Zwischen den riesigen Mädchen wimmeln die Assistenten wie kleine Maschinisten. Unter den Handgriffen der Coiffeure, die die getürmten Frisuren jetzt einebnen müssen, kommen die knochenzarten Köpfe der Äthiopierinnen wieder zum Vorschein. Die Negerinnen, deren hohe Hintern jedes Abendkleid ironisieren, zerren sich ihre Strumpfhose hüpfend in Paßform. Und plötzlich stehen alle in ihrer ursprünglichen Schönheit und ohne berufliche Gesten unter den anderen Leuten.

Das Erlebnis von acht Tagen Mode flacht gegen Ende zu einer geräuschvollen Eintönigkeit ab. Dann freut sich jeder über einen Zwischenfall wie diesen: Im Hotel Inter-Continental an der Rue de Castiglione, Ecke Rue de Rivoli, in dem viele Modeleute wohnen, wurde die Suite eines Scheichs von dessen Jagdfalken zerhackt.

(1988)

Die Bestie von Paris

Mademoiselle Iona Seigaresco hatte es eilig, eine alte Frau zu werden. Sie trug einen kleinen, braunen Filzhut, den sie sich, ohne das Echo ihres Garderobenspiegels zu beachten, einfach überstülpte. Nur fest und tief mußte er sitzen und das Gesicht wegnehmen. Die Handtasche hing ihr an einem knappen Riemen vor der Brust. Sie ging stark gebeugt, was ihr jedoch nicht ersparte, die Obszönitäten am Boulevard de Clichy zu sehen, an dem sie wohnte.

In welcher Richtung sie ihr Haus auch verließ, immer kam sie an den Photos mit den nackten Mädchen vorbei, die sich mit brechenden Augen die Lippen leckten und deren schwarzes, scharfkantiges Dreieck sich wie das Muster einer Bordüre wiederholte.

Am frühen Morgen schon, wenn sie zum Bäcker ging, faßten die Türsteher die Männer am Ärmel, und aus den Vorhängen der Etablissements trat die Kundschaft. Da es für diese Ereignisse am Boulevard de Clichy keine ungewöhnlichen Stunden gab, schirmte Mademoiselle Seigaresco ihre Sinne ab. Sie weigerte sich, jemanden zu kennen auf diesem Abschnitt ihrer täglichen Wege, und erwiderte keinen Gruß. Sie sah sich auch nicht um.

Erst wenn sie heimkehrend den Türöffner der Nummer 60 gedrückt hatte und das Schloß des geschmiedeten Tores aufsprang, betrat Mademoiselle Seigaresco wieder einen sicheren Ort. Schon unter dem Säulengewölbe des Entrees, das dem Haus eine hohe soziale Einschätzung gab, setzte sie die Füße nur noch knapp voreinander, als läge ein Faßreifen um ihre Fesseln. Jetzt, wo sie sich außerhalb der Behelligungen des Boulevards befand, ließ sie sich in eine Gebrechlichkeit fallen, von der manche sagten, sie sei nur angeeignet. Wahrscheinlicher ist, daß es sich bei Mademoiselle Seigaresco, das Altern betreffend, um das Phänomen einer Nachgiebigkeit handelte. Daß sie mit einundsiebzig Jahren schon herbeisehnte, wovor sie sich am meisten fürchtete.

Vor ihr lag das Steinmuster des weiten ersten Hofes; neben dem hellen Aufgang zu den Wohnungen von großem, herrschaftlichem Zuschnitt die schwächer beleuchtete Lieferanten- und Dienstbotentreppe. Auch in der Loge der Concierge Laura Bernadaise, in die zu keiner Jahreszeit die Sonne schien, brannte das sparsame gelbe Licht.

Mademoiselle Seigaresco mochte die Pförtnerin, der über den neun Jahren, in denen sie ihr Amt versah, das Lachen nicht vergangen war, obwohl sie mit Mann und zwei Kindern in diesem dunklen Winkel lebte. Vor allem schätzte sie die feine Witterung der Madame Bernadaise, die sofort wußte, wenn Mademoiselle Seigaresco nicht gestört zu werden wünschte, wenn sie nur grüßen, weiter aber keinen Austausch wollte. Madame Bernadaise schlug dann den Gartenschlauch zur Seite, mit dem sie das Laub in eine Ecke des Hofes spritzte, und ließ, ohne abwartend stehenzubleiben, die langsame Frau vorbei.

Am frühen Nachmittag des 2. November 1984, einem Freitag, bevor sie gegen Abend ermordet wurde, war

Mademoiselle Seigaresco in den Parkanlagen des Hauses, das in seiner Gesamtheit mit allen Ateliergebäuden, dem Akazien-, Platanen- und Ölbaumpavillon, den Seiten- und Hinterhäusern den Namen *Cité du Midi* trägt, noch gesehen worden. Sie hatte ihre herbstliche Tätigkeit aufgenommen und abgestorbene Gräser und Blätter ausgezupft. Es war der gewohnte, jedes Jahr wieder bizarre Anblick, den sie bot. Denn Mademoiselle Seigaresco stand so gebogen über den Rondellen und Längsrabatten, daß ihr Kopf verschwand wie bei einem eintauchenden Wasservogel. Sichtbar blieb ein steiler Hügel aus grauem Mantelstoff, von dem ein Gummihandschuh wegschnellte und in die Pflanzen griff.

Als Mademoiselle Seigaresco gegen 17 Uhr bei Madame Bernadaise klopfte, kam sie von ihren Einkäufen in der Rue Lepic zurück. Und wie immer hing ihr das Netz in der spitzen Form eines geschlossenen Regenschirms in der Hand, da sie außer einem Stück Fisch nur noch eine Lauchstange darin hatte, deren sandiger Bart über den Boden schleifte. Zum Klopfen benutzte sie nicht den Knöchel ihres Zeigefingers, sondern trommelte wie ein kleiner Hagelschauer kurz mit den Nägeln gegen das Fenster der Loge. Danach drückte sie die Klinke und steckte den Kopf herein.

Ihre scharfe Nase lag halb im Schatten des tiefsitzenden Hutes. Vor dieser gekrümmten, kleinen Gestalt hatten sich die Kinder der Madame Bernadaise früher gefürchtet. Jetzt sprangen sie in der vergeblichen Hoffnung, daß Mademoiselle Seigaresco einmal den offerierten Stuhl annehmen und sich zu ihnen setzen würde, von ihren Schulheften auf. Sie wolle nur, sagte sie in der Tür stehend an den Jungen Carlos gewandt, an morgen erinnern, Punkt 15 Uhr.

Mit allen guten Wünschen für den Abend ausgestattet, überquerte Mademoiselle Seigaresco den ersten Hof bis zur Freitreppe, die in das mittlere Haus des tiefen Anwesens hinaufführte. Die Glasfackeln der beiden Statuen rechts und links der Treppe waren noch nicht angezündet, als sie sich mit ihrem Federgewicht über den Stufen entfernte. Es herrschte noch Dämmerung, jenes strittige Licht, welches für das Ermessen der Pförtnerin Bernadaise, die die elektrischen Hauptschalter zu bedienen hatte, noch dem Tag zuzuschlagen war.

Da Mademoiselle Seigaresco zum Wohle aller sparsam war, drückte sie nie den Lichtknopf ihres Treppenhauses. An jenem Spätnachmittag spielte Nicolas, der dreijährige Sohn von Pénélope Robinson, in der Eingangshalle. Pénélope Robinson war die Concierge für die hinteren Häuser. Wie das Kind Nicolas sich drei Jahre später zu erinnern glaubte, wurde es damals von einem dunkelhäutigen Mann gefragt, ob die Dame, die gerade die Treppe hinaufgehe, hier wohne. Da das Kind genickt oder »ja« gesagt haben mag, war dieser Mann ebenfalls die unbeleuchtete Treppe hinaufgegangen.

Für das bevorstehende Wochenende und den darauf folgenden Montagmorgen hatte Laura Bernadaise die Vertretung ihrer Kollegin Pénélope Robinson übernommen. Sie mußte in deren weitverzweigtem hinteren Revier die Post verteilen und war froh über jeden, der sie sich selbst bei ihr abholte. Gewöhnlich sah auch Mademoiselle Seigaresco, obwohl sie auf nichts abonniert war und nur selten einen auffällig frankierten Brief aus Rumänien bekam, mit einer kleinen Fragehaltung ihres Kopfes in das Logenfenster.

An diesem Samstag hätte Madame Bernadaise die Post für Mademoiselle Seigaresco ihrem Sohn Carlos mitgeben können, der um 15 Uhr zu seinem Nachhilfeunterricht in Französisch mit ihr verabredet war. Aus Gründen der Korrektheit, zu denen die augenscheinliche Wichtigkeit des Briefes noch hinzukam, stieg Madame Bernadaise nach dem Mittagessen jedoch selber die drei Stockwerke hoch. Da sich hinter der Tür nichts rührte und sie um diese Zeit nicht klingeln wollte, legte sie den Brief unter die Matte. Als dann Carlos gleich nach 15 Uhr wieder bei seiner Mutter in der Loge stand, fügte sich Madame Bernadaise in die ihr selbst nicht geheure Annahme, Mademoiselle Seigaresco sei erschöpft und ruhe sich aus.

Auch am Sonntag, wo dies ihr kaum noch vorstellbar war, wagte Madame Bernadaise es nicht, sich Gewißheit zu verschaffen. Sie fürchtete, in den Abstand, den Mademoiselle Seigaresco zwischen sich und der übrigen Welt eingenommen hatte, einzubrechen. Erst am Montag, als sie keinen Vorwand mehr brauchte, um sich in der dritten Etage des mittleren Hauses aufzuhalten, hob sie die Fußmatte von Mademoiselle Seigaresco an. Der Brief von Maître Dieu de Ville, einem Rechtsanwalt, lag noch immer darunter.

Madame Bernadaise verständigte ihren Mann, einen Polizisten, der nach seiner Nachtstreife zu Hause war und schlief. Dieser sperrte die nur eingeklinkte Tür mit dem Pförtnerschlüssel auf, vermochte sie jedoch nur einen Spaltbreit zu öffnen, da Mademoiselle Seigaresco tot dahinter lag.

Nach der bloßen Kenntnisnahme der sich täglich ereignenden Morde in Paris ließ der Tod von Iona Seigaresco Interessiertheit aufkommen. Die pensionierte, aus Rumänien stammende Lehrerin war die vierte alte Frau, die innerhalb von vier Wochen auf sich gleichende Weise ums Leben kam. An Händen und Füßen gefesselt, im Mund einen Knebel, lag sie erschlagen in ihrem Flur. Nase, Kinnlade, Halswirbel und die Rippen der rechten Seite waren gebrochen. Sie hatte noch den Mantel an, neben dem Kopf den Hut, neben der Tür das Einkaufsnetz. Die Wohnung schien mit einer wütenden Energie durchsucht worden zu sein. Im speziellen Fall des Opfers Seigaresco sah sich der Täter zudem durch eine Unmenge von Büchern in seiner Erwartung getäuscht, was bei ihm eine zusätzliche Lust auf Revanche ausgelöst haben muß. Über allem, was wie umgepflügt am Boden lag, standen aufgeschlitzt und ausgeweidet das Sofa und die Sessel.

Der Täter muß mit großer Selbstsicherheit aufgetreten sein, um in dem Haus, das auf seine Nachbarschaften von Place Pigalle und Place Blanche mit besonders abweisender Vornehmheit reagiert, nicht aufzufallen. Denn in einer Gegend wie dieser ist es eher möglich, daß jemand, der einen Philatelisten sucht, dabei in die Etage eines Stundenhotels gerät, wo er unbehelligt zwischen den Haufen gebrauchter Laken herumirren kann. Da er, obwohl er fremd war, tief in das Anwesen eindringen konnte, muß der Täter gut gekleidet gewesen sein. Seine Erscheinung muß jeden, der ihm begegnet sein könnte, im Mißtrauen beschwichtigt haben.

Für das Ehepaar Nicot war Germaine Cohen-Tanouji keine alte Dame der besseren Pariser Prägung. Ein fast ungeziemendes Entgegenkommen habe sie gezeigt, zutraulich wie ein Kind und leicht mit aller Welt am Lachen. Madame und Monsieur Nicot treten in gehobener Stimmung aus dem Neubau in der Rue Montera Nr. 17 im zwölften Arrondissement. Sie sind zum Tee eingeladen und verbreiten das Behagen einer nie erschütterten Zweisamkeit. Den rechten Mittelfinger in der Schlaufe eines Kuchenkartons, auf dem Kopf einen Pepitahut mit seitlich eingestanzten Ösen, stellt Monsieur Nicot den Eroberer eines Sonntagnachmittages dar. An Madame Nicots Handtasche hängt ein Seidentuch an einem Kettchen. Beide tragen Kamelhaarmäntel.

Germaine Cohen-Tanouji sei eine kleine Person gewesen, rund wie eine Kugel und gegen Abend häufig noch im Morgenrock. Das Frühstück habe sie am Tresen im Café genommen. »Und fast jeden im Haus«, sagt Madame Nicot, »hat sie auf ein Glas zu sich gebeten.« Auch die Nicots habe sie versucht zu gewinnen, die dieses Kontaktieren aber nur befremdlich fanden. »Sie lebte in den Tag hinein«, sagt Monsieur Nicot, als liege darin die Voraussetzung für eine Ermordung.

Als die zweiundsiebzig Jahre alte Germaine Cohen-Tanouji am 4. Oktober 1984 mit einem Lederriemen erwürgt auf ihrem Bett gefunden wurde, den Kopf mit Kissen zugedeckt, war der Tod dieser Frau für die Nicots fast eine logische Folge ihrer Menschensucht. Und beider Entsetzen galt weniger diesem Schicksal als dem Umstand, daß dieses Schicksal sich in ihrem Haus vollendete.

Ecke Avenue de Saint-Mandé und Rue de la Voûte liegt das Café *Bel Air*. Hier kehrte Germaine Cohen-Tanouji ein, wenn sie aus der Rue du Rendez-Vous von ihren Einkäufen kam. Oft hatte sich die Tür hinter ihr noch nicht geschlossen, und der Wirt drückte schon den Hebel der Kaffeemaschine über ihrer Tasse hinunter. Sie stellte sich an ihren angestammten Platz neben der Etagere mit den hartgekochten Eiern, wo auch die schwere Schäferhündin Editha immer saß und sie mit fegendem Schwanz zu erwarten schien. Meistens hatte sich auch Monsieur Benaïs eingefunden, wie Madame Cohen-Tanouji tunesisch-jüdischer Abstammung.

Monsieur Benaïs besitzt ein Textilgeschäft in der Rue de la Voûte, was er als eher traurige Existenz empfindet, da er gern Sänger geworden wäre. Diesen Lebenskompromiß lindert er sich hin und wieder als musikalischer Animateur bei jüdischen Hochzeiten in Hotels. So hat die Innigkeit, mit der er über Germaine Cohen-Tanouji spricht, auch künstlerische Gründe. Denn sie malte tunesische Landschaften aus dem Gedächtnis. Ihn freuten diese Bilder. Und sie freute es, wenn er bei schlechtem Wetter sagte, jetzt müsse er dringend die Sonne sehen, und sie dazu brachte, die Schleifen ihrer Mappe zu lösen.

Sie habe der Résistance angehört und ein wunderbares Französisch gesprochen. Als ehemalige Lehrerin an einer höheren tunesischen Mädchenschule bezog Germaine Cohen-Tanouji eine Pension. Obwohl sie Paris sehr zugetan war, verkörperte sie für Monsieur Benaïs das krasse Gegenteil einer Pariserin. Sie sei generöser und besser gelaunt gewesen. Auch das Mißtrauen, das allen hauptstädtischen Menschen eigen sei, habe ihr gefehlt. Sie müsse sich für Mißtrauen zu schade gewesen sein, es als unwürdige Eigenschaft einfach nicht angenommen haben. Sie sprach Einladungen zu sich nach Hause aus, um ihre Bilder zu zeigen, und servierte Wein und Nüsse. Germaine Cohen-Tanouji im Café zu wissen, morgens gegen zehn und dann noch einmal gegen vier am Nachmittag, ließ Monsieur Benaïs zu den gleichen Stunden seinen Ladentisch verlassen. Und schon nach ein paar Schritten sah er hinter der Scheibe, was er zu sehen hoffte: die wohltuende Frau aus Tunis mit ihrer dicken Brille, in ihrem untaillierten, arabisch wirkenden grauen Kleid.

Bei den ersten neun seiner einundzwanzig gestandenen Morde hatte der Täter einen Komplizen. Beide hielten in Einkaufsstraßen und auf Wochenmärkten nach alten Frauen Ausschau, die hinfällig zu sein schienen und nur mühsam, oder auf einen Stock gestützt, gehen konnten.

Germaine Cohen-Tanouji gilt nach den Ermittlungen der Polizei als ihr erstes Opfer. Da sie einen behenden Gang hatte und auch sonst nicht geschwächt wirkte, müssen Täter und Komplize in ihrem Fall eine andere Anregung gehabt haben, um sie heimzusuchen. Sie könnte für sie eine schwierige Einübung in ihre weiteren Morde gewesen sein. Denn schon am folgenden Tag, dem 5. Oktober 1984, suchen sie sich zwei Frauen aus, deren körperliche Schwäche augenfällig ist.

Thierry Paulin und Jean-Thierry Mathurin wohnen das Jahr 1984 über im Hotel Laval in der Rue Victor-Massé Nr. 11 im neunten Arrondissement. Mit einem Stern ein Hotel der untersten Kategorie; Bett, Tisch und Stuhl bilden die rohe Möblierung. Die Zimmer sind nicht schmutzig, aber miserabel; die Bewohner meistens Dauergäste in Nachtberufen mit unberechenbaren Einkünften. Einziger Wertgegenstand in ihrem wenigen Gepäck ist das aktuelle Modell einer Lederjacke. Ihr Geld versickert in der Tagesmiete von 85 Franc, in Schnellreinigungen, Marlboros und in den tragbaren Mahlzeiten amerikanischer Imbißketten. Bleiben ein paar Taxifahrten übrig und das Dosenbier vom Automaten, das gegen Morgen, bei der Rückkehr ins Hotel, die Nacht besiegelt. Kein nobles, aber auch kein schlimmes

Leben für Paris, wo ein Hotel wie dieses mehr ist als ein minimales Obdach.

Der einundzwanzig Jahre alte Paulin und der neunzehn Jahre alte Mathurin bewohnen das für 185 Franc teuerste Zimmer. Sie verfügen über einen Kleiderschrank und eine Dusche, fahren regelmäßig im Taxi vor und werden auf der Hoteltreppe nie mit einem Sandwich gesehen. Es sind liquide Leute, und besonders Paulin hat eine geläufige Art, Trinkgelder zuzustecken. Im Aufenthaltsraum, der außer einem unbeleuchteten Aquarium und einem Fernsehapparat keine weiteren, die Wohnlichkeit hebenden Zutaten aufweist, sorgt Paulin für Stimmung, indem er aus dem Getränkeautomaten alle freihält.

Für den Pächter des Hotels und seine alte Mutter, für die Tag- und Nachtportiers und das übrige Personal gehören Paulin und Mathurin der Tanztruppe des *Paradis Latin* an. Das erklärt ihnen deren abstechendes, auftrumpfendes Verhalten in ihrem unscheinbaren Haus mit seinen knapp kalkulierenden Gästen. Denn im Applaus des *Paradis Latin* zu stehen, nach den besten Choreographen gewagte Nummern vorzuführen, ein Publikum, das tausendköpfig rast, Abend für Abend zu beglücken, ist ein exklusiver Arbeitsplatz, reine Sonnenseite für die übrigen Nachtknechte des Hotels.

Paulin und Mathurin sind ein wohlgelittenes, gut anzusehendes, immer geduschtes und gecremtes schwules Paar. Beide sind farbig; Paulin ein eher hellhäutiger Mulatte mit einer wie zertrümmert breiten Nase. Mathurin ein eher dunkelhäutiger Mestize mit versammelten Gesichtszügen. Paulin stammt aus Fort-de-France auf Martinique, Mathurin aus Saint-Laurent-du-Maroni in Französisch-Guayana.

Paulins Mutter ist sechzehn, als er unehelich geboren wird. Er wächst in der Obhut seiner Großmutter auf, der Mutter seines Vaters, der Martinique verlassen hat und in Toulouse lebt. Als seine Mutter ihn mit sechs Jahren zu sich nimmt, erwartet sie wieder ein Kind. Nach einem weiteren Kind heiratet sie, und es kommt noch ein Kind. Drei kleine Halbgeschwister und eine strapazierte Mutter mit einem Mann, der nur schwer zur Ehe zu bewegen war; Paulin ist zuviel am Tisch. Er wird später in Paris erzählen, seine Mutter habe ihn als Besorger und Hausgehilfe an andere Leute vermietet.

Um der Familie ihren knappen Frieden zu erhalten, bietet sich sein Verschwinden an. Als er zwölf ist, verabschiedet ihn die Mutter auf dem Flughafen von Fort-de-France, und Paulin fliegt zu seinem Vater nach Toulouse. Der Vater hat es dort zu einer Klempnerei gebracht, hat Frau und zwei Kinder. Paulins Ankunft in Toulouse ist vom Vater nicht erbeten worden. Nur eine nachzuholende Fürsorgepflicht stimmt ihn nachgiebig für das Auftauchen des Sohnes. Und Paulin ist wieder der hinzugekommene Älteste für zwei Halbgeschwister. Und wieder gefährdet er einen Familienfrieden.

Er bricht eine Friseurlehre ab und gesellt sich den Mopedhorden der Slums zu. Sie jagen durch Toulouse und freuen sich am Schrecken, den sie verbreiten. Sie machen Mundraub in Crêperien, brechen in Kinos und Diskotheken ein. In einem Brief beschreibt Paulin später diese Jahre als eine Epoche seiner Dummheiten. 1984 beendet er seinen Militärdienst und kommt mit einem Gesellenbrief als Friseur nach Paris. Er ist einundzwanzig. In der Rue Béranger hinter der Place de la République übernimmt er, ohne daß die Vermieter davon wissen, die Dienstbotenkammer einer jungen Frau, die ihm in der Armee vorgesetzt war.

Er macht seine Mutter ausfindig, die, inzwischen geschieden, 1980 mit vier Kindern von Martinique nach Frankreich übergesiedelt ist und in Nanterre wohnt. Sie ist Hauswartin in einer Schule. Paulin zieht zu ihr und hat das Erlebnis, als Sohn und Bruder willkommen zu sein. Bis auf den Zwischenfall, bei dem die Mutter ihn in Frauenkleidern vor dem Spiegel agieren sieht, leben sie gut miteinander.

Abends nimmt Paulin den Zug nach Paris. Er hat eine Stellung als Hilfskellner. Auf dieser Arbeitsstelle begegnet er Mathurin. Mathurin ist schon seit zehn Jahren in Paris. Er ist ein schöner, hauptstädtisch versierter Strichjunge, der die leichten Gelegenheiten in der Rue Sainte-Anne, im Bois de Boulogne und an der Porte Dauphine auslebt. Er möchte als Tänzer berühmt werden. Schon als Schüler war er geschminkt erschienen wie für einen Auftritt.

Mathurin hat mehr Raffinement als Paulin, ist unverhohlener schwul; vor allem fehlt ihm dessen Gefühl der Minderwertigkeit, dessen nie ruhende Wut auf die Herkunft. Mathurin ist mit Leichtigkeit begabt. Er schläft in den Betten seiner Liebhaber aus und bindet sich abends die Kellnerfliege um. Als er Paulin kennenlernt, ist er Garçon de salle im *Paradis Latin,* ein behender Gehilfe beim Diner Spectacle. Paulin gehört ebenfalls der Gehilfenriege an.

Sie verlieben und liieren sich. Anführer ihrer Zweisamkeit ist Paulin, der diesem Glück eine Kontur geben will. Dazu muß er den wetterhaften Mathurin erst beständig machen. Denn bei aller Liebe bleibt Mathurin nach schönen Zufällen süchtig.

Was macht Mathurin, wenn Paulin bei der Mutter in Nanterre ist? Paulin schafft seine üblen Vorstellungen aus der Welt und nimmt Mathurin mit nach Nanterre. Seine Tugenden als Sohn und Bruder, der in der Küche hilft und den Geschwistern kocht, verflüchtigen sich im Beisein Mathurins. Die beiden lungern vor dem Fernseher, bis es Zeit wird, den Zug nach Paris zu nehmen. Der ständige Gast macht die Mutter unduldsam. Mathurin, das eingeschleuste Luder, soll aus dem Haus. Nach drei Wochen Nanterre bezieht Paulin mit Mathurin das beste Zimmer in dem ärmlichen Hotel *Laval,* Rue Victor-Massé, fünf Minuten südlich von Pigalle.

Die Besonderheit der Rue Victor-Massé liegt im Musikalienhandel. Aus jedem Parterre, die Bäckereien ausgenommen, dröhnen die Verstärker. Die Häuserfronten verdoppeln den Hall der Elektrogitarren und Trommelbatterien, der in Vorführung geblasenen Trompeten und geschüttelten Rasseln. Durch diese Straße voller Rhythmen gehen, immerzu wippend und in Andeutung tanzend, Paulin und Mathurin. Vor dem hohen Gittertor der Avenue Frochot, deren elf Häuser eine Privatstraße bilden, kündigt sich das Brausen von Pigalle schon an und schluckt die Töne der Rue Victor-Massé.

Hier versieht Monsieur Feuillet seinen Dienst als Pförtner und Bewacher. Er hat die Abgeschirmtheit der Avenue zu hüten, die ihrer Schönheit wegen auch Besucher anzieht. Von morgens bis abends muß Feuillet Leuten den Einlaß verwehren, ihnen sagen, daß Besitzer und Mieter nicht gestört zu werden wünschen. Dabei reichert er sein Bedauern mit aufreizenden Informationen an, als wolle er den Abgewiesenen das Versäumte noch begehrenswerter machen: Victor Hugo habe in der

Nummer 5, Auguste Renoir in der Nummer 7 gelebt, Lautrec sein letztes Atelier in der Nummer 15 gehabt.

In Feuillets Pförtnerhaus, das von den Unbefugten einzusehen ist, nimmt eine gefleckte Dogge das Sofa ein. Und über dem Lob für die Schönheit seines Hundes läßt Feuillet sich zu Auskünften herbei, die seiner Pförtnerpflicht zu Diskretion zuwiderlaufen. So sagt er, die Nummer 1 stehe zum Verkauf. Doch nicht, weil sie so schattig liege, als vielmehr, weil dort vor Jahren zwei alte Damen ermordet worden seien. Seitdem sei ihm jeder Tote recht, wenn das Schicksal ihn nur außerhalb des Gittertores treffe. Mit dieser Mitteilung vergütet Feuillet das vergebliche Bitten um Besichtigung der Avenue. Feuillet kann die Morde am unteren Pigalle nicht mehr auseinanderhalten. Denn seiner Wachsamkeit setzen auch noch die karibischen Hausmädchen zu, diese sich ständig abwechselnden, von ihm nur schwer zu unterscheidenden Töchter und Mütter, denen er die Schlüssel der diffizilen Herrschaften auszuhändigen hat. Bis eines Tages geschossen wurde und jemand sterbend draußen an den Stäben lehnte. Ein schwarzer Wollkopf sank zur Seite, sagt Feuillet. Den habe er vom Sehen her gekannt. In Gesellschaft eines zweiten sei er oft am Gittertor vorbeigekommen.

Übermütig ihrem Ziel zustrebend, verlassen Paulin und Mathurin den Gehsteig vor dem Tor der Avenue Frochot, um rechts in die Rue Frochot einzubiegen. Ohne weitere Eigenschaften ist diese Straße nur ein Korridor zu den Lichtern von Pigalle. In gestriger Verruchtheit trägt ein Etablissement den deutschen Namen *Schatzie*. Die offene Tür bietet den Anblick schmutziger, kleiner Sessel um niedrige, von Brandlöchern gefleckte Tische. Über den ersten Barhocker ragt, in phosphorgrünem

Futteral, die Gesäßkugel einer Negerin. Die Beine sind übereinandergeschlagen. Die freischwebenden Fußspitzen halten die von den Fersen geglittenen Stöckelschuhe. Da das Animieren über Mittag kaum die Mühe lohnt, stützt sich die Negerin mit beiden Armen auf die Theke und trinkt aus dem geknickten Halm eines Deckelbechers Coca-Cola.

Paulin und Mathurin gehen links von Pigalle den Boulevard de Clichy entlang bis zur Place Blanche. Von dort führt die Rue Lepic zum Montmartre hoch. In Überfluß und äußerster Vielfalt werden hier Nahrungsmittel ausgestellt; getürmt und gebündelt, aufgereiht oder wie auf Samt offerierte Preziosen einzeln gebettet. In dieser Straße ist jede Begierde auf die Schönheit des Eßbaren gerichtet. Paulin und Mathurin überspringen die Rinnsale, die von den tropfenden Fischkisten zur Bordsteinkante fließen. Sie trennen sich für Augenblicke; jeder reiht sich in eine andere Warteschlange ein; sie mischen sich unter die Zahlenden im Kassenareal oder suchen die Nähe unschlüssiger alter Frauen, um neben ihnen ebenfalls in Unschlüssigkeit zu versinken. Dann bilden sie wieder ein Gespann, das über dem braunvioletten, noppigen Fleisch eines Vogels in Streit gerät.

Während Täter und Komplize die zerstrittenen Köche spielen, einigen sie sich auf Gervaise Petitot. Sie ist Ohrenzeugin des Disputs, den sie gerade zu beschwichtigen im Begriff ist, als die Reihe an sie kommt, bedient zu werden. Sie möchte eine Handvoll Hühnerherzen, und ihre Aufmerksamkeit gilt jetzt nur noch der Pranke des Geflügelhändlers. Für die kleine Summe von vier Franc siebzig muß sie ein Billet von 200 Franc anbrechen, das sie aus einem Kuvert zieht, in dem noch andere Scheine stecken. Diesem ihr unbehaglichen Vorgang gibt sie eine gewisse Auffälligkeit, wobei sie wiederholt nach rechts und links sieht. Die beiden noch immer zankenden Männer vergrößern ihre Unruhe nicht.

Madame Petitots kranke, blaue Füße stecken in offenen Pantoffeln. Sie macht maschinenhafte, kurze Schritte, als müsse sie einen Pfad zwischen zwei Gartenbeeten treten. Ihr mühsames Vorankommen zwingt die Verfolger zu immer neuen Manövern, eine unverdächtige Langsamkeit einzuhalten. Nach etwa zehn Metern sehen sie Madame Petitot ein halbes Brot kaufen, was ihrem Gespür, in Madame Petitot eine alleinlebende Alte erkannt zu haben, recht gibt. Schließlich gerät die zum Greifen nahe, tappende Beute ihren Jägern aus dem Visier. Madame Petitot ist zwischen den Straßentheken eines Gemüse- und eines Fischhändlers verschwunden. Als der Täter das dahinter liegende Haus betritt, bleibt der Komplize als Betrachter der Fische und aufgeklappten Schalentiere zurück.

Nach hin und her wischenden, das Schloß mehrmals verpassenden Anläufen steckt Madame Petitot ihren Schlüssel in die Wohnungstür. Während sie öffnet, stößt sie der Täter nach innen und schließt hinter sich die Tür. Er würgt sie und nimmt das Geldkuvert aus ihrer Einkaufstasche. Um sie nicht schreiend zurückzulassen, sticht er ihr eine Schere in den Rücken.

Im Glauben, Gervaise Petitot getötet zu haben, und beflügelt durch die störungsfreie Prozedur, treibt es den Täter mit seinem Komplizen noch am selben Nachmittag zur Wiederholung. Es ist der 5. Oktober 1984, ein Freitag. Nach einem Fußweg von 20 Minuten befinden sie sich in dem vorwiegend jüdischen Viertel südlich der Rue La Fayette.

Ohne Vorplätze und ausholende Treppenaufgänge liegen die Synagogen der Rue Saulnier in strikter Reihe mit den übrigen Häusern. Eine abgekehrte Stille macht jeden, der hier nicht wohnt oder keinem religiösen Ziel nachgeht, zu einem ungebetenen Passanten. Nur bei der Nummer 8, dem Bühneneingang der *Folies-Bergère,* ist die Straße etwas aufgestöbert. Männer in Arbeitskleidung und Frauen, von denen anzunehmen ist, daß sie schön und jung sind, halten die Schwingtür in Bewegung. Das ständige Ein-und-Aus-Gehen, das den Bürgersteig belebt, gibt dem Täter und seinem Komplizen Halt in der sonst menschenleeren Rue Saulnier. Die beiden überlassen sich dem Anblick der in Lebensgröße aufgebäumten, goldenen Revuepferde hinter der Glastür. Und als sei ihnen noch ein seitliches Auge gewachsen, nehmen sie die dreiundachtzig Jahre alte Anna Barbier-Ponthus wahr, die aus dem Torbogen des Hauses Nummer 10 tritt.

Trotz des milden Oktoberwetters trägt Madame Barbier-Ponthus einen Nutriamantel und wie immer einen ihrer Turbanhüte. Das mit den Jahren kleiner gewordene Gesicht scheint sich unter den eingeübten Handgriffen ihres Schminkens weiter zurückzuziehen. Während ihrer kurzen Anflüge von Verworrenheit rettet sie sich in ein jedem geltendes, grüßendes Lächeln. So kommt sie, allen Menschen zugetan, am Bühneneingang vorbei und geht die wenigen Schritte bis zur Rue Richer. Ihre wohlhabende Erscheinung und die am Arm hängende leere Einkaufstasche sind erregende Vorzeichen für den Täter und seinen Komplizen.

Anna Barbier-Ponthus war zu hochgestimmt, um sich mit der in ihrem Hause üblichen Zurückhaltung abzufinden. Als Frau eines Offiziers hatte sie viele Jahre in Nordafrika verbracht. Und es schien, als habe sie in dieser auch menschlich wärmeren Sphäre Vorräte für Paris gespeichert. Jedem gab sie die Ehre, ihn beim Namen zu kennen. Wobei sie das namentliche Grüßen der Akajians, Kalaijians, Chapurians, Akolians und Panpartelians, der in fünf Parteien hier wohnenden Armenier, zu einer Übung gegen ihre Vergeßlichkeit machte. Zu ihren täglichen Gewohnheiten zählte, vom Hof aus in das Küchenfenster des jüdischen Restaurants hineinzusehen. Obwohl sich die Köchin, in Erwartung dieses Zwischenspiels, immer beschäftigt gab, hoffte Anna Barbier-Ponthus unbeirrt auf einen kurzen Kontakt. An jenem Freitag, dem 5. Oktober 1984, muß ihr Blick jedoch wie ein Brennglas insistiert haben. Denn trotz des bevorstehenden Sabbats sah die gehetzte Köchin von ihrem Nudelteig auf und nickte ihr zu.

Am späten Nachmittag fegte die Hauswartin, Madame Lourence, die Treppen der vier Hausaufgänge. Dabei entdeckte sie unter der Fußmatte von Anna Barbier-Ponthus deren Schlüsselbund, was sie glauben machte, letztere erwarte ihren Arzt. Sie beließ es bei dieser Annahme, bis ihr gegen 20 Uhr auffiel, daß alle Fenster von Madame Barbier-Ponthus, auch das des Badezimmers, erleuchtet waren. Das viele Licht widersprach den stillen Privatleben hier und kam ihr wie Aufruhr vor. In ihrem ungüten Gefühl wandte sich Madame Lourence an Madame Preux, die Hausverwalterin, in deren Beisein sie dann die Wohnung betrat.

Anna Barbier-Ponthus wirkte nicht gequält, wie sie dalag in der Tür zu ihrem Salon. Offenbar war sie schnell auf das Anliegen des Täters und seines Komplizen eingegangen. Schon bei der ersten Nötigung muß sie ihnen das Portemonnaie gegeben haben. Und durch die Leichtigkeit, mit der sie nachgab, könnte Täter und Komplizen die Idee gekommen sein, an geheimeren Verstecken nach weiterem Geld zu suchen.

Sogar die Blumentöpfe waren ausgekippt. Über dem Chaos, das sich ihnen bot, sahen weder Madame Lourence noch Madame Preux, daß Anna Barbier-Ponthus auf dem Rücken gefesselt war. Da das Gesicht keine Torturen verriet, deuteten sie auch das Handtuch nicht, das, zu einem Knebel gedreht, neben dem Turbanhut lag. Durch beider Aufschrei angelockt, hatte sich schließlich Monsieur Larue, ein Nachbar, eingefunden, den das unheilvolle Bild nicht zu sagen abhielt: »Vielleicht ist sie gar nicht tot.«

Die Ausschließlichkeit in der Liebe, die Paulin von Mathurin erwartet, will sich nicht einstellen. Mathurin fällt die Treue schwer. Er hält sich gern verfügbar. Immer wieder entkommt er dem hochbewachten Zusammensein mit Paulin, um Stunden später, in seiner lockeren Beständigkeit, in das gemeinsame Hotelzimmer zurückzukehren. Und Paulin, der über diesen Stunden seiner Phantasie keine Ruhe gönnen kann, befindet sich in einem Zustand weißglühender Wut. Er vermag jetzt nur noch zuzuschlagen, bei jedem Hieb auf eine Liebesbeteuerung seines Freundes hoffend. Es ist eine vertraute Ruhestörung im Hotel Laval. Jeder weiß um die Zusammenhänge, vor allem der Nachtportier, vor dessen Schlüsselbrett sich der wimmernde Mathurin jedesmal rettet. Kaum daß er ihn die Treppe herabstürzen hört, klappt der Portier den Tresen hoch, damit er schnell in seinem Hoheitsgebiet verschwinden kann.

Im September 1984 gelingt es dem Hilfskellner Mathurin, den schwarzen Transvestiten Joséphine für sich zu interessieren. Joséphine ist Solotänzer im *Paradis Latin,* ein Star der Groteske mit einem wie ein Rennradsattel schmal geformten Kopf. Bei der absoluten Schönheit seines Körpers braucht er nur dazustehen, und die Leute wollen Zugaben haben. Sogar seine Finger, die er in langen Wellen bewegen kann, als ob sie mehr als drei Gelenke hätten, sind allen ein Ereignis.

In den Armen dieses Mannes findet Paulin eines Nachts seinen Geliebten. Die letzten Zuschauer hatten den Saal noch nicht verlassen, als er ihn zwischen den Kulissen des Kabaretts verzehrende und aggressive Küsse tauschen sieht. Paulin schreit und wirft mit den abzuräumenden Gläsern um sich. Er reißt, wie einen Hilferuf den Namen seines Freundes wiederholend, die roten Decken samt der Flaschen und gefüllten Aschenbecher von den Tischen. Doch ehe Mathurin gelaufen kommt, ist der Ausbruch schon vorüber, und den beiden skandalösen Saalgehilfen ist längst gekündigt worden. Paulin hat seine grüne Kellnerjacke abgelegt und steht, den Kopf gesenkt und nickend, im Wortschwall seiner Vorgesetzten.

Der Nachtportier, ein Student mit Namen Michel Lhomme, erinnerte sich eines innigen Paares, das damals aus dem Taxi stieg und ihm von seinem Mißgeschick erzählte. In den Schlägereien, dem Weinen und Versöhnen hatte der Portier schon lange kein Drama mehr erkennen können. Für ihn waren es schindende Liebesspiele zweier exaltierter Typen, die einander nicht ermüden wollten. Dabei sei Mathurin der abgefeimtere gewesen.

Arbeitslos sind Paulin und Mathurin keine auftrumpfenden Gäste mehr. Sie kommen jetzt zu Fuß. Und wie die anderen verzehren sie ihr halbes Hähnchen vorm

Hotelfenster und langen, ohne hinzusehen, in eine Thermotüte mit Pommes frites. Da sie die Miete schuldig bleiben, wechseln sie aus ihrem angestammten, guten Zimmer in ein ganz bescheidenes. Dem Pächter erzählen sie von einer eigenen Revue, die sie seit Wochen einstudieren und deren Kostüme schon in Auftrag gegeben seien. Der Pächter läßt sich vertrösten; er will nicht hart mit ihnen sein. Und seine alte Mutter steckt den Schuldnern Butterbrote zu. Bis Anfang Oktober 1984 sich der Pächter ungeduldig zeigt; da versprechen Paulin und Mathurin ihm eine Anzahlung für den kommenden Tag.

In seiner Eigenschaft als Nachtportier hatte der Student Michel Lhomme einen geschärften Sinn für die Gemütslage sich spät einfindender Hotelgäste entwickelt. So konnte er pure körperliche Müdigkeit von Verdruß unterscheiden, den Hungerzustand des Einsamen von der Erschöpftheit des Geselligen. Als in einer jener ersten Oktobernächte Paulin und Mathurin vor seinem Tresen aufkreuzten, mit Geldscheinen wedelten und ein Bier nach dem anderen aus dem Schubfach des Automaten zogen, war ihm ihr neu erwachter Übermut nicht ganz geheuer. Schließlich kam ihm der Verdacht, die beiden könnten ihre alte Existenzform wiederaufgenommen haben und kehrten soeben vom Männerstrich zurück. Paulin schwenkte in großmännischer Nervosität die Holzbirne am Zimmerschlüssel, daß sie auf ihrem schwarzen Gummiwulst über die Theke hüpfte, und bat den Nachtportier, dem Pächter gleich in der Frühe auszurichten, er bekomme einen Teil seines Geldes.

Trotz seiner bescheidenen Mittel versteht sich Lucien Edward Prieur als Bonvivant. Da er kein ausholendes

Leben führen kann, gestattet er sich, bis in den späten Nachmittag hinein zu schlafen. Nach ausgiebiger Toilette steigt Prieur dann duftend in einem grauseidenen Hausmantel die Treppe zum Briefkasten hinunter, wo er auf eine kleine Öffentlichkeit für sein Erscheinen hofft. Den verblaßten Schnurrbart hat er mit rotbraunen Strichen nachgezogen. Zwischen den klaffenden Revers seines Hausmantels hängt ihm auf nackter Brust ein Bündel Amulette.

Für Prieur gilt ein Tag schon als geglückt, wenn er ihm die Begegnung zweier Hausbewohner bringt, die ihn in freundlicher Anzüglichkeit auf seinen Wohlgeruch ansprechen und sehen, daß er Empfänger eines Briefes wurde. Wobei in diesem Brief meistens nur die Mitteilungen eines Magierzirkels stecken. Auf die andere Regelmäßigkeit in seinem Leben, die auf der Heimorgel gespielten Kinderstücke »La Tartine« und »La Marjolaine«, reagiert seit Jahren keiner mehr.

Am 9. Oktober 1984 läßt eine Feuerwehrsirene vormittags gegen elf Uhr Lucien Edward Prieur in seinem Bett hochfahren. Da er müde ist, obwohl das Leben, das er führt, diese Müdigkeit kaum zu rechtfertigen vermag, bemüht er sich erst aus den Kissen, als er das schleifende Geräusch einer ausfahrenden Leiter hört. Im ersten Stock des Hauses gegenüber sieht er aus einem Fenster Flammen schlagen. Es ist das Fenster der kleinen Alten, die zu Prieur hinüberlächelte, wenn sie ihr Staubtuch ausschlug und er im Dauerhalbschlaf seinen schweren Sängerkopf zwischen den Gardinen zeigte.

Selbst die Nähe zu Sacré Cœur hat der Rue Nicolet nie Unruhe gebracht. So reicht schon das kleine Feuer in der Nummer 10, um der abgeschiedenen Straße ein

Schauspiel zu bieten. Auf beiden Bürgersteigen gibt es Menschenauftrieb; sogar in Prieurs Hausflur stauen sich die Leute. Lucien Edward Prieur hätte sich gern am Briefkasten blicken lassen, denn wie keinmal zuvor wäre er an diesem Tag auf Publikum getroffen. Doch seine Gewohnheiten achtend, als seien sie ihm auferlegt, gelingt es ihm nicht, das Ritual seiner Schönheitspflege abzukürzen. Als er sich den Dampf seiner heißen Kompresse vom Gesicht klopft, fahren die Feuerwehrmänner die Leiter wieder ein. Und während er mit exakt konturiertem Schnurrbart den Handspiegel gegen sein Fenster hält, sieht er die Männer eine Leichenwanne tragen.

Prieur ahnt, daß er sein Publikum verlieren wird. Er ist noch nicht gekämmt. Über den Haaren liegt noch das stramm gezogene Netz, das auf der Stirn eine Kerbe hinterläßt, die er mit kreisendem Mittelfinger zum Verschwinden bringen muß. Erst nach diesem Hantieren, durch das er seine endgültige Ansehnlichkeit erreicht zu haben glaubt, findet sich Prieur, wie ein Lavendelsäckchen aus allen Poren Frische verströmend, vor seinem Briefkasten ein.

Die neunundachtzig Jahre alte Suzanne Foucault ist ermordet worden, erstickt unter einer Plastiktüte, an Händen und Füßen gefesselt, der Körper angesengt. Über Nacht müsse ein Schwelbrand sich vorangefressen und bei den Gardinen sich zu einem Feuer ausgewachsen haben. Die Einzelheiten der Untat nehmen Prieurs Ankunft jede Bedeutung. Um sein Echo betrogen, verläßt Lucien Edward Prieur die schwelgende Hausgemeinschaft.

Die ansteigenden und steilen Straßen von Montmartre, die häufig noch in Treppen übergehen, zwingen die alten

Frauen, immer wieder stehenzubleiben. Während dieser Etappen suchen sie einen um Nachsicht bittenden Blickkontakt.

Die zweiundachtzig Jahre alte Jeanne Laurent könnte schon von der Steigung der Rue Eugène-Carrière erschöpft gewesen sein, als ihr noch die Treppe der Rue Armand-Gauthier bevorstand, an deren Ende, im Haus Nummer 7, sie wohnte. So könnte sie, als sie kurzatmig am Geländer lehnte, Täter und Komplize angetroffen haben. Und ihrem schlechten Zustand ausgeliefert, wird Jeanne Laurent ihre Sinne kaum in Mißtrauen verschwendet haben. Vielmehr wird sie den Zuspruch der beiden Männer als Linderung empfunden und ihnen anvertraut haben, daß sie zum Glück gleich zu Hause sei.

Am 12. November 1984 findet ein Handwerker die tote Jeanne Laurent in ihrer Dachwohnung. Über dem Gesicht liegt ihr Kopfkissen; sie ist an Händen und Füßen gefesselt und mit Messerstichen zugerichtet. Einen Fußweg von fünfzehn Minuten entfernt, in der Rue Jacques-Kellner Nr. 8, veranlaßt am selben Tag Madame Goudron, die Tür ihrer als kopflos geltenden, siebenundsiebzig Jahre alten Nachbarin Paule Victor aufzubrechen. Obwohl das Haus zum Abriß steht, in einigen Etagen sogar die Tauben nisten und eine stinkende Wildnis schaffen, will Madame Goudron einen Leichengeruch wahrgenommen haben. Auch Paule Victor ist an den Gliedern gefesselt; ihr Kopf steckt in einem Plastikbeutel.

Die Ermordung beider Frauen muß eine Woche zurückliegen. Noch am Vormittag ihrer Entdeckung begibt sich Innenminister Pierre Joxe in Begleitung des Polizeipräfekten Guy Fougier in das Mordhaus in der Rue Armand-Gauthier, eines jener auf Distinguiertheit bedachten Pariser Häuser, auf deren knappen Balkons Kübelzypressen jeweils eine Hecke bilden. Es ist das ratlose Beehren eines Tatortes, eine allen heimgesuchten Häusern geltende Höflichkeit, die dem Minister und seinem Polizeipräfekten weiter nichts zu tun erlaubt, als mimisch zu kondolieren. Sogar den Staatspräsidenten hat das ansteckende Entsetzen erreicht, auch wenn jeder Tag Paris einen Mord beschert und wie ein Naturvorgang hingenommen wird. François Mitterrand findet sich am Nachmittag im gerichtsmedizinischen Institut am Quai de la Rapée ein, um den Leichnam eines der beiden Opfer in Augenschein zu nehmen.

Von den neun vergleichbaren Morden zwischen dem 4. Oktober und dem 12. November 1984 sind sieben im achtzehnten Arrondissement verübt worden, davon vier unmittelbar in Montmartre, einer im Quartier Clignancourt und zwei in La Chapelle. Allein am 7. November werden drei Morde entdeckt. Eine der Tatkulissen ist die Rue des Trois-Frères, wieder eine steile Straße. Die fünfundsiebzig Jahre alte Maria Mico-Diaz war Besitzerin der kleinsten Wohneinheit in der Nummer 27; Toilette auf der Zwischentreppe.

An diesem 7. November ist Madame Bailiche gegen zehn Uhr mit Maria Mico-Diaz verabredet, der sie für die Dauer eines Ferienaufenthaltes in Österreich ihre Schlüssel geben will. Da auf ihr Klopfen keine Antwort kommt, obwohl die Tür nicht im Schloß liegt, außerdem Licht brennt und das Radio läuft, glaubt sie, die Nachbarin befinde sich auf der Toilette. Das alles wirkt zwar ungewöhnlich sorglos auf Madame Bailiche, die Maria Mico-Diaz nur als überkorrekt und sparsam kennt. Doch noch tausend zu erledigende Dinge im Kopf, verläßt Madame Bailiche das Haus, um Körner für ihre fünf Zwergpapageien zu kaufen.

Die bevorstehende Reise betreffend, sind die Vögel ihr größtes Problem, da sie Ansprache gewohnt sind und Maria Mico-Diaz eine eher nüchterne Einstellung zu Tieren hat. Ihr besonderer Kummer gilt dem alten Amazonenhähnchen Bibi, das Rheuma in den Beinen hat und sich nur noch auf den Schnabel stützt. Und fühlte sie sich durch die Vorfreude ihres Mannes nicht beschämt, würde Madame Bailiche schon dieses kranken Vogels wegen am liebsten gar nicht fahren.

Vom Einkauf zurückkehrend, ärgert sich Madame Bailiche wie jedesmal über das unverglaste Haustürgitter, durch das es wie in einer Mühle zieht. Dieser Ärger verläßt sie erst vor der Wohnung von Maria Mico-Diaz, aus der noch immer das Lampenlicht fällt und unverändert laut das Radio spielt. Von allen bösen Ahnungen, die jetzt auf Madame Bailiche einstürzen, ist ihr diejenige, daß Maria Mico-Diaz gestürzt sein könnte und in einer Ohnmacht liege, die liebste. Der Form halber klopft Madame Bailiche noch einmal an und versucht, ohne auf ein Echo zu rechnen, einzutreten. Die Tür läßt sich jedoch nicht nach innen drücken.

In der Erregung setzt Madame Bailiche die Tüte mit dem Vogelfutter zu hart auf ihrem Wohnzimmertisch auf, so daß die Körner auf den Boden rieseln. Bei diesem Anblick würde sie an normalen Tagen einen kleinen Schrei ausgestoßen haben. Vor allem aber wäre sie nicht grußlos an der Vogelpagode vorbeigegangen. Während Madame Bailiche den Notruf der Polizei wählt, sieht sie in dem Kleinod, zu dem sie ihre Wohnung gemacht hat, jetzt nur noch eine Einladung für Raubmörder. Alles strahlt einen kleinen Wohlstand aus, die satinierten Tapeten, die Seidensträuße, die Porzellangondeln, die Etagere mit den Zierkürbissen, die wie in einer russischen Kapelle dicht hängenden Bilder.

Auch wenn Maria Mico-Diaz keine vergleichbare Pracht entfaltet hatte und die Monatsbroschüre der »Kleinen Brüder der Armen« empfing, wußte doch das ganze Haus von ihrem Sparguthaben über 100 000 Neue Franc. Die alte, im Hofparterre wohnende Huguette Dumesnil soll einen Brief irrtümlich geöffnet und ihn, für alle einsehbar, auf die Ablage der Briefkästen gelegt haben. In ihrer Erinnerung hat Madame Bailiche den Telefonhörer kaum wieder auf die Gabel gehängt, als schon, mit allen Befugnissen, laut zu sein, Polizisten das Treppenhaus stürmen. Einer von ihnen stemmt sich gegen die Tür von Maria Mico-Diaz. Und wie ein Angler, der sich seines Fisches schon gewiß ist, bevor er ihn sieht, vermag er den Widerstand hinter der Tür als leblosen Körper einzuschätzen. Die tote Maria Mico-Diaz trägt einen Stoffknebel im Mund und ist voller Messerstiche.

Die achtzig Jahre alte Marise Choy und die vierundachtzig Jahre alte Alice Benaïm könnten sich morgens beim Bäcker begegnet sein. Möglicherweise ging die weniger hinfällige Marise Choy danach gleich nach Hause, während die hinfälligere und langsame Alice Benaïm noch mehr einzukaufen hatte und einige Zeit unterwegs war. So könnte es sich ergeben haben, daß Täter und Komplize die beiden Frauen den Bäcker verlassen sahen. Vielleicht wirkte Marise Choy wohlhabender als Alice Benaïm, so daß, vor die Wahl gestellt, Täter und Komplize sich für sie entschieden. Sie befinden sich im Quartier La Chapelle, einer besonders rauhen Gegend im achtzehnten Arrondissement, wo die Rue Pajol, in der ihr Opfer wohnt, noch eine Steigerung darstellt in der allgegenwärtigen Trostlosigkeit. Ein matter Überlebenswille prägt die Straße. Aus den Türlöchern zugemauerter Häuserfronten springen bizarr gezöpfte, schwarze Mädchen. Und hinter ihnen, in großgemusterte Stoffe gewickelt, auf dem Kopf ihre steil drapierten Tücher, treten triumphal die Mütter ans Licht.

Außer einer afrikanischen Rôtisserie hat die Rue Pajol keine nennenswerten Geschäfte. Doch bei aller Ödnis ihrer Straße wird Marise Choy den Anblick der schwarz geflämmten Hammelbeine und der auf dem Trottoir rotierenden Hammelköpfe gemieden haben, diese Huf an Huf zu Pyramiden gestapelten Knochen im Fenster, auf deren jeweils oberstem ein gerösteter Kopf sitzt mit zusammengebissenen Zähnen. Wahrscheinlich wechselte sie hinter der Rue de la Guadeloupe den Bürgersteig, um jener Hammelkatakombe aus dem Weg zu gehen. Und als sie auf der Höhe ihres Hauses, der Nummer 77, die Straße wieder überquerte, wird Marise Choy die ausgesuchte Höflichkeit zweier junger Männer empfunden haben, die ihr in der Tür den Vortritt ließen.

Wie in einer Turmetage liegen die Wohnungstüren dicht beieinander. Gegen diese hellhörigen Nachbarschaften, wo schon das Geräusch eines austretenden Flaschenkorkens von nebenan zu hören ist, werden Täter und Komplize das Radio ihres Opfers aufgedreht haben. Sie fesselten die Füße von Marise Choy mit einem Elektrokabel und schlugen ihr den Schädel ein. In dem durchwühlten Appartement fehlen, nach Aussage der Hausbewohnerin Féval, die Silbersachen auf dem Sims der Kaminattrappe, darunter eine aufzuklappende Miniatur der Wallfahrtskirche von Lisieux.

Im Bewußtsein ihrer unauffällig gelungenen Tat, das ihnen jede Eile nimmt, treffen Täter und Komplize vor dem Haus auf Alice Benaïm, die sich inzwischen auf dem Heimweg befindet. Der wiederholte Anblick der sich schleppenden alten Frau könnte ihnen eine nachdrückliche Empfehlung gewesen sein, auf ein vormals ausgeschlagenes Angebot jetzt einzugehen. Es sind nur wenige Meter von der Ecke Rue Pajol bis zur Nummer 25 der Rue Marc-Seguin. Nichts ist sehenswürdig auf diesem kurzen Straßenstück, nichts, was zu einem Vorwand taugen könnte, eine Zielstrebigkeit zu unterbrechen. So fordert Alice Benaïm dem Täter und Komplizen das Kunststück ab, ihr mit gedrosselten Schritten nachzustellen.

Von allen Opfern, auch denen, die noch folgen werden, erleidet die algerische Jüdin Alice Benaïm den grausamsten Tod. Sie hat beim Sterben so viel auszustehen, als ob ihren Mördern zur kalten Absicht noch das Motiv der Rache gekommen sei. Vielleicht reagierte Alice Benaïm schon im Fahrstuhl, während sie den Knopf für die vierte Etage drückte, mißliebig auf die beiden Gestalten, die sich plötzlich eingefunden hatten. Sie könnte, wie es alten Frauen eigen ist, vor sich hin gemurmelt haben, wobei sie die schwarze Menschenflut in Paris beklagte, ihr täglich schwärzer werdendes Quartier La Chapelle, ihre Straße, die Rue Marc-Seguin, in der es neuerdings ein Schlafasyl für Schwarze gebe, und jetzt teile sie das enge Gehäuse ihres Fahrstuhls schon mit ihnen.

Vielleicht lag Alice Benaïm auch nichts ferner, als sich in diesem Sinne auszulassen. Vielmehr war sie in Angst versetzt durch die um Kopflängen sie überragenden Männer und hatte Anstalten gemacht, aus dem Fahrstuhl wieder auszusteigen. So könnten Täter und Komplize ihren Hilferuf gefürchtet haben oder mußten ihn akustisch sogar schon unterbrechen, indem sie schnell das rasselnde Scherengitter des Aufzugs schlossen. Und während der Fahrt in den vierten Stock hatten sie die Alte das Parieren gelehrt. Oben angekommen, könnte sich dann Alice Benaïm wie ein Beutetier, dessen Widerstand erloschen ist, in ihr Lebensende geschickt haben.

Gegen 13 Uhr findet André Benaïm, bei seiner Mutter zum Mittagessen verabredet, die Tote. Die Hände sind mit Elektrokabel gefesselt. Neben ihr steht eine Streudose mit Destop, einem Abflußreiniger. Aus ihrem Mund tritt der Schaum der sich auflösenden Kristalle. Alice Benaïm wurde ein Tod durch Verätzung erteilt.

Im ersten Drittel des November 1984 zahlen Paulin und Mathurin den Rest ihrer Hotelschulden und gewinnen ihr früheres opulentes Auftreten zurück. Auch die Handgreiflichkeiten Paulins nehmen von neuem zu und lassen Mathurin den Beistand des Nachtportiers suchen. Obwohl das Gespann keine finanzielle Not mehr leidet und wieder in Restaurants verkehrt, findet es sich zu den Abendnachrichten vor dem Hotelfernseher ein.

Unter den Geschehnissen des Tages werden in diesem Novemberdrittel auch Beiträge über Morde gesendet, die sonst eher der dunklen Normalität einer Großstadt zugehören und keine breite Erwähnung finden. Dabei will dem Nachtportier aufgefallen sein, daß Paulin und Mathurin mit sich steigernder Unruhe auf eine bestimmte Meldung warteten. Und ohne einen Zusammenhang herzustellen, will er wahrgenommen haben, wie ihre Angespanntheit plötzlich nachließ und sie sich auf ihr Zimmer zurückzogen, bevor die Sendung zu Ende war.

Vor dem Fernseher im Aufenthaltsraum sitzen fast nur jüngere Männer, einige großspurig ihre Einsamkeit ausspielend. Sie trinken Dosenbier und halten ihre heruntergerauchten Zigaretten wie in einer Pinzette zwischen Daumen und Zeigefinger. Für jeden Abend scheinen sie eine uneingestandene Verabredung getroffen zu haben, bei der sie sich dann teilnahmslos gebärden. Bis auf jenen 7. November, als ein Bericht von drei am selben Tag verübten Morden an alten Frauen handelte; jeder dem anderen ähnlich; einer jedoch das Grauen der beiden anderen überbietend.

In der Erinnerung des Nachtportiers hatte die Mutter des Hotelpächters aufgeschrien. Alle fuhren zusammen und lösten sich aus ihrer lockeren Sitzpose. Auch Paulin und Mathurin, die es manchmal unerklärlich eilig hatten zu verschwinden, widmeten sich dem Entsetzen der Frau. Paulin sicherte sich als erster ihre Dankbarkeit, indem er von der Guillotine sprach. Und tonangebend, wie es seine Rolle im Hotel verlangte, brachte er die Rede auf das Trauerspiel der Polizei. Die sei zu dumm für einen Täter dieses Schlages.

Um den Montmartre sind die Straßen jetzt voller Polizisten. Ihr Anblick soll die alten Frauen beschwichtigen, die wie Teile einer versprengten Herde sich vor Angst erschöpfen. Sogar in Häusern, in denen die Mörder längst gewesen sind, ziehen Wachtposten auf. Schon vor Tagesanbruch hält in der Rue des Trois-Frères Nr. 27, dem Todeshaus der Maria Mico-Diaz, ein Beamter die Antenne seines Sprechgerätes ausgezogen, um jeden in schlaftrunkener Eile vorbeilaufenden Bewohner zu fragen: »Ist was passiert?« Es ist ein ratloser Aufwand. Die alten Frauen sollen Trillerpfeifen mit sich führen, rät die Polizei. Sie sollen Begleitung anfordern, wenn sie zum Postamt gehen. Als Leibwache sind Aufseher aus öffentlichen Gärten abgezogen worden. Eine Broschüre des Innenministers gibt Verhaltensmaßregeln: Bei jedem Klingeln absolutes Vergewissern der Person! Öffnen nur bei eingeklinkter Kette! Bei geringstem Verdacht den Notruf wählen, in drei Minuten sei die Polizei zur Stelle!

Die furchtsamen Alten bemühen die Schlosser, die ihre Wohnungstüren sichern sollen. Dabei starren die Türen schon vor toten Schlössern und plombierten Löchern. Doch jetzt könnten sie sogar den Schultern mehrerer Polizisten standhalten, die, zweimal Anlauf nehmend, sich dann auf drei dagegenstemmen. Von innen in Stahl gefaßt, spannen sich über ihre gesamte Breite noch bis zu vier Barren aus Eisen. Dazu kommt das Stangenschloß, dessen Riegel vom oberen Türrahmen abwärts in den Fußboden greift.

Das Öffnen und Schließen einer solchen Tür überfordert die alten Frauen. Jedesmal müssen sie diese Kerkergeräusche machen, dieses, wenn sie ausgehen oder jemanden einlassen, atmosphärisch unangenehme Hochreißen der Barren aus ihrer Verankerung. Und wenn sie zurückgekehrt sind oder eine nahestehende Person verabschiedet haben, müssen diese Barren wieder quergelegt werden. Bei aller Beruhigung ist es ein erschöpftes Übrigbleiben.

Es war auch abzusehen, daß Jean-Marie Le Pen sich des Unheils bedienen würde. Die Kolonnen des Front National tragen von Bürgersteig zu Bürgersteig gespannte Transparente vor sich her, auf denen sie die Todesstrafe fordern. Sie klagen die Sozialisten an, Paris den Mördern zu überlassen. Skandierend drücken sie sich durch die schmalsten Straßen; Drogen und Immigranten, Faulheit und freches Existieren, Verbrecher und unbeschützte Bürger; jedes Wort entzündet das nächste wie ein die Lunte entlanglaufender Funke.

Als erste frieren die hageren alten Männer aus dem Maghreb, die an den Metrobahnhöfen Barbès-Rochechouart und La Chapelle ihre Palaver abhalten. Lange bevor es ernsthaft Winter ist, tragen sie eine kamelfarbene Strickmütze und beklopfen ihr dünnes, über die Schuhe reichendes braunes Wollhemd. Gegen diese früh empfundene Kälte ist der Boulevard Rochechouart schon Anfang November von dicker Wäsche überschwemmt. Vor allen Tati-Kaufhäusern, jedes den tunesischen Gebrüdern Ouaki gehörend, türmen sich hohe Haufen langer Unterhosen, an denen gerissen wird wie bei einer Löwenmahlzeit.

Die Wirkung der Tati-Kaufhäuser im zerfallenden Quartier La Goutte d'Or ist die einer langen, weißen Festung. Selbst die geringste Helligkeit verdankt sich ihr. Wenn etwas aufblitzt in den miserablen Straßen, dann ist es eine rosa Plastiktüte mit dem blau gedruckten, kindlich klingenden Namen. Hier endet auch der Sog der Sacré Cœur, obwohl sie noch zur Nachbarschaft gehört. Die Bewohner des Quartiers La Goutte d'Or stammen überwiegend aus Nordafrika. In den Auslagen ihrer Stoffgeschäfte liegen Stickereien für Hochzeitskleider. Auch die Regale im Innern sind voll davon. Schon beim Anflug eines Interesses zerrt der Besitzer einen Ballen aus der Wand, um auf der Theke zwei, drei Meter abzuwickeln. Und während durch sein hartes Ziehen der Ballen von einer Kante auf die andere schlägt, nennt er den Preis einer günstigen Schneiderin. Dann deutet er mit drapierenden Griffen das Bauschen eines Rockes an und lobt die unbekannte Braut.

Das Viertel steht in einem schlechten Ruf. Schon das ungenaue Wissen über eine Tat genügt, den Täter hier zu suchen. Dazu kommt der äußere Niedergang, die Schutthalden geschleifter Häuser zwischen den Fassaden der übriggebliebenen. An den Fenstern hängen schwankende Vorbauten zur Vergrößerung der Küchen, fragile Terrassen aus Kistenholz. Am Metroausgang La Chapelle verteilt Professor Sylla, auf einem Koffer sitzend, Visitenkarten an die Menge. Er ist ein Marabut, ein weiser Moslem; wer verlassen sei, der möge ihn besuchen, steht auf der Karte. Der Partner kehre danach zurück und werde ein folgsames Hündchen.

Ein vorsorglicher Verdacht ruht auf der Gegend, als sei sie für jedes Verbrechen gut. Er fügt alles zu einem ungünstigen Bild, schürt die Einbildungskraft und belohnt sie schließlich. Wer rennt, scheint zu fliehen. Wer eine klinkenlose Tür mit einem Vierkantschlüssel öffnet, könnte ein Hehler sein, der in sein Warenlager geht.

Der Polizei fehlt das Mordmotiv. Die Zeichen der Hast an den Orten der Verbrechen sprechen für die Geldbeschaffung Süchtiger; ebenso die verschmähten Gegenstände, die zeitraubend bei einem Hehler einzulösen wären, wie die an den Handgelenken belassenen Armbanduhren. Das Tatmotiv Sucht würde auch die zurückgelassenen Scheckhefte erklären, die unbrauchbar sind beim Drogenkauf. Dagegen erscheinen die Morde zu methodisch für die Panik eines Süchtigen; für die Gattung Raubmord jedoch zu unmethodisch.

Sieben von neun Opfern lebten in kleinen bis armen Verhältnissen. Siebenmal war das Wagnis eines Mordes eingegangen worden ohne jede Verheißung auf Reichtum. Die Peinigung der alten Frauen, die aus den geschlitzten Matratzen gezerrte Wolle, die Mühsal, das Geld zu finden nach einem nur seinetwegen verübten Mord, verraten keinen kalten Plan. Schließlich erwägt die Polizei den Gratisakt eines Sadisten. Sie widmet sich auch der Theorie vom Vollmondtäter. Die ersten drei Morde, zwischen dem 4. und 9. Oktober, fallen in die Phase des zunehmenden, am 10. Oktober voll stehenden Mondes. Fünf weitere Morde ereignen sich zwischen dem 5. und 8. November, wieder bei Vollmond. Die Zeitungen bringen psychiatrische Verlautbarungen zum Vollmond als Mordanstifter. Der Mörder, heißt es in den gerafften Zitaten, wiederhole die Taten bis zu seiner Festnahme. Er ertrage das ständige Entkommen, die Anonymität seiner Erfolge nicht. Am Ende begehe er mit Absicht einen Fehler und mache auf sich aufmerksam.

Mitte November 1984 erlebt das Hotel *Laval* ein Spektakel. In engen Pailettenkleidern, geschminkt und mit Perücken, treten Paulin und Mathurin vor der abendlichen Fernsehrunde auf. Sie biegen sich zu Liedern von Eartha Kitt aus dem Kassettenrecorder, lassen die Federboa rotieren und schleudern das Kabel eines simulierten Mikrophons. Im Getränkeautomaten fallen die Biere ins Schubfach; Paulin und Mathurin geben ihren Abschied. Sie gastieren mit einer eigenen Revue in Toulouse, erzählen sie dem Nachtportier. Dabei habe Paulin seine Berühmtheit als bester Imitator von Eartha Kitt vorausgesagt. Drei Jahre später wird es ganzseitige Photos in Illustrierten geben, auf denen Paulin mit halb geschlossenen Augen in ein Mikrophon singt, die Federboa wirft und wie Eartha Kitt im hohen Schlitz eines Pailettenkleides ein Bein ausstellt. Die Photos stammen aus der Nachtbar *Rocambole* in Villecresnes, einem populären Travestielokal, dreißig Kilometer südöstlich von Paris. Hier dürfen auch Amateure ihre weiblichen Hoheiten nachahmen.

An zwei Opfern finden sich identische Fingerabdrücke. Sie erweisen sich aber als wenig hilfreiche Spur, da sie bei der Mordkommission am Quai des Orfèvres noch nicht gespeichert sind. Die Schleppnetzfahndung im achtzehnten Arrondissement füllt die Arrestzellen der Reviere. Fuhrenweise werden Verdächtige angeliefert, darunter Taschendiebe, Einbrecher und Dealer. Aus der Avenue Junot in Montmartre kommt der Hinweis auf zwei dunkelhaarige Männer europäischen Typs, möglicherweise Zigeuner.

Bis ins Händlergewimmel der U-Bahnhöfe greift der feine Fahndungskamm. Keiner, der hier nicht dunkelhaarig wäre. Auf den Klapptischen liegen schon die ersten Weihnachtssachen, Flamingos mit angewinkeltem Bein und einer Schlaufe für den Tannenbaum. Ihre Ausrufer tragen Schals im Karomuster von Burberry, das einmal bessere englische Mode war. Im Lebensernst erstarrte Männer führen Scherzartikel vor. Mit zwei versteckten Fingern öffnen und schließen sie das Maul eines Filzfrosches und machen diese Bewegung zur Handlung eines Büßers.

Der Ende November wieder zunehmende Mond scheint die Polizei zu hetzen. Durch die Angespanntheit ihrer Suche erhöht sich die Zahl der suspekten Personen. Jedes Milieu mutet sich ihr ergiebig an; die schmalsten Couscous-Restaurants, in denen der Wirt den Nachschlag mit der Kelle bringt; die antillischen Friseure am Boulevard Rochechouart, die bei der Arbeit tanzen und über einem dicht zu scheitelnden, mit dünnen Zöpfen zu versehenden Kopf einen ganzen Tag zubringen, und, als

Ausrüsterin der Nomaden, die marokkanische Kofferzeile am unteren Boulevard de la Chapelle.

Paulin und Mathurin können in Toulouse keine gute Zeit verbracht haben. Nach den ungefähren Daten, zu denen sie sich in Paris wieder einmieteten, müssen sie getrennt zurückgekehrt sein. Mathurin wohnt schon im Frühjahr 1985 bei einem Steward in der Rue Louis-Blanc Nr. 53 im zehnten Arrondissement. Paulin bezieht dagegen erst im Herbst ein Zimmer in der Rue Boyer Barret Nr. 14 im vierzehnten Arrondissement. In späteren Erzählungen Paulins ist das Kapitel Toulouse eine einzige Bestätigung seiner Fähigkeiten. Er schildert sich als Chef einer Revue und gleichzeitig als Täuscher der Polizei, die ihn wegen ungedeckter Schecks, öffentlichen Ärgernisses und Schlägereien öfter vorgeladen, aber nie habe überführen können. Schließlich sei er der Provinz überdrüssig geworden.

Nach den Morden im November 1984 lebten die alten Frauen in einem gebannten Warten auf den nächsten Vollmond. Dessen Erscheinen am 8. Dezember löste jedoch seinen Schrecken nicht ein. Das unausgesetzte Inspizieren hatte die Unterwelt aus den Quartiers La Goutte d'Or, La Chapelle und Pigalle vertrieben. Sogar auf den Metrotreppen lichtete sich das Spalier der Anbieter von unsichtbaren Waren. Aus keinem Jackenärmel reckte sich mehr ein Handgelenk voller Uhren. Auch die illegalen Ticketverkäufer, die den Fahrschein unter dem Daumen vorspringen lassen wie eine kurz gezeigte Zunge, hielten sich zurück.

Im achtzehnten Arrondissement kehrte also Ruhe ein; vielmehr war der Unruhe die Spitze genommen. Jetzt sah sich das restliche Paris bedroht. Bürgermeister Jacques Chirac verfügte, den Einsatz von Leibwächtern, wie er sich in Montmartre bewährt zu haben schien, auf die gesamte Stadt auszuweiten. Aus allen Parks und Gärten wurden Inspektoren rekrutiert. Im März 1985 zählte diese Brigade hundertdreißig Mann, die sich bis zum Jahresende auf zweihundert erhöhen sollte. Und als rechne er mit der Unauffindbarkeit der Mörder, forderte Chirac im Einklang mit den Bezirksbürgermeistern weitere hundert Mann für 1986.

Gegen elf Uhr abends führte Monsieur Deshayes gewöhnlich seinen Hund noch einmal aus, einen schmalen gelben Wolf, Pépère genannt, was Väterchen bedeutet. Das in seiner Vorfreude ungestüme Tier schoß das Treppenhaus hinunter bis zum ersten Stock, wo um diese Zeit auch Mathurin aus einer Wohnung trat. Er trug Frauenkleider und war auf dem Weg zur Arbeit, worunter Monsieur Deshayes sich nur das Trottoir der Rue des Martyrs am Pigalle vorstellen konnte. Der Hund versah nun sein Hüteamt, indem er einige Stufen mit Mathurin hinunterging, danach hinauflief zu seinem Herrn und von neuem wieder an die Seite Mathurins.

Monsieur Deshayes fand dieses klammernde Auf- und Abwärts-Laufen seines Hundes ärgerlich. In seiner bequemen Hose, wogegen Mathurin in einem schlauchengen, die Schritte behindernden Rock kaum von der Stelle kam, näherte Monsieur Deshayes sich dann notgedrungen dieser ihm widernatürlichen Gestalt. Jetzt gab auch der Hund endlich Ruhe, da er seine Schutzbefohlenen beieinanderhatte. Mit gestauchten Wirbeln und in mühevoller Eintracht mit dem Transvestiten stieg er das letzte Stück Treppe hinab. Und Monsieur Deshayes bot sich der Anblick ihrer bei jeder Stufe ausschwenkenden Hinterteile.

Mit kurzen Unterbrechungen wohnt Mathurin bis zum September 1987 in der Rue Louis-Blanc. Anfangs gilt er als Liebschaft seines Vermieters, des Stewards Eric Laraque. Dieser Eindruck verflüchtigt sich jedoch. Mathurins Zimmer geht zum Hof. Er nimmt Sonnenbäder auf dem Schmiedegitter seines Fensters sitzend und läßt die Zigarettenkippen fallen. Die Concierge findet auch Präservative in den Kübelpflanzen. Es ist ein magnetisierendes, der Hausgemeinschaft Einsicht gewährendes Fenster, auch wenn sich manche recken oder auf eine Fußbank stellen müssen. So brachte Madame Lorogne es zuwege, an einem heißen Sonntag drei nackte Männerpaare in der Tiefe des Zimmers zu erkennen, unter ihnen den Steward Laraque mit einer Schlafmaske.

Mathurin hat viel Männerbesuch. Den Zahlencode der Zwischentür blockiert er mit Streichhölzern. Die schrillsten und die mattesten Figuren sind auf der Treppe anzutreffen. Einige erfinden sich schnell ein Handwerk, wenn sie angesprochen werden. Allein an Wochenenden hatte Monsieur Deshayes fünfmal die Begegnung mit einem anderen Klempner. Einer drückte die Türscheibe ein, als Mathurin nicht öffnen wollte. Und nach einem Zweikampf in den Scherben war der Eingang voller Blut. Dieser Unwillkommene sei Paulin gewesen, sagt Monsieur Deshayes.

Mathurin dreht die Musik auf, daß im Hof das Weinlaub zittert, und greift Monsieur Spiquel, der sich beschweren will, gleich beim Krawattenknoten. Über dem Ärgernis Mathurin ist im übrigen Haus der Frieden eingekehrt. Sogar die achtköpfige, auf den zwölf Quadratmetern einer Dienstbotenkammer lebende Chinesenfamilie hat er als Ärgernis ablösen können, obwohl deren schwerkranker Großvater immer wieder auf die Treppe spuckt.

Mathurin hat Joséphine wiedergetroffen, den Grotesktänzer aus dem *Paradis Latin*. Sie beginnen ein Liebesverhältnis, und Mathurin zieht tage- und wochenweise zu ihm. Nach späteren Aussagen des Tänzers war Mathurin bemüht, nicht mehr den Zufällen zu leben. Er habe Geld als Kellner verdient und als Propagandist vor Kaufhäusern. Er sei sonntags in die Messe gegangen und habe den Kontakt zu seiner Mutter gesucht, die in einem Hotel der Rue Pajol in Dauerlogis wohnte. Im Überschwang seiner neuen Rechtschaffenheit soll er sogar daran gedacht haben, für sich und Joséphine ein Haus zu mieten.

Für Paulin bedeutet die gewendete Existenz Mathurins eine doppelte Abtrünnigkeit. Die Verwandlung des unsteten Freundes in einen beständigen Geliebten ist ihm so unerträglich wie dessen Arbeitseifer. Paulin will teilhaben an dem Glück; Joséphine soll auch ihn beherbergen. Als es ihm verweigert wird, will er das Glück zumindest stören. Schließlich legt er Feuer im Appartement des Tänzers und treibt das Paar in die Flucht. Stärker als vorher müssen die beiden jetzt seine Gereiztheit fürchten. Sie wechseln quer durch Paris von einem Hotel ins andere, wobei das Irreführen die Ausdauer ihres Verfolgers nur steigert.

Es ist anzunehmen, daß Joséphine, der im Engagement stehende Tänzer, nicht ständig mit Koffern und Kleidersäcken unterwegs sein wollte. Um dieser Zumutung ein Ende zu setzen, könnte er Mathurin gebeten haben, zurückzukehren in die Rue Louis-Blanc.

Am 20. Dezember 1985, inzwischen ist über ein Jahr vergangen, beginnt im vierzehnten Arrondissement eine neue Serie von Morden an alten Frauen: Estelle Donjoux, einundneunzig, erstickt unter ihrer Matratze; Andrée Ladam, siebenundsiebzig, erwürgt; Yvonne Couronne, dreiundachtzig, erwürgt. Die Todesdaten der beiden letztgenannten sind der 6. und 9. Januar 1986. Die Wohnungen dieser Opfer liegen nur kurze Fußwege voneinander entfernt. Von der Rue Baillou, wo Andrée Ladam ermordet wurde, bis zur Rue Boyer-Barret, wo Paulin ein Zimmer hat, sind es zehn Minuten.

Neben den Männern, die ihm sexuell verfallen sind und die er kujoniert, möchte Paulin Freunde gewinnen. Er ordert den Whisky in Flaschen und hält jeden frei, der ihm zuhört. Sein Thema ist die Kindheit, der an allen Tischen überzählige Sohn. Manchmal tauscht er die erbärmliche Kulisse auch gegen eine bessere aus. Darin gibt es einen gutsituierten Vater mit geschäftlichen Aufenthalten in Paris. Solche Nächte enden für Paulin meistens gleich: Die Thekenkumpane, seiner Monologe müde, lassen ihn zurück. Um seinem Elend einen weicheren Ausklang zu geben, spendiert er dem Barmann noch ein Glas und blättert die Zeche hin, ohne sich herabzulassen, das Wechselgeld zu zählen.

Unter den Nutznießern in Paulins freigebigen Nächten mag Hervé Gescoffe eine Ausnahme gewesen sein. Er will gleich die Bedürftigkeit des Antillais erkannt haben, obwohl dieser in den gedämpften Klubs über Gebärden verfügte, als sei er der Erbe eines Inseldiktators. Gescoffe nimmt ihn mit zu sich, Nähe Metro Voltaire im elften Arrondissement, wo er mit einem Freund eine Vierzimmerwohnung teilt. Auch wenn Paulin dem Freund mißfällt, darf er bleiben, da er kochen kann und auch das Saubermachen übernimmt. Seine Wohltäter nennen ihn »Mamie Négresse«.

Außerhalb seiner Dankbarkeitsdienste verbinden Paulin mit Gescoffe gemeinsame Rauschzustände. Die beiden nehmen Captagon mit Whisky, um zu halluzinieren. Und wie Gescoffe sich später erinnert, verriet Paulin selbst in diesen ungeschützten Momenten nie, wovon er lebte. In der Metro macht Paulin Gescoffe auf alte Frauen aufmerksam. Er bittet ihn, zu beobachten, ob die Frauen auf ihn, den Antillais, mit Angst reagieren. Gescoffe will darunter einen bizarren Sport verstanden haben, dem Paulins verhaßte Herkunft zugrunde lag. Knapp zwei Jahre danach deutet Gescoffe diese Metrofahrten als den Versuch Paulins, in ihm einen neuen Komplizen zu rekrutieren.

Die *Résidence Panam* im elften Arrondissement ist ein Labyrinth. Neun Eingänge liegen an drei verschiedenen Straßen, der Rue Amelot, der Rue Alphonse-Baudin und der Rue Pelée. Das Anwesen ist von teurer, austauschbarer Modernität, wie sie in Miami nicht anders anzutreffen wäre als in Haifa. Die Loge des Pförtners hat die Größe eines Chefbüros, was der ungewöhnlichen Merkfähigkeit entsprechen mag, über die der Mann verfügen muß. Den 400 Appartements sind 1300 Bewohner zuzuordnen, die meisten von ihnen jüdisch und in fortgeschrittenem Alter. In den Innenhöfen gibt es das gleichmäßige Geräusch einer Wassertapete, die eine Marmorwand hinunterläuft.

Marjem Jurblum benutzte nur den Eingang Rue Pelée Nr. 7, auch wenn sie vom Einkaufen kam im jüdischen Quartier Marais und ein Eingang in der Rue Amelot für sie näher gelegen hätte. Sie ging jedoch lieber zwischen vielen Unbekannten in der Straße, als durch die verzweigten Gänge abzukürzen, wo ein einzelner Unbekannter sie erschreckte. Das weitläufige Haus schien wie geschaffen, daß Fremde sich darin verirrten. Ebenso konnte ein niemals gesehenes Gesicht einem Bewohner gehören.

Marjem Jurblum ließ sich von keinem die Einkaufstasche tragen, selbst wenn der Hilfsbereite ein Nachbar war und sie ihn beim Namen grüßte. Stieg eine zweite Person im Fahrstuhl zu, stieg Marjem Jurblum wieder aus. Ihr polnischer Akzent kam dabei ihren Ausflüchten zustatten, die dadurch weniger indignierend waren. Am 12. Januar 1986 wurde sie, einundachtzig Jahre alt, gefesselt und unter einer Plastiktüte erstickt in ihrer Wohnung gefunden. Bedrohlicher als das eigentliche Verbrechen wirkte in der *Résidence Panam* die Wahl des Opfers. Allen hatte es der Verdacht angetan, die Vorsicht der Marjem Jurblum habe ihre Ermordung begünstigt.

Aus dem Mitbewohner Paulin ist ein sporadischer Gast geworden. Dann steht der aufgelesene Freund von Hervé Gescoffe vor der Tür und bittet, für eine Nacht unterzukommen. Er verzichtet auf sein angestammtes Bett. Er will auf dem kurzen Sofa schlafen. Manchmal besteht er darauf, nur auf dem Boden zu liegen. Am Morgen nach den unkomfortablen Nächten macht er mit einer Sorgfalt Toilette, als präpariere sich ein Bräutigam. Er bürstet gegen das hochstehende Rechteck seiner Brikettfrisur an und zwingt die Haare flach an den Kopf. Danach drückt er sich eine Baskenmütze in die Stirn. Das Frühstück schlägt er jedesmal aus. Er müsse zur Arbeit nüchtern sein.

Gescoffe macht sich keinen Reim auf diese spartanischen Gastspiele. Auch die Toilettenrituale passen in sein Bild von Paulin, der in jedem spiegelnden Schaufenster sich seines Aussehens versichert. Erst sehr viel später ergeben die Besuche und das Gebaren Paulins einen Sinn für Gescoffe. Die gelegentlichen Übernachtungen könnte Paulin auf mehrere Wohnungen verteilt haben. Er könnte, um frische Reviere abzulaufen, den Ort für seinen morgendlichen Aufbruch mit der Baskenmütze immer wieder gewechselt haben.

Am selben Tag wie Marjem Jurblum wird die dreiundachtzig Jahre alte Françoise Vendôme gefunden. Sie wohnte im zwölften Arrondissement, wo der Täter 1984 mit dem Morden begonnen hatte. Ende Januar 1986 hält er ein drittes Mal in der Gegend Ausschau, und der Zufall schickt ihm Virginie Labrette über den Weg. Sie ist sechsundsiebzig und sehr klein und dünn. Das rauhe Wetter an ihrem mutmaßlichen Todestag hat Monsieur Schiffer, einen Nachbarn, spaßeshalber zu ihr sagen lassen: »Gehen Sie nicht raus in den Wind, Madame Labrette!« Im Juni endet die zweite Mordserie. Ihre letzten Opfer sind Yvonne Schaiblé, siebenundsiebzig, und Ludmilla Liberman, sechsundachtzig, eine Amerikanerin auf Besuch.

Das Verhängnis der Yvonne Schaiblé könnte die Nähe ihrer Wohnung zu einer Crêperie gewesen sein, im fünften Arrondissement der Metrostation Jussieu gegenüberliegend. Sie gehört einer Frau namens Odette. Die Frau hatte Mathurin, als er in Not war, mit ihren Pfannkuchen ernährt und sich als seine mütterliche Freundin verstanden. Der Beginn der Freundschaft fällt in die Zeit, in der Mathurin noch um das *Paradis Latin* strich, wo er eine Anstellung erhoffte. Da er immer hochgestimmt hinlief zu dem Kabarett in der Rue du Cardinal-Lemoine und immer niedergeschlagen zurückkehrte, nannte ihn die Pfannkuchenbäckerin damals »la grande folle du Paradis«. In der Gefolgschaft Mathurins nahm dann auch Paulin bei Odette einen Stammplatz ein. Und es gelang ihm möglicherweise, ihre Gunst von Mathurin ganz auf sich zu lenken. Tatsächlich gibt er sie später als seine Adoptivmutter aus.

Als Paris noch neu für ihn war, fand Paulin sich häßlich. Er wollte sich sogar kosmetisch operieren lassen und war seine Mutter um Geld angegangen. Doch was ihm damals sein Unglück bedeutete, die ungeformte Nase und der wie durch einen Boxhieb verschwollene Mund, sollte sich bald zu seinem Vorteil umkehren. Paulin trifft den überreizten Geschmack bestimmter Männer, denen er seinen Preis diktieren kann. Er gilt als brutale Schönheit. Auch die Ausstattung seines Körpers ist renommiert. Selbst der unangekündigte Schlag, mit dem er jemanden niedermacht, trägt zu seinem Ansehen bei. Den Schwulenbars im Hallenviertel sind seine Ausbrüche vertraut. Man geht in Deckung und wartet sie ab wie ein Naturereignis. Und wenn der Wütende wieder im Lot ist, tauchen alle als Claqueure neben ihm auf. Dann werden die Champagnerflöten aneinandergereiht, und der Barmann legt einer Flasche die Serviette um.

Am 13. März 1986 findet in der Schwulendiskothek *Opéra Night* ein Fest statt namens »Body Rock«. Sein Initiator ist Paulin. Das Milieu, das einen Drogendealer in ihm sah, um sich sein Geld zu erklären, glaubt ihm von jetzt an alles.

Im August raubt Paulin in Alfortville bei Paris mehrere Personen aus. Es sind Drogenkunden, die im Appartement eines Zwischenmannes auf den Dealer warten. Auch Paulin, der gestreckte Ware reklamieren will, erwartet ihn. Weil der Dealer nicht erscheint, tritt Paulin den Fernseher ein, zeigt auf eine Pistole in seiner inneren Jackentasche und kassiert bei den Anwesenden. Er wird zu sechzehn Monaten Haft in der Vollzugsanstalt Fresnes verurteilt, von denen ihm drei Monate erlassen werden. Danach muß sein Hunger nach Geltung, vor allem bei jenem besseren, seinesgleichen abweisenden Paris noch zugenommen haben.

Estera Epsztejn stieg an der Metrostation Voltaire aus. Als sie die Nässe auf der oberen Hälfte der U-Bahn-Treppe sah, band sie sich, noch auf den unteren trockenen Stufen stehenbleibend, ihre Plastikhaube um. Sie kam von ihrer Versorgungskasse in der Rue Nationale, wo sie für den Nachmittag eine Vorladung gehabt hatte. Inzwischen ging es auf den Abend zu. Der Überdruß des zurückliegenden Tages war ihr sicher anzumerken. Einmal, weil die Vorladung auf einem Irrtum beruhte, der weite Ausflug vom elften ins dreizehnte Arrondissement also umsonst war. Und vor ihr lag noch der unbehagliche Heimweg in ihre tote Straße, die Rue Duranti.

Auch für Paulin war der beginnende Abend nicht die übliche Zeit, eine alte Frau zu verfolgen. Der Entschluß, ebenfalls am Boulevard Voltaire auszusteigen, wird vielmehr seinem Freund Gescoffe gegolten haben. Er mußte Gescoffe seine lange Abwesenheit erklären. Und bestimmt hatte er schon eine attraktive Geschichte ersonnen für seine dreizehn Monate in Fresnes. Wahrscheinlich brauchte er, frisch aus der Haft entlassen, auch ein Bett.

Nichts weiter könnte Paulin am 6. Oktober 1987 im Sinn gehabt haben. Bis ihn dann Estera Epsztejn interessierte, die müde dastand und mit gedehnten Handgriffen ihre Kapuze auseinanderfaltete.

Frida Fischel vergällt Estera Epsztejn wieder einen Nachmittag. Die rot hingeschminkten Wangen geben ihrem Gesicht nicht das kleine Glühen einer alten Frau, sondern eine strotzende Lächerlichkeit. Die Handtasche auf dem Schoß wie bei einer Metrofahrt, sitzt sie am runden Tisch, um die Überfallene zu trösten. Dazu stellt sie gerne ihr eigenes Schicksal aus. Mit achtzig war sie Witwe eines um zehn Jahre älteren Mannes geworden, was inzwischen zwei Jahre her ist. Zu ihren verschärften Lebensumständen zählt noch, daß sie als Jüdin 1930 Galizien verließ. Für Estera Epsztejn sind das eher glückliche Tatsachen.

Nach Treblinka, in Bergen-Belsen, wog sie noch sechsundzwanzig Kilo. Ihr Mann, Chakel Epsztejn, von Beruf Schneider, war sieben Jahre gelähmt, bevor er starb. Sie hatte ihn in die Werkstatt gebettet, dreiundfünfzig, Rue Meslay, im jüdischen Textilquartier Le Sentier, wo sie unter seinen Augen weiter hantierte. Estera Epsztejn öffnet mit einer großen Schneiderschere einen Rentenbrief aus Deutschland und zeigt mit den Händen, um wieviel größer noch die Scheren ihres Mannes waren.

Den Schlag gegen die Schläfe hatte Estera Epsztejn erst nach ihrer Ohnmacht gespürt. Ebenso den Schmerz im Nacken, der, wie sie annahm, von dem Ruck herrührte, mit dem Paulin ihr die Goldkette vom Hals gerissen haben mußte. Seine übrige Beute waren die 700 Franc aus ihrer Kommode. Als Kenner der abwegigsten wie der sich leicht anbietenden Verstecke wird er das Bündel schnell entdeckt haben. Danach könnte ihn die Kargheit des Zimmers davon abgehalten haben, nach weiterem Geld zu suchen.

Alles lag am alten Platz; die Tagesdecke stramm über das Bett gezogen, an dessen Kopfende aufgeschüttelt die drei hochgestellten Kissen. Nichts war verrückt auf dem Wachstuch des großen runden Tisches. Die täglich benutzten Dinge befanden sich noch in ihrer altarhaften Anordnung, jedes in Richtung des einen Stuhles, auf dem Estera Epsztejn immer saß: das Wasserglas neben der Vittelflasche, das transparente Mäppchen voller gezackter, kleiner Photos, das Nähzeug und der Obstteller mit aufgestütztem Messer. Diesen Halbkreis überragte von hinten ein Begonienstock, und zur Tischkante hin stand das in Wochentage und Uhrzeiten eingeteilte Plastikkästchen mit den Herztabletten.

Während die stattliche Frida Fischel den Rücken wie aus sturem Guß gegen die Lehne drückt, nimmt Estera Epsztejn nur ein Drittel ihres Stuhles ein. Zuerst habe sie geglaubt, die Gestalt vor dem Aufzug sei ihr Enkel, auch ein Riese. Um eine Vorstellung von ihm zu geben, zeigt sie auf das ungewöhnlich hoch hängende Photo über ihrem Bett. Ohne Leiter habe der Enkel den Nagel eingeschlagen. Alles, was der tue, gerate ihm hoch. Frida Fischel will das Photo unter der Zimmerdecke für eine Lüftungsklappe gehalten haben.

Ihr Vater, sagt Estera Epsztejn über den bärtigen Mann auf dem Bild, habe dreizehn Kinder zu ernähren gehabt. Er sei von Konskie, ihrem Dorf bei Lodz, bis Danzig hochgefahren, um Heringe zu kaufen. Zu Hause hat er sie geräuchert, dann ging er auf den Markt damit. Er setzte auch Sprudelwasser für den Straßenhandel an.

Die Gestalt vor dem Fahrstuhl war dann aber Paulin. Hinter der Tür des Müllschluckers habe er sie oben abgepaßt, denn der Flur sei ohne Nischen. Und jetzt könne sie diesem Überleben wenig abgewinnen. Sie höre ihr Herz klopfen und ihr Blut rauschen, starre auf den

Knopf des Telefons, der, wenn sie ihn drückt, ihre Tochter alarmiert. Aber wann dürfe sie ihn drücken? Das Alarmieren nutze sich ab. Ihrem eigenen Unglück den Vorrang gebend, sagt Frida Fischel: »Freuen Sie sich an dem Knopf, Madame Epsztejn, ich weine meine Tränen in mein Taschentuch.«

Paulin trägt grüne Kontaktlinsen. Er rasiert sich nicht, sondern läßt sich, der Schminke wegen bei seinen gelegentlichen Travestien, in einem Kosmetiksalon epilieren. Er nimmt Kokain, für das er täglich 1200 Franc beschaffen muß.

Auch wenn die älteren Männer ihn horrend bezahlen; für das Geld, mit dem er um sich wirft, muß es noch andere Quellen geben. Er breitet vor seinen Zuhörern ein Geflecht geschäftlicher Aktivitäten aus. Er ist Gründer einer Agentur für Mannequins, bei der er in Wahrheit Botendienste leistet und manchmal übernachten darf. Den Schönsten an den Theken verspricht er Verträge und notiert ihre Maße. Er hat ein Pressbook, ein Photosortiment, in dem er selber Dressman ist, auch nackt posiert. Er will die »Trophées de la nuit« ins Leben rufen, einen Oscar für Nachtklubkünstler. Dabei stehe sein Vater ihm finanziell zur Seite.

Als er eröffnet, mit Aids infiziert zu sein, erfüllt sich sein Wunsch nach Beachtung allerdings nur dürftig. Die Anteilnahme des Milieus erschöpft sich mit einer zur Neige gehenden Flasche. Mit dieser Nachricht kann Paulin nur noch die Mutter treffen. Er braucht ein Entsetzen. Jemand soll einen Schrei ausstoßen, wenn er es erfährt. Horosiewics, sein polnischer Geliebter, muß es der Mutter nachts noch am Telefon sagen. Der Mann ist ihm hörig; sein Schinder Paulin hat ihn schon oft zur

Spottfigur gemacht. Einmal, als er sich weigerte, Paulin seine Kreditkarten zu überlassen, stach dieser ihm ein Messer in den Daumen.

Am oberen Pigalle, Rue des Martyrs, steht der Transvestit Carol gegen eine Hauswand gelehnt. Sein angewinkeltes Bein wirft einen aggressiven Schatten auf das Trottoir. Carol ist abonniert auf das letzte Stück der steilen Straße, wo die Autos, vom Montmartre kommend, wieder abwärts fahren. Von hier fallen auch die Gruppenreisenden mit ihren behäbigen Zoten wieder in die Stadt. Und während am Boulevard Rochechouart ihre Busse schon warmlaufen, lassen sie sich von Carol aufhalten.

Carol ist der Schönste; am Ende seiner Beine trägt er nur einen Volant, vergleichbar dem Lamellenröckchen bei einem hochstieligen Pilz. Seine Kollegen sind kleiner als er und überbieten auch in ihren Silhouetten kaum eine durchschnittliche Frau. Die Touristen verkürzen ihm das Warten, obwohl sich von diesen familiären Verbänden nie jemand absetzt für ein Liebesabenteuer, sich auch keiner trauen würde, unter dem anfeuernden, letztlich aber irritierenden Gönnen der Gruppe wirklich auch zurückzubleiben.

So gibt er sich dem Staunen der braven Leute hin, ihrer entzückten Schockiertheit, wenn er, unverhofft wie eine an unüblichem Ort stillende Mutter, eine Brust zum Vorschein bringt. Carol, der blonde Algerienfranzose, weiß über Samy Gemadin, einen tunesischen Herrenmodeverkäufer, daß Paulin sich am 4. November 1987 die Haare hat bleichen lassen.

Samy Gemadin findet sich selber nicht übel; Paulin dagegen findet er sensationell. Für einen Modesoldaten aus den Hallen, dem so schnell nichts die Beine wegschlägt, grenzt dieses Lob schon an Entäußerung. Auch Gemadin ist ein scharfer Konsument seiner Branche, ein von den Verfallsdaten der Jacken und Hosen gehetzter Mensch. Das Echo auf ein orangefarbenes Hemd zu einem schwarzweiß-gestreiften Gilet testet er während der Mittagspause in der Rue Saint-Denis. Und wie die anderen Figuranten des Hallenmilieus sitzt er nach Ladenschluß im Café *Costes* an der Rue des Innocents, einem Lokal im modernen Kältestil. Die Haube der aufgeschäumten Mixgetränke reicht bis zum Sockel der Gläser hinunter, was einen Kleinverdiener wie Samy Gemadin den Strohhalm zwar hineintauchen, die Lippen aber nur pantomimisch spitzen läßt, um den Pegel nicht zu senken. Nur Paulin, den er hier zum erstenmal sah, hat unbedenklich schnell getrunken. Schon beim ersten kleinen Gurgelgeräusch im Halm war er sich zu schade für die Neige und hob den Arm für Nachschub.

Bei der zweiten Begegnung hatte Samy Gemadin Paulin als Kunden vor sich stehen. Paulin trug schwarze Jeans von »Closed« und einen schwarzen Parfetto, das kurze Elvismodell aus Leder, bei dem die gestemmten Fäuste in den Vordertaschen den Rücken der Jacke strammziehen, wodurch das Gesäß um so plastischer hervorspringt. Auch ohne ihn sich als Liebschaft zu denken, sondern nur als auszustattendes Objekt, als schönes Gerüst für Kleidung, sah der Herrenverkäufer in Paulin ein Ideal. Hinzu kam das neben den Normen rangierende Gesicht. Wie ein inszenierter Fehltritt krönte es die übrige Symmetrie. Paulin kaufte schwarze Kniestrümpfe und Boxershorts der Marke »Arthur« mit blauschwarzen Rauten. Beim Bezahlen fragte er Gemadin nach einem Friseur; Gemadin nannte ihm den Salon *Rock Hairs* in der Rue de la Ferronnerie.

Am nächsten Tag fand sich Paulin wieder in dem Herrengeschäft ein. Doch schon während er die Rue Saint-Denis überquerte, hatte Samy Gemadin ihn durch das Schaufenster mit applaudierenden Gesten gefeiert. Über seinem geschorenen dunklen Unterkopf hob sich eine platinblonde Bürste ab.

Wie am Vortag steuerte Paulin gleich das Karussell an mit den auf Bügeln gespannten exklusiven Unterhosen. Dann blätterte er aber sehr unschlüssig in dem Sortiment, als wolle er die Zeit dehnen, um sich an den Komplimenten des Verkäufers satt zu hören. Erst nach der dritten Umdrehung des Wäschekarussells entschied er sich für weiße Shorts mit einem sich aufbäumenden Zebra längs der Hosenklappe.

Paulin kaufte jetzt alle zwei Tage, den ganzen November über, Unterhosen bei Gemadin. Manchmal drei auf einmal, immer die englischen »Arthur« für 110 Franc das Stück. Er machte, als greife er an einem angestammten Kiosk nach der Morgenzeitung, einen fast wortlosen Vorgang daraus. Und als Zutat hatte ihm Gemadin zwei Paar schwarze Kniestrümpfe bereitzulegen. Auf die Frage des Verkäufers, wozu er so viele Unterhosen und Strümpfe brauche, antwortete Paulin, er werfe sie nach dem Tragen weg.

Am 23. November, nach dem Mittagessen, als auch der letzte Hauch der Kochwärme verflogen war, tauchte Marie LeLamer in die Menschenfülle der Rue du Faubourg Saint-Denis. Bei der Kälte schätzte sie die vollen Trottoirs wie früher die Wetterställe im Morbihan, wenn sie als Hütemädchen die Kühe beieinanderhatte. Sie glaubte, durch den Atem der Passanten weniger zu frieren, jeder von ihnen fungiere als Rippe eines langen, öffentlichen Heizkörpers. Sie warf einen Brief an die Heilsarmee ein, in dem sie um Zusendung eines Winterpäckchens bittet.

Ihrem starken Hinken haftete eher etwas Dreistes an, als daß es den Eindruck einer Behinderung machte. Marie LeLamer flitzte wie ein Weberschiffchen durch die kompakte Fußgängermasse, niemanden an ihrer Seite duldend, immer eine Idee schneller. Und so wie ihr Gebrechen sie zu beschleunigen schien, wirkte auch ihr auffälliger Bartwuchs nicht nachteilig, sondern verwegen an ihr. Sie trug eine wilde Mischung aus geschenkten Kleidungsstücken, auch Dinge von teuerster Herkunft.

Zusammen mit Paulin bog Marie LeLamer gegen 14 Uhr wieder in ihre Straße ein, in die weißblaue Helligkeit der Passage de l'Industrie. Die Läden führen nur Friseurartikel. Hinter jeder Scheibe sind Frisuren auf gesichtslosen Köpfen dekoriert, gebändigte Japanhaare und rote Nachtklubmähnen auf Styroporovalen. Vor polierten Holzeiern mit Perückengaze liegen gekämmte, gesträubte und gekreppte Haarteile ausgebreitet, in denen, das Glatzendrama ignorierend, Schmuckspangen und Rundbürsten stecken. Marie LeLamer hegte keinen Argwohn gegen den blondierten Mulatten, dessen Zielstrebigkeit nirgendwo begreiflicher war als in dieser Passage, wo jeder den Skalp findet, den ihm die Natur versagt hat.

Marie LeLamer fegte noch ihr Höfchen, wie sie das betretbare Zwischendach unterhalb ihrer Wohnung nannte, als ein Mann hinaufrief, er habe Post für sie. Die Stimme machte ihr angst, trotzdem will sie in festem Ton geantwortet haben, sie erwarte keine eingeschriebenen Briefe. Ihre Tür war noch nicht ins

Schloß gefallen, als jemand von außen drückte und sie von innen ein Bein dagegen stemmte. In dem Moment, wo sie fürchtete, sie breche sich das Bein, fiel sie auf den Rücken.

Gegen 16 Uhr kam Marie LeLamer wieder zu sich. Unter ihrem halben Hausstand begraben, aus Nase, Mund und Ohren blutend, lag sie auf dem Bett. Der Täter hatte sich, um an die oberen Klappen ihres Wandschranks zu reichen, den Tisch herangezogen und alles auf die scheinbar Tote raufgeworfen. Zugerichtet wie sie war, ging Marie LeLamer zur Polizei, wo sie, den Täter beschreibend, eine nie erlebte Wichtigkeit erfuhr. Dunkler Teint, dunkle Baskenmütze, ein Ohrring rechts oder links. Zur Konservierung seiner Fingerabdrücke wurde später ihr Kaffeekännchen, das unzerbrochen am Boden lag, mit einer Masse überzogen. Gegen 18 Uhr dann nahm die Totgeglaubte wieder ihre Gewohnheiten auf, setzte sich hinter das Fenster ihrer Lumpengruft, bewegte den Rosenkranz gegen die Fingerkälte und profitierte vom Neonlicht der Passage.

Paulin ist mit den Vorkehrungen zu seinem 24. Geburtstag befaßt. Ein exquisites Fest soll ihn am 28. November zum Gastgeber haben. Schon zu Beginn des Monats hat er dem Restaurant *Tourtour* in der Rue Quincampoix eine Anzahlung von 15 000 Franc geleistet. Er ist dort bekannt: einmal als untadeliger Kellner während dreier Wochen im Oktober '85; später als generöser Gast, der sein Intervall als Kellner vergessen machen will.

Luc Benoît, der einen Smoking hat und Karate kann, will für 500 Franc den Türsteher machen. Er ist Student der École des Sciences politiques, einer Schule für höhere Staatskarrieren, in gängiger Abkürzung Sciences-po genannt. Nach Herkunft, Aussehen und Attitüde trifft Benoît die Pariser Chiffre b.c.b.g., was »bon chic, bon genre« bedeutet, ebenso wie die Chiffre NAP auf ihn zutrifft, die für Neuilly, Auteuil und Passy steht, die teuren Quartiers des Pariser Westens. Für Benoît ist Paulin ein aufgeblasener Analphabet. Doch Pascal Lagrange, ein Freund von der Sciences-po, hat ihm Paulin als Dressman-Agenten vorgestellt, und Luc Benoît würde es nicht unübel finden, sich nebenbei als Dressman zu versuchen.

Paulin ist magnetisiert von der Kaste der NAPs und des b.c.b.g. Er spielt den Tanzbär für diese gebürtige Kaschmirklasse. Er dreht sich vor ihnen in seinem grauen Radmantel und läßt seine Sherlock-Holmes-Pelerine abheben wie einen Balletteusenrock; die graue Mütze rechts heruntergezogen, da er links den Ohrring trägt. Das gefällt den kleinen Lebemännern, die dem Ergebenen applaudieren, worauf sich dieser als Zahlmeister in einer langen Nacht dafür bedankt.

Die 200 Franc von dem mißglückten Raubmord an Marie LeLamer versickern noch am selben Tag. Paulin fährt zum Aperitif zu Marc Murat in die Avenue Raymond-Poincaré in Passy. Der zweiundzwanzig Jahre alte Murat ist ebenfalls Student der Sciences-po; er will Diplomat werden. Auf Vermittlung eines Professors volontiert er bei der Nationalversammlung im Palais Bourbon. Er ist Assistent des Deputierten Gilbert Barbier aus Dôle im Jura.

Das b.c.b.g. seiner Kommilitonen ist Murat, dem Sohn eines Garagisten aus Epernay, nicht auf den Weg gegeben worden. Auf die Notwendigkeit dieser Attribute hat ihn erst das bourgeoise Paris gebracht, dem er eine etwas angestrengte Eleganz entgegensetzt. Da er von eher kleiner Gestalt ist, fehlt ihm jene spezifisch hochbeinige Herablassung des echten NAP-Junioren. So dient auch die feine Adresse Murats mehr als Reputationselement auf der Visitenkarte, als daß sie ihm die Annehmlichkeiten bringt, die sie verheißt. Paulin muß hinter dem Lieferanteneingang an den Mülltonnen vorbei, eine Dienstbotentreppe hinaufsteigen bis zum siebten Stock, eine Pendeltür aufstoßen zu einem langen Flur, an dessen Ende schließlich Murats graphisch preziöse Karte in einem Metallrähmchen steckt.

Murats Freundin serviert Weißwein mit Cassis. Danach macht sie sich unsichtbar, was ihr ein artistisches Kunststück abverlangt, da es in dem Studio nur noch Raum in den Lamellenschränken gibt, die Einbauküche inbegriffen. Und während Paulin eine Linie Kokain zieht, knipst Murat seiner Zigarre die Kerbe ein, feuchtet sie an, stößt das Zündholz die Reibfläche abwärts und bemüht sich mit trockenen Lippenlauten um eine haltbare Glut. Dann setzt der vielbeschäftigte Murat, nun endlich rauchend, den Drucker seines Computers in Gang.

Paulin hat die Einladungen zu seinem Geburtstag dabei, Englische Schreibschrift auf Bristolkarten. Es ist Montag und am Samstag schon das Fest. Murat verspricht, einen Teil der Einladungen vom Palais Bourbon aus zu verschicken. Er möchte sich erkenntlich zeigen für so manches Abendessen, für die Drinks bei *Père Tranquille* und anderswo. Murat hat eine weichere Deutung für den geldsatten Spendierer Paulin als Benoît, Lagrange und Konsorten. Er weiß von sich selbst, wieviel eine Zugehörigkeit an Mühe kosten kann. Murat hat auch schon Briefe entworfen für Paulin, um sich zu revanchieren, ihn juristisch beraten in seinen Agenturbelangen. *Transforstar* soll das Unternehmen heißen, dessen Chef Paulin jetzt nur noch Ausschau hält nach geeigneten Räumen; favorisieren würde er eine Etage in Passy.

Zu diesen Beratungen erscheint Paulin mit einem kleinen braunen Lederkoffer, einem Beutestück, in dem er seine Papiere hat, die Kopien der von Murat gefeilten Geschäftsbriefe und Werbesendungen, das Dressman-Pressbook und seine Photos als Eartha Kitt und Diana Ross sowie Schnappschüsse aus der Militärzeit als Friseurlehrling. In den Seitenfächern des Koffers stecken, als handle es sich um den Ausschuß einer Bettlerkollekte, ausländische Münzen, auch ein gestricktes Damenportemonnaie mit amerikanischen Cents. Letzteres gehörte Ludmilla Liberman.

Paulin will fünfzig Personen zum Menü plazieren. Die Einladungen für seine zwanzig wertvollsten Gäste steckt Murat in die offiziellen Kuverts der Nationalversammlung und jagt sie unter dem Postcode des Deputierten Barbier durch die Frankiermaschine. Er ist sich der Wirkung auf die Empfänger bewußt, auch seiner Unkorrektheit. Doch glaubt er, diese Gefälligkeit werde in der Masse der Briefe untergehen, unter den monatlich hunderttausend Postsachen des Palais Bourbon verschwinden.

Das Fest ist jetzt ein unabwendbares Ereignis, das nur noch bezahlt sein will. Dafür muß Paulin in eine wirklich rentable Schublade greifen oder in ein pralles, kühles Ledertäschchen, auf das er hinter einem Wäschestapel stößt. So verläßt er am Mittwoch, dem 25. November, zuversichtlich das *Hôtel du Cygne*. Er sieht sich schon im weißen Cut seine Gäste begrüßen. Allmählich stimmen die Voraussetzungen für ein gesteigertes Leben. Sein Hotel hat zwei Sterne, es liegt im Hallenviertel, Rue du Cygne, gleich an der Rue Saint-Denis: in seinem Zimmer ein Messingbett mit hohem Kopfteil wie im Film, Deckenbalken, Stiltisch, Boudoirlämpchen, ein Fernseher auf schwenkbarem Arm. Die Nacht kostet dreihundertachtzig Franc, das macht zwölftausend Franc im Monat.

Wie zwei Tage zuvor in der Rue du Faubourg Saint-Denis, wo er über Marie LeLamer das Los verhängte, mischt er sich diesmal in das Gewimmel der Rue du Faubourg Saint-Martin, einer Parallelstraße. Er fühlt sich unverwundbar. Und viele, bei ihren Besorgungen sich erschöpfende alte Frauen sind unterwegs. Sein Interesse an Rachel Cohen, das zuerst mehr sondierend ist, nimmt sofort zu, als sie mit angestrengten, pausierenden Schritten in die Marktpassage Château d'Eau einbiegt. Jetzt, da sie vereinzelt wie auf einem Laufsteg geht, treten ihre Beschwerden noch deutlicher zutage. In der koscheren Metzgerei *Chez Jacques* läßt sie sich gleich auf den einzigen Stuhl fallen, der nur ihretwegen hier zu stehen scheint. Hinter dem Stuhl hängt, die religiöse Kontrolle des Fleisches betreffend, ein Zertifikat des »Großen Rabbinats von Paris«.

Paulin, der sie von draußen beobachtet, gefällt diese Mattigkeit von Rachel Cohen. Noch mehr gefallen ihm aber die Gebärden des Metzgers mit dem halben Mützchen, der die alte Frau für eine Schwerhörige nimmt und zweimal beschwichtigend die Hände senkt, damit sie sich Ruhe antut. Zwei Häuser weiter kauft Rachel Cohen ein halbes Brot. Durch das Schaufenster sieht Paulin, wie sie über einem Ohr die Perücke lüftet, während die Bäckerin auffallend akkurat die Lippen bewegt. Von allen Gebrechen der Rachel Cohen kommt ihm ihre Taubheit am meisten entgegen. In seiner Vorstellung ist sie schon so gut wie tot.

Paulin hat schon wieder Trottoir unter den Füßen, als Madame Capradossi, die Concierge der Nummer 46, Rue du Château d'Eau, im Türbogen erscheint. Es ist erst 11 Uhr, die gefragteste Einkaufsstunde. Die alten Frauen tragen ihre Vogelrationen zusammen; über jedem Gemüse ihr wählerisches Zupfen, bei jedem Metzger zeitschindende Erörterungen für hundert Gramm Haschee. Paulin genießt die nachfassenden Blicke auf seine Haare, die wie ein Schneedach seinen dunklen Kopf abschließen. Bis zum Mittag könnte er sich ein weiteres Opfer vornehmen und danach Mathurin besuchen in der Rue Louis-Blanc. Er könnte auch gleich das eine mit dem anderen verbinden und direkt in Richtung seines Freundes gehen, die Mordgelegenheiten dem Zufall dieses Weges überlassend.

So nimmt Paulin selbst die Rue d'Alsace in Kauf. An diese nackte Straße neben der Schienenschlucht der Gare de l'Est wird er keine Erwartung geknüpft haben. Vor allem nicht um den Mittag herum, wo sie endgültig ausgestorben scheint. Denn spätestens jetzt streuen die alten Frauen die Nudeln in ihre Bouillon, oder sie sitzen schon weichgestimmt vor ihrem Teller. Vielleicht haben sie ihren Sesselplatz am Fenster auch schon eingenommen und folgen dem Taubenstreit auf den Bahnsteigdächern.

Ihre einschläfernden Besonderheiten im Ohr, das leise Rangieren und das schwache Zügerollen, will Paulin die Rue d'Alsace nur schnell hinter sich bringen. Doch dann kommt ihm, ungeachtet der Essenszeit, Berthe Finaltéri entgegen. Sie ist siebenundachtzig und von einer

Zierlichkeit, daß er sie, eine Umarmung vortäuschend, schon auf der Straße hätte zerbrechen können. Wie jedes seiner vorangegangenen Opfer trägt auch sie ein halbes Brot. Paulin gibt sich in die Tauben vertieft, bis sie in der Nummer 23 verschwindet. Dann läßt er seine Routine walten.

In den Lidfalten Mathurins sind noch Reste seiner Augenschminke. Vor dem Bett liegt sein kleiner Rock und auf dem Stuhl wie eine aufgeklappte Hühnerkarkasse seine Korsage. Er braucht jetzt einen Kaffee, und Paulin könnte etwas essen. Sie gehen ins *Tabac Le Balto* Ecke Rue Louis-Blanc/Rue Cail. Da es schon zwei Uhr nachmittag ist und Mathurin noch das kleine Frühstück möchte, betritt er das Bistro mit kapitulierend erhobenen Händen. Damit schafft er es jedesmal, die Wirtin zu erweichen. Diesmal rückt sie sogar mit einem Papierbogen an wegen des Beefsteaks für Paulin. Sie mag den frivolen Mathurin und seine ausgefallenen Freunde, allen voran den Tänzer Joséphine. Diese anmutigen Nachtmenschen sind ihr interessant, wobei das ungenaue Wissen über deren Tätigkeit eine Rolle spielen mag.

Paulin hat sich seinen Tag schon verdient. Er hat zweimal Beute gemacht, Rachel Cohen getötet, und nach den Prozeduren, mit denen er Berthe Finaltéri reglos machte, müßte auch sie tot sein. Der Rest des Nachmittags könnte dann folgenden Verlauf genommen haben: Paulin begleitet Mathurin zum Waschsalon in der Rue Perdonnet, die links von der Rue Louis-Blanc abgeht. Auf der Kreuzung treffen sie Madame Barraud, die Apothekerin von der Ecke, bei der Mathurin gewöhnlich Geld für den Waschautomaten wechselt. Sie hilft gerade Geneviève Germont beim Überqueren der

Straße. In Anspielung auf die beiden prallen Tüten Mathurins fragt ihn die Apothekerin, ob er auch genügend Münzen habe.

Die Maschine läuft schon eine Weile, da Paulin sich eines Besseren besinnt, als die Zeit abzusitzen im Waschsalon. Seine Augen sind dem rotbraunen Mantel von Geneviève Germont gefolgt. Sie steht inzwischen vor den schräg getürmten Gemüsekisten eines Marokkaners. Paulin verabredet sich mit Mathurin für Freitag, den Vorabend seines Festes. In der Rue d'Alsace erwacht unterdessen Berthe Finaltéri aus der Bewußtlosigkeit. Präziser als die davongekommene Marie Le-Lamer wird sie anderntags den Täter als einen Mulatten mit dunkler Mütze beschreiben, der linksseitig einen goldenen Ohrring trägt.

Am Freitag gegen Mittag, zu seiner üblichen Zeit, ermordet Paulin in der Rue Cail Nummer 22 die Frau im rotbraunen Mantel, die dreiundsiebzig Jahre alte Geneviève Germont. Sie hatte ihm schon mittwochs, am Arm der Apothekerin Barraud, sehr zugesagt. Gegen 15 Uhr findet die Apothekerin, die Geneviève Germont einen Weg abnehmen und Medikamente bringen wollte, sie mit einem Strumpf erdrosselt.

Zum Freitagabend hin trifft Monsieur Deshayes vor dem Waschsalon der Rue Perdonnet auf seinen Hausnachbarn Mathurin. Es ist eine jener unliebsamen Konfrontationen, die ihm sein Hund Pépère zumutet, indem er hochspringt an diesem Subjekt, als zähle es zur Familie, was seinen Herrn zu einem abbittenden Grüßen nötigt. Doch Mathurin, sonst der verschworene Freund des Hundes, den er tätschelnd beschwichtigt, wehrt ihn diesmal ungehalten ab. Sein Gesicht unter der gestrickten, in provokanter Fülle herabhängenden Rastamütze wirkt verstört. Und trotz seiner dunklen Hautfarbe empfindet Monsieur Deshayes ihn als blaß.

Drei Säle sind für den Geburtstag gerichtet, im ersten die Bar, im zweiten die eingedeckten Tische, im dritten die Musikanlage. Ursprünglich wollte eine Jazzsängerin und Freundin Paulins ihm zum Geschenk auftreten; es scheiterte aber an der Gage für die Band. Das Fest ist noch nicht gefeiert und kostet schon 30000 Franc; eine Lage Champagner für das Hochlebenlassen des Gastgebers ist inbegriffen. Für alles, was danach in unwägbaren Mengen fließen wird, müßte das Geld aus dem Raubmord an Geneviève Germont ausreichen. Den weißen Cut hat Paulin beim Schneider gelassen.

Am Eingang des Restaurants *Tourtour* ist Benoît im Smoking postiert. Als Türsteher hat er sich das Menü schon vor Ankunft der Gäste schmecken lassen. Und jetzt wirft er mehr verbündete als prüfende Blicke auf deren Einladungskarten. Er schickt die Gäste die verliesartige Treppe hinunter zu den Gewölben, wo Paulin in schwarzem Abendspencer zu paspelierter Hose sie erwartet. Die Vorfreude auf den Abend schürt ihre guten Wünsche.

Man befindet sich an einem wirklich stimmungsvollen Ort, vierhundert Jahre altes Gemäuer im Widerschein der Kerzen, in benachbarter Tiefe zur Metrostation Châtelet-Les Halles. Und von eigenem Leuchten die auf und nieder gehende Bürste Paulins, der Geschenke entgegennimmt und auf einem Servierwagen stapelt. Zur Begrüßung Kir Royal, zwei Barkeeper schenken ein, drei Kellner machen die Runde mit den Tabletts. Vierzig der fünfzig Geladenen sind Männer, nach Einschätzung des Türstehers Benoît und seines Freundes Murat, des Assistenten bei der Nationalversammlung, sind vier Fünftel dieser Männer einander intim bekannt.

Als Horsd'œuvre gibt es warmes Ziegenfleisch auf Feldsalat, dann Lachs in Schnittlauch, zu beidem Sauvignon, anschließend Schokoladenkuchen, Kaffee und Champagner. Neben Paulin sitzt Odette, die Pfannkuchenbäckerin, in der Rolle einer Adoptivmutter. Nach Mitternacht stößt eine Hundertschaft weiterer Gäste zu dem Kreis der Auserwählten, die zweite Garnitur der Freunde Paulins, darunter ärmere Ruhelose vom Männerparcours, auch Treibgut aus der nahen Rue Saint-Denis.

Dieses Kommando aus Hungrigen und Durstigen sorgt jetzt für Schwung. Die Schokoladenkuchen auf den Beistelltischen sind schon verputzt, ehe die Kellner die Teller bringen. Manche greifen gleich aus dem Kübel den Champagner und setzen über den Köpfen der Tischgesellschaft, die ihre Flötengläser sichert, die Flasche an. Paulin führt seine neuen Tatzenpantoffeln vor, gelbe Ungetüme aus Plüsch mit roten Krallen. Unter Beifall tanzt er eine Katzennummer zum Fieber-Song von Eartha Kitt.

Damit soll der förmliche Teil des Festes aber auch zu Ende sein. Vor allem die Nachhut der Gäste macht das kostenlose Trinken übertrieben locker. In den Ecken befingern sich schon frische Paare. Einige liegen weggesackt am Boden. Andere dienen sich den gesetzteren Herren an, um sie beim Engtanz auf hundert zu bringen. Bis plötzlich das Gebrüll Paulins in diese Nahkampfdiele fährt und das Gemenge unterbricht. Auf seinem Gabentisch fehlen Geschenke. Jemand hat ihm seinen Kuchen weggegessen und seinen Champagner weggetrunken. Er macht Benoît, den Türsteher, fertig.

Der habe das ganze Gelichter ungehindert durchmarschieren lassen.

Schließlich überkommt ihn der Jammer über sein weites Herz und danach wieder die Wut über das Geld, das ihn die Parasiten kosten werden. Die meisten will er nie zuvor gesehen haben. Also tobt er durch die Gewölbe und scheucht die Orgienbrüder hoch, die sich sofort den Anschein geben, aufzubrechen, indem sie ihre Kleider ordnen. Man kennt seine Anfälle, auch wie sie reichlich begossen werden, wenn sie ausgestanden sind. Paulin zieht sich mit dem schönsten Parasiten in die Toilette zurück, während die Kellner wieder ihre Touren laufen mit den vollen Tabletts.

Am Sonntag geht das Feiern weiter. Nach dem Massenvergnügen der vergangenen Nacht trifft sich eine kleinere Runde im *Minou Tango* am Montmartre, Rue Véron, einer Seitenstraße der Rue Lepic. Die zwanzig Gäste sind noch einmal eine Auswahl jener fünfzig ausgesuchten Gäste des Vorabends. Natürlich ist Odette wieder dabei, auch Murat, der angehende Attaché, Benoît als präsentabler Student der Sciences-po und andere Bekanntschaften dieses Schlages; außerdem Paulins Anwalt mit dem Glasauge, dem er die Kürze der Haft in Fresnes verdankt.

Die Mischung an jenem Tag ist ausgewogener als im *Tourtour*, die schwulen Männer sind nicht mehr in der Überzahl. Die Schwaden des Haschischs liegen in guter Balance mit dem Rauch der Havannas, die Murat aus den Beständen der Nationalversammlung hatte mitgehen lassen. Sie waren sein Geburtstagsgeschenk in original plombierter Kiste mit goldfarbenem Nägelchen, und eine Handvoll konnte er in diesen geruhsameren Abend hinüberretten.

Allen hängt die lange Nacht noch an. Man befindet sich im Zustand einer lasziven Mattigkeit, wo ein Gelächter das nächste jagt. Paulin hat der Wirtin einen chinesischen Handschmeichler über die Theke geschoben, ein versetzt kauerndes Hasenpaar aus Elfenbein, offenbar ein Beutestück. Die Position der Hasen und die Wirkung des ersten Champagners lohnen die ganze Nachfeier schon. Danach gibt der Abend nur noch Rätsel auf.

Dasselbe Menü wie vor vierundzwanzig Stunden wird aufgetragen, wieder warmes Ziegenfleisch auf Feldsalat, wieder Lachs in Schnittlauch und kein Wort der Erläuterung von Paulin, auch später nicht beim Schokoladenkuchen. Er pendelt zwischen den vier Tischen. Willkommenswünsche wiederholend, als habe man sich lange nicht gesehen. Er vermeidet, die verflossene Nacht zu erwähnen. Und schneidet jemand das Thema an, wendet er es ab, als lasse die Nacht sich dadurch ungeschehen machen. Mit der letzten Champagnerlage gegen ein Uhr kommt ihn das Wochenende um die 50 000 Franc zu stehen. Als die geleerten Flaschen kopfüber in den Kübeln stecken, sollen Paulin noch vierzig Stunden in Freiheit bleiben.

Nach der Beschreibung der 87 Jahre alten Berthe Finaltéri am 26. November 1987 kann die Pariser Polizei das Phantombild des Mörders um einen linksseitig getragenen Ohrring komplettieren. Da der Gesuchte negroide Züge haben soll und angeblich akzentfrei Französisch spricht, konzentriert sich die Fahndung zuletzt auf die ethnische Gruppe der Afro-Kariben aus Guadeloupe und Martinique. Am 1. Dezember 1987, nach drei Jahren folgenloser Spezialeinsätze, läuft Paulin gegen 16 Uhr in der Rue de Chabrol im zehnten Arrondissement dem Polizisten Francis Jacob in die Arme. Eine Ahnung von seinem außergewöhnlichen Polizistenglück stellt sich für den Streifenbeamten aber erst ein, als Paulin gleich einen Anwalt kontaktieren will.

Gegen 17 Uhr desselben Tages knallen am Quai des Orfèvres schon die Korken. Von den 150 000 an Tatorten abgenommenen Fingerabdrücken der letzten drei Jahre waren achtzehn identisch mit denen des soeben vorgeführten Mannes. Für dieses Ergebnis hat der Computer weniger als fünf Minuten gebraucht. Paulin vergrößert den Jubel noch dadurch, daß er innerhalb der folgenden Stunde sieben Morde gesteht. Er soll seine Gefragtheit sehr genossen und mit der Attitüde eines Könners die Taten geschildert haben. Die Torturen, die sadistischen Handlungen, die über den Tötungsvorgang hinausgingen, lastet er seinem Komplizen an. Mathurin wird am 2. Dezember um 6 Uhr früh im Appartement des Grotesktänzers Joséphine, Rue Vercingétorix im vierzehnten Arrondissement, festgenommen.

Während sich für Paulin die Sehnsucht nach Berühmtheit erfüllt, bittet Mathurin, in der Befürchtung, nie mehr einen Arbeitsplatz zu finden, die Beamten darum, seinen Namen nicht öffentlich zu machen. Ein Gerichtsverfahren gegen Mathurin, der als Untersuchungshäftling im Gefängnis La Santé einsitzt, ist noch nicht anberaumt.

Am 17. April 1989 ist Paulin, der als »Bestie von Paris« in die französische Kriminalgeschichte eingeht, im Alter von fünfundzwanzig Jahren im Krankenhaus der Haftanstalt Fresnes an Aids gestorben.

(1990)

Dinge über Monsieur Proust

Mittags bringen zwei Juwelenwächter von Cartier die Perlen der Herzogin von Guermantes und Monsieur Swanns oblatenflache, achteckige Taschenuhr in das zwanzig Kilometer vor Paris gelegene Schloß Champs-sur-Marne. Die Männer sehen verschlagen aus. Besonders der eine, der tiefe blaubraune Schatten um seine gelben Augen hat und dessen Blick man nachts für den eines Tieres halten könnte. Beim Auspacken der teuren Stücke aus den wattierten Tüten greift der Gelbäugige in die Perlen wie ein Friseur in einen Lockenkopf, und der andere führt das gedämpfte Schnappen des Uhrenetuis vor. Beide zeigen eine erregte Zufriedenheit, als hielten sie Beute in Händen.

Die Herzogin von Guermantes gibt eine musikalische Matinee. Sie und ihre Gäste gehören dem *gratin* des Pariser Faubourg Saint-Germain an, zu dem Zutritt nur eine hohe Geburt verschafft. Oder jemand erregt als Paria ein spezielles Entzücken wie der Jude Charles Swann, der sein als unfein reputiertes Vermögen aus Börsengewinnen über einem melancholischen Esprit vergessen macht. Die Damen sitzen mit ihrem raumfordernden Cul de Paris etwas schräg in den Sesseln. Und aufrecht hinter ihnen eine dämmernde Spezies aristokratischer Herren, die wie stehende Luft die Fächerbewegungen der Damen zu beschleunigen scheinen. Der

Pianist spielt das Intermezzo »Die Vogelpredigt des heiligen Franziskus« von Liszt, wobei sein keilförmiger Künstlerkopf übertrieben auf und nieder geht.

Volker Schlöndorff hat »Eine Liebe von Swann« verfilmt, ein Kapitel aus Marcel Prousts viertausend Seiten langem Roman *Auf der Suche nach der verlorenen Zeit*. Charles Swann, ein Müßiggänger von hoher ästhetischer Verwundbarkeit, die ihn in Halb- und Vierteltönen den Absturz von Kultur in Vulgarität wahrnehmen läßt, liebt Odette de Crécy, eine Kokotte von schlechtem Geschmack. Vor seiner Bekanntschaft mit ihr hatte bei Swann »... wie bei vielen Männern, deren Kunstgeschmack sich unabhängig von ihrer Sinnlichkeit entwickelt, ein bizarrer Gegensatz zwischen dem bestanden, was den einen und die andere befriedigt; im Verkehr mit Frauen suchte er immer derbere, bei den Kunstwerken immer raffiniertere Genüsse...«

Die ausgesuchten Gäste bei den Guermantes werden von Aristokraten dargestellt, von Titelträgern der obersten Kategorie wie den Prinzen Ruspigliosi und Lubomirski. Sie treffen sich in der Frühe um 7 Uhr 15 an der Porte de Vincennes, wo sie ein Bus einsammelt und nach Champs-sur-Marne bringt. Ihre Tagesgage liegt zwischen dreihundertfünfzig und vierhundert Franc. Das ist je nach Bedürftigkeit gar kein Geld oder immerhin etwas. Doch nicht genug, um einen Orangenbaum aus einem kleineren in einen größeren Holzkübel umzupflanzen. Denn einige dieser Leute halten noch ein Schloß.

Beispielsweise die Darblays, die in einem fünfköpfigen Familienverband auftreten – Mutter, Sohn, drei Töchter. Und während der eine Darblaysche Mann seiner Sippe allen Liebreiz abgezogen hat, haben die Darblayschen Frauen wie Austernmesser knapp gebogene Nasen, sachliche Münder und spatenhaft gerade Gesichtsumrisse. Ihre vierfache kantige Anwesenheit ist die physiognomische Hefe zwischen den weniger entschiedenen Gesichtern. Und so wie Hefe keine Ruhe gibt, sondern sich vorarbeitet, bis alles nach ihr schmeckt, reicht auf einer dicht mit Damen besetzten Chaiselongue schon eine Darblay, um an teure, aus ihren Boxentüren hinausschauende Pferde zu denken.

Im Unterschied zu den profanen Statisten, die auf dem täglichen Arbeitspapier der Filmproduktion anonym und nur nach ihren äußeren Merkmalen vorkommen – alter Gärtner mit Harke, Kinderfrau mit Haube, vornehmes Mädchen mit Kricketschläger –, sind die Adligen mit Namen aufgeführt: dreimal de Rohan-Chabot, einmal de Breteuil, de Champs Fleuri, de Saint Robert, de Chavagnac, de Chaudenay, de Chazournes, de Nicolai, de Illiers und zweimal de Cambronne. Letztere sind Nachfahren des napoleonischen Generals, der bei der Schlacht von Waterloo »merde« ausgerufen hatte und dieses Wort als »le mot de Cambronne« benutzbar machte.

Außer den Prinzen, die wahrscheinlich zu arm sind, stehen die Genannten fast alle im *Bottin Mondain,* einem seit 1885 existierenden Verzeichnis der Pariser Gesellschaft. In diesem Buch, das im Rhythmus von zwei Jahren aktualisiert wird, öffentlich nicht einzusehen ist und achthundert Franc kostet, halten sich Adel und Geldbourgeoisie die Waage. Eher verschwindet aber eine Comtesse von ihrem alphabetischen Platz, und ein weiterer Schlumberger rückt nach.

Als in Paris heraus war, daß Volker Schlöndorff Proust verfilmen wird, war die maliziöse Vorfreude auf ein Mißlingen dort kleiner als in Deutschland.

Kein Aufstand von Proustianern, wer immer diese Leute sind, die sich derart zu Hause fühlen in dem Werk, daß sie den Hofhund markieren und anschlagen, wenn ein vermeintlich Unbefugter das Revier betritt. Öffentlichen Einwand gegen Schlöndorffs Unternehmen gab es nur von dem Schriftsteller und ehemaligen Sartre-Sekretär Jean Cau, der in der Illustrierten *Paris Match* die sich aufhebende Doppelrolle eines Proust-Beschützers und eines Anti-Proustianers übernahm. Jean Cau ist jeder ein Greuel: der treuherzige Vergnügungsleser so sehr wie der mit Proust Verwandtschaft empfindende Sensibilist. Und dessen Untersorte, der Stichwort-Proustianer, dem das muschelförmige Eiergebäck aus der Kindheit des Erzählers eine literarische Hostie ist, den beim Anblick einer »Madeleine« in einer Konditorvitrine die »Suche nach der verlorenen Zeit« befällt.

Für Jean Cau gibt es nur einen proustfähigen Menschen: ihn selber. Und diesen Menschen erreicht eine Art *billet doux* aus dem Grabe Prousts, in dem jener ihn bittet, ihm über das Verbrechen der Verfilmung zu berichten. Und Cau beginnt, die intimste Anrede für Proust, die Naschwerkformel »Mon cher petit Marcel« benutzend, hinunter ins Grab zu berichten:

Über den alpinistischen Ehrgeiz von Regisseuren, die das Massiv Proust einnehmen wollten und darüber gestorben sind wie Luchino Visconti oder denen zwanzig Millionen Dollar fehlten wie Joseph Losey. Über den Vollstrecker Schlöndorff schließlich, dessen Hauptdarstellerin Ornella Muti plebejische, zu grob geratene Hände habe; der sich zu filmen getraut, worauf »Du, o Marcel, Dein begnadetes Facettenauge gerichtet hast, auf die taumelnden Insekten im Schauglas ihrer Leidenschaften. Dieses Auge, wodurch ist es zu ersetzen? Durch eine Kamera?« Doch »Schrei nicht, Marcel! Dein Asthma! Dein Asthma!« Cau versucht Proust dann durch die Mitteilung zu besänftigen, daß die Statisten authentische Aristokraten sind, und zählt sie auf.

Nach einigen Drehtagen im Schloß Champs-sur-Marne zeichnet sich ein Gefälle innerhalb der Adelsgruppe ab. Das mag im gegenseitigen Wissen um die pekuniären Verhältnisse begründet liegen, auch in Schlöndorffs leichtfertiger, wenn auch einfühlsam gemeinter Auskunft, daß einige statt des Geldes lieber eine Kiste Wein als Tagesgage wollen. Wer also will Wein, und wer nimmt Geld? Wer findet Geld unwichtig und kann es deswegen nehmen? Und wer findet Geld wichtig, weil er es braucht?

Die Rohan-Chabot und die Chavagnac gehören dem Pariser Jockey-Club an, der gesellschaftlich wohl geschlossensten Institution der Welt. In diesem 1835 gegründeten Club gab es zu Lebzeiten Prousts neben den Rothschilds nur noch ein jüdisches Mitglied, Charles Haas, der von sich behauptete: »Ich bin der einzige Jude, der es fertiggebracht hat, von der Pariser Gesellschaft anerkannt zu werden, ohne grenzenlos reich zu sein.«

Charles Haas, Sohn eines Börsenmaklers, wurde Prousts literarisches Vorbild für die Figur des Charles Swann, dessen stetig ihm zufließende Börseneinkünfte ihn ganz seiner Kunstempfindlichkeit und seinen gesellschaftlichen Ambitionen leben lassen. Es sind die gleichen Bedingungen, denen auch Proust seine finanziell unbehelligte Existenz verdankt: Das Geld, das er in Grandhotels ausgeben konnte, das ihn Trinkgelder wie aus einem Füllhorn verteilen ließ, stammte aus dem

Vermögen seines Großvaters mütterlicherseits, des jüdischen Börsenmaklers Nathée Weil.

Mit dem zu Ende gehenden Jahrhundert stellt die Pariser Aristokratie nur noch die feinsten Leute, aber nicht mehr die reichsten. Die Herablassung gegenüber dem neuen Geld mündet zwar oft in einer sanierenden Heirat, was nicht bedeutet, daß sich die Herablassung danach gibt. 1895 heiratet der mit Proust befreundete Comte Boni de Castellane, ein Neffe des Prinzen von Sagan, die amerikanische Erbin Anna Gould, um seinen Ruin aufzuhalten. In den Salons wird die Anwesenheit des Grafen, der als Anwärter des Jockey-Clubs seiner Exaltiertheit wegen durchgefallen war, als ergötzend empfunden. Während die von dem englischen Proust-Biographen George D. Painter als klein, dünn und kümmerlich geschilderte Anna Gould keinen Augenblick vergessen machen kann, warum sie dabeisein darf.

Die Dressurakte des Grafen an seiner glanzlosen Frau geraten ihm zur Erheiterung der Gesellschaft. Einem Gerücht zufolge wuchsen ihr längs der Wirbelsäule Haare »wie einer irokesischen Häuptlingsfrau«. Worauf der Ehemann zu ihrer Ehrenrettung in Umlauf brachte, er habe sie längst enthaart.

Er lehrt sie, gelassene Antworten zu geben auf Komplimente. Das Staunen der Besucher über die von ihrem Geld entstehende kolossale Villa, die dem Petit Trianon in Versailles nachgebildet wurde, beantwortet sie mit der zusätzlichen Auskunft: »Das Treppenhaus wird so ähnlich wie das in der Opéra, nur größer.«

Über dem Reichtum der Anna Gould verliert Comte Boni de Castellane jedes Maß für die Usancen der Adelsklasse, die, ihrer realen Funktion fast ganz enteignet und in Verarmung begriffen, eine verhaltene Sparsamkeit zur Stilfrage deklarieren mußte. Die an Größenwahn grenzenden, verschwenderischen Empfänge des Grafen lassen Alphonse de Rothschild in einer Anwandlung von Mitleid sagen: »Man muß es gewohnt sein, mit so viel Geld umzugehen.«

Zum einundzwanzigsten Geburtstag seiner Frau Anna holt der Graf beim Pariser Stadtpräsidenten die Erlaubnis ein, für dreitausend Gäste einen Ball im Bois de Boulogne zu geben. Die Zeitungen berichten, daß das gesamte Corps de ballet der Opéra tanzte, daß achtzigtausend venezianische Lampen »im Hellgrün unreifer Früchte zwischen den Bäumen des Bois schimmerten«, daß fünfundzwanzig Schwäne, gestiftet von dem Millionär in Mehl und Teigwaren Camille Groult, plötzlich aufflogen und zwischen »den Laternen, Gästen und Feuerfontänen mit ihren weißen Flügeln schlugen«. Die Comtesse Anna de Castellane, geborene Gould, kostete dieser Ball dreihunderttausend Goldfranken ihres Vermögens.

Über eine von Prousts zahlreichen Gastgeberinnen, die Comtesse Rosa de Fitz James, geborene Gutmann, schreibt Painter, sie habe ein Verzeichnis aller jüdischen Heiraten des europäischen Adels als Geheimwaffe in ihrem Schreibtisch bewahrt. Der Faubourg Saint-Germain, der sich als uneinnehmbarer Adelshorst geriert, hält die hinaufgeheiratete Rosa Gutmann aus Wien zunächst nicht für akzeptabel; läßt sich aber durch die Tatsache, daß ihr Mann, Comte Robert de Fitz James, sie nur betrog, für sie erweichen.

Das Unglück der schwermütigen Comtesse Rosa beschert dem Faubourg nur Kurzweil und bringt ihr den Namen »Rosa Malheur« ein (nach der Malerin Rosa Bonheur). »Sie wollte einen Salon haben«, sagte Comte

Aimery de La Rochefoucauld, »brachte es aber nur zu einem Eßzimmer.« Painter schreibt: »Wenn sie anfing: ›In Wien, wo ich erzogen wurde‹, unterbrach sie ihr Mann, der Comte de Fitz James: ›Sie wollen sagen: großgezogen.‹« Eine Freundin meinte ihr gegenüber: »Alle sagen, Sie seien dumm, meine liebe Rosa, doch sage ich immer, das sei übertrieben.«

Der eingeschränkten Wertschätzung für einen aristokratischen Salon, dessen Gastgeberin Jüdin ist, erliegt auch Proust, Sohn einer Jüdin, der in den neunziger Jahren seinen Aufstieg in die höchsten Kreise betreibt. Die Einladung der Prinzessin de Wagram und ihrer Schwester, der Herzogin de Gramont, im Jahre 1893, bedeutet für Proust nur eine Vorstufe zum eigentlichen Gipfel, da beide Damen geborene Rothschilds waren »und ihre Ehemänner durch die Einheirat in jüdisches Geld als leicht deklassiert galten« (Painter).

Da Proust sein privates Leben ausschließlich als Fundstelle für literarischen Stoff anlegt, ist sein gesellschaftlicher Ehrgeiz jedoch nur der eines Rechercheurs und kein Bemühen um persönliche Satisfaktion. Bei den Diners, die er gibt, sitzt er, um besser hinhören und hinsehen zu können, ohne zu essen, auf einem etwas abgerückten Stuhl. Oder er wechselt zwischen den Gängen seine Tischpartner, um jedem Gast die Wichtigkeit zu zeigen, die dieser für ihn hat. Vor allem aber versetzt ihn diese Höflichkeit in die Lage, auch nicht die kleinsten Redemerkmale zu versäumen, nicht die Beschaffenheit einer künstlichen Brombeerranke in einer Frisur, nicht die Anzahl der ausgestopften rosa Dompfaffen auf einem Abendhut. In Deutschland las man Prousts ausschweifendes Sezieren der Gesellschaft zuerst »als Unterhaltungsbeilage zum Gotha« (Benjamin).

Bei einem Diner im *Ritz,* zu dem Proust zusammen mit der Prinzessin Soutzo im März 1919 von Harold Nicolson, einem englischen Delegationsteilnehmer der Pariser Friedensverhandlungen, eingeladen war, machte er den Engländer durch sein detailbesessenes Fragen über dessen Arbeit nervös. Proust unterbrach Nicolson schon nach dem Satz: »Wir treffen uns gewöhnlich um 10 Uhr morgens«, und sagte: »Nein, das geht viel zu schnell, fangen Sie noch einmal an. Sie fahren mit dem Dienstauto, Sie steigen am Quai d'Orsay aus, Sie gehen die Treppen hinauf, Sie treten in den Konferenzraum ein. Was geschieht dann?« Nicolson berichtete dann alles diesem »weißen, unrasierten, schmierigen Dinergast«, wie er sich über Proust äußerte.

Der asthmakranke und an Schlaflosigkeit leidende Proust, den Walter Benjamin als »vollendeten Regisseur seiner Krankheit und nicht als ihr hilfloses Opfer« empfand, gerät im Laufe seines Lebens immer mehr aus dem Rhythmus von Tag und Nacht. Er schläft bis in den Abend, so daß seine Mutter, um überhaupt einmal mit ihm zusammenzusein, gegen Mitternacht mit ihm dinieren mußte. Danach erst nimmt er seine gesellschaftlichen Aktivitäten auf, um dann bis in den Morgen hinein zu schreiben.

Prousts regelmäßig spätes Erscheinen auf den Soireen läßt den aufbrechenden Anatole France einmal panisch ausrufen: »Jetzt kommt Marcel – das heißt, daß wir noch bis zwei Uhr morgens hier sein werden!« Proust heftet sich an France und entlockt ihm die Anekdoten des Abends. Danach bittet er Albert Flament, einen anderen Gast, ihn nach Hause begleiten zu dürfen. Aus Gründen gleichzeitig der Menschlichkeit und der Verzögerungstaktik, so Painter, habe Proust den ältesten Kutscher und das hinfälligste Pferd auf der ganzen Avenue Hoche ausgesucht. Doch statt einzusteigen, läßt er den Kutscher hinter ihnen herfahren und fragt nun Flament über die Geschehnisse des Abends aus, um dessen Antworten mit denen von France zu vergleichen und sich ein mehrdimensionales Bild machen zu können.

Dem bald eingeschlafenen Kutscher steckt er eine Handvoll Geld zu, ruft sich einen anderen und bietet Flament eine Fahrt durch den Bois de Boulogne an. Dieser lehnt ab, und Proust sagt: »Ich möchte nicht, daß Sie morgen übermüdet sind – ich weiß, Sie stehen morgens auf wie jedermann sonst, doch sicher müssen Sie hungrig sein.« Es folgt ein Souper im Restaurant *Weber* in der Rue Royale, bei dem der beängstigend erschöpfte Proust mit dem »Aussehen einer Gardenie von gestern« wie meistens seinen Pelzmantel anbehält, für sich nur zwei Birnen und seinem Gast »das Teuerste, das der Jahreszeit am wenigsten Entsprechende« bestellt. Erst gegen Morgen, den er selber wie ein Nachtgespenst fürchtet und nachdem er unter den Schnarchtönen des Kutschers noch zwei Stunden mit Flament vor dessen Haustür geredet hat, läßt Proust von seinem Informanten ab.

Im Februar des Jahres 1900 sitzt Proust an einem *Figaro*-Artikel über den gerade verstorbenen englischen Ästheten und Sozialreformer John Ruskin. Wie immer ist es Nacht. Als Proust (der damals noch in der elterlichen Wohnung am Boulevard Malesherbes Nr. 9 wohnt) bei seiner Arbeit an einem sachlichen Detail hängenbleibt, schickt er den Diener seines Vaters (Dr. Adrien Proust, Professor für Seuchenmedizin und Erfinder des Cordon sanitaire) um eine Auskunft zu seinem Freund

Léon Yeatman. Der Diener sagt zu dem aus dem Schlaf gerissenen Yeatman: »Monsieur Marcel bittet mich, Monsieur zu fragen, was mit Shelleys Herz geschehen ist.«

In einer anderen Nacht findet der heimkehrende Yeatman diesen »leicht tyrannischen Freund« wegen eines ähnlichen Anliegens allein in seiner Portiersloge sitzend vor. Proust hatte sogar die Schnur gezogen, um ihn einzulassen, und erklärt, die Concierge sei krank, ihr Mann müsse Medizin für sie holen und er habe seine Vertretung angeboten.

»Prousts Biographie ist deswegen so bedeutungsvoll«, schreibt Walter Benjamin, »weil sie zeigt, wie hier mit seltner Extravaganz und Rücksichtslosigkeit ein Leben seine Gesetze ganz und gar aus den Notwendigkeiten seines Schaffens bezogen hat.«

Schlöndorff wollte ursprünglich den jüdischen Popsänger Art Garfunkel aus New York für die Rolle des Swann. Keinesfalls aber einen Franzosen, wie er sagt, denn die Pariser Gesellschaft habe den Proustschen Swann ja auch für einen Ausländer genommen. Den Swann spielt jetzt der Engländer Jeremy Irons, der von so empfindlicher Schönheit ist, daß er auf dem Satinpolster eines dicht schließenden Etuis zu Hause sein könnte. Die sich stufenweise verschärfende Traurigkeit seines Blicks gelangt manchmal an einen Punkt, an dem sich die Einstichstelle des Weltunglücks zu befinden scheint. Und seine gesamte Erscheinung mit der sicher auch ehrgeizigen Müdigkeit sticht fast die Müdigkeit der aristokratischen Männer von der Statisterie aus.

Während der sich hinziehenden Drehpausen kampieren diese Männer wie gefangene Offiziere meistens wortlos auf den Stufen der inneren Schloßtreppe, als ob sie keinen anderen Zwecken mehr unterlägen und nur noch aus guten Familien stammten. Sie warten, bis der Ansturm vor den großen Mannschaftskannen für Tee und Kaffee vorüber ist. Und wenn sie endlich einen Plastikbecher unter die Zapfstelle halten, riskieren sie, daß eine Dame einen zweiten Kaffee möchte und für sie selber aus der dann schräg zu haltenden Kanne nichts mehr kommt.

Nur der polnische Prinz Lubomirski ist hellwach der Tagesgage wegen. Seine Schuhe sind durch einen altersbedingten Dreiecksfuß an den Innenseiten brüchig. Lubomirski kümmert Proust wenig. Ihm sind dessen Sätze zu lang, so daß er nur mit der Rhythmushilfe eines geschlagenen Tamburins oder eines tickenden Metronoms am Ende deren Sinn erfassen könnte.

Im Deutschen, sagte der Prinz aus einer plötzlichen Kaprize heraus, verabscheue er die beiden Grußformeln »Ahoi« und »Tschüs«. Doch über alles liebe er Rilke, dessen Grabspruch er mit halb geschlossenen Augen aufsagt: »Rose, oh reiner Widerspruch, Lust / Niemandes Schlaf zu sein unter soviel / Lidern«.

Diesen drei Zeilen habe er eine Paraphrase gewidmet: »Rose, Du bist das Bild der Liebe! Zu Dir steigen wir / Durch krallenhafte Siebe«. Während er sie preisgibt, nimmt er, die Höflichkeit gegenüber Rilke wahrend, die Anbetung aus dem Gesicht.

Als Schlöndorff die Idee kam, die Proustschen Salonszenen mit Adel zu besetzen, konnte er nicht ahnen, daß es Andrang geben würde und schließlich die üble Situation, Bewerbern, die seinen optischen Vorstellungen nicht entsprachen, absagen zu müssen. Es sollten viele große Nasen zusammenkommen, eine spezifisch herablassende Häßlichkeit, die Prousts Romanheld Swann empfindet, als er nach dem Anblick der strammen Bedienten mit ihren neuen, herkunftslosen Gesichtern »jenseits des Tapisserievorhangs« die aristokratische Gesellschaft betritt.

Die Frauen vor allem müssen begierig gewesen sein, in dieses Pandämonium aufgenommen zu werden. An den Frisier- und Schminktischen im Kellergewölbe des Schlosses wird erzählt, eine habe für ihre Teilnahme an dem Proust-Film eine schwarze Messe gehalten. Und vorbeugend, für den ehrenrührigen Fall, nicht mitmachen zu dürfen, sei eine Comtesse auf die Seychellen abgereist, um ihre Abwesenheit im Salon der Guermantes zu erklären. Solche mokanten Details muß Marie-Christine von Aragon in Umlauf gebracht haben, denn sie war mit dem Rekrutieren der adeligen Statisten befaßt. Als Namensträgerin kannte sie ohnehin die meisten. Und für den Rest hatte sie im *Bottin Mondain* geblättert und in den Avenuen hinter dem Arc de Triomphe herumtelefoniert.

Auch Schlöndorff brachte Adelskontakte ein, wenn auch nicht in dem Ausmaß, wie er es in den ersten Meldungen über sein Proust-Projekt glauben machte, daß nämlich die gesamte Aristokratenkulisse aus Freunden und Klassenkameraden bestehen werde. Dies trifft nur auf Philippe de Saint Robert zu, Kommentator bei *Le Monde,* und den Industriellen Roland de Chaudenay, die mit ihm zusammen das Jesuitenkolleg in Vannes besucht hatten. Solche, in ihrer Richtigkeit zwischen Gramm und Doppelzentner differierenden Auskünfte sind symptomatisch für Chefnaturen, die ihren Mitarbeiterstab zwar dauernd loben, bei dem gutplazierten Veilchenstrauß am Gürtel der Hauptdarstellerin aber glauben, er stecke nur gut, weil er dahinter stehe.

Alain Delon spielt den Baron Palamède de Charlus, unter Prousts Romanfiguren diejenige, die über alle glänzenden Eigenschaften eines Satans verfügt, daneben jedoch freundschaftsfähig ist. Charlus ist ein gnadenloser Ästhet gegenüber weiblicher Schönheit und etwas weniger gnadenlos, weil ihrer körperlichen Liebe bedürftig, gegenüber jungen Männern. Für Charles Swann, der sich in seiner eifersüchtigen Liebe zu der Kokotte Odette zugrunde richtet, ist Charlus ein konspirativer Vertrauter, den er um detektivische Dienste angeht. Den er sogar bitten kann, mit Odette auszugehen, um sie zumindest für Stunden, die sie sonst ohne sein Wissen verbringen würde, auf diese Weise an sich zu binden.

Gemessen an den vorangegangenen Tagen bringt das Auftreten von Alain Delon am Drehort eine atmosphärische Erschütterung. In einem übergroßen Bewußtsein für seine Besonderheit hat er sich die Anwesenheit jeder unbefugten Person verboten. Das bedeutet für Nicole Stéphane (Tochter des Baron James de Rothschild), die 1962 Marcel Prousts Nichte Suzy Mante-Proust die Verfilmungsrechte für die *Recherche* abkaufte, daß sie sich wie die Hilfskraft einer verantwortlichen Schneiderin verhält, die mit dem Nadelkissen bereitzustehen hat.

Die Stille muß nicht erst durch die vielen jungen Männer hergestellt werden, die über ihre Walkie-talkies »Silence« rufen und deren hierarchisch gegliedertes Assistententum am niedrigsten und am lautesten ist, wenn sie im Schloßgarten einen Gärtner anfahren, weil er mit der Buchsbaumschere schnappt. Es herrscht jedoch keine geneigte Stille, wie sie ein Papst erwarten kann, der von seinem Balkon seine vielsprachigen Osterwünsche auf den Petersplatz hinuntersagt. Vielmehr ist sie angespannt, als müßte eine Ladung Nitroglyzerin über eine Holperstrecke transportiert werden.

Einer Indiskretion zufolge war die Mitwirkung Alain Delons eine Bedingung der französischen Produktionsfirma Gaumont, die mit siebzig Prozent an dem insgesamt acht Millionen Mark teuren Film beteiligt ist; entsprechend das Verhalten dieses halbalten oder halbjungen Mannes von achtundvierzig Jahren, der wie auf einem Wohltätigkeitselefanten sein Dabeisein abheben muß, bei dem eine Regieanweisung solche starken Widerstände auslösen kann, als hinge er an einem sich plötzlich entfaltenden Bremsballon.

Alain Delons Erscheinung wirkt zuerst einmal stärker als seine Tätigkeit. Er ist auf Charlus hergerichtet. Und Charlus ist das von Proust geschaffene literarische Ebenbild des Grafen Robert de Montesquiou, dessen Portrait der versammelten Adelsstatisterie geläufig ist. Dafür sieht er zu sehr nach einem Karnevalspiraten aus, etwas zu zirzensisch mit seinen wichsschwarzen Augenbrauen und dem ebenso schwarzen Schnurrbart. Vielleicht hat Delon bei aller Erinnerung an seine erotischen Verbrecherrollen noch zuviel unbedeutende Güte im Gesicht für eine so degenerierte Figur, die durch das Zusammenspiel von aristokratischer Kultiviertheit und unbehauster Homosexualität die Phosphorfarben der Galle abstrahlt.

Die gesellschaftliche Bedeutung des Grafen Robert de Montesquiou lag vor allem »im hohen Snobwert eines adeligen Intellektuellen« (Painter). Er schrieb Verse, die er mit oratorischem Überschwang, fuchtelnd, singend, schaukelnd und sich selber »an die Drähte aller möglichen Puppenfiguren hängend« in den Salons oder auf eigenen Soireen in seinem in Passy gelegenen Palais

Rose vortrug. Auf die leiseste Bewunderung, etwa auf die Bemerkung »Wie schön!«, liefen seine Gäste Gefahr, daß er das Ganze wiederholte. Die besten Imitatoren seiner mimischen und stimmlichen Exaltiertheit waren Charles Haas (Prousts Modell für Swann), der Montesquious »schneidendes, schleppendes Gemauschel« besonders gut beherrschte, und Marcel Proust selber.

Proust ließ sich manchmal schon im Beisein der Garderobiere, während er für ein Diner den Mantel ablegte, von Freunden dazu animieren, nachzuahmen, wie Montesquiou beim Lachen seine kleinen schwarzen Zähne hinter der Hand verbarg.

Proust unterhielt zu dem fünfzehn Jahre älteren Montesquiou (geboren 1855) eine komplizierte, oft gereizte, durch das Gleichgewicht ihrer schrecklichen Wahrnehmungsfähigkeit jedoch beständige Freundschaft. Während Proust den Grafen seines rosa überpuderten, plissierten Gesichtes wegen mit einer Moosrose verglich, nannte sich der Graf selber »ein Windspiel im Paletot« und wünschte, daß die Bewunderung für seine Person »sich zum körperlichen Verlangen steigert«.

Sein Palais Rose war »vollgestopft mit einem Wirrwarr ungereimter Gegenstände«, notierte Edmond de Goncourt 1891 im Tagebuch. Neben Radierungen von Whistler gab es ein Gemälde von Boldini, auf dem nur die Beine seines Sekretärs Gabriel d'Yturri in Radhosen zu sehen waren, eine Zeichnung vom Kinn seiner Kusine, der Comtesse Greffulhe, deren Lachen Proust an das Glockenspiel von Brügge erinnerte, sowie einen Gipsabdruck von den Knien der Comtesse Castiglione, einer Geliebten von Napoleon III., von Montesquiou selbst dann noch verehrt, als sie, um niemandem den Verfall ihrer Schönheit zu offenbaren, ihre Wohnung an der Place Vendôme nur noch nachts verließ. Im Bad des Grafen bestachen Proust die »zarten Pastellfarben von hundert Krawatten« in einer Vitrine sowie eine darüber hängende »leicht anrüchige Photographie« des Akrobaten Larochefoucauld in Trikothosen.

Gegen Ende seines Lebens – er starb 1921 – wurde sich Montesquiou immer mehr bewußt, nur als Person Stoff für Literatur hergegeben zu haben, selber als Schöpfer von Literatur jedoch nicht zu zählen. Verwandt mit dem Großteil des europäischen Adels, war er Prousts wichtigster Helfer für dessen Entree in der eiskalten Sphäre des Faubourg Saint-Germain, in Prousts »Welt der Guermantes«. Eigentlich, sagte er 1920, »sollte ich mich von nun an Montesproust nennen«.

Auf seinem letzten Fest wurden »die wenigen erschienenen Gäste bei weitem von den Kellnern übertroffen« (Painter). Seine ihn immer mehr isolierenden Streitereien nannte er einen Prozeß, »in dem das Gestrüpp sinnloser Freundschaften zurückgeschnitten wird, so daß sich die Alleen weiten, die in meine Einsamkeit führen«. Nach seinem Tod fürchtete der *gratin* von Paris seine Memoiren. Auch Proust, der kurz vor seinem eigenen Tod stand, erkundigte sich nach juristischen Möglichkeiten, eventuelle Desavouierungen seiner Person zu unterbinden. Doch Montesquiou, von dem es immer geheißen hatte, daß er einen Freund für ein Epigramm opfere, schrieb über Proust nichts Schlimmeres, als daß der in einem chaotischen Schlafzimmer lebe und daß Prousts Genie auf Kosten seines eigenen anerkannt worden sei.

Ankunft von Charlus und Swann auf der musikalischen Matinee bei den Guermantes. In den Treppennischen statuarisch postierte Livreeträger. Über das

Früchtedessin auf dem Kleid eines Mädchens sagt Charlus: »Ich wußte gar nicht, daß junge Mädchen Frucht tragen.« Charlus hat sich seiner Jacke entledigt, hält zwischen den Zähnen eine Zigarre und fragt einen jungen Diener, ob er seinen Rohrpostbrief erhalten habe und kommen werde? Der Diener wird rot, ohne es spielen zu müssen.

Delon ist gut. Und am Ende dieser Szene geht er jedesmal wie aus Verlegenheit über Schlöndorffs Zustimmung grimassierend aus dem Bild. Danach muß er dem Majordomus an die Nase fassen. Es ist eine dieser souveränen Unverschämtheiten des Baron Charlus. Den Majordomus spielt Pierre Celeyron, Manager im Hause Coco Chanel. Er hat eine große, dünne, an die kompliziert geformte Rückenflosse eines Kampffisches erinnernde Nase. Charlus berührt sie mit dem Zeigefinger und sagt »pif!«.

Die Entourage des Alain Delon besteht aus schweren Männern, die dadurch, daß unter ihren Jacken Colthalfter zu vermuten sind, noch schwerer wirken. Auch der einzige an diesem Tag zugelassene Photograph sieht so aus. Delon wiederholt für ihn unzählige Male das »Pif« mit Celeyrons Nase, als ob sie unempfindlich sei wie der blankgeküßte Bronzefuß eines Wallfahrtsheiligen. Er tut es so oft, bis Celeyrons Lächeln immer dünner wird und schließlich an einen Punkt gelangt, wo es um Hilfe bittet.

Celeyron schmerzt die Nase, und beim Kaffeetrinken später mit den Adelsstatisten schildert er sein Befinden so, als sei er geschändet worden. Edith de Nicolai sucht sich im Prinzen Lubomirski einen Partner, um über Delon zu reden. Er sei vulgär, flegelhaft. Er verderbe die angenehme »Proustification« dieser Tage.

Die schöne Joy de Rohan-Chabot macht sich mit solchen Einlassungen über ein Findelkind nicht gemein. Der Gotha weist ihre Familie bis ins 11. Jahrhundert nach. Auch in Prousts Biographie wimmelt die breite Cousinage der Rohan-Chabots und der Rohans. Eine Herzogin Herminie de Rohan-Chabot unterhielt beispielsweise einen »gemischten« Salon, den sich ihre Tochter, die Prinzessin Marie Murat, glaubte nicht zumuten zu können, die dem Diener einmal auftrug: »Sagen Sie meiner Mutter, daß ich sie wegen all dieser Dichter nicht habe begrüßen können.« Diese gleiche Herzogin hatte dem Dichter Verlaine erst Jahre nach dessen Tod eine erste Einladung zugeschickt.

Und es gibt das Detail aus Prousts Leben, daß er 1917 dem Diener des Herzogs von Rohan, einem gewissen Albert Le Cuziat, dabei behilflich war, das Hotel *Marigny*, ein Männerbordell in der Rue de l'Arcade 11, zu eröffnen. In seinem Verlangen nach Sittenlosigkeit und dem Schauder des Sakrilegs möblierte Proust, der zum Leben und Schreiben nur noch ein Bett und einen Beistelltisch brauchte, Le Cuziats Bordell mit den »zweitbesten« Stühlen, Sofas und Teppichen aus dem Nachlaß seiner Eltern.

Die Statistin Joy de Rohan-Chabot legt Wert auf Vereinzelung, als ob ihre Gründe, hier dabeizusein, sich von den Gründen aller anderen stark unterschieden. Sie nimmt nie an einem Gelächter teil und sagt auf die Frage »Ein oder zwei Stücke Zucker?« mit einer fast somnambulen Leutseligkeit: »Danke, gar keines.« Daß sie immer abseits auf einem Tisch sitzt, mag mit den Stoffmassen ihres schwarz-rot karierten Taftkleides zu tun haben, das nicht aus Viscontis Belle-Époque-Fundus zu stammen scheint. Zumindest wirkt es ungetragen, ist in der Taille nicht so zernäht wie das von Nathalie de Chazournes, das die figürlichen Abweichungen vieler Statistinnen verrät. Nathalie de Chazournes verfügt über den historischen Begriff »isabellefarben« für ihre schmutzigweißen Ärmelspitzen und den Grundton ihres Kleides, das in der stockfleckigen Truhe eines gesunkenen Schiffes überdauert haben könnte. Der Legende nach, sagt Nathalie de Chazournes, habe sich Isabella von Kastilien so lange nicht gewaschen, bis Granada von den Mauren befreit war.

Der Faubourg Saint-Germain im siebten Pariser Arrondissement ist keine bazillenfreie Gegend, wie sie es, der sozialen Reputation ihrer Bewohner entsprechend, beispielsweise in Hamburg wäre. In den engen Straßen herrscht der geräuschvolle Terror der Lieferanten, die ihre Kisten auf- und abladen und profane Gerüche hinterlassen. Das Feine, die Stille und der hochbesteuerte Reichtum liegen hinter den schwarzgrünen Portalen, die flankiert sind von zwei rundköpfigen Steinen mit dem Spielraum für eine Kutsche.

Hier liegen die »Hôtels particuliers«, die Stadtresidenzen, in denen der Paria Proust mit seinen Augen, die »durch die Vampire der Einsamkeit schwarz umringt waren«, die Äußerlichkeiten der höchsten Kreise notierte; wo er eine schon »marode Adelsgesellschaft« vorfand und nur durch sein Werk »memoirenwürdig« machte (Walter Benjamin). Es ist das Terrain der Comtesse de Chevigné, die stolz war, eine geborene de Sade zu sein, und der Comtesse de Greffulhe, die die Ausflüge ihres Mannes mit »den kleinen Matratzendamen« belächelte und ihren Freund, den deutschen Kaiser Wilhelm II., brieflich bat, ihr die Wahrheit über Dreyfus zu sagen.

Und so wie Proust manchmal die Merkmale einer realen Einzelperson auf mehrere Romanfiguren verteilte, vereinte er das elitäre Selbstverständnis und die verschieden geartete Schönheit der beiden Comtessen in der Figur seiner Herzogin von Guermantes; im Film ist es Fanny Ardant. Für deren Witz und Lust am Paradox fand er jedoch sein Modell in der Jüdin Geneviève Straus, geborene Halevy, Witwe von Georges Bizet, Frau von Emile Straus, dem bevorzugten Rechtsanwalt (und gerüchteweise illegitimen Halbbruder) der Barone Alphonse, Edmond und Gustave de Rothschild.

Als Proust in den neunziger Jahren ihre Bekanntschaft machte, führte sie einen Salon, in dem, obwohl er als bürgerlich zu klassifizieren war, auch der adelige Faubourg Saint-Germain verkehrte. Es oblag allerdings nicht mehr den Aristokraten, diesen Salon aufzuwerten. Vielmehr erlebten sie hier eine Umkehrung ihres geborenen Ansehens: Sie mußten den Kriterien der Madame Straus genügen, die die Auswahl ihrer Gäste nach deren Intelligenz traf.

Wohnung Charles Swann, Faubourg Saint-Germain, Rue du Bac 97. Die Kokotte Odette de Crécy besucht ihre neue Eroberung. Es ist ein Milieu, welches in nichts ihrer Vorstellung von der Lebenssphäre eines reichen Mannes entspricht. Die Zimmer sind durch schwere Portieren und Holzverkleidung, dichtgehängte Bilder und Dokumente von einer studierstubenhaften Dunkelheit; eine einzige Antiquitätengruft voller Gegenstände, deren Kunstgehalt sich ihr nicht erschließt. Dieser ernsthafte Ramsch in all seinen Nuancen ist das genaue Gegenteil von den originellen Dingen, die Odette in ihrer Villa herumstehen hat, ihrem mit Türkisen ausgelegten Dromedar, ihrem auf einem Drachenrücken einbeinig stehenden Reiher, ihrer Opalinvase, die aus einem geöffneten Bronze-Ei wächst.

Der kunsttheoretisch dilettierende Swann zeigt ihr Vermeers *Ansicht von Delft,* über die er gerade arbeite. Und Odette erkundigt sich, wo in Paris sie diesen Maler treffen könne. Auf ihre Frage »Und hier schlafen Sie?« erfährt Odette, daß es das Bett Richelieus gewesen sei, eine Auskunft, die nicht imstande ist, ihr dieses schmale Bett aufregender zu machen.

Es ist nicht »chic« bei Swann, kein Platz, an dem ihre »at homes«, ihre Teezeremonien *à la mode* vorstellbar wären. Bei einer Freundin, sagt Odette zu Swann, sei auch alles »de l'époque«. Und als Swann sie fragt: »Aus welcher?«, antwortet Odette, »mittelalterlich, mit Holztäfelung überall«. Swann ist krank nach dieser Halbweltfrau mit ihrem Tea-Time-Englisch, nach dieser Zeitgeistfigurine.

Die Rolle der Odette spielt die Italienerin Ornella Muti. Sie ist eine vollkommene Vorstadtschönheit. Ihr Gesicht besteht, ohne Kulturattribute wie »nervös« oder »edel« zu erfüllen, aus wunderbaren Einzelheiten: aus aggressiv, schräg aufwärts wachsenden Augenbrauen, aus weitstehenden, langen gelbgrünen Augen, aus einer zugunsten des provozierenden Mundes unauffälligen Nase. Sie hat von Natur aus blaßlila Schatten unter den Augen, die sie immer etwas übernächtigt aussehen lassen. Sie kann bedenkenlos lange mit offenem Mund lachen, wobei auch die Intaktheit ihrer Backenzähne sichtbar wird.

Die Garderoben und die Organisation liegen in einer sich über mehrere Etagen ausdehnenden Nachbarwohnung. Vor hundertneunzig Jahren wohnte hier die literarisch begabte und auch anerkannte Prinzessin Constance-Marie de Salm-Dyck. Heute gehört die Wohnung einem Pariser Traumatologen, Professor Lemaire, der dem Schlöndorff-Team für zweitausendachthundert Franc am Tag ein paar Wirtschaftsräume vermietet hat. Die beschleunigte Atmosphäre, die von den Filmleuten ausgeht, dringt jedoch nicht bis in die Salons. Lemaire hat sie restaurieren lassen, jeder Hocker »de l'époque«, sogar die Duftkräuter in einer Sèvres-Schale. Lemaire selbst bewegt sich mit einer benutzungsfeindlichen Sorgfalt zwischen seinem Eigentum. Und die Vorstellung fällt schwer, wo er, seine distinguierte Frau und seine beiden sanften Kinder die Teetassen absetzen werden, die der schwedische Butler Pierre – mit Schürze über hautengen Dienerhosen – aus der Teeküche bringt, die jetzt das Regiebüro ist. Den finanziellen Atem für Residenzen wie diese haben heute fast nur noch Apotheker und Ärzte.

Eines der Lemaireschen Kinderzimmer ist Ornella Mutis Garderobe. Über sieben Stunden steckt sie in der Korsage, die so eng geschnürt ist, daß sie nur rauchen kann. Es sei denn, sie würde wie ein Kolibri mit einer Pipette gefüttert. Schlimmer jedoch als das ununterbrochen eingepreßte Herumsitzen sei ein vorübergehendes Lockern der Verschnürung. Sobald sie wieder ins Kleid zurück müsse, sagt sie, tue es dann doppelt weh. Den Hauptschmerz empfinde sie abends auf ihrem Bett im Hotel *George V.*, wenn die Eingeweide wieder ihre natürliche Lage einnehmen.

Ornella Muti hat eine baltische Mutter und spricht ein sinnlich angerauhtes, etwas krächzendes Deutsch. Die Odette ist thematisch ihre seriöseste Rolle, auch die, in der sie am meisten bekleidet ist. Boulevardblätter nannten sie schon »die schönste Frau der Welt«, was ihr keine Zumutung ist, doch etwas lächerlich und in einer Beziehung sogar nachweisbar falsch, da sie keine feinen Gelenke habe. Sie ist beim Film, weil sie schön ist und ihre totale Appetitlichkeit nie an eine überflüssige Enthüllung denken läßt. Unvorstellbar, daß sie in einem Anfall von künstlerischem Todernst den Büstenhalter ausziehen würde, wenn das, was sie zeigen müßte, nicht schön wäre.

Ornella Muti fürchtete sich etwas vor dem gigantischen Renommee dieser Liebesgeschichte von Proust, vor der Ambition des Films, der ja fast ohne Handlung ist, immer nur psychologische Momente hat mit dem Nervtöter Swann, dem vor lauter Eifersucht die Augen täglich tiefer in die Höhlen fallen. Sie hat nur das Drehbuch bei sich liegen, nicht wie Swann-Irons noch eine kleine Handbibliothek. Sie ist keine Diskutierschauspielerin, die den modernen, feministischen Aspekt der Odette beim Abendessen klären will. Über die dosierte Hingabe dieser Frau ist weiter auch nichts zu sagen: Sie tut gut daran, diesen kulturverdorbenen Mann in Unruhe zu halten, denn er kann nur durch die Stimulanz des Mißtrauens lieben. Das ist der Muti nicht zu hoch.

Auf einem Fest, das Jeremy Irons in der Mitte der Drehzeit für die Filmbeteiligten gab, saß Ornella Muti meistens in ihrer Ecke. Die jungen Männer der Technik, die Chauffeure und Assistenten trauten sich nicht, um untereinander nicht als Opportunisten zu gelten, mit ihr zu tanzen. Und da es ein Fest für das Team war, nahm die Muti das wörtlich und setzte sich nicht in die oberen Räume ab, wohin sich die Proust-Zirkel zurückgezogen hatten, wo der Generaldirektor von Gaumont, Daniel Toscan de Plantier, über die körperlichen Zutaten zur Herstellung eines weiblichen Stars redete, wo der Geburtstag einer Rothschild-Frau begangen wurde, wo Schlöndorff in seiner kartonhaft trockenen Art den Ausstatter wissen ließ, daß er das Bett der Odette atmosphärisch paradiesischer und gleichzeitig billiger haben wolle.

Als Ornella Muti unter der Obhut ihres römischen Friseurs zurück ins Hotel gegangen war, erschien plötzlich Hanna Schygulla in Begleitung des Drehbuchautors Jean-Claude Carrière. Der Vermieter des Hauses, in dem dieses Fest stattfand, ein Monsieur Cassegrain, reagierte wie von der Tarantel gestochen, indem er Flasche um Flasche Champagner auffahren ließ. Denn jetzt, mit der Schygulla, war wirklich Film in seinem Haus. Auch Schlöndorff kippte fast in eine Kameradenseligkeit hinein, die alten Zeiten, das undankbare Deutschland, das Gefühl der Franzosen für eine Frau wie die Schygulla, ungesagt natürlich auch für ihn.

In Frankreich, so könnte diese Stimmung gedeutet werden, sitzen die fähigen Deutschen wirklich im Speck der Reputation: Währenddessen lehnt Hanna Schygulla mit gerecktem Gesicht am Buffet, mit ihrem informierten Lächeln und dem immer geraden Blick. Und im Vertrauen gesagt, sagt Schlöndorff, wäre die Schygulla seine »Traum-Odette« gewesen. Doch da war der Himmel vor.

In der Ortschaft Montfort-l'Amaury bei Versailles lebt in einer kleinen Villa Céleste Albaret, die von 1913 bis zu seinem Tode am 18. November 1922 Marcel Prousts Haushälterin war. Sie ist zweiundneunzig Jahre alt. Ihre Gebrechlichkeit, während sie ins Wohnzimmer tritt, legt sich mit dem Moment, wo sie sitzt und ins Erzählen kommt. Man muß sich in die schleppenden Übergänge ihres Sprechens einhören, danach aber, obwohl das zu sagen unhöflich ist, ist sie ein Wunder an Wachheit und erinnerten Details.

Es ist ihr Lebenselixier, immerzu Leuten Dinge über Monsieur Proust mitzuteilen. Ein Übel, das sie aber nicht beschwerte, sind die Herrschaften, die der gesellschaftlichen Schicht von Monsieur Proust angehören und ihr die Lebensnähe zu ihm mißgönnen; die eifersüchtig sind auf das Zahnpulver, das sie ihm nachts, wenn er ausging, vom Revers wegwischen mußte.

Es ist kein Verfolgungswahn einer alten, sich wichtig nehmenden Frau. Nicole Stéphane de Rothschild, die Besitzerin der Filmrechte, fände die Wahrheiten der Albaret auch besser unter Verschluß. Als wäre es Wissen in einem unbefugten Kopf; als fehle diesem Kopf ein Wahrnehmungshelfer aus den gebildeten Kreisen, der Prousts Bedürfnis nach einer Wärmflasche noch eine andere Deutung gibt als die, daß ihm kalt war. Schließlich erzählte er keiner Comtesse auf keinem Diner im *Ritz,* daß »nachdem er dreitausendmal gehustet habe, seine Bronchien wie gekochter Gummi seien«.

Céleste Albaret umsorgte einen durch Asthma, Koffein, Adrenalin, Morphium und Veronal geschwächten Riesen. In dieser Aufzählung bestätigt sie nur das Asthma, gegen das er seine täglichen Räucherungen mit dem »Poudre Legras« unternahm. Er habe nach seinem Erwachen gegen vier Uhr nachmittags den Puder auf einer Untertasse angezündet, und die Luft in dem ohnehin überheizten Zimmer sei zum Schneiden dicht gewesen. Danach klingelte er nach ihr und wollte seinen Milchkaffee. Da Krieg war und sein bevorzugter Bäcker Soldat hatte werden müssen, nahm er auch kein Croissant mehr zu sich.

Für sie war es der Milchkaffee, der Monsieur Proust wach machte. Und wenn er bei Kräften schien, war es die Seezunge, die sie ihm gebraten hatte und an der er wie eine botanisierende Ziege herumpflückte, damit Céleste Albaret den Eindruck gewinnen konnte, er habe davon gegessen. Von dem chemischen Wettstreit zwischen dem beschleunigenden Adrenalin und dem Schlafvollstrecker Veronal, der gegen seinen Tod hin immer schärfer wurde, weiß sie nur die Symptome, die sich ihr mitteilten: sein ständiges Frieren zum Beispiel, gegen das sie ihm bis zu fünf Pullover um die Schultern legen mußte, die ihm dann nach unten rutschten »und in seinem Rücken einen Lehnstuhl ergaben«.

Sie war immer gefaßt auf seinen plötzlichen Wunsch nach geeistem Bier, das nur aus dem *Ritz* sein durfte und zu jeder Stunde der Nacht von ihrem Mann Odilon, Prousts Chauffeur, dort besorgt werden konnte. In dem Oberkellner des *Ritz,* einem Basken namens Olivier Dabescat, hatte Proust einen Zuträger, den er dafür bezahlte, in Gespräche hineinzuhören, sich für ihn die Pointen und Zwischenfälle eines Abends zu merken. Dabescat ließ ihn auch wissen, wenn wieder Militärpolizei aufgetaucht war, die gegen Kriegsende »nach männlichen Dinergästen mit heilen Gliedern« Ausschau hielt. Denn der von Krankheit gezeichnete Proust mit seinem »Gesicht von der Farbe im Keller gebleichter Endivien« dachte ernsthaft daran, im *Ritz* als Deserteur verhaftet werden zu können.

Wenn Proust nach einer Hustenattacke zum Reden zu schwach war, schrieb er seine Wünsche in einer weitschweifigen, durch Freundlichkeiten gemilderten Befehlsform auf einen Zettel. In Nächten, in denen er von einer Gesellschaft heimkehrte oder auch aus einem

Männerbordell, erzählte er seiner Haushälterin bis zum Morgen seine Erlebnisse. Dabei bat er sie nie, sich hinzusetzen. Sie habe, sagt Céleste Albaret, in all den Jahren nur am Fußende seines mit blauer Seide bespannten Kupferbettes gestanden. Einen Umstand, den sie auch heute nicht beklagt. Sowenig wie sie die Homosexualität von Monsieur Proust bestätigt. Seine Ausflüge in diese Sphären geschahen einzig zu Studienzwecken für sein Werk. Auf seine Frage »Was soll ich Ihnen nach meinem Tode geben, meine liebe Céleste?« habe sie in aller Naivität geantwortet, sie wolle nur die Autorenrechte seiner Bücher.

1913 erschien im Verlag Grasset der Roman *In Swanns Welt*, in dem »Eine Liebe von Swann« ein Teil ist. Proust hat das Buch auf eigene Kosten verlegen lassen. Die Kulturredakteure der Pariser Zeitungen bat er, bei Rezensionen die Wörter »zart« und »subtil« zu vermeiden.

(1984)

Der letzte Surrealist

Die Vorstellung lief auf eine Pariser Wohnung hinaus, die, weil sie im sechzehnten Arrondissement liegt, hätte elegant sein müssen. Zumindest hätten bis zum Fußboden reichende französische Fenster entsprechend lange Portieren gehabt und zwischen zwei Fenstern jeweils ein besonderes Möbel. Das Gegenteil war der Fall.

Eine vertikale Buchstabenleiter mit dem Namen »Résidence d'Auteuil« überragt die Fassade des Hauses 11, Rue Chanez. Die Eingangstreppe könnte zu einem Kriegerdenkmal hochführen, an dessen Rückfront eine Anstalt für Dusch- und Wannenbäder anschließt. Ein trostloses Passepartout für tausendundeine menschliche Nutzung.

In der Mitte des Foyers, zwischen orangeroten Bänken, sitzt auf einem Stab eine große helle Kugel, die durch eine querlaufende Holzmaserung zu rotieren scheint. Ein junger Neger mit bunt ausgekleidetem Einkaufskorb und einem äußerst kleinen Hund an der Leine hält einer Greisin die Tür auf. Und während der Neger längst auf der Straße verschwunden ist, steuert die Greisin mit dem abschirmenden Lächeln der Gehörlosen immer noch das nächste Sitzpolster an. An ihrer Strickjacke steckt eine graue Ripsbandleiste, an der hochkarätige soldatische Auszeichnungen hängen.

Auf dem Weg zu dem Surrealisten Philippe Soupault, linker Seitenflügel, vierter Stock. Der Fahrstuhl liegt hinter einem langen, in einem sanitären Grün gestrichenen Flur mit knackenden Neonröhren. Spiegel an beiden Seiten, darunter frisiertischhafte Konsolen, nicht breiter als für einen schräg gelegten Taschenkamm.

Aus der Schwingtür am Ende des Flurs tritt ein Alter mit Stock. Und kurz nach ihm, die Tür bewegt sich noch, ein weiterer. Also könnte dieses vieldeutige Haus ein Altersheim sein. Und der Neger mit Korb und Hündchen macht Besorgungen für jemanden, der schlecht auf den Beinen ist.

Philippe Soupault ist fünfundachtzig Jahre alt. Das Wort Rüstigkeit auf ihn anzuwenden wäre deplaciert. Denn Rüstigkeit enthält auch ein Moment von körperlichem Leistungswillen, jemand stemmt sich kerzengerade gegen die Jahre, reckt sich gegen den Verdacht der Gebrechlichkeit. Appartement 415, Soupault an einem Tisch sitzend, tief zwischen den Schultern wie bei einem ruhenden Vogel der geneigte Kopf. Das ausgesparte Gesicht des schnellen Fliegers; die schöne lange Nase berührt fast den Mund; die fehlende Ansicht von Zähnen und die auffallende Tatsache, daß man sie nicht vermißt.

Zur Begrüßung steht er kurz auf; wahrnehmbar ist die eingesunkene Größe eines hochgewachsenen Mannes. Er trägt einen grauen zweireihigen Anzug. Bei der Prozedur des nassen Rasierens hat er sich am Kinn eine Wunde zugefügt, die er mit blutstillender Watte zu beruhigen versucht.

Unter der sprechend bewegten Luft flattert ein Rest dieser Watte. Das Interesse an diesem Detail rührt von der Lektüre eines Essays von Heinrich Mann, der 1928, anläßlich der ersten deutschen Ausgabe von Philippe Soupaults Roman *Der Neger,* schrieb: »Der Soupaultsche Jüngling versenkt sich in die Betrachtung eines alten Menschen mit solchen Wonnen der Angst und des Hasses, daß er endlich eine Verwandtschaft zwischen sich selbst und dem Opfer der Jahre fühlt.« Dann, Soupault zitierend: »Sogar den so besonderen Geruch, der mit ihnen zieht, wage ich zu lieben ... Ihr Bart (alle tragen Bärte) ist ein Trauergewächs. Jeden Morgen (wie viele Morgen?) bürsten sie ihn und bringen dann zwecklos die Zeit hin, bis der Tod ihnen Kehle und Herz zuschnürt, sie erstickt und lähmt.«

1919, der Weltkrieg liegt ein Jahr zurück, und Philippe Soupault ist immer noch nicht aus dem Militärdienst entlassen. Als Student des Seerechts bleibt er für das Ministerium für öffentliche Arbeiten rekrutiert, das ihn mit der Leitung der französischen Petroleumflotte betraut. Unter dieser Tätigkeit muß er sich nicht kümmern. Sie treibt ihm auch nicht die Poesie aus dem Kopf. Sein Widerwillen, von der Familie in die Laufbahn eines Juristen genötigt worden zu sein, läßt nach. Neben ihm existieren noch andere Poeten durch einen Brotberuf.

Der Medizinstudent Louis Aragon, der später Sekretär des Malers Henri Matisse werden wird, arbeitet als Sanitäter im zurückeroberten Elsaß. Paul Eluard, Sohn eines Immobilienspekulanten, ist begabt für das billige Erwerben von Bildern befreundeter Maler, die er teuer verkauft. Der Gendarmensohn André Breton, ebenfalls Medizin studierend, liest gegen Entgelt Korrektur für den reichen Marcel Proust. Ein Umstand, der ihn, seiner unnachgiebigen Interpunktion wegen, für Proust unsympathisch macht. Nur Philippe Soupault entwickelt kein Talent zur Geldvermehrung. Was er damals auch nicht mußte, als Neffe von Louis Renault, dem Gründer der Renault-Werke.

Das Herkunftsgefälle ist steil. Auch wenn Jahre dazwischenliegen: Breton hat mit dem Großbürger Proust nur knappe, entlohnte Arbeitskontakte, während Soupault schon 1913 mit sechzehn Jahren die Bekanntschaft Marcel Prousts im *Grand Hôtel* von Cabourg macht. Proust, störanfällig gegenüber geringsten Geräuschen, hat das jeweils rechts und links neben seiner Suite gelegene Zimmer sowie das direkt über und unter ihm liegende mitgemietet. In der Abendsonne auf der Hotelterrasse sitzend, fragt er jemanden: »Wer ist der junge Mann?«, worauf ihm geantwortet wird: »Es ist der Sohn von Cécile.« Cécile, des schönen Philippe schöne, verwitwete Mutter, kannte Proust von den Bällen der Pariser Gesellschaft. Wieder in Paris, läßt Proust dem jungen Soupault sein Buch *Du côté de chez Swann* zukommen. Als Soupault ihn besucht, um sich zu bedanken, empfindet er Proust schon auf den Tod asthmatisch.

Den sozialen Unterschieden nimmt das Erlebnis des Weltkrieges ihre Wichtigkeit. Jetzt ist diese »Kloake aus Blut, Torheit und Dreck« (Breton) das gemeinsame Hinterland der poesiegierigen Sanitäter und Hilfsärzte Aragon und Breton und des Kürassiers Soupault.

Die Snobs von Paris reden von dem Diaghilew-Ballett *Parade;* Musik: Eric Satie; Bühnenbild und Kostüme: Pablo Picasso; und das bißchen Libretto: Jean Cocteau, der dem Amüsierpöbel »seine drei Zeilen Text« (Satie) für das Gelingen des Ganzen ausgibt. Auch für Philippe Soupault wird (und bleibt) Cocteau eine negative Figur, ein windschlüpfiger Typ, frontuntauglich beim Roten Kreuz in Sicherheit und immer im Gefolge derer, die Ideen haben.

Im vorletzten Kriegsjahr liegt der dünne und hochaufgeschossene Soupault mit Lungentuberkulose in einem Pariser Lazarett. Im Zustand des phantasietreibenden Fiebers liest er *Die Gesänge des Maldoror* von Isidore Ducasse, der sich Comte de Lautréamont nannte. Soupault, bis dahin von einer eher wilden, unordentlichen Belesenheit, rastet bei einer Textstelle ein, wo etwas schön ist »wie die unvermutete Begegnung einer Nähmaschine und eines Regenschirms auf einem Seziertisch«. Über Lautréamonts appellierendem Satz – »Die Dichtung soll von allen gemacht werden. Nicht von einem« – überkommt ihn die Gewißheit, Teilnehmer dieser Dichtung zu werden.

Im Lazarett trifft der Rekonvaleszent Philippe Soupault auf eine Wohltäterin aus der Pariser Oberschicht. Sie besucht die Verwundeten, um ihnen Zigaretten zu offerieren, befaßt sich mit deren kulturellen Aktivitäten und präsidiert einer Organisation mit dem Namen »Das Werk des Soldaten im Schützengraben«. Den dichtenden Soupault möchte sie für eine *Poetische Matinée* gewinnen.

Zu diesem Zeitpunkt hatte Soupault in »kindlicher Unbefangenheit« dem Poeten Guillaume Apollinaire schon sein Gedicht »Départ« (Abfahrt) zugesandt, der es der Literaturzeitschrift *SIC* zur Veröffentlichung empfahl. Soupault findet jetzt zwei Gründe, den berühmten Apollinaire aufzusuchen. Einmal möchte er ihm danken, daß er seinem Gedicht gewogen war; einmal möchte er dessen Erlaubnis, zur erwähnten Matinée etwas von ihm lesen zu dürfen.

Apollinaire empfängt ihn in seiner Wohnung, die er seinen »Taubenschlag« nennt, 202, Boulevard Saint-Germain. Soupault erinnert sich an einen dicken, lächelnden Mann mit einer in die Stirn reichenden, eng sitzenden Lederkappe, welche die Narbe eines erst Monate vorher trepanierten Schädels verdeckt.

Soupault sieht ihn sich hinsetzen und ein Gedicht schreiben, »Schatten«, auf das jedoch nicht mehr die Rede kommt. Apollinaire zeigt ihm dann das Gedicht »D'or vert« (Von grünem Gold) eines gewissen André Breton und fordert Soupault auf, ihm seinerseits etwas Eigenes vorzulesen. Der Vorgang trägt Züge einer Aufnahmeprüfung: die Verse des literarisch Namenlosen und das aufmerksame Hinhören des gefeierten Mannes. Beim Abschied zieht der ermunterte Prüfling, auf eine Widmung hoffend, Apollinaires Gedichtband *Alcools* aus der Jacke. Die beiden Zeilen »Dem Poeten Philippe Soupault, sehr zugetan...« haben die Wirkung eines unlöschbaren Machtwortes: Dichter zu sein.

An Dienstagen gegen sechs Uhr abends versammelt Apollinaire im gleich neben seinem »Taubenschlag« gelegenen Café *Flore* Literaten und Maler. Soupault, jetzt auch dazugebeten, erinnert sich an einen ziemlich weihevollen Apollinaire zwischen einem schwätzenden Max Jacob, einem grinsenden Blaise Cendrars, einem entrückten Pierre Benoît, einem spöttischen Francis Carco, einem schweigenden Pierre Reverdy und einem distanzierten Raoul Dufy. Eine einschüchternde Runde, für Soupault jedoch enttäuschend. Bis auf den einen Dienstag, an dem in hellblauer Soldatenuniform André Breton dazwischensitzt, den Apollinaire ihm mit dem prophetischen Zusatz »Sie beide müssen Freunde werden!« vorstellt.

Obwohl es 1917 noch keine surrealistische Bewegung gibt, existiert das Wort Surrealismus schon. Apollinaire hat sein Theaterstück *Die Brüste des Teiresias* mit dem Untertitel »Ein surrealistisches Drama« versehen. In der Zeitschrift *L'Intransigeant* (Der Unbeugsame) kämpft er gegen die schnelle Vereinnahmung des Begriffs durch die Feuilletonisten, gegen dessen Benutzung als handzahmes Adjektiv für symbolische Beliebigkeiten. Er schreibt u. a.: »Als der Mensch das Gehen nachahmen wollte, schuf er das Rad, welches keine Ähnlichkeit mit einem Bein hat. Also machte der Mensch Surrealismus, ohne es zu wissen ...«

Soupault und Breton werden Freunde, während beider Verehrung für Apollinaire sich eintrübt. Sie finden ihn unangemessen nationalistisch (cocardier), versuchen sich jedoch in Entschuldigungen für den Leutnant de Kostrowitski, was dessen Geburtsname ist. Als dieser schließlich in dem kriegschürenden Blatt *Das Bajonett* schreibt, überlebt er für Soupault und Breton nur noch als Dichter.

Am 9. November 1918 liegt Guillaume Apollinaire, achtunddreißig Jahre alt, im Sterben. Menschenauflauf unter seiner Wohnung; 202, Boulevard Saint-Germain: Dichter und deren parasitäres Gefolge; mittendrin Jean Cocteau, dessen Anblick bei Soupault das Wort »Aasfresser« auslöst. Zwei Tage vor dem Waffenstillstand am 11. November 1918 der anschwellende Ruf von der Straße »A bas Guillaume!«, der dem Kaiser Deutschlands gilt. Auf dem Trottoir wird die Vermutung gehandelt, Apollinaire habe das Niederschreien vor seinem am selben Tag eintretenden Tod auf sich bezogen.

Der Dichter Philippe Soupault, Angestellter des Ministeriums für öffentliche Arbeiten, wohnt auf der Île

Saint-Louis, 41, Quai de Bourbon, Zwischenstock, unterhalb der Beletage. Er ist volljährig und hat Geld seines 1904 verstorbenen Vaters geerbt. Nicht so viel, daß man ihn den »reichen Amateuren« hätte zuzählen können, wie die pekuniär sorgenfreien Literaten Gide und Proust abschätzig tituliert werden. Aber genug, um vom Schreibtisch aus die Seine zu sehen und den Pont Louis-Philippe, die von Selbstmördern bevorzugte Pariser Brücke. Soupault leistet es sich, an jedem Tag der Woche einen anderen Anzug zu tragen.

Sein Freund André Breton wohnt im *Hôtel des Grands Hommes, 17,* Place du Panthéon. Neben dem Hotel befindet sich ein Beerdigungsinstitut, das, der Nähe des Panthéon angemessen, auf Bestattungen der obersten Kategorie spezialisiert ist. Bretons Fenster bietet einen guten Blick auf die großen Zeremonien und die staatstragenden Trauergemeinden. An solchen Tagen hängt auch Soupault mit im Fenster.

Breton ist ein Jahr älter als Soupault, damals zweiundzwanzig Jahre alt. Als seine Eltern aus Tinchebray, seinem Geburtsort im Departement Orne, nach Paris reisen, zweifeln sie an der Ernsthaftigkeit seiner Medizinstudien und stellen ihre Zuwendungen ein.

Für Breton war dies eine Maßnahme von wenig Belang. Denn André Breton und Louis Aragon, der ebenfalls nicht mehr Arzt werden will, haben einen Mäzen gefunden: Jacques Doucet, den führenden Couturier der zurückliegenden Belle Epoque (Schneider von Soupaults Mutter Cécile), jetzt Sammler von Kunst und Autographen. Doucet zahlt für Sachverstand. Und Breton und Aragon bringen ihn in den Besitz von Raritäten. Doucet kauft das Meisterwerk *Die Schlangenbändigerin* des Zöllners Rousseau, welches heute im Louvre hängt. Er erwirbt von insgesamt sieben existierenden Briefen Lautréamonts drei Briefe an dessen Bankier Durasse.

Es ist immer noch das Jahr 1919. Die Zutaten zur Entstehung des Surrealismus sind alle schon vorhanden, nur noch nicht beieinander. Es gibt Inspiratoren und Ausführende. Es gibt hauptsächliche und gleich nachhaltige Leseerlebnisse der zukünftigen Surrealisten: *Die Gesänge des Maldoror* des Comte de Lautréamont, der 1870, kurz nach deren Vollendung, mit vierundzwanzig Jahren, gestorben ist (André Gide nannte ihn den »Schleusenmeister der Literatur von morgen«); *Eine Saison in der Hölle* von dem neunzehnjährigen Arthur Rimbaud, der danach – er stirbt 1891 mit siebenunddreißig Jahren – aufhörte zu dichten.

Inspirator außerhalb der schönen Literatur ist der Psychiater Pierre Janet, der 1889 eine Doktorarbeit mit dem Titel *Der psychologische Automatismus* veröffentlicht. Darin entwickelt er eine Therapie, bei der der Kranke im Halbschlaf, in Trance oder Hypnose durch »automatisches Schreiben« seine Seele entlastet.

André Breton, 1916 Sanitäter in einem neuropsychiatrischen Zentrum in Saint-Dizier, lernt den medizinischen Umgang mit geistig-seelischen Störungen kennen. Er interessiert sich für die Sphäre des Unbewußten und liest über Freud, der noch nicht ins Französische übersetzt ist. Pierre Janets *Psychologischen Automatismus* bringt er aus dem psychiatrischen Milieu ins literarische Milieu der Freunde ein.

Es gibt keine genau einzugrenzende Quelle, aus der der Surrealismus einen dünnen Anfang genommen hätte und dann, sich verbreiternd, künstlerische Avantgarde wurde. Genau nachvollziehbar ist jedoch das Zustandekommen des ersten surrealistischen Textes 1919, der den Titel *Die magnetischen Felder* bekam. André Breton und Philippe Soupault, im Zickzack von Anbetung und Gelangweiltheit um ihre poetischen Götter lebend, verfangen sich in den Ausführungen des Doktor Janet über das *automatische Schreiben*. In Soupaults Kopf summt die Aufforderung des Comte de Lautréamont, daß alle Dichtung machen müssen – und nicht nur einer. Breton und Soupault setzten sich daran, schreibend »Papier zu schwärzen, mit der löblichen Verachtung für das literarische Resultat« (Breton).

Philippe Soupault trinkt dünnen Whisky mit Eiswürfeln und raucht ziemlich viel. Meistens hat er das Glas schon geleert, bevor das Eis geschmolzen ist, und klingelt dann mit den Würfeln. Er hat ein leises bronchitisches Rauschen in der Stimme, er dürfte natürlich nicht rauchen. Es ist ein alter Kampf, dem er durch umständliches Verstauen und Hervorsuchen der Zigarettenpackung in und aus der Jackettasche etwas von seiner Härte nehmen will.

Das Appartement 415 ist die Wohnung seiner Frau Ré Soupault, einer im pommerschen Kolberg gebürtigen Bauhausschülerin, Übersetzerin der *Magnetischen Felder* und der *Gesänge des Maldoror* von Lautréamont. Soupaults Appartement, Nr. 367, liegt auf demselben Flur. Es ist eine Lebensform auf Distanz bei größter Nähe. Unsere Treffen sind jedoch immer in 415, schon des großen Tisches und der weiblich organisierten Wohnlichkeit wegen. Auch deshalb, weil Soupault sich verabschieden können möchte, um auszuruhen.

Es herrscht eine strenge Ordnung wie in einer Schiffskajüte. Im Wohnteil hängen sich zwei ungerahmte Bilder des Bauhausmalers Johannes Itten gegenüber, jeweils

Farbquadrate. Kein Winkel entspricht der Vorstellung von surrealistischem Milieu.

Er habe, sagt Philippe Soupault, das *automatische Schreiben* betreffend, mit fast geschlossenen Augen begonnen: »Gefangene der Wassertropfen, wir sind nur ewige Tiere. Wir laufen durch die lautlosen Städte und die Zauberplakate berühren uns nicht mehr ... Unser Mund ist trockener als die verlorenen Strände ... Da sind nur noch die Cafés, wo wir uns treffen, um kühle Getränke ... zu trinken, und die Tische sind schmieriger als die Bürgersteige.«

Die ersten Sätze Bretons: »Die Geschichte kehrt mit Stichen in das silberne Handbuch zurück, und die brillantesten Schauspieler bereiten ihren Auftritt vor. Es sind Pflanzen von größter Schönheit, eher männliche als weibliche und oft beides ...«

Es ist das Diktat ungeprüfter Einfälle, das simultane Mitschreiben des Denkstromes.

Soupault spricht von einer Frist von vierzehn Tagen, die sie sich für dieses Experiment setzten, während es nach Breton nur eine Woche war. »Zuerst schrieb jeder für sich, ich am Quai de Bourbon, Breton im *Hôtel des Grands Hommes,* dazwischen saßen wir uns gegenüber und schließlich wieder jeder für sich.«

Soupault benutzte die Briefbögen des Ministeriums, über die er mit dem Füllfederhalter raste. »Ich schrieb wie immer, während Breton fast kalligraphisch schön geschrieben hat.« Weswegen Soupault an manchen Tagen mehr zuwege bringt.

»Am Ende des ersten Tages konnten wir uns um die fünfzig so gewonnene Seiten vorlesen und unsere Ergebnisse vergleichen«, schreibt Breton 1924 im *Ersten Manifest des Surrealismus.* Soupault erinnert sich dagegen nur an einige Seiten, daß während der zwei Wochen ihre Geschwindigkeit jedoch enorm zugenommen habe, fast bis zur völligen Abwesenheit gedanklicher Kontrolle. Ein rauschhafter Zustand, in dem sie sich gegen Ende der Unternehmung bis zu zehn Stunden hintereinander halten konnten.

Dabei zerfiel der Wortschatz nicht, im Gegenteil, die Bilder wurden ungewöhnlicher und schöner, so daß »für den Groschen ›Sinn‹ kein Spalt mehr übrigblieb« (Walter Benjamin). Und es ist Soupault und nicht Breton, der zugibt, daß sie den Kopf voll von Lautréamont und Rimbaud hatten, daß es auch an diesen Paten lag, wenn das Unbewußte solche rentablen Sentenzen freigab.

Bevor der Ruhm dieser Texte einsetzt, treibt Breton schon Vorsorge für seinen Nachruhm. Er möchte manchmal Brüche in den Tiraden wegfrisieren, was Soupault aber nicht zuläßt. Er möchte sich eigener Passagen vergewissern, was die nahtlose Gemeinsamkeit, die doppelköpfige Einzelleistung des Experiments aufweicht.

Eine Doktorarbeit über *Die magnetischen Felder,* vor zehn Jahren an der Pariser Sorbonne geschrieben, führt als auffällige Unterscheidung der beiden Autoren an, daß Philippe Soupault in der Mehrzahl »wir« schrieb und André Breton in der Ichform, also von sich. Breton hat einen merkantilen Sinn für den historischen Moment. Er will in der Ich-Form Stifter der surrealistischen Bewegung sein. Es überfordert seinen Charakter, diesen Moment mit Soupault zu teilen. Um der eigenen Kreativität nichts wegzunehmen, vermeidet er es, den Psychiater Pierre Janet als unmittelbaren Auslöser des *automatischen Schreibens zu* nennen.

Zehn Jahre später, 1929, diskutieren in einer Sitzung der Pariser Medizinisch-Psychologischen Gesellschaft

Anstaltsärzte, unter ihnen Janet, über die »bewußte Zusammenhanglosigkeit«, den billigen »Prozedismus« und diese »Art stolzer Faulheit« in der surrealistischen Kunst.

Dr. de Clérambault: »Der Prozedismus besteht darin, sich die Mühe des Denkens und besonders der Beobachtung zu ersparen und sich auf eine vorbestimmte Machart oder Formel zu beschränken ... auf diese Weise produziert man rasch Werke eines bestimmten Stils und unter Vermeidung jeglicher Kritik, die eher möglich wäre, wenn eine Ähnlichkeit mit dem Leben bestünde.«

Professor Janet: Die Surrealisten »greifen zum Beispiel willkürlich fünf Wörter aus dem Hut und bilden mit diesen fünf Wörtern Assoziationsketten. In der Einführung in den Surrealismus wird eine ganze Geschichte aus zwei Wörtern erklärt: ›Truthahn und Zylinder‹.«

Philippe Soupault ist der letzte Surrealist, der rare Zeuge. Die Bescheidenheit, in der er lebt, hat mit der Unfähigkeit zu tun, seine Existenz als eine besondere zu nehmen. Sie hat auch mit Souveränität zu tun, dem sorglosen, beiläufigen Umgang mit seiner Prominenz. Seine Herkunft ersparte ihm die soziale Beweisnot. Er verbrachte seine Kindheit auf den Renaultschen Schlössern und Landsitzen um Paris. Und bei aller Revolte gegen das Milieu der Großbourgeoisie wappnet ihn dieses Milieu gegen das rumorende Gefühl, etwas gelten zu müssen. Er war kein wachsamer Verwerter seiner Kontakte. Ihm fehlte der kaufmännische Reflex, Briefe, signierte Zettel und Skizzen auf ihren eventuell zunehmenden Wert hin aufzuheben. Beispielsweise erhielt er einen Brief von Marcel Proust, in dem dieser sich über die rabiaten Korrekturen André Bretons beschwert und Soupault bittet, den Freund das wissen zu lassen.

Proust hat sein Manuskript *Auf der Suche nach der verlorenen Zeit* mit einem Dickicht von Änderungen versehen, nicht gerechnet die vielen seitlich herausflatternden geklebten Einschübe. Für Breton eine Fron. Doch es ist Soupaults Mangel an Kalkül, diesen Brief Breton auszuhändigen, der die ihn betreffende Rüge als eine steigende Aktie hütet. Den besagten Brief kaufte später die Nationalbibliothek in Paris einem Brüsseler Vertreter des Parfumherstellers Houbigant ab.

Im März 1919 erscheint die erste Ausgabe von *Littérature,* der Zeitschrift der späteren Surrealisten. Verantwortlich zeichnen (der abwesende, im Elsaß als Sanitäter gebundene) Louis Aragon, André Breton und Philippe Soupault. Den Drucker zahlt Soupault aus seiner Erbschaft.

André Gide, um einen Beitrag gebeten, sagte zuerst zu, nahm seine Zusage bedauernd zurück, um dann mit einem Essay – *Die neuen Nahrungen* – schließlich doch vor Soupaults Türe zu stehen. Souffleur für Gides zwischenzeitlichen Sinneswandel war die »Kröte« Cocteau, der sich, selber als Autor nicht aufgefordert, übergangen fühlte und die Blattmacher als Anarchisten in Mißkredit bringen wollte. Cocteau, sagt Soupault, lebte davon, Zwietracht zu säen. Schon Apollinaire habe ihn einen Hochstapler und Betrüger genannt.

Gegen Ende des Jahres 1919 veröffentlichen Breton und Soupault Teile der *Magnetischen Felder* in *Littérature.* Es sind 596 numerierte Exemplare, und die Bibliophilen stürzen sich darauf. 1920 erscheinen die Texte als Buch. Und Philippe Soupault nimmt sich heraus, ein Exemplar dieses Buches Marcel Proust zu übergeben.

Proust hielt sich öfter auf der Île Saint-Louis auf, an deren Spitze seine besten Freunde, die Bibescos, wohnen, aus Rumänien stammende Aristokraten. (Das Bibesco-Palais gehört heute den Rothschilds.) Ein paar Häuser davor wohnte Soupault. Und Proust ließ manchmal Soupault durch seinen Chauffeur zu sich herunter ins Auto bitten. Dann saßen sie im Fond und redeten. »Vielmehr redete nur er«, sagt Soupault, »er redete und redete ohne Unterbrechung, und ich dazwischen nur ›ja, ja‹.« Es war nicht feudales Gebaren, daß Proust im Auto sitzen blieb, sondern sein Asthma hinderte ihn, Treppen zu steigen. Bei den Bibescos gab es einen Fahrstuhl, der von den Chauffeuren über eine Winde gezogen werden mußte.

Proust schreibt Soupault zu den *Magnetischen Feldern* einen langen Brief. Und Soupault versichert, diesen Brief nie aus den Händen gegeben zu haben.

Anfang der sechziger Jahre, mehr als vierzig Jahre danach, sitzt seine Frau Ré Soupault über den ersten beiden Jahrgängen von *Littérature* in der Nationalbibliothek. Beim Blättern findet sie, wie ein Lesezeichen locker zwischen den Seiten steckend, Prousts genannten Brief. Sie sagt: »Ich hätte ihn wohl stehlen können, doch ich saß in der *Réserve,* einer besonders überwachten Abteilung, die zu betreten es einer speziellen Erlaubnis bedarf.« Nach insistierendem Befragen der Leiterin, wie dieser Privatbrief an Soupault, ihren Mann, hierher geraten sei, erfährt sie, daß Paul Eluard der Verkäufer war. »Philippe«, sagte Ré Soupault, »ließ alles herumliegen.« Und hat Eluard den Brief gestohlen? »Nein«, sagt Soupault, »nur genommen.« Er selber sei nie Sammler gewesen. Außer zweihundertfünfzig Krawatten besitze er nichts.

Seine Umgebung hat kränkende Gewohnheiten angenommen. Es herrschen hochentwickelte, literarische

Verhältnisse. Die Widmungs-Schieber und Schreibtisch-Inspekteure kommen zu Besuch. In den Ateliers sitzt der auf Beute hoffende Kumpan. Der allgemeine Hang zum Sammeln und Versilbern ist groß. Die angenehme Verschwisterung von Geld und Kunst, eine auf den jungen Soupault zutreffende Lebenssituation, ist früh beendet. Er ist Erbe, eine Eigenschaft, die immer begleitet wird von der unterschwelligen Nötigung, zahlen zu müssen.

Soupault kauft aus dem Nachlaß von Rimbauds Schwester Isabelle für fünfhundert Goldfranc ein verloren geglaubtes Gedicht ihres Bruders – »Die Hände von Jeanne-Marie«. Da er den horrenden Preis, ohne zu handeln, zahlt, schenkt ihm Isabelles Witwer, Paterne Berrichon, ein Photo des vierzehnjährigen Arthur Rimbaud, eine allererste Rarität.

Gedicht und Photo erscheinen in *Littérature*. Auf der Titelseite dieser besonderen Ausgabe: Arthur Rimbaud, dargestellt in einer zeitgenössischen Zeichnung aus den Tagen der Pariser Kommune. Auch die Zeichnung gehört Soupault. Photo und Zeichnung gelangen nie wieder an ihn zurück.

Philippe Soupault ist ein unpathetischer Mann. In seiner geläufigen Bosheit stellt sich kein Jammer über die händlerischen Usancen der Freunde ein. Das sind für ihn Zwischenfälle, ein Schlaumeiertum, welches ihn in einer desillusionierten Überlegenheit zurückläßt.

1980 werden in dem großen Pariser Auktionshaus »Drouot« Manuskript-Teile der *Magnetischen Felder* für 140 000 Franc versteigert. Es sind keine Originale, sondern in André Bretons schöner Handschrift geschriebene Kopien. Bei aller Autoren-Einheit der *automatischen Texte* erkennt Soupault, schon durch die Kapitelüberschriften, Partien, die im wechselseitigen Dialog entstanden waren. Möglich sei, sagt Soupault, daß Breton durch seine Schönschrift ursprünglich die Arbeit des Druckers erleichtern wollte.

Saint-Germain und das Café *Flore* sind nach dem Tod Apollinaires kein Treffpunkt mehr. Aragon, Breton und Soupault, »Die drei Musketiere« genannt, verkehren am Montparnasse in den Cafés *Le Dôme* und *La Rotonde*.

»Und plötzlich«, sagt Soupault, »ging alles zum Montmartre, und zwar Bretons wegen, der an der Place Blanche wohnte.« Die Anzeichen für Bretons Machtansprüche werden immer deutlicher. Seine Ironie richtet sich keinen Moment gegen sich selbst. Täglich gegen Mittag Zusammenkunft im Café *Cyrano*. Breton läßt bitten, Nichterscheinen macht ihn ungehalten. Er führt das Kommando über die Aperitifs, die jeweils zu trinken sind. Einen Tag Picon-citron, am nächsten Pastis oder Ricard, Mandarin, Martini, Porto, Sherry, Royal Flip oder Imperial Flip.

»Aragon und ich«, sagt Soupault, »bestellten gegen das Reglement. Ich nur ein Vittel-Wasser, schon weil ich am Vorabend meistens viel Whisky getrunken hatte und durstig war. Machte also mit dem Sprudel meinen Skandal.«

Abends Fortsetzung in der portugiesischen Bar *Certa,* Passages de l'Opéra, 1922, beim Sanierungskahlschlag für die Vollendung des Boulevard Haussmann, niedergerissen. Im *Pariser Landleben* beschreibt Louis Aragon diese Passage als einen »großen Glassarg ...«

»... und da dieselbe vergötterte Blässe seit den Zeiten, als man sie in den römischen Vorstädten anbetete, immer noch das Doppelspiel von Liebe und Tod beherrscht, die *Libido*, die heute die medizinischen Werke zu ihrem Tempel gewählt hat und die jetzt, gefolgt von dem Hündchen Sigmund Freud, lustwandelt, sieht man in den Galerien mit ihrer wechselseitigen Beleuchtung, von der Helle des Grabes übergehend zum wollüstigen Dunkel, köstliche Mädchen, die mit aufreizenden Bewegungen der Hüften und mit einem Lächeln der spitz aufgeworfenen Lippen dem einen wie dem anderen Kult dienen. Auftritt, die Damen, auf die Bühne, und ziehen Sie sich ein wenig aus...«

Friseure, Bordelle, Spazierstockgeschäfte, Läden für Bruchbänder und Druckkissen, Scherzartikel-Boutiquen, »Farces et Attrappes«: Spiegeleier aus Gummi und Klosettschüsseln als Senfbehälter, »eine mysteriöse Fauna«, sagt Soupault.

Auch im *Certa* präsidiert Breton. Soupault: »Wir, die Direktoren von *Littérature* und manchmal der peinlich berührte Eluard dazwischen, empfingen ›Freunde‹ und Neugierige.« Häufig erschienen sei Drieu la Rochelle, selten Marcel Duchamp, einmal Henry de Montherlant. Meistens anwesend, trotz zunehmender Lustlosigkeit, die »Dadas« Francis Picabia und Tristan Tzara.

Breton veranstaltet das Benotungsspiel. Einmal sind Noten von minus zwanzig bis plus zwanzig für Schriftsteller, Philosophen, Wissenschaftler und Politiker zu vergeben. Den nächsten Abend für Gefühle, Abstraktionen und Attitüden. Die Person Bretons darf nicht zensiert werden. Und obwohl Tzara renitent für alles und jeden minus zwanzig gibt, zieht Breton Abend für Abend den Mittelwert aus diesem Zensurenpalaver. »Das war sehr ermüdend«, sagt Soupault.

Aragon im *Pariser Landleben* über die Telefonistin des *Certa:* »... eine liebenswürdige und hübsche Dame mit einer so sanften Stimme, daß ich, ich gestehe es, früher oft Louvre 5449 anrief, allein der Freude wegen, sie sagen zu hören: ›Nein, Monsieur, es hat niemand nach Ihnen gefragt‹, oder auch: ›Es ist keiner von den Dadas hier.‹«

Breton mag Francis Picabia, Soupault verabscheut ihn: Er ist für ihn eine reine Reklameexistenz, ständig als Sandwichmann seiner selbst unterwegs. »Jeder sollte immer von ihm reden. Er fürchtete, mit Picasso verwechselt zu werden wegen der gleich beginnenden Namen und weil sie Spanier waren.« Picabia war väterlicherseits Kubaner. Seine schmalen Erfolge als Maler habe Picabia durch eine *Revue Scandaleuse,* durch ein Klatschblatt kompensiert. Darin standen Tiraden gegen Picasso und Braque, gegen den Kubismus allgemein, dem er selber kleinbegabt mal angehangen habe. »Über mich«, sagt Soupault, »schrieb er: ›Soupault hat sich in Genf das Leben genommen.‹ Er gab seinen Wunsch für die Wirklichkeit aus. Über André Gide: ›Wenn Sie Gide lesen, werden Sie schlecht aus dem Mund riechen.‹«

Wimmelnde Feindseligkeiten; das Platzhirschgebaren Bretons, bedrohlich wie ein unter Dampf stehender Kessel, dem die Flöte abspringen könnte; täglich eine andere Leberwurst beleidigt und spritzend ihr Fett weitergebend.

Soupault setzt die Unwägbarkeiten des *automatischen Schreibens* in »gelebten Gedichten« fort. Er irrt sich in der Etage eines Bürgerhauses, gerät auf ein Fest, zu dem er nicht geladen ist, und bleibt. Zusammen mit Jacques Rigaud verbessert er die Technik solcher Auftritte mit Blumen und Konfekt. Als falsche Gäste entdeckt, verlangen sie Blumen und Konfekt zurück. Soupault macht sich im heißen August ein Zeitungsfeuer und reibt sich wärmend daran die Hände. Er bittet an sonnigen Tagen Frauen unter den Regenschirm. Er fragt am hellen Tag einen Herrn nach Feuer für eine Kerze. Diese poetischen Aktionen enden häufig mit der Androhung, die Polizei oder einen Irrenwärter zu rufen.

Es sind noch drei Jahre bis zur Gründung der surrealistischen Bewegung (1924), und ihre Stifter sind sich schon nicht mehr grün. Soupault verzeiht Breton dessen Sympathie für Picabia nicht, ein haarfeiner Riß in der Freundschaft.

Soupault widerstreben die kultischen Zusammenkünfte, die auf den Tag montierten Skandale. Er sieht sich in eine Rolle gedrängt, in der er Mühe hat, sich wiederzuerkennen: Mit Breton können heißt sein Augendiener sein. 1922 übernimmt André Breton allein die Leitung von *Littérature,* Krach zwischen Breton und Tzara, Ende von Dada.

André Breton schreibt fast berufsmäßig Vorworte für Ausstellungskataloge. Die Maler danken mit Bildern. Und Bilder erreichen schneller eine breite kaufmännische Wertschätzung als Gedichte.

Breton, behauptete der surrealistische Dichter Robert Desnos (1945 in Theresienstadt umgekommen), habe nur solche Maler besprochen, von denen er selbst Bilder besaß: Chirico und Max Ernst, Miró, Dalí, Magritte und Tanguy. Dabei bleiben die Bilder nicht bewahrte Unterpfänder von Freunden, sondern sie gelangen bald in den gewinnbringenden Umlauf des Handels. Über das Etikett »surrealistisch« für Malerei entzündet sich zwischen Ré und Philippe Soupault ein Disput.

Ré Soupault: »Absoluter Surrealismus, also Automatismus, ist in der Malerei unmöglich!«

Soupault: »Nein, Max Ernst war authentisch surrealistisch, inspiriert aus dem Moment, Tanguy auch.«

Ré Soupault: »Nein! Ein Bild kann man träumen, aber für die Ausarbeitung mußten die ihre Handfertigkeit haben, da hörte das Träumen auf. Diese Bilder sind ja sehr gearbeitet.« Deshalb habe sich der Literat Pierre Naville von Breton getrennt, weil er keine sogenannte surrealistische Malerei akzeptierte.

Das Gespräch kommt auf Salvador Dalí, dessen Name Soupaults Kreislauf zu beschleunigen scheint: »Großer Zeichner, kein Maler, der totale Esprit des Nutznießers.«

Bei der Pariser Aufführung des Films *Ein andalusischer Hund,* 1929, begegnete Soupault zum erstenmal Dalí. »Dieser Film«, sagt Soupault, »war für uns Surrealisten im besten Sinne skandalös.« Verantwortlich zeichnen Luis Buñuel und Salvador Dalí. Und Buñuel, der Dalí als sich spreizenden Verursacher des Aufruhrs erlebte, äußerte Soupault gegenüber, daß Dalí nur minimal an dem Film beteiligt gewesen sei.

Soupault: »Dalí, der ja als Kopist begonnen hatte, nahm sich vor, Bilder wie Max Ernst, André Masson, Yves Tanguy zu machen. Er verlegte sich auf einen gut bezahlten Exhibitionismus.«

Und es ist vor allem Dalí, der dem Surrealismus die Laufkundschaft bringt. Ein virtuoser Dämon für Coiffeure; und von unverhohlener Käuflichkeit. Für einen Händedruck nimmt er einen Dollar. Auch wenn es unter dem Vorzeichen der Originalität geschieht: Die Kollekte klingelt im eigenen Opferstock.

Für Dalís schallende Aktivitäten verläßt Gala (geborene Jelena Diaronawa) ihren Mann, den Dichter Paul Eluard. Claire Goll über Gala in ihren Memoiren *Ich verzeihe keinem:* »Statt des Tambours oder der großen Pauke, die sie gebraucht hätte, hielt sie nur eine biegsame Liane (Eluard) in der Hand.«

»Und Gala«, sagt Soupault, »trieb Dalí vollends auf den Marktplatz. Sie wurde seine Geldschublade.« Dalí machte Reklame für Schokolade, Bartkosmetik und Zahnpasta.

1927 besteht die surrealistische Bewegung seit drei Jahren, und Breton gebärdet sich mit seinem Titel »Surrealistenpapst« wie ein wirklicher Papst. Er exkommuniziert die Gefährten Antonin Artaud, Robert Desnos, Roger Vitrac und Philippe Soupault. Kurz darauf Ausschluß von Aragon, dann von Eluard. Übrig bleiben Breton und Benjamin Péret, der ihm, nach Soupault, wie ein Hündchen anhing. »Breton«, sagt Soupault, »brauchte Freunde und wollte gleichzeitig der einzige sein.« Er habe außerdem eine politische Rolle spielen wollen und sympathisierte mit der kommunistischen Partei. »Doch die Kommunisten«, sagt Soupault, »mißtrauten den Surrealisten, sahen in ihnen Kleinbürger.«

Den entflammten Novizen Breton bedachte die Partei, wie zur Abgewöhnung für dessen eigenes Größegefühl, mit einem Platz in der Zelle der Pariser Gaswerk-Arbeiter. Breton habe das übelgenommen und sei daraufhin Trotzkist geworden.

Philippe Soupault hält sich außerhalb dieser Vorgänge. »Ich war traumatisiert von Goethes Gespräch mit Eckermann, wo er sagt, wer einer Partei dient, ist für die Poesie verloren.« Die genauen Gründe für seine Entlassung aus der Bewegung liegen für Breton darin: Soupault schrieb Romane, Artikel für Zeitungen und rauchte englische Zigaretten.

Bei aller vorgegebenen »Abscheu der Surrealisten gegen den Roman als Zufluchtsort geistiger Kleingärtner« schreibt der Surrealist Soupault Romane, handelnd in »menschenleeren Straßen, in denen Pfiffe und Schüsse die Entscheidung diktieren« (Walter Benjamin). Es ist eine Prosa aus bilderdichten Szenen und poetisch scharf benannten Momenten. Favorisiert ist die Nacht mit ihrem speziellen Personal, welches das Bedürfnis hat, »sich für das Ziel extravaganter Gefahren zu halten« (Soupault).

Die letzten Nächte von Paris (1928): Unterwegs ist ein Elegant mit dem Ziel »aller nächtlichen Spaziergänger: auf der Suche nach einem Leichnam ... weil in Paris der Tod allein mächtig genug ist ... um einen ziellosen Spaziergang zu vollenden«. Schlendernd reizt der Elegant seine toten Nerven auf. Auch bei braven Begebenheiten: »Bald verließen wir die Tanzdiele der Hausangestellten ... Diese humorvollen wöchentlichen Bälle haben den Charme von Affenkäfigen. Diener verbeugen sich vor gutgelaunten Köchinnen.«

Der Elegant folgt der Hure Georgette, die die zweideutigen Pariser Örtlichkeiten abläuft: die Trottoirs der masochistischen Junggesellen, die mit Selbstgesprächen die kalten Stunden verbringen; die Parks, in denen verzweifelte Dirigenten imaginierte Orchester dirigieren und Virtuosen auf abwesenden Instrumenten spielen.

Auch in dem Roman *Der Neger* (1927) befindet sich der Erzähler auf der Spur phosphorisierender Untaten. Edgar Manning, der überlegen schöne Schwarze, »lebendig wie rote Farbe, schnell wie eine Katastrophe«, treibt durch die weißen Hauptstädte, sitzt viel Zeit in ihren Kerkern ab und altert nicht. »Er erwartet nichts von der Zukunft, weil er seine unverbrauchte Vergangenheit kennt.« Der Neger, der »unser weißes Fleisch unserer Verzweiflung vorzieht«, der in einem Bordellzimmer nicht bleiben kann, »auf das schon alle anderen Haustiere mit hängender Zunge warten«, ersticht in Barcelona eine Hure, die »Europa« heißt.

Soupault produziert schnell. »Zu schnell«, sagt er, selbst wenn er keine Familie hätte ernähren müssen. Und während er selber seine Inspirationen wie galoppierend niederschreibt, trifft er sich mit James Joyce, dem monströsesten aller Wortmäkler. Joyce und Soupault sind seit 1926 befreundet. *Ulysses* existiert schon. Joyce ist im Ansturm auf das literarische Weltgebirge *Finnegans Wake*.

»Und wie Proust«, sagt Soupault, »war Joyce mit seinem Œuvre einer Religion beigetreten. Sie waren wirklich Kranke, Opfer ihrer außergewöhnlichen Bücher.« Proust (1922 gestorben) habe zuletzt nur noch für eine Recherche das Haus verlassen, besah sich eines Details wegen Bilder von Gustave Moreau.

Daran gemessen waren die Abwechslungen von Joyce fast opulent. Er liebte Schweizer Weißwein und Belcanto, sang, sich auf dem Klavier begleitend, auch selber. Soupault ging mit ihm in die Oper, wenn der irische Tenor John Sullivan besetzt war. Und man mußte unendlich applaudieren, damit Sullivan wieder und wieder vor den Vorhang treten konnte und die Arie aus *Wilhelm Tell* wiederholte.

1930 sitzt Joyce an der französischen Übersetzung von »Anna Livia Plurabelle«, einem Kapitel aus *Finnegans Wake*. Sie war von Samuel Beckett, den sich Joyce als Hauptübersetzer gewünscht hatte, begonnen worden. Da Beckett nach Irland zurückkehren mußte, wurde dessen Arbeit unter Joyce' Aufsicht von Paul Léon, Eugene Jolas und Ivan Goll revidiert.

Richard Ellmann in seiner Joyce-Biographie: »Man entschloß sich, die französische Version noch einmal neu zu formen, und Ende November wurde Philippe Soupault gewonnen, sich mit Joyce und Léon jeden Donnerstag um 2 Uhr 30 in Léons Wohnung in der Rue Casimir Périer zu treffen. Sie saßen drei Stunden lang an einem runden Tisch, den Léon zu verkaufen drohte, falls Joyce seinen Namen darauf einkratzen würde; und während Joyce in einem Sessel rauchte, las Léon den englischen Text vor, Soupault den französischen, und Joyce unterbrach den Wechselgesang, um die Formulierung dieses oder jenes Satzes neu zu erwägen. Joyce erklärte dann den Doppelsinn, den er beabsichtigt hatte, und er oder einer seiner Mitarbeiter machten ein Äquivalent ausfindig. Joyce legte großen Nachdruck auf den Fluß der Zeile, weil ihm mehr am Klang und Rhythmus als am Sinn lag.«

Philippe Soupault, von seinem Naturell her unfähig, Sätze lange abzusitzen, verbringt mit Joyce einen ganzen Nachmittag über den Valeurs von Wörtern wie »maquereau«, »souteneur« und »proxénète«, welche alle drei »Zuhälter« bedeuten.

Literarische Gespräche findet Joyce belästigend. Über eine Gruppe redender Intellektueller in einem Pariser Restaurant sagt er zu Soupault: »Wenn die doch nur über Rüben sprechen wollten!« Joyce, der 1936 noch nichts von Kafka gehört hatte, läßt sich manchmal herab, einen Zeitgenossen für eine einzige Zeile in dessen Werk zu loben. Von Paul Valéry gefällt ihm die Wendung »parmi l'arbre« in einem Gedicht, und bei Soupault entzückt ihn, wie er Beckett wissen ließ, der Satz »La dame a perdu son sourire dans le bois« (Die Dame hat ihr Lächeln im Wald verloren).

Am 2. Februar 1939 ist Philippe Soupault einer von nur acht Gästen bei Joyce' siebenundfünfzigstem Geburtstag, an dem vor allem das Erscheinen von *Finnegans Wake* gefeiert wird. Der beste Pariser Konditor hat einen Kuchen gebacken, auf dem zwischen Buchstützen eine Nachbildung aller sieben Joyce-Bücher, blasiert in der Farbe ihres Einbandes, steht: *Finnegans Wake* als letztes und größtes.

In der Mitte des Tisches liegt ein rundes Spiegeltablett, das den Ärmelkanal mit Dublin auf der einen Seite und Paris auf der anderen vorstellt. Eine Glaskaraffe in Form des Eiffelturms und eine Nachttischlampe in Form einer Windmühle stehen auf der französischen Seite; eine zweite Nachttischlampe, eine Kirche darstellend, und eine Flasche, die der Nelsonsäule nachgebildet ist, stehen auf der irischen Seite. Die Flüsse Liffey und Seine sind aus Silberpapier geformt, mit Stanniol-Schiffen und bei der Liffey mit Schwänen. Es gibt Schweizer Weißwein, und nach dem Essen singt Joyce mit seinem Sohn Giorgio ein Duett.

Der Surrealist Philippe Soupault ist sich nicht selber Ziel seines Lebens. Schon 1927 beginnt er, außerhalb des surrealistischen Kanons zu leben, und schreibt Reportagen für Pariser Zeitungen. Abenteuer und Erfahrungen interessieren ihn mehr als Literatur, womit er als einziger »dem Bestreben, das die surrealistische Gruppe ursprünglich beseelte, treu geblieben ist« (Gaëtan Picon).

Ich habe Philippe Soupault an fünf aufeinanderfolgenden Tagen jeweils eine Stunde zugehört. Wenn ihn etwas besonders aufregte, gab er noch eine halbe Stunde dazu. Beispielsweise als er von Henry de Montherlant sprach, in dessen Nachbarschaft, am Quai Voltaire, er eine Zeitlang wohnte.

Montherlant, der homosexuell war (sein berühmtestes Buch heißt *Erbarmen mit den Frauen*) und der alles daransetzte, diese Tatsache zu tarnen, hatte eine Beziehung mit dem Schriftsteller Roger Peyrefitte *(Die Schlüssel von Sankt Peter).*

»Und Peyrefitte, dieses dreckige Individuum«, sagt Philippe Soupault, »veröffentlichte alte Liebesbriefe von Montherlant.« Montherlant wurde erpreßt. Als er, der extrem geizig gewesen sei, nicht zahlte, habe ihn ein Typ am Quai Voltaire die Treppe hinuntergestoßen. Montherlant fiel auf den Kopf und litt seitdem unter Schwindelanfällen.

Soupault: »Er schleppte sich, nur noch eine Ruine, in sein am Quai gelegenes Restaurant *A la Fregatte,* wo ich ihn hin und wieder traf.« Dann erblindete er allmählich, und sein Essen wurde ihm aus dem *Fregatte* in die Wohnung gebracht. 1972 erschoß er sich.

Während ich die Tonbänder mit Soupaults präzisen Erzählungen abschrieb, erfuhr ich, daß ihm eines seiner Stimmbänder operativ entfernt werden mußte. Ich hatte dann große Angst, er würde an diesem Eingriff sterben und die Geschichte über ihn müßte ein Nachruf werden. Aber es geht ihm wieder gut, nur solche schweifenden Auskünfte wird er mit seiner Stimme nicht mehr geben können.

(1982)

Der unheimliche Ort Berlin

Das Kottbusser Tor ist kein Ort, an dem die Leute in Übergangsmänteln herumlaufen, wenn der Winter vorbei ist. Das bißchen Sonne im April legte gleich die Oberarmtätowierungen der Punker frei. Die türkischen Männer hielten nicht mehr frierend das Jackett vor der Brust zusammen und gingen wieder aufrecht. Die Wärme hatte jedes Verhalten gelockert. Die Punker kippten die Bier aus Dosen in ihre struppigen Köpfe hinein, bespritzten einander und bewarfen sich mit Schaum. Sie tänzelten um ein kopulierendes Hundepaar, das unsicher auf sechs Pfoten stand und dabei dreist zu lächeln schien. Keine besonderen Vorkommnisse, keine schockierten Personen, um den Darstellern des Milieus den Genuß noch zu erhöhen, eher ein schräger Frieden, der sich sogar auf die lauernde Anwesenheit des Polizeiautos legte. Zum Bürgersteig hin waren seine Türen geöffnet, als würde ein dunkler Stall gelüftet.

Um 17 Uhr 30 ist in der Oranienstraße/Ecke Heinrichplatz kein Durchkommen mehr. Auf beiden Bürgersteigen eng stehende Menschen wie '63 vor dem Café *Kranzler* in Erwartung Kennedys. Der Örtlichkeit Kreuzberg entsprechend, sind es fast nur Türken und die kugelköpfigen Knaben. Aus dem vierten Stock der

Nummer 19 hat sich ein Mann gestürzt. Er liegt unter einer weißen Plane neben einer Baukarre. Die Sohlen seiner nicht ganz bedeckten Schuhe zeigen mit den Spitzen zueinander, und die Absätze sind so gewaltsam flach nach außen gedrückt, als gebe es eine Symmetrie des Aufpralls.

Nur ein Polizist ist zur Stelle. Wenn er mit ausgebreiteten Armen die Nachdrängenden aufhalten will, wendet er das Wort »bitte« als eine dem Anlaß zukommende Befehlsform an. Eine Gruppe von Punkern überzeugt ihn, den Toten gekannt zu haben, mit ihm eng gewesen zu sein. Er läßt sie zum Tatort durch, was sich zu einem obszönen Privileg auswächst.

Alle Augen sind jetzt auf sie gerichtet. Der Umstand, den Mittelpunkt zu bilden, fordert ihnen eine Aufführung ab. Einer schlägt schluchzend auf die Kühlerhaube eines Autos ein. Sie lassen eine Weinflasche kreisen, aus der sie mit hart in den Nacken gelegten Köpfen trinken. Sie fallen sich in die Arme, lachen, weinen und torkeln. Da es sich um Auswüchse von Trauer zu handeln scheint, fehlt dem Polizisten jede Handhabe, dem Geschehen eine Manierlichkeit zu sichern.

Aus der anfangs starren Menge sind inzwischen Schaulustige geworden. Die polizeilich geduldete Nähe der Punker zu dem Selbstmörder muß eine Entsprechung in dessen eben beendetem Leben haben. Das Fenster, aus dem er sprang, wirkt nicht, als habe er ein behagliches Zuhause verlassen. Er muß direkt am Schaufenster des türkischen Friseurs entlanggefallen sein. Daneben, auf der Tür des Haupteingangs, steht in gesprühter Schrift: »Hoch hänge Reagan!« Erste Angaben zur Person des Toten kursieren: Achtzehn sei er gewesen, weißblonde Irokesenbürste, Punker.

Mitten auf der Kreuzung Heinrichplatz/Oranienstraße steht ein grüngrauer, tresorhaft kompakter Lieferwagen, dessen auffälliger Abstand zum Brennpunkt allen Interesses ihn gerade dadurch zugehörig macht. Daneben halten sich zwei Männer in weißen Jacken und weißen Hosen auf. Obwohl das Auto keine behördlichen Embleme trägt und äußerlich weder Herkunft noch Bestimmung preisgeben soll, wird seine Anwesenheit hier wie eine geläufige Pointe aufgenommen, die fast echolos wegsackt: Es ist der Transporter des Leichenschauhauses.

Die Menschen warten auf das Tätigwerden dieser weißen Männer, die endlich vor die Unglücksstelle fahren und beim Aussteigen schon Gummihandschuhe tragen. Über den abgedeckten Hügel breiten sie noch eine durchsichtige Folie, die sie unter der Leiche durchziehen und dann an beiden Enden zusammendrehen, was dem Bündel das Aussehen eines großen Bonbons gibt. Die betrunkenen Punker mißbilligen diesen Vorgang mit einem aufjubelnden Wehklagen. Den Zuschauern, die fast wütend vor Neugier sind, bleibt nur noch der Augenblick, in dem die Männer den Toten auf die Bahre heben, ohne ihn in die eigentlich geziemende Rückenlage zu bringen. Ein Skateboardfahrer in getigerter Trikothose, ein Hosenbein aufgeschlitzt und flatternd, nutzt noch das große Publikum und fährt enge, hart abgebremste Achterfiguren auf der gesperrten Straße.

Aus der Tiefe der zugerümpelten Höfe des Hauses Nummer 19 tritt ein Mann mit einem Eimer, aus dem er Erde auf den Bluthaufen neben der Baukarre streut. An Ort und Stelle wetteifern jetzt die intimsten Augenzeugen mit ihren Nacherzählungen. Der türkische Friseur spricht von dem rasenden Schatten, den er sah.

Und in seinem grauen Kittel, mit den Armen einen Sturzflug nachvollziehend, sagt der türkische Gemüsehändler: »Es war ein Deutscher!«, was den Vorfall exotisch macht.

Kreuzberger Todesfälle. Am Ostermontag 1979, einem 16. April, sagte Ingrid Rogge zu ihrer Mutter: »Ich gehe in die Stadt.« Da Rogges am Rand der oberschwäbischen Stadt Saulgau wohnen, dachte die Mutter, sie gehe nur nach Saulgau rein, jemanden treffen. Doch Ingrid Rogge meinte Berlin, als sie Stadt sagte. Und der Mutter paßt diese vermiedene volle Wahrheit heute gut in die Erinnerung an die Tochter, die nie gelogen habe. Auch sei die Tochter damals ohne alles aufgebrochen, was ihre Auskunft, in die Stadt zu gehen, zwar noch täuschender machte, von der Mutter aber als eine den Trennungsschmerz hinauszögernde Diskretion begriffen wird. Und was die örtlichen Verhältnisse angeht, hätte das Mädchen die Bogenweiler Straße in Saulgau, diese stille Siedlungsstraße, an einem Feiertag gar nicht mit Gepäck entlanggehen können, ohne den nachforschenden Vorwitz der Anwohner auf sich zu ziehen.

Den Tag zuvor, Ostersonntag, hatten Herr und Frau Rogge mit der Tochter eine Autofahrt nach Adelsheim im Odenwald gemacht, wo ihr Sohn Dieter wegen Drogenmißbrauchs einsaß. Dieser Besuch wäre den Eltern der liebste Grund, warum danach auch die Tochter ausscherte. Nämlich nicht, um ihnen zusätzlich Kummer zu bereiten, vielmehr, um ihre ständige Bekümmertheit nicht weiter mit ansehen zu müssen. Denn Dieter, der Bruder, war der bunte Hund von Saulgau, ein einbruchsversierter Beschaffer von Opiaten und anderem Zeug, die einen Fixer zur Überbrückung eines Suchtzustands helfen. Kein geplünderter Giftschrank im Umkreis, ohne daß es hieß: »Der Rogge war's!«

In die Schwabenapotheke stieg er, wie ein Hochspringer auf dem Rücken liegend, durch ein kleines Loch im Oberlicht des Haupteingangs ein und zerschnitt sich dabei die Schultern. Die artistische Leistung des Sohnes macht für die Mutter die Tat nicht kleiner, nur daß in ihrer mütterlichen Sicht seine Courage den kriminellen Vorgang nicht so trostlos niedrig erscheinen läßt. Für das Elternpaar Rogge war das Schlimmste immer wahrscheinlich; das sicher nie ausgesprochene, von beiden jeweils nur gedachte Schlimmste, weil ein Vater und eine Mutter verschieden strenge Hoffnungen hegen. Auch weil jeder den anderen glauben läßt, er nehme noch teil an diesem inneren Wettlauf für den guten Ausgang. Und immer kreisten die bösen Vorstellungen der Eltern nur um den Sohn, für dessen teure Sucht und deren unwägbare Folgekosten sie geradestehen mußten.

Sie zahlen, zahlen und zahlen in eine bodenlose Tiefe hinein. Der Lohn des Fernfahrers Dietrich Rogge und seiner Frau Annemarie, die Metzgereiverkäuferin war und um des höheren Verdienstes wegen Akkordarbeiterin in einer Möbelfabrik wurde, ist in Raten verplant, deren Gegenwert ihr Ansehen nicht erhöhen kann. In kleinstädtischer Überschaubarkeit lebend, jeden grüßend und in jedem entgegengenommenen Gruß einen atmosphärischen Widerhaken witternd, gabelt sich das Unglück der Rogges in ein Elternschicksal und in eine nach außen hin empfundene Schande.

Die Bogenweiler Straße in Saulgau ist mit ihren Reihenhäusern von sauberer und heller Eintönigkeit. Das ändert sich auch nicht in der Dahlienzeit, wenn es in den Gärten richtig glüht. Keine Natur wächst gegen einen Ordnungsanspruch an, der sich besenrein vor den Haustüren zeigt, und hinter den Haustüren die Staubsauger, die im täglichen Einsatz eine aufgesträubte, fusselfreie Reinlichkeit schaffen.

Nichts ist dieser Straße zu verübeln. Nur, daß es nachvollziehbar ist, sie hinter sich zu lassen, wenn einem das Leben in voller Länge noch bevorsteht. Wenn Zufriedenheit noch keine Tugend sein muß, nur weil daheim warmes Wasser aus dem Hahn läuft und an dem schirmförmig aufgespannten Wäscheständer die T-Shirt-Parade trocknet.

Zwischen dem Ostermontag 1979, an dem Ingrid Rogge, damals siebzehn Jahre alt, die Bogenweiler Straße für ein aufregenderes Leben in Berlin verließ, und dem Tag, an dem ihre Eltern erfuhren, daß sie als Skelett in einer verschnürten Plastikplane auf einem Kreuzberger Hinterhofspeicher gefunden worden war, liegen sechs Jahre. Diese ganze Zeit galt sie als vermißt.

Am 3. September 1985 erscheint Kriminaloberkommissar Müller aus Sigmaringen abends bei den Rogges und fragt zuerst ganz allgemein: »Wie geht es Ihnen?« Auf die Antwort der Frau Rogge: »Wie soll's schon gehn«, stellt der Kommissar die Frage: »Sind Sie stark?« Das allerdings ist die fürchterlichste aller Fragen, die Ouvertüre für Unheil; eine Stereotype von Todeskurieren, die die Nachricht von einem Schicksal bringen. »Also die Ingrid ist tot«, sagt der Kommissar, vor sechs Jahren schon zu Tode gekommen, vermutlich Ende Juni '79. Der Schädel weise auf Gewalteinwirkung hin.

Vor ihrem Aufbruch nach Berlin arbeitete Ingrid Rogge in der elf Kilometer entfernten Ortschaft Altshausen bei der Firma Trigema. Sie war Rohnäherin in einer Gruppe von sechzig Frauen. Das heißt, sie nähte auf einer Rohnähmaschine die Schultern zugeschnittener T-Shirts zusammen, der erste Arbeitsgang von einer Hand, bevor an jeweils anderen Maschinen gekettelt wird, die Bündchen und Ärmel angenäht sowie die Seitenteile zugenäht werden.

Jedesmal ein kurzes, kaum angesetztes und auch schon wieder beendetes hartes Surren unter dem rasenden Maschinenkopf, was keinen ohrenbetäubenden, wilden Lärm verursacht, sondern eher die feinere Tortur eines Zahnarztgeräusches. Dazu summieren sich die lauten Farben der Arbeitsobjekte. Alles, was vereinzelt vielleicht Laune machen kann, das Lila, das gemeine Türkis, das schmerzende Orange, das nervlich behelligende Maigrün, diese ganze nuancenlose Heiterkeit liegt in hohen Haufen als blind machendes Dickicht vor den Maschinen.

In diesem Nähsaal voller Mädchen herrscht nicht die Ausgelassenheit einer zwitschernden Vogelhecke. So ein Nähsaal ist vielmehr eine Galeere, die zu ertragen jemand in den wirklich besten Jahren sein muß, wie Ingrid Rogge es war.

Die Gruppenleiterin erinnert sich nach sechs Jahren in einer pietätischen Freundlichkeit an eine allseits beliebte Person, die schnell konnte, was bei Trigema zu können ist, und der einmal nachgesehen wurde, daß sie in der Damentoilette einen Rausch ausschlief.

Einen Tag nach ihrem Verschwinden rief Ingrid Rogge bei Elli Gottler in Saulgau an. Frau Gottler ist eine enge Freundin der Rogges, die damals ihr Telefon abgemeldet hatten, um sich vor den Fern- und Auslandsgesprächen ihres Sohnes zu schützen, der, kaum auf Urlaub, gleich wieder in seinen Drogenkontakten zugange war. Ihrer herbeigerufenen Mutter sagte Ingrid Rogge:»Du, Mutti, ich bin jetzt in Berlin, und da bleib ich auch!«

Die Rogges sind ein mustergültiges Ehepaar. Er überläßt ihr das Reden, wobei er den Anschein erweckt, daß Schweigen Gold ist. Natürlich ist auch Müdigkeit dabei, das Unabänderliche immer wieder aufzurühren. Und so sitzt er, während sie erzählt, löwenschläfrig und hinnickend wie in einem Zugabteil, nur dabei. Und nach dem kalten Abendbrot, das sie mit gesundheitlichen Rücksichten sehr mäßig zu sich nehmen, geht er mit der Frau in die Küche, um ihr beim Abwaschen der beiden Resopalbrettchen zu helfen.

Ingrid Rogge wollte sicher dem Augenschein der Eltern entkommen. »Denn durch den Dieter«, sagt Frau Rogge, »haben wir sie ja immer beschworen, uns keine Sorgen zu machen.« Ganz schnell hieß es: »Und jetzt du auch noch!« Ständig waren sie an ihr dran, schon beim Kleinsten. Dieses Eingeständnis klingt, als hätten sie dadurch die Lunte gelegt für das Verlassenwerden. Und wenn es der Mutter widerfährt zu erwähnen, nachts zum *Hirschen* nach Steinbronnen gefahren zu sein, um in dieser als Drogenspelunke reputierten Lokalität die Ingrid zu suchen, dann verwischt sie das Gesagte gleich wieder: »Eigentlich war die Ingrid problemlos.«

Rogges haben es gemütlich in ihren Wohnzimmertropen mit den gefirnißt blanken Philodendronblättern und ihren bürgermeisterhaft kolossalen Kleinmöbeln. Auf Anrichten und Regalen die rustikalen Preziosen, Deckelhumpen, Zinnbecher, Zinnteller, Landsknechte aus Zinn, Zierat auf brokatgefaßten Tischläufern; in einer Schale eine Ananas, die ihrer Schönheit wegen nicht gegessen wurde und schon vergoren riecht; auf dem Fernseher in galanter Zugewandtheit Pierrot und Columbine auf einem über Eck gelegten Deckchen, das in den Bildschirm überhängt. Gobelinbilder an den Wänden, Breughel-Sträuße, Schäferszenen.

Kurz nach der Todesnachricht, als die Zeitungen von dem »grausigen Fund« in Berlin berichtet hatten, kam der Pfarrer die Rogges besuchen. Auf das Skelett anspielend, fragte ihn Frau Rogge: »Aber da müssen doch noch Haare gewesen sein?« Worauf der Pfarrer sagte: »Nein, bei einem Skelett bleibt nichts, sonst hieße es mumifiziert.« Doch Frau Rogge insistierte: »Haare verwesen doch nicht!« Doch, habe der Pfarrer gesagt, bei einer gewissen Feuchtigkeit, gerade in einer Plastikplane, würde das Ganze kompostieren.

Wenn in einem Haus das Unglück nicht verjähren kann, weil es in immer neuen Schüben wieder einkehrt, dann setzt zu seiner Bewältigung eine Trainiertheit seiner Bewohner ein. Für zwei Ängste in dem Ausmaß, wie es die Rogges überkam, war kein Platz in ihnen.

Am 6. Juni 1979 fragte Ingrid Rogge in die Frühstücksrunde der sogenannten Lederetage, einer WG in der Kreuzberger Waldemarstraße 33, 3. Hinterhof, 3. Stock, ob jemand Bock habe, mit ihr nach Westdeutschland zu trampen. Der arbeitslose Kalle Hübing, der seinerzeit mal hier und mal dort übernachtete, dessen Anwesenheit bei diesem Frühstück purer Zufall war, dachte sich: »Ich hab eh nix zu tun, fährste mal mit.« Da die Frau zudem eine Schlafgelegenheit in Aussicht stellte, habe er nur noch seine Stulle zu Ende gegessen und sei mit ihr aufgebrochen.

Kalle Hübing wohnte eine Woche bei den Rogges in Saulgau und half dem Vater beim Tapezieren des Flurs.

Selber aus unbehausten Verhältnissen vom Berliner Wedding stammend, genoß er die Tage in familiärer Obhut; die erste Wohltat dieser Art in seinem Leben. Dieses Erlebnis war ihm ein schöner Naturvorgang, bei dem etwas so gehandhabt wurde, wie er es von zu Hause nicht kannte, nämlich nachgiebig beherrscht zu werden.

Kalle Hübing, der die Lebenskulisse der Ingrid Rogge als eine beneidenswerte Speckseite in Erinnerung hat, kann sich dagegen nicht entsinnen, ob Ingrid Rogge damals in der Lederetage der Waldemarstraße 33 eine Matratze liegen hatte, ob sie überhaupt da wohnte. In den fluktuierenden Verhältnissen dort, wo sich in den hinteren Fabriketagen zeitweilig hundertfünfzig bis zweihundert Personen aufhielten, sei das auch kein Fakt gewesen. Die Kripo habe ihn diesbezüglich nageln wollen, als 1985 die Suche nach dem Mörder der Ingrid Rogge losging. »Da trampst du mit 'ner Frau nach Westdeutschland und Jahre später so 'n Ei.«

Als Kalle Hübing im Spätsommer 1979 aus Schwaben zurückkehrend die *Walde* besuchte, was bis heute das Synonym ist für den dritten Stock im dritten Hof der Waldemarstraße 33, fand er Ingrid Rogge nicht mehr vor.

Alles spricht dafür, daß Ingrid Rogge eine unangefochten sichere Plazierung bei ihren Eltern hatte, sonst wäre es ihr nach diesem ja doch verletzenden Verschwinden nicht in den Sinn gekommen, zu einer Stippvisite in Saulgau wieder aufzutauchen. Auch mit den Großeltern verband sie eine Innigkeit, die ihr unzerstörbar gewesen sein muß.

»Jetzt freue ich mich, daß du wiedergekommen bist«, sagte die Großmutter, »bleib jetzt, geh nimmer nach Berlin.« – »Doch«, sagte die Enkelin, »ich bleib nicht hier, ich gehe wieder dahin!« – »Guck, Ingridle«, habe die Großmutter sie daraufhin beschworen, »jetzt warst du ja schon in Berlin, hast Berlin gesehen, bleib doch hier!« Immer fällt »Berlin«, dieses unheimliche Wort für einen unheimlichen Ort, den man wie das Fegefeuer durchlaufen muß, um danach Ruhe zu finden und Saulgau zu schätzen.

Am 16. November 1981 suchte Ingrid Rogges Großvater, Max Hohl, den Pendler Friedrich Stroppel in Ulm-Wiblingen auf. Stroppel legte ein Photo der Gesuchten auf eine Weltkarte und ließ das Pendel kreisen. Nachdem das Pendel über dem US-Staat Nevada Ruhe gegeben hatte, schrieb Stroppel dem Großvater auf einen kleinen Quittungszettel: »Ingrid Rogge lebt in Amerika im Staate Nevada, sie ist unverheiratet. Die Stadt, in welcher die Gesuchte lebt, muß noch festgestellt werden.« Das Honorar betrug sechzig Mark.

Die Auskunft des Pendlers gab die Kriminalpolizei Sigmaringen an das Polizeipräsidium in Frankfurt weiter mit der Bitte, beim US-Konsulat zu ermitteln. Die Vermißte könnte nach Vollendung des achtzehnten Lebensjahres, am 30. August 1979, mit einem amerikanischen Armeeangehörigen die Ehe eingegangen sein und sich in die Vereinigten Staaten begeben haben. Das Konsulat in Frankfurt schrieb die Einwanderungsbehörde in Washington an. Der seidene Faden, an dem diese Hoffnung hing, riß am 20. Januar 1983, als Kriminaloberkommissar Müller den Rogges über die unergiebigen Nachprüfungen in den USA Mitteilung machte.

Im Juli 1982 gab es wieder einen Hinweis, der Eltern und Großeltern in Aufruhr versetzte. Damals glaubte ein Italiener, Ingrid Rogge in einem Bordell in Sizilien entdeckt zu haben. Franco Aggliato gehörte zum Bekanntenkreis von Brunhilde Gräber, die eine Schwester von Frau Rogge ist und ein Friseurgeschäft in Steinheim betreibt. Dort hatte Aggliato das Mädchen einmal kennengelernt.

Zu Besuch in seinem Heimatort Castelvetrano fuhr Franco Aggliato mit seinem Bruder zu einem Etablissement, einem alten Gehöft zwischen den Ortschaften Trischina und Trefontani. Schon aus seinem Auto habe er ein blondes Mädchen im Hof stehen sehen und blitzartig an Ingrid Rogge gedacht, über deren Verschwinden er informiert war. Er sei jedoch nicht ausgestiegen, sagte er bei seiner Vernehmung, da er kein Interesse an ihr hatte und ein Zuhälter, ein ihm bekannter Mann aus Castelvetrano, auf sie einredete.

Über ein Jahr später kam von Interpol Rom der Bescheid, daß die Ermittlungen zur Auffindung der Genannten negativ verlaufen seien, die Fahndung im Lande aber noch andauere.

Als ihre Tochter Ingrid im dritten Jahr vermißt war, fuhr Frau Rogge mit anderen Frauen aus Saulgau, die eigene Angelegenheiten gedeutet haben wollten, zu der Wahrsagerin Luise Potratz nach Weingarten an der oberschwäbischen Barockstraße. Hier wimmelt es von Seminaristen und auswärtigen Schulklassen, die vespernd auf der Treppe der Benediktinerabtei in ihren Barockführern lesen. Die hellgelbe Kultur gibt hier den Nenner, und eine Existenz wie die der Kartenlegerin Potratz mit ihrem unschwäbischen Namen in ihrem Bretterverschlag an der Friedhofstraße hat für Weingarten etwas Unpassendes an sich.

Frau Potratz lebt umgeben von fünf dunkelhäutigen Enkelkindern, der Hinterlassenschaft einer schwarzen

Schwiegertochter, die das Weite gesucht hat. In einem engen Flur mit vollgerauchten Aschenbechern warten verwegen geschminkte Frauen mit ihrem Liebeskummer oder ihren Versorgungsängsten auf eine Sitzung. Und hin und wieder taucht ein dunkles Kind auf, weil es einer Dame zeigen soll, wo die Toilette ist, auf deren Ablage unterm Spiegel die fünf Drahtbürsten dieser krausköpfigen Kinder liegen.

»Sie, Fraule«, hatte Frau Potratz damals zu Frau Rogge gesagt, »um Ihre Ingrid sieht es ganz schlecht aus.« Die sei von lauter Männern umgeben, lauter Dunkelhaarigen, und diese Karte, das sei Geld, als wenn sie Geld herschaffen müßte für die Männer. Frau Potratz nahm nur zehn Mark für diese trübe Auskunft.

Drei Jahre später, als sie weiß, daß Ingrid Rogge als verschnürtes Skelett in der Waldemarstraße 33, direkt an der Berliner Mauer, auf einem Speicher gefunden worden ist, und weit und breit keine Spur von einem Täter, zieht die Potratz aus ihrem hingeblätterten Firmament die Karte für die schlimmen Sachen, die sie die Drogenkarte nennt.

Dort, wo sie wohnte, sei sie auch umgekommen. Ein sehr süchtiger dunkler Mann, womit die Potratz die Haarfarbe meint, habe sie aus der Welt geschafft, »als wenn sie hat wollen was verpfeifen«.

In das kojenkleine Zimmer der Frau Potratz, dieser rundlichen Füchsin in ihrem Wahrsager-Plüsch, mit dem sie sogar ihrem herabgelassenen Klappbett die profane Bestimmung nimmt, dringt vom Flur ein kurzes Toben ihrer Enkel. Dabei gerät der Bretterverschlag in ein Beben, als stünde er auf rollenden Rädern. Dann sagt ein Mädchen »Husch!«, und es kehrt Ruhe ein, und die Potratz fährt fort in ihrer Hellsicht.

»Also gehn wir mal ans Gegenteil«, der dunkle Mann wäre Zuhälter gewesen und hätte sie aus Liebe umgebracht. Aber die Liebeskarte liege nicht dabei. Nur noch eine dunkle Dame, nicht ganz so dunkel wie der Mann, kommt ins Spiel, Mitwisserin, fast Mittäterin und nicht mehr in Berlin, aus Angst, ebenfalls umgebracht zu werden.

Die lange Ungewißheit hat die Großmutter Elisabeth Hohl vorzeitig gebrechlich gemacht. Sie ist wie fast alle Großmütter von einer liebenden Blindheit; immer darauf bedacht, den Motiven des Mädchens eine fromme Einschätzung zu geben. Als Ursache dann für das schreckliche Gestorbensein des Mädchens in Berlin kommen ihr ein langer Nappaledermantel und eine Lederjacke in den Sinn: »Es muß ein Kapitalverbrechen gewesen sein, denn sie hatte ja so schöne Sachen.«

»Und dann haben sie ihr aus dem Hinterhalt ein paar auf den Kopf geknallt«, sagt ohne Selbstschonung die Mutter, »und womöglich hat sie noch gelebt, und man hat ihr noch mal ein paar draufgeschlagen.« Die übersteigerte Nüchternheit, mit der die Mutter über das Eventuelle spricht, dieser sprachlich so drastische Umgang mit der ausgemalten Katastrophe unterscheidet sich von den furchtsamen Äußerungen der Großmutter, in deren Sachtheit der Wunsch nach einem sachteren Tod mitspielt.

Einmal träumte die Mutter von einem Badeausflug mit ihrer früheren Chefin, der Metzgersfrau Melitta Nußbaumer. Auch die Ingrid war dabei. Sie wollte partout über einen Wassergraben springen. Und während die Mutter schrie: »Tu das nicht, drüben ist Moorboden!«, rief die Tochter: »Das ist mir egal!«, sprang rüber und versank. Über ihr haben sich ein paar Ringe gebildet, und »weg war sie«. Jetzt ist sie in Berlin in ein Wasser geschmissen worden, deutet sich Frau Rogge den Traum, die von einem Telefongespräch her wußte, daß die Tochter zum Baden öfter am Wannsee war, sogar nackt, wobei einmal berittene Polizei auftauchte; eine Erwähnung, die ihr Berlin noch unberechenbarer machte: Dort, wo alles möglich ist, ist auch alles verboten.

Ingrid Rogge blieb neun Tage, bis zu Fronleichnam, dem 14. Juni 1979, in Saulgau. Um die Widerspenstigkeit der Tochter nicht herauszufordern, nicht diese mühevolle Leichtigkeit im Umgang miteinander zu gefährden, vermieden es die Eltern, die Rede auf das Fortgehen zu bringen. Sie halfen ihr im Gegenteil noch bei den Vorbereitungen zur Abreise, packten alles ins Auto, und da Feiertag war, fuhren der Vater und die Mutter das Mädchen nach Donauwörth, wo durchgehende Züge nach Berlin anhalten. Es sei ein wunderschöner Tag gewesen, Wiesen, Bäume, alles blühend; eine glücklich scheinende Familie fuhr durch den Garten Eden.

Und die Mutter hoffte ein bißchen, daß dieser Ausflug eine Wirkung zeigen möge auf das Mädchen, daß sich Berlin in ihm verflüchtige, daß man in Donauwörth ankomme und gar nicht mehr wisse, warum, daß das Mädchen wieder mit nach Hause fahre, ohne daß sein Wille gebrochen werde, daß es einfach auch nur wolle, was gut für es sei.

Die immer niedriger werdenden Kilometerzahlen auf den Hinweisschildern zum Bestimmungsort, das angstvoll empfundene Näherkommen von Donauwörth, ließ die Mutter schließlich doch aufs Thema kommen: »Komm, Ingrid, in dem Berlin, wer weiß.«

Der folgende Tag bringt wieder den besänftigenden, wenn auch nicht froh machenden Anruf aus Berlin. Ingrid Rogge telefonierte in der Vorstellung der Großmutter von einem Postamt aus mit ihr. Sie sei auf eine befremdende Weise kurz angebunden gewesen. Nicht als ob die durch den Apparat rasenden Groschen und Markstücke sie gehetzt hätten. Vielmehr als habe jemand hinter ihr gestanden und sie genötigt, keine Sentimentalitäten auszutauschen. Die Großmutter fragte: »Warst du auf dem Arbeitsamt?« Und die Enkelin antwortete: »Das hat heute zu. Richte der Mutti aus, ich schreibe«, beendete Ingrid Rogge das Gespräch.

Sie schrieb nicht, rief aber vier Tage später, am 19. Juni, bei Elli Gottler an, die auch diese aufreizende Frage stellte: »Hast du Arbeit gefunden?« Nein, das habe sie noch nicht, deswegen arbeite sie vorübergehend bei den Lederleuten mit. Das war das letzte Lebenszeichen von Ingrid Rogge.

Die Einzelheiten ihrer damaligen Existenz in Berlin variieren in dem überforderten Erinnerungsvermögen der Eltern und Großeltern. Einmal wohnte sie zuletzt bei Angelika Harner, einer fünfundzwanzig Jahre alten Frau mit Kind in der Schöneberger Leberstraße; einmal wohnte sie schon in der Lederetage, der *Walde* in Kreuzberg. Der Großmutter hatte sie gesagt, sie arbeite in einer Diskothek und wohne in einer ehemaligen Fabrik, wo viele wohnen und vom Ledernähen leben.

Angelika Harner hütet sich vor trügerisch genauen Erinnerungen. Sie weiß nur, daß Ingrid Rogge im Frühsommer 1979 etwa vierzehn Tage bei ihr wohnte, nur nach Bock lebte, auftauchte, um zu baden oder zu duschen, und danach die benutzten Gegenstände sauber hinterließ.

Sie sei lebenslustig und schön zum Ansehen gewesen. Einmal habe sie Ingrid Rogge ein weites Hemd geliehen, in dem sie sich in der *Music-Hall,* einer Diskothek in der Schöneberger Rheinstraße, vorstellen wollte, einem hochakuten Scenelokal seinerzeit, wo nur die heißesten Bräute Anstellung fanden und in den blutrot gekachelten Toiletten die Dealer herumstanden. Nach dem branchenüblichen fliegenden Wechsel vieler Besitzer wird die *Music-Hall* inzwischen von dem achtzig Jahre alten »Strapsharry« betrieben, der schulterlange weiße Haare hat, rote Kinderstrümpfe an Damenstrumpfbändern trägt und darüber eine Turnhose. »Strapsharry« imitiert am Wochenende Heino und Zarah Leander und erzählt, da er aus Leipzig stammt, sächsische Konsum- und Mangelwitze über Mikrophon. Unter seiner Ägide wurde die *Music-Hall* drogenfrei.

Wenn Pitt Müller, der heute zweiunddreißig Jahre alt ist und als ambulanter Altenpfleger in Moabit und Wedding arbeitet, das Geschehen noch mal rückwärts abspielt, dann würde er dieses junge Mädchen Ingrid Rogge damals nicht mit nach Berlin genommen haben. Er hatte sie am Abend des Ostersonntag 1979 im Saulgauer *Bohnenstengel* kennengelernt, einem Lokal, in das der unruhige Teil der ansässigen Jugend den Sesselmassen seiner Elternhäuser entflieht, um dort, im eigenen Plüsch, das Entrinnen aus Schwaben zu besprechen, das Wegmachen nach Berlin.

Pitt Müller hatte von Berlin aus seine Mutter in Altshausen besucht, wo er geboren ist und wo die Rogge ihre letzte Arbeitsstelle bei Trigema hatte. Und jedesmal, wenn er mit seinem alten Käfer wieder nach Berlin zurückfuhr, habe er Typen mitgenommen, soviel das

Auto faßte. Es war ein regelrechter Transfer zwischen Oberschwaben und der erlösenden Stadt. Am Ostermontag 1979 saß dann auch Ingrid Rogge in dem vollen Auto.

Nun ist Pitt Müller ein sanfter Mensch und kein phosphoreszierender Satan, der damals im *Bohnenstengel* das nicht zu versäumende Berlin anpries und Benzingeld kassierte. Denn die Typen, die er mitnahm, saßen ihm dann auch tagelang auf der Bude; in jeder Ecke eine Matratze mit einem auf Abenteuer angespitzten Schwaben drauf. Auch Ingrid Rogge wohnte eine Woche in seinen beengten Verhältnissen in der Zossener Straße in Kreuzberg, bis sie umzog zu Angelika Harner, der Schwester seiner damaligen Freundin.

Mit dem Wissen um ihren gewaltsamen Tod geraten alle Erwähnungen über das Wesen der Ingrid Rogge in eine ihrem Tod entsprechende, negative Stimmigkeit: Alle haben es sich immer schon denken können. In Pitt Müllers Erinnerung kursierte damals das Gerücht, die Rogge habe ihren Bruder rächen wollen und auf der Polizeiwache die Namen von Dealern preisgegeben. Daraufhin sei ihr wohlmeinend geraten worden, Saulgau zu verlassen. Pitt Müller begegnet Ingrid Rogge nach ihrem Auszug bei ihm nur noch einmal in der *Music-Hall,* wo sie bediente. Sie sei attraktiver und lebhafter als vorher gewesen, so als habe sie ihr eigentliches Element gefunden und die Provinz abgestreift.

Am 1. August 1979 setzte die polizeiliche Suche nach Ingrid Rogge ein. Die Kriminalpolizei Sigmaringen schrieb Berlin mit einer KP-16-Meldung an, einem Formular, das auch für den Fall eines Verbrechens oder Selbstmordes über körperliche Merkmale Auskunft gibt. Von der gesuchten Rogge lag die Röntgenaufnahme ihres Schädels bei, da sie 1976 vom Fahrrad gestürzt war; außerdem ein Zahnschema, das bis auf kleine plombierte Flickstellen keine Abweichungen zeigte.

Daß die Kriminalpolizei Berlin das Ansinnen ihrer Kollegen aus Sigmaringen, jemanden mit auf die Suche zu schicken, ablehnte, könnte großstädtischem Hochmut entsprungen sein. Vielleicht war es auch begründet in der strapazierten Erfahrung mit dieser speziellen Ecke von Berlin, wo polizeilich kein Durchkommen ist, weil kurzfristig ausgerollte Schlafsäcke hier das Wohnen bestimmen und wer heute dort war, morgen längst woanders ist.

Diese gelangweilte Kenntnis von dem Ort hätte ein Beamter aus Sigmaringen nicht gehabt. Er hätte im Sinne des Wortes frischer gesucht, wäre mit einkreisender Routine wahrscheinlich bis hoch auf den Speicher gegangen. Es wäre die Akribie gewesen, mit der Kollege Ochs im Mädchenzimmer der Vermißten deren Fingerspuren von einer Lippenstifthülse und vierzig Zentimeter über dem Schloß auf der rechten Innentür des Kleiderschrankes erhoben hat, mit der er Haarproben aus ihrer Bürste in einer Tüte mitnahm.

Es sei schon winterlich gewesen, doch noch im November, als Barbara Reuter 1979 von der Berliner Kriminalpolizei gebeten wurde, in der Wohngemeinschaft, die als die *Walde* firmiere und extrem polizeifeindlich sei, nach Ingrid Rogge zu fragen. Barbara Reuter, aus Saulgau stammend und damals Apothekenhelferin in Berlin, hatte die Rogge im Juni am Fehrbelliner Platz getroffen. Sie kannten sich flüchtig aus einer schwäbischen Motorradclique. Barbara Reuter hatte selber eine zweihundertfünfziger Yamaha gefahren, und die Rogge, zwei Jahre jünger als sie, sei in voller Ausrüstung eine willensstarke Frau auf dem Rücksitz anderer gewesen.

Barbara Reuter nahm für diese Mission einen Freund mit. Im Treppenschacht eines von zwei möglichen Aufgängen, die in der Düsternis des 3. Hofes zur Wahl standen, hörten sie eine Trommel durch eine nur angelehnte Tür. Hinter dieser Tür lag eine lächelnde, von Drogen zahme Menschengesellschaft auf Matratzen. Nur der, der die Trommel klopfte, saß. Man hätte ihnen die Armbanduhren abstreifen können, so hinüber seien sie gewesen. Das konnte die *Walde* nicht sein, nicht diese ungnädige, politische Lederetage.

Die *Walde* lag eine Treppe höher. Auch hier keine geschlossene Tür. In einer großen Halle saßen ganz hinten welche am Tisch. In einem offenen Kamin brannte Feuer. Ein an Ketten hängendes Hochbett, den Ausmaßen nach der Schlafplatz für viele, schien leicht zu schwanken. Der phantasietreibende Anblick dieses instabilen Bettes widersprach den Personen am Tisch, die eine eher harte Natürlichkeit verkörperten. Den beiden Besuchern kamen sie als die unerbittliche Vollendung des alternativen Menschenschlages vor.

Ihrer Frage nach Ingrid Rogge folgte gleich die Gegenfrage: »Seid ihr von den Bullen?« Und Barbara Reuter hatte ihre Erklärung, von der Mutter geschickt zu sein, noch halb im Mund, als man ihren Ausweis sehen wollte, den sie nicht bei sich hatte. Danach gab es für die Unwillkommenen nur noch ein schnelles, fast stolperndes Verlassen des Ortes, an dem zu leben für Barbara Reuter dennoch keine üble Vorstellung war. Das Mißtrauen seiner Bewohner erklärte sie sich als schützendes Verhalten für jemanden, den sie kannten und für den sich plötzlich die Polizei interessierte.

Zwischen Leuschnerdamm und Adalbertstraße – in ortsüblicher Abkürzung die »Ada« – liegt jener Teil der Waldemarstraße, der eine Welt für sich ist. Die westlichen Eckpfeiler dieser kurzen Straßenschlucht bilden am Leuschnerdamm das *Alt-Berliner Wirtshaus Henne* und gegenüber die Neuapostolische Kirche, die dort 1957 einen Neubau von praktischer Häßlichkeit bezogen hat; letztere noch betonend durch ein Rasenstück mit grabstättenhaft flach wachsenden Koniferen. Mittwochs und sonntags vor den Gottesdiensten stehen in schwarzen Anzügen die naßrasierten und engelbleichen Apostel vor dem Eingang, begrüßen die Gläubigen mit Handschlag, um hinter dem letzten die Tür abzuschließen. Denn draußen ist die Wildnis Waldemarstraße, wo der Leibhaftige seine Täter rekrutiert, sie Steine werfen läßt und ihnen auf dem weißen Kirchenputz die Hand führte bei der gesprühten Botschaft »Bullen prügeln – Jesus schweigt«.

Bevor die Gemeinde schleppend zu singen und der Prediger mit glanzloser Friedfertigkeit zu sprechen beginnt, bekommen Personen mit ungeläufigen Gesichtern Zettel zugesteckt, auf denen das Mitschreiben, Photographieren und Ingangsetzen von Tonbandgeräten verboten wird. Doch was könnte hier von feindseligem Interesse sein? Die namentlich genannten Kranken, deren gedacht wird, die hinkend spielende Orgel oder die huschenden Apostel, die weitersingen, während sie für Ordnung sorgen?

Auch das *Alt-Berliner Wirtshaus Henne* – früher *Litfin* – sieht die Anwohner der Waldemarstraße lieber vor der Tür. Tische werden reserviert. Spezialität des Hauses sind fritierte Hühnerhälften mit Krautsalat, und die Kundschaft kommt meistens aus den Westbezirken, dazwischen reines Überdrußpublikum, das aus der Neonwiege des Ku'damms mal rausmuß, um sich hier an der Mauer herberen Realitäten auszusetzen. Denn so, wie es von allen Tellern riecht, geht es in die Kleider wie im *Wienerwald*. Parterre sitzt die Prominenz der geschilderten Sorte und eine halbe Treppe höher ein maßvoller Studentenschlag, viel Pädagogik. Die ochsenblutrote Ölbemalung der Wände schafft eine ermüdende Dunkelheit. Sie verdoppelt optisch noch die Verräucherung. Hier könnte auch Burschenschaft versammelt sein.

Die Waldemarstraße liegt so ruhig da, daß Schritte wie in einer Tropfsteinhöhle widerhallen. Von außen fehlen ihr alle schrillen Lebensäußerungen, die in Kreuzberg zu erwarten wären, von denen die Oranienstraße beispielsweise voll ist. Gegen sie ist die Waldemarstraße nicht einmal durchschnittlich charakteristisch. Die Häuser tragen das in Berlin übliche Elefantengrau oder das ebenso übliche Beige der Sanierung, das nach kürzester Zeit die Farbe von Packpapier annimmt.

Ins Auge fällt nur die Nummer 41 mit einem über die ganze Front gemalten Dreieck, auf dem ein Typ in einer Pose von Weltverachtung an den Trümmern seines Motorrades lehnt. Neben ihm das Motto: »Our dream is your desaster.« Hier wohnt der Phönix-Klan, eine Rockergruppe, die 1979, als sie noch im Ruf stand, wild zu sein, direkt neben dem späteren Fundort der toten Ingrid Rogge ihre Klubhütte hatte.

Zwei Häuser stehen noch im vollen Stuck des wilhelminischen Altertums: die Nummer 26 des Dachdeckermeisters Förster und die 33 mit den drei schachttiefen Höfen, in deren letztem sich das Drama der Rogge abgespielt haben muß.

Die Waldemarstraße hat sich zur Unterscheidung ihrer Bewohner drei Kategorien geschaffen: Normale, Nichtnormale und Türken. Die Normalen sind wenige ausharrende alte Frauen, die sich während der Sanierung nicht umquartieren ließen; die sämtlich einheimischen Mieter der Nummer 23, einem Neubau von 1958; einzelne männliche Alkoholiker und eine straßenbekannte Familie mit sieben Kindern.

Die Nichtnormalen sind ehemalige Besetzer, die, rechtlich abgesichert, ihre Eroberungen weiter bewohnen. Sie bilden das breite Spektrum der Freaks, was im Wortlaut der Scene jeden bezeichnet, der sich »aus dem System voll ausgeklinkt« hat. Unterhalb dieser Grundbedingung dividieren sich die Freaks dann nach zugespitzten Vorlieben oder biographischem Stigma in Körner-Freaks, Öko-Freaks, Leder-Freaks, Knast-Freaks, Heim-Freaks, Alt-Freaks usw.

Im Schlepp der Besetzer, die längst eine historisch gewordene Kaste bilden, leben aber auch Parasiten, die erst gekommen sind, als die Toiletten installiert und die Dächer dicht waren. Diese Abdecker des Zeitgeistes verschwinden gern den Winter über, wenn es in den Fabriketagen nicht warm werden will, und kommen wieder zur Saison, wenn in den Höfen die Tischplatten auf Böcken liegen, worauf der Vollwertkuchen steht, aus den großen zugefleckten Thermoskannen der Kaffee läuft und der Kiff seinen Baldachin über die bescheidenen Verhältnisse spannt.

Dem unfehlbaren Nichtnormalen ist jeder faschistisch, der Anzeichen von Versöhnung mit dem »Schweinesystem« zeigt. Als Anzeichen der Versöhnung reicht schon ein rasiertes Gesicht unter einer verbindlichen Frisur, ein Wintermantel, dessen Normalität nicht durch einen Tuareg-Turban, einen am Hinterkopf hängenden Fuchsschwanz oder von Filzknoten gebündelte Rasta-Strähnen gelöscht wird. Eine Frau darf scharf aussehen, den Pelz einer geschützten Tierart tragen und Gold auf den Lidern, wenn ihr darüber nicht das irisierende Moment von Sperrmüll abhanden kommt.

Neben der Abweichung in eine bürgerliche Unauffälligkeit, die sogar eine Zimmerwirtin in Steglitz oder Tempelhof die Türkette lösen ließe, zensiert der Nichtnormale auch Fixer, Schwule und solche, die ihren Idealismus schleifen lassen, deren tagespolitische Entrüstung leiser wird, die der Armut keinen hohen Wert mehr beimessen und in ihre eigentliche Veranlagung zurücksinken.

In seiner Hochform leidet der Nichtnormale aber auch an sich selbst. Denn als Platzhalter der Idee vom selbstbestimmten Leben muß er ständig für eine Verlockung stehen, die auch ihm manchmal verlorengeht. Deshalb muß er sich zur Selbsterhaltung in die Verachtung anderer retten. So verbraucht sich der Nichtnormale zu großen Teilen in einer Energie der Ablehnung.

Als eine Unterform des Nichtnormalen kann auch sein sozialer Betreuer gelten. Dieser hat sich in seinem Betreuungsrevier angesiedelt, um die Unbill der Gegend am eigenen Leib zu erfahren und dem Vorwurf, nur Theorie zu bieten, begegnen zu können. Durch die Tag- und Nachtgleiche mit seiner Klientel nimmt die Existenz des Betreuers zwei mögliche Wendungen: Entweder er verliert seine Distanz und wird über der Härte des Milieus selber bedürftig, oder er erlebt sein gutgemeintes Nahebei als eine Anmaßung gegen sich selbst und zieht wieder weg.

Und mit Wilmersdorf als Adresse im Rücken wird der soziale Betreuer für die Waldemarstraße zum »Diplombetroffenen«, zu jemandem, der ein Diagnose-Raster über die Formen der Verelendung legt und nicht weiß, wie kalt Kälte ist; zu jemandem, der über Schleppscheiße, einem Kreuzberger Krankheitsphänomen der Haut, auch Kieztätowierung genannt, so redet, als sei sie ein entferntes, tropisches Übel, und der in der Ku'-damm-Zivilisation das türkisch-deutsche Miteinander träumt.

Die Waldemarstraße wird zu fünfundsiebzig Prozent von Türken bewohnt. Es sind etwa hundert Großfamilien, die, meistens miteinander verwandt, aus dem ostanatolischen Dorf Kelkit stammen. Die nächste Großstadt ist Erzurum. Viele haben innerhalb Kreuzbergs drei oder vier sanierungsbedingte Umquartierungen hinter sich, bis sie ans unterste Ende der Preisklasse, in die Waldemarstraße, zogen. Was die Straße so billig machte, war ihr geplanter Abriß für eine Autobahn durch ein ungeteiltes Berlin; eine symbolische Vorkehrung wie die der klugen Jungfrauen aus der Bibel, die ihr Öl nicht ausgehen ließen für eine jederzeit fällige Ankunft des Herrn. Die aufgegebenen Häuser durften die Türken zu Ende wohnen. Auf diese Weise gehören sie zu den frühesten Ansässigen einer Straße, deren Existenz nur noch schraffiert in der Stadtplanung vorkam.

Die Hölle von Nathalie Wetzel wäre in einer Straße von durchgehender Berliner Rechtschaffenheit noch unerträglicher, als sie es hier ist. Die Waldemarstraße, in der eine weichere Elle angelegt wird, ist ihr Quantum Glück im Unglück. Sie erspart ihr die Leumundsängste, denn die Türken zählen nicht. Und die Nichtnormalen, die das soziale Mißraten politisch erklären, nennen sie Oma Wetzel, was eine rare Liebkosung für sie ist.

Sie wohnt mit ihrem vom Alkohol zerrütteten Sohn Arnold zusammen. Zweimal ist er einem Heim entwichen, jedesmal zu ihr. Den Konflikt, sein Entweichen zu melden oder nicht, entschied sie beide Male gegen sich und behielt ihn da. Nathalie Wetzel ist fünfundsiebzig, sie kam aus dem östlichen Abschnitt der Dresdner Straße in den Westen gekrochen. Bis die Rente durch war, wohnte sie im Keller. Bei Krause in Reinickendorf habe sie Rollmöpse wickeln dürfen, »da kaum eine deutsche Frau mehr in den Fisch zu kriegen war«.

»Jetzt brüllt er wieder«, sagt sie. Aus der zur Straße liegenden Stube schreit ein Mann: »Dracula! Dracula!« Bei Frau Wetzel in der Küche sitzt sehr akkurat gekleidet ihr anderer Sohn Helmut. Sein Hemd ist bis zum obersten Knopf unter dem würgend harten Kragen geschlossen; die Haare so gescheitelt, als habe ein Friseur ihn gezüchtigt. Er ist Freigänger eines Heimes in Wilmersdorf.

Sie redet über ihn hinweg, als wäre er nicht anwesend. Auch ihn habe das Trinken den Verstand gekostet. Helmut ist liebenswürdig, ständig auf ein hartes Wort gefaßt, sich duckend wie unter einer niedersausenden Rute und immer lächelnd um Versöhnung bittend. Er hat Brötchen mitgebracht und eine kleine Menge Aufschnitt.

Als der Kessel mit dem Kaffeewasser zu flöten anfängt, schreit Arnold aus der vorderen Stube: »Du alte Giftmischerin, hast du heute schon gefickt?« Vor Angst stößt sein sanfter Bruder Helmut gegen den Kessel, dessen Flöte abspringt. Der Kessel kippt, das wallende Wasser ergießt sich in die Küche. Unter dem Tisch erbricht vor Schreck die alte Hündin Tanja einen Hühnerschlund. Helmut wischt die Bescherung auf, und seine Mutter sagt: »Bei Arnold kommt die Krankheit stufenweise. Einen Moment gehn die Nerven hoch, dann ist er rot im Gesicht und tobt. Wenn er weiß ist, ist Ruhe, dann macht er Kreuzworträtsel.«

Wenn Arnold rot ist im Gesicht und Nathalie Wetzel sich vor ihm fürchtet, bittet sie manchmal jemanden, den Kopf durch seine Tür zu stecken. Dann glaubt er, es ist die Behörde, die ihn abholen will, und schlagartig wird er zahm.

Der Kategorie der Normalen gehören auch Apollonia und Rochus Wegener an. Ihnen bedeutet die Waldemarstraße eine Schmach. Sie empfinden sich in einer zweifachen Minderheit lebend; einmal durch die Türken und innerhalb ihresgleichen durch die Gestrauchelten. Sie wohnen seit neunundzwanzig Jahren im einzigen Neubau der Straße, dessen Haustür hinter sich zu schließen ihnen eine Genugtuung ist. Denn dieses glatte Haus zwischen den vernutzten Häusern scheint auch seine Bewohner deutlich abzusetzen.

Ihre Wohnung ist von der dichten Gemütlichkeit, die bei einem gutsituierten älteren Ehepaar nicht ausbleibt. Überall stehen Reminiszenzen einer Reise. Im Flur ragt in der Höhe eines Hydranten der hl. Rochus, Namenspatron des Hausherrn und Beschützer der Leprakranken. Das Schlafzimmer liegt schon jenseits der Grenze zum Märchen; es hat ein Himmelbett. Der sich unter dem Küchenfenster ausbreitende Hof ist eine Rasenfläche mit Blautannen und einem kleinen Blockhaus aus geflämmtem Holz. Auf den Mauerkronen stehen einbetonierte Glasscherben aufrecht.

»Wenn wir in Tirol im Urlaub sind«, sagt Frau Wegener, »und Kreuzberg erwähnen, wird nur aufgeschrien: ›Dann kommt ihr ja aus Ankara!‹« Die Waldemarstraße erwache erst nachts zum Leben. Zwischen drei und vier Uhr morgens gegenüber nur helle Fenster. »Ick weeß nick«, sagt Frau Wegener, »die leben, gehn nich zur Arbeit und fahrn große Autos.« Sie tippe auf Heroin, will aber nichts gesagt haben.

Die Waldemarstraße macht die Wegeners zwiespältig. Sie lassen selbst nichts Gutes an ihr und sind darin wie Eltern, die Kummer haben mit einem Kind, von einem Dritten aber wegen dieses Kindes nicht bedauert werden wollen.

In beiden Händen eine Tüte, und dann kommen die langhaarigen Bettelregimenter: »›Haste mal 'ne Mark?‹ Und ich sage zurück«, sagt Frau Wegener: »Zeig mir mal, wie 'ne Mark aussieht, ich weiß es auch nich.« Im Sommer unterm Balkon spielen mehr als dreißig Türkenkinder. »Gut, wir ham auch gespielt, aber anders. Wenn in der Türkei die Schafschur war, kommen die zurück und waschen in der Badewanne die Rohwolle aus. Die hängt dann zum Trocknen auf der Waldemarbrücke.« Der Tonfall, in dem Herr und Frau Wegener erzählen, verrät weniger Abneigung als den Wunsch nach Anerkennung ihrer Toleranz.

Trotz ihrer Mehrheit geben die Türken hier nicht den Ton an. Sie sind das aus problemlosen Mietern bestehende Rückgrat der Straße. Sogar ihre oft übervölkerten Wohnungen, in denen außer den drei ursprünglich gemeldeten Personen über Nacht vierzehn gemeldete Personen im Kaffeeschlamm der kleinen Tassen rühren, sind den Wohnungsgesellschaften keine Aufregung wert. Ihnen ist dieses türkische Schlaumeiertum lieber als der

Barrikadenton der Nichtnormalen, deren Weltverbesserung ständig »Plenum angesagt« sein läßt; die für die Nutzung einer Etage als Kräuteretage, für ein Gründach oder die mit »Grauwasser« zu betreibende Toilettenspülung die härtesten Bandagen der Mitbestimmung anlegen und es darüber auch Nacht werden lassen für den Baustadtrat, den Protokollanten, die ehrenamtlichen Mietervertreter, die nicht ehrenamtlichen, die Blockarchitekten der »Behutsamen Stadterneuerung« und die Sozialplaner.

Die Türken haben solche Anliegen nicht. Sie ziehen sich vor den Türen ihrer penibel sauberen Wohnung die Schuhe aus, richten ihren levantinischen Wirklichkeitssinn aufs Sparbuch und versprechen ihre halbwüchsige Tochter einem Anwärter aus Kelkit.

Die hellen Gesichter der türkischen Männer mit den gestanzten Schnurrbärten unter ihrem akkuraten Haarschnitt geben der Waldemarstraße eine Wirkung von Intaktheit. Es kommt vor, daß ein in der Nacht heimkehrendes Ehepaar in patriarchalischer Distanz hintereinander geht, obwohl es in der menschenleeren Waldemarstraße keinen religiösen Beobachter zu fürchten hätte. Die Frauen tragen das eckig gebundene Kopftuch, das ihnen wie die harte Kartonage einer Nonnenhaube den Haaransatz verdeckt. Die Ausstattung ihrer Neugeborenen ist königlich. Windelhose, Strampelhose, Hemdchen, Jäckchen, Schnuller und Schnullerdöschen sind Orgien der Abgestimmtheit, was die Leute von der Säuglingsfürsorge mit der sprachlosen Wendung »da schnallst du aber ab« kommentieren.

Das Verhältnis der Türken zu den Deutschen ist sortiert: Wenig Kontakt bringt wenig Reibung, dafür Vorbehalte. Hier die ungekämmten, hochzeitslosen Paare der Habenichtsgruppen in ihren kahlen Fabriketagen, dort die prügelnden Unterdrücker in den Teppich-Oasen der Vorderhäuser. Hier die Asketen mit den Keimlingsplantagen im wattierten Suppenteller und den hochgemüllten Stühlen von der Straße, dort die Verführten der Fernsehwerbung, die ihre Schaumstoffgarnituren aus dem Fenster werfen. Diese unbrennbaren Sessel und Sofas schaffen den ewigen Müll auf den Höfen.

Das Wissen voneinander ist klein. Der türkische Bäcker in der Nummer 31 wurde einmal auf den Mehlsäcken liegend gesehen, wie er sich von der Schwester seiner Frau massieren ließ. Das reicht, um zu sagen, er lasse sich täglich von der Schwester seiner Frau massieren. Die Waldemarstraße ist eine harte Provinz, die der schwäbischen Provinz nicht nachsteht. Nur, daß sich manchmal ganz laut die girlandenhafte, plötzlich abstürzende Türkenmusik mit dem Geruch von Kohlenbrand auf die Bürgersteige drückt, was es in Saulgau nicht gegeben haben kann.

Am 27. September 1985, einem Freitag, fand Dette, ein Nichtnormaler, das Skelett der Ingrid Rogge unter dem sogenannten Kriechdach des linken Seitenflügels im 3. Hinterhof der Waldemarstraße 33. Dette, Bewohner des ersten Hofdurchgangs, war im 2. Hinterhof die linke Treppe, wo die Firma *Microgummi* ihren Sitz hat, hochgestiegen bis zu diesem Dach, das nach dem Einschlag einer Brandbombe nur als Schrägdach notdürftig wieder hergerichtet worden war. Den Speicher unter diesem Dach bildet ein flacher Stollen, der nur ein kriechendes Fortbewegen erlaubt. Er ist, wie in Gewerbehöfen üblich, durch eine feuerbeständige FB-Tür – im Unterschied zu einer nur feuerhemmenden FH-Tür – vom

Nebenspeicher getrennt. Vor dieser FB-Tür zwischen dem zweiten und dritten Speicher, ihrem Standort nach aber schon im 3. Hof, lag das in eine Bauplane gewickelte und mit Elektrodraht verschnürte Skelett.

Wie das Affentrio, das nichts sehen, nichts hören und nichts sagen will, steht Dette, den Fall Rogge betreffend, wie alle Nichtnormalen der Waldemarstraße unter einer internen Schweigepflicht. Eine der durchgesickerten Einzelheiten dieses Freitags ist, daß Dette etwas gerochen haben will, als er so insistierend die Treppe hochging bis zu dem Speicher, der nie mehr als eine Müllablage war. Außer, wenn die Phönix-Rocker in Silvesternächten über diesen Speicher das Dach bestiegen, um sich das Feuerwerk Gesamtberlins anzusehen.

Das taten sie auch 1979, dem gerichtsmedizinisch bestimmten Todesjahr von Ingrid Rogge. Diesen mit nichts zu vergleichenden Leichengeruch konnten sie damals, als er von furchtbarer Deutlichkeit hätte sein müssen, nicht wahrnehmen. Dort oben habe es immer den Gestank von Abfällen gegeben, doch nicht diese Nuance, für die es kein Wort gibt. Für die Gewerbe-Siedlungs-Gesellschaft, der das Haus gehört, kann das nur an der permanenten Zugluft unter dem Dach gelegen haben.

»Nee, det is einfacher«, sagt, auf die Tote anspielend, der Bauschlosser Dietrich Blühdorn, dessen Betrieb zweiunddreißig Jahre, bis 1983, im Parterre des 3. Hofes lag: »Weil die selber stinken, könn die keen Kadaver riechen.« Die Treppenaufgänge seien die reinsten Harnröhren gewesen. »Die Scheißhäuser jedem zugänglich. Und wenn eins zugeschissen war, rin ins nächste und det verstoppt.« Und »denn wird sich vorgekämpft bis zur Leiche, auf der noch 'n Teppich lag«.

Für Dietrich Blühdorn, in der Waldemarstraße Sesam-Dietrich genannt, weil er auch Gitter und Wachtürme für Vollzugsanstalten zusammenschweißt, reduziert sich die Erinnerung an seinen alten Firmensitz zu einem »Scheißhaufen«. In einem Rausch drastischer Aufzählungen ist die Rede von den Suleikas, die den in der Wohnung geschlachteten Hammel in den Hof ausbluten ließen, »und zwee Tage später hängt det Fell zum Trocknen in der Sonne«. Kochtöpfe mit Mittagessen »nüscht wie runter«, hasengroße Ratten, »versiffte« Matratzen, die Müllcontainer waren unbenutztes Mobiliar. Einmal denken er und seine Belegschaft, es regnet, aber das war ein bekifftes Kerlchen im 2. OG, das runterpißte. Sense war, als aus einem Fenster ein heraushängender Hintern eine »Tellermine« fallen ließ. Da schoß Blühdorns Vorarbeiter mit einem Bolzenschußgerät nach oben zurück.

Der Entschluß der äußerst polizeiallergischen Hofbewohner von der 33, Dettes Entdeckung dennoch der Polizei zu melden, ist nur damit zu erklären, daß sie unter sich keinen Mörder wähnten und, wenn es ihn hätte geben können, unter sich keinen Mörder wollten. In diesem oft durchkämmten Terrain, das einmal Augenmerk des Staatsschutzes war, erschien an jenem Freitag die Kriminalpolizei als geladener Gast.

In olivgrünen Anzügen, Gummistiefeln und Schutzhandschuhen, die bei aller Unauffälligkeit aufleuchteten durch orangefarbene Applikationen, machte sich ein Kommando an die Fundortarbeit. Da das zu Suchende längst gefunden war, trug die rasterhafte Gründlichkeit, mit der die Männer in Speicherecken und Kellerböden herumstachen, Züge einer bloßen Vorführung. Nicht aber für Blühdorn. »Is doch logisch«, sagte der, »wo een Krümel Gold inne Erde is, liegen ooch mehr.«

Die Bereitschaft, an einen gewaltsam erlittenen Tod in der Waldemarstraße 33 zu glauben, reicht von einer in Genugtuung gebetteten Gewißheit bis zu einer matten Hinnahme. Für Rüdiger Möllering von der Druckerei *Movimento* ist diese Leiche fast eine zwangsläufige Abrundung seiner Erinnerung an diesen Ort: Sie habe dort nur noch gefehlt.

Movimento war von 1972 bis 1980 im 2. Hof links und im 3. Hof rechts, jeweils im ersten Stock, Mieter des Hauses. Als linke Druckerei mit der zusätzlichen Eigenschaft, Termine einzuhalten, druckte sie den politischen Aktivisten ihrer Nachbarschaft schnell und billig die Flugblätter. Als Reaktion auf ihre Organisiertheit und eine sich anbahnende Etablierung habe diese Kundschaft Eisenteile durchs Fenster der Druckerei geworfen. Und vor dem Lastenfahrstuhl standen immer geparkte Autos.

Die Versicherungen machten für diese Adresse besondere Auflagen geltend. Und es war müßig, wegen Körperverletzung, Sachbeschädigung und aufgedrehter Rockmusik bis zu fünfzehnhundert Watt polizeiliches Einschreiten zu reklamieren. Die Gewerbetreibenden fühlten sich in einem vom Staat aufgegebenen Terrain. Sogar der Rentner aus der 35, dessen Lebenselixier einmal darin bestanden hatte, sich über die Nachtschichten von *Movimento* und Blühdorns Sonntagsschichten zu beschweren, hörte auf, die Polizei zu rufen. An diesem Ende war die Waldemarstraße nur noch ein herrenloser Knochen.

Da die Nichtnormalen ihren Nachnamen verweigern und alle, die beispielsweise auf den Vornamen Manfred getauft sind, in dem kurzen Abschnitt der Waldemarstraße zu unterscheiden sein müssen, gibt es schon für Manfred die Nennformen Manne, Manni, Mannu und Menne. Und wenn Manne in diesem Kosmos ähnlich klingender Ruf- und Kosenamen schon besetzt ist, braucht der nächste Manne ein Attribut. Er heißt dann Grizzly-Manne, so wie es einen Holzwurm-Rainer gibt, einen Asterix-Johnny, jemanden namens »Werner, die Träne« und einen namens Schmutzfuß, dem der Leitname erlassen wurde.

Dani, die mit einem um die Stirn gebundenen Fellstreifen wie eine Waldläuferin aussieht, bewohnt in einer Remise der 32 die ehemalige Stalletage. Das ist ein großer, sehr niedriger Raum, bemessen für die Rückenhöhe stehender Kühe, die über eine Rampe in dieses erste Stockwerk hineingetrieben wurden. Obwohl nach grober Zuordnung eine Nichtnormale, nennt sie die Waldemarstraße eine einzige Giftgasse; und auch das übrige K 36, dieses ganze Kreuzberg südlich der Hochbahn, erscheint ihr als »Abladeplatz für Müll in Form von Menschen«. Sie stellt sich vor, daß eine Leiche in einem Keller der Waldemarstraße keinen lauteren Aufschrei verursachen würde als eine Maus in einem Keller in Wilmersdorf. Und ein Menschenbein im Müllhaufen ihres Hofes würde sie sowenig wundern wie das Skelett vom Speicher der 33.

Sie glaubt an eine systematische Schwächung der Gegend durch die CIA. Von ihrer Seite her werde Heroin hereingepumpt und, bevor die Tragweite zu ermessen war, auch das Aids-Virus. Sie malt sich aus, wie das Produkt einer negativen Zucht einen Retortenmenschen ergibt, der bestimmte Strahlen auszuhalten hätte und dessen Schmerzgrenze der Forschung verfügbar wäre.

Ihre Vision reicht bis zu einer kontrollierten Schranke am Kottbusser Tor.

Pilles drei Töchter heißen Chaota, Santana und Janna. Chaota wurde im Frauengefängnis Lehrter Straße geboren, wo Pille wegen Heroin einsaß und politisch eine Wahnsinnsfrauenpower entwickelte. Mit dieser Mitgift kam sie 1974 in die *Walde,* jenes dritte OG im dritten Hof, in dem Ingrid Rogge 1979 gelebt und sich am Ledernähen beteiligt haben soll. Inzwischen wohnt Pille, die in diesem labyrinthischen Haus schon viele Adressen hatte mit immer neuen Modellen zur Betreuung Schwacher, ein Stockwerk über der Lederetage.

Pille steht heute außerhalb der Kiezaristokratie mit ihren tyrannischen Idealisten, denen der abhanden gekommene Feind zusetzt und die jedes Lächeln mit einem Senatsvertreter ahnden. Für die trägt sie das Stigma der Labilität. Auch ihrer drei Kinder wegen, die sie unbedenklich haben wollte, ohne selbst in Sicherheit zu sein.

Die Geburt ihrer Tochter Janna glich einem Krippenspiel mit großer Besetzung. Das halbe Hinterhaus hatte sich eingefunden. Und Santana tobte mit dem Hund ums Bett. Pille, die mit einem Anflug von Wehen schon Tage vorher im dritten OG ein Wannenbad genommen hatte, weil sie glaubte, es gehe los, hatte irgendwo die Telefonnummern des Arztes und der Hebamme liegenlassen. Aus dem Vorderhaus kam eine türkische Geburtshelferin. Und Pille dachte, besser die als eine Alternative, die noch diskutieren will.

Es sei eine in ihren Handgriffen wunderbare Türkin gewesen, sagt Pille. Nur habe sie das ohnehin Tumultuarische dieser Niederkunft noch durch Tänze und

Fangspiele mit Santana auf die Spitze getrieben. Beteiligt an dieser großen Unruhe waren außerdem eine Photographin, die von allen Phasen des Geschehens eine Aufnahme machte, und Remmi, der Vater des erwarteten Kindes, der die Tonbandkassetten für den Geburtsschrei ablaufen ließ.

Als das Kind da war, hatte Pille die Empfindung, die Grenze ihrer Belastbarkeit erlebt zu haben. Noch in derselben Nacht räumte sie die Kaffeetassen und Aschenbecher weg, das ganze sich türmende Geschirr der Freunde. Und am darauffolgenden Morgen brachte Pille in einer Plastiktüte die Nachgeburt ins Krankenhaus, um nachsehen zu lassen, ob alles stimmt.

In Pilles Schönheit sind Spuren von Verwüstung enthalten. Neben ihr wirkt das Halbblut Remmi, ihr sehr junger Freund, wie ein manikürter Ganove, der, in vorgewärmten Frotteetüchern liegend, den Masseur erwartet. Die Tätowierung um sein Pockenimpfmal ist nur ein Blümchen, das ihn keiner rauhen Lebenslaufbahn zugehörig macht. Immer geduscht und gecremt und immer unansprechbar, wenn die Rede auf das Skelett kommt, steht er am Spülstein.

Er schnitzt von einem unergiebigen Knochen das Fleisch für eine Mahlzeit ab und brät es. Neben ihm liegt ein mit Schmutz panierter Rinderschädel, das Geschenk eines türkischen Metzgers. Pille sagt: »Den Kopf kriegt der Hund.«

So reflexhaft schnell wie Pille, die ehemalige Junk-Frau, eine Ermordung Ingrid Rogges ausschließt und an einen Drogentod glaubt, klingt es wie besseres Wissen, ist aber eine Verteidigung des Milieus. Da der Schädel der Rogge eine Druckstelle hatte, könnte sie auch vollgefixt gegen das Treppengeländer geknallt sein. Daß die

Tote in eine Plane verschnürt war, ist Pille kein Hindernis für ihre Version. Fixer entledigen sich manchmal eines »natürlich« Gestorbenen, um eine polizeiliche Befragung zu vermeiden, und laden ihn irgendwo ab. Diese Praxis ließ das Gerücht aufkommen, im Grunewald gebe es einen Fixer-Friedhof.

In dem großen, durch Wandbehänge, Schaffelle und Scheibengardinen wohnlichen Fabrikraum hängt, wenn Pille redet, Remmis Unbehagen. Das macht er hörbar, wenn er hart in der Pfanne rührt oder die Klappe des Ofens zuschlägt. Remmi rangiert als »linke Bazille« im Milieu. Eine Mutmaßung im Fall Rogge könnte ihn das Nasenbein kosten. Das einzige, was er sagt, ist: »Ich mache Abendabitur.«

Keiner ist keinem grün in der Waldemarstraße. Wer in der 31 wohlgelitten ist, ist in der 33 ein Schwein und in der 35 ein Faschist. Und umgekehrt. Jeder Entwurf, mit dem das Leben in einer Fabriketage grundsätzlich umzustülpen wäre, braucht Senatsknete. Und diese Knete sät Zwietracht. Rino entrümpelt schon seit vier Jahren seine Remise in der 32, die mal den Namen »Triebwerk« tragen und dem umfassenden Zweck »leben und arbeiten« dienen soll. Er hat einen Mundschutz umgebunden, wenn er die alten Bretter in den Hof knallt, deren Dreckwolken den Putz der gerade sanierten Seitenflügel wieder einschwärzen.

Rino bekam seinerzeit den Zuschlag gegen eine Kindertagesstätte. Zur Stimulierung dieser Entscheidung hatte Rino mit zwei Kästen Bier eine Horde Punker vom Kottbusser Tor mobilisiert, die für ihn Stimmung machten. Der Gegenkandidatin kippten sie eine Fuhre Mist auf den Schoß.

Ein Nutzungskonzept jagt und vertreibt das andere. Gestern gab es in der 37, der Backsteinfabrik, noch eine Punkerschule. Die Igel-Typen sollten von den U-Bahnhöfen weg und Hauptschulabschluß machen. Um ihren Widerwillen abzufangen, durften sie »saufen«, »pissen« und »kotzen« als Tuwörter konjugieren. Heute soll da eine Gäste-Etage rein für die Rucksackreisenden, die im Sommer durch ihre Überzahl die besten WGs kaputtmachen. Ihrer Mauerlage wegen und der Freaks mit ihrem Lebensblues wurde die Waldemarstraße, und speziell die 33, zu einem Ausflugsziel wie die Rüdesheimer Drosselgasse. Nach dem Wort »Mama« konnte Simones Kind »Touristenbus« aussprechen.

Das Jahr 1979, in dem Ingrid Rogge umkam, war ein Höllenjahr für die Waldemarstraße 33. Im März wurde das vierte OG im dritten Hof besetzt, die erste als Besetzung deklarierte Wohnraumbeschaffung in Berlin. Auf den Matratzen dieses Stockwerks mit seinen sechshundertvierzig Quadratmetern lagen Aktivisten von verschiedenstem Engagement. Unter ihnen die »Stadtindianer«, die eine straflose Sexualität mit Minderjährigen forderten und ihnen ein »zärtliches Zuhause« geben wollten. Da in K 36 jeder dritte Vierzehnjährige kein zärtliches Zuhause hat und auf der Straße Feuer will für eine Zigarette, fühlten sich die »Stadtindianer« im Schlaraffenland.

Im dritten OG der *Walde* taucht in immer dichteren Zeitabständen der Staatsschutz auf, der nach RAF-Sympathisanten und Angehörigen des 2. Juni sucht. Ganze »Bullenstaffeln« auf den Treppen der beiden Aufgänge, krachend und dröhnend an den Türen, die schon splitterten, bevor sie geöffnet werden konnten. Eine

Hundertschaft quillt herein, die Etage in die Zange nehmend, und macht »Hügellandschaft«. Kurzes Anheben der Tische, hart gezogene Schubladen werden ausgekippt und Regale umgestürzt. In der Lederwerkstatt hageln 3000 Nieten auf den Boden; das sind in die diversen Fächer geordnet 3000 Oberteile, 3000 Mittelteile, 3000 Unterteile und 3000 Kugelkopfteile, nicht gerechnet die Knöpfe, Reißverschlüsse, Nadeln, Garne und Locheisen.

Die Existenz der *Walde* begann 1974 mit einer Singer vom Sperrmüll. Sie gehörte Hütte, bevor sie allen gehörte. Hütte reparierte und nähte Lederklamotten, anfangs allein, dann zu mehreren. Für das schwarze Leder, das seinem Träger schon optisch eine Schlagkraft gibt, war der Markt enorm.

Die Jacke des Streetfighters hatte rundgenähte Schultern, gepolsterte Ellbogen, hier eine Tasche für den Knüppel, dort eine Tasche für das Piece; Ärmelreißverschluß, Kragenreißverschluß bis übers Kinn gegen erkennungsdienstliche Photos. Rockermonturen, Niete an Niete gestanzt und lanzendicht, am Gemächte dick vorgebeult wie ein gekrümmter Boxhandschuh; Sondermodelle mit rätselhaft verlaufenden Reißverschlüssen für einsame Wölfe; Motorradkombis für Paare, diese nicht immer höllenmäßig schwarz, sondern manchmal auch farbig paspeliert.

»Haste Lederkummer, ruf die Waldenummer«, reine Maßarbeit, nach außen »auf Stange«, damit es über Industrie- und Handelskammer läuft und das Handwerk nicht anrückt. Hütte schrieb eine Anleitung zum Ledernähen vom Umfang einer Doktorarbeit. Wie ist eine Brustpartie zu lösen, die mehr Taschen haben soll als ein Schreibsekretär Schubladen? Zehn Leute konnte die Lederetage ernähren. Und Hütte, der nachbebende Achtundsechziger, der »Geborgenheit im Strom einer Bewegung« suchte und mehr wollte als nur eine florierende Manufaktur, kam mit der Idee, Theater zu machen.

Ins *Walde-Theater* flossen die Überschüsse aus der Lederfabrikation. Die Stücke waren grob gebaut, pointiert auf das Fazit hin »Allein machen sie dich ein« und unterlegt von »Ton, Steine, Scherben«. Der Erlös ging an die Anwälte »eingefahrener« Genossen; Knastarbeit und Knastpakete wurden finanziert, tausend Mark von einer Aufführung vor der Kaiser-Wilhelm-Gedächtniskirche für Inhaftierte in Madrid überwiesen. Die Mitwirkenden trugen Lederjacken mit dem Emblem *Walde-Theater* auf dem Rücken, die exklusivste »Kutte« in K 36, das Kleidungsstück der obersten Kaste.

Mit immer weiteren Tourneen, einmal bis nach Holland, größeren Kulissen in immer mehr Autos mit immer mehr Menschen scheiterte das *Walde-Theater* an der Zerstrittenheit seiner Beteiligten. Es war das gängige Ende eines Kollektivs. Zerfließende Zuständigkeit, delegierte Pflichten, und Chef, wo es gar keinen Chef geben durfte, war der methodische Hütte, dem die knappen Improvisationen über das Aushaltevermögen gingen.

Die *Walde* sympathisierte mit der »Bewegung 2. Juni«, die theoretisch nicht so opulent war wie die RAF und nach Hütte ohne deren »deutschen Untergangswillen«. Die Geiselnahme von Peter Lorenz, 1975, wurde dem »2. Juni« als ein Bubenstück abgenommen. Der Schlag mit dem Besenstiel auf den Kopf des Chauffeurs, der nichts als eine Beule davongetragen habe, galt als volksnahe Prozedur, das Geld aus den Anzugtaschen der Geisel wurde an Berliner Rentnerinnen überwiesen, von denen Bittbriefe im Aktenkoffer des Opfers gesteckt haben sollen.

Als 1977 nach »Mogadischu« und den Toten von Stammheim der Staat zum Endsieg ausgeholt und zur Verfolgung der Stadtguerilla so aufgerüstet habe, daß »er wirklich platt machen konnte«, zog in die *Walde* die Angst ein. Der Bruch mit der Gesellschaft durfte nur noch gedacht werden. Die Bewohner ließen das Agitieren sein und saßen über den Ledernähmaschinen. Von dieser totalen Häuslichkeit profitierte das Kommuneleben. Ein Kamin wurde gebaut, vor dem die Gemeinschaft kiffend versammelt war, wenn im Morgengrauen wieder eine »viehische« Razzia alles aufmischte. Das hängende Bett entstand; eine viersitzige, gemauerte Badewanne, zwei Meter mal zwei Meter fünfzig, eine galante Anlage, aus zwei Becken bestehend, in der Mitte getrennt durch eine Ruhekonsole. Daneben ein Klo, auf dem, während gebadet wurde, ungehemmt die Notdurft verrichtet werden sollte. Dieses Konzept einer umgekehrten Klösterlichkeit war jedoch schon gestorben, bevor der Mörtel der Bauarbeiten trocknen konnte.

Weder hat Hütte, der antreibende Visionär, von dem die Ideen all dieser Installationen kamen, während einer Badestunde auf dem Klo gesessen, noch hat er auf dem schaukelnden Kommunebett geliebt. Denn die *Walde* hatte auch das Modell der besitzlosen Liebe angespielt. Es bereitete aber nur Kummer und schlug fehl. Und gleichzeitig hinderten die Paare den Betrieb. In ihrer akuten Phase waren sie entweder abwesend oder nur unausgeschlafen dabei.

Es war eine kurze Ruhe. Sie endete, als eine Rotte von Züri-Leuten »eingeritten« kam. Frauen und Männer in schweren Lederkutten, gepolt nur auf »Ente oder Trente«. Sie brachten Junk in die *Walde,* im Gefolge die Gelbsucht und Schulden. Die halbe Brigade drückte und war dennoch »druff wie die Sau«, palavernd, bis es hell wurde. Angst war denen keine Kategorie. Auch wenn täglich ein weiteres Photo durchgekreuzt war auf dem Fahndungsplakat des BKA.

Die Schweizer entließen ihre Frauen auf den Strich, was als höherwertiges Zuhältertum zu gelten hatte, da mit dem Geld Spritkosten gedeckt und auch mal ein Stück Eisen gekauft wurde am Bahnhof Zoo. Mit diesen Gästen geriet die *Walde* in eine immer enger werdende Spirale des Sympathisantentums. Die Eigenschaft, Genosse zu sein, doch kein Desperado werden zu wollen, brachte Nötigung in die Etage.

Die *Walde* befand sich in einer unbremsbaren, nach allen Richtungen auseinanderfahrenden Solidarität. Sie war dem Kollabieren nahe; und dazwischen irrlichterte noch Katharina de Fries mit ihrem Banditen-Mythos. Mit den nobelsten Motiven plante sie, »eine Bank zu machen«. Sie war Mitte Vierzig, Mutter von vier Kindern und von jener revolutionären Hochgestimmtheit, die eine bürgerliche Herkunft manchmal abwirft. Vor allem wollte Katharina de Fries einen Roman schreiben, für den sie ein extremes Leben brauchte. Im ständigen Wechselbad zwischen ihrer Schöneberger Warmwasserwohnung und ihren passageren Aufenthalten in der *Walde* stellte sie immer schärfere Ansprüche auf die politische Tat.

Als sie 1980 mit einer Schreckschußpistole die Geldbomben eines Supermarktes an sich bringen wollte, wurde Katharina de Fries festgenommen. Nach einem Monat Haft in Berlin Freilassung auf Kaution. Sie verschwand nach Frankreich. Ihr Roman *Der gestreifte Himmel* erschien 1983.

Hütte verließ Ende 1978 die *Walde,* für deren ideologisch aufwendige Existenz er keine Nerven mehr hatte. Er habe durchgedreht und sich rausschmeißen lassen. Ohnehin war er eine Reizfigur: zehn Jahre älter als die anderen und von der ungemütlichen Willensstärke, eine Idee nach ihrem Zeugungsakt auch zu verwirklichen. Hütte bekam Kiez-Verbannung, als wollte man sich rächen für das Lob, das man ihm lange singen mußte. Für ihn paßt der Tod von Ingrid Rogge, die nähen konnte und eine kleine Vergangenheit hatte als Lederbraut, sehr gut in das Katastrophenjahr 1979.

In der Waldemarstraße ist es schwer, es jemandem recht zu machen. Eine Architektin geht mit Sonnenblumenkernen säend durch die Höfe, und über der Vorstellung, daß diesen verölten und übernutzten Böden eine Blume abverlangt werden könnte, kommt beim Bauschlosser Blühdorn nur Gelächter. Blühdorn war der erste deutliche Kapitalist der Straße. Seinem neuen Mercedes, wird erzählt, haben die Kinder die Kotflügel abgeleckt. Da ihm seine Rubrizierung nie peinlich war, sondern ganz im Gegenteil er sein wirtschaftliches Gelingen im Kontrast zum »Murks der Chaoten« erst richtig erlebte, war Blühdorn ein geachteter Feind.

Das härtere Geschäft in diesem opponierenden Milieu betreiben die Blockarchitekten und Sozialplaner, die sich hineindenken in die nie versiegende Wut der Opponenten. Ihrem Entwurf für eine Hinterhofbepflanzung mit wildem Wein und Paprikaschoten, Schattenbereichen zum Sitzen und einem Indianer-Tipi für die Kletterbohnen erwachsen die Gegner schneller, als die Planer ihn erörtern können. Verständnis wird mit harter Münze zurückgezahlt. Einmal war es ein Aschenbecher vom Gewicht einer Hantel. Wer die Bullen holt, hat abgemeldet. Der sollte zusehen, daß er in die Hufe kommt und eine Flocke macht. Sonst kriegt er noch einen Satz Ohrenwärmer verpaßt; aber nur zur Betäubung. Wer liegenbleibt, ist epileptisch.

Noppe strotzt vor Gerechtigkeit. Während er redet, tippt er mit einem Finger gegen den Punchingball, der zwischen Fußboden und Decke seines Zimmers vibriert. Wer Noppes Faust noch nicht im Gesicht hatte, muß ihn sympathisch finden. Er ist kein typischer Nichtnormaler, sondern ohne alle Requisiten des Milieus. So sauber, wie er zuschlägt, spricht er auch; keine unklaren Halbgedanken, die mit den Wörtern »feeling« oder »drauf sein« sich über die Klippe der Aussage retten. Wovon der Bulle träume, sagt er, sei »ein Pfiff im Hof, und dreißig Vermummte stürzen runter«. Für die über sechs Jahre unentdeckte Tote auf dem Speicher hat er eine technische Erklärung: Sie muß in der Schüttung aus Schotter und Sand zwischen den Balken gelegen haben.

Wenn Noppe sich aufrichtet, reicht allein seine Erscheinung, mit deren Wirkung er spielen kann wie mit einem gezückten Revolver. Noppe ist aber Choleriker und regt sich schnell auf. Nach dem Zuschlagen, nachdem sein Gegenüber unten liegt, sagt er: »So, damit Ruhe ist!« Noppe sorgt sich um die Aufweichung des Milieus. Aus K 36 werde langsam Harlem; das Trendgesindel sei im Vormarsch; es mache aus dieser Armutsecke eine Altstadt und eröffne weiße Kneipen mit Eßzwang.

In diesen Zusammenhang geriet Dieter mit seinem *Frontkino,* das im ersten Stock des dritten Hofes der

Waldemarstraße 33 lag. Er wurde zu einer negativen Sammelgestalt der Aufweichung. Denn sein Publikum kam scharenweise aus dem Westen, jenseits vom Kottbusser Tor, wo die suspekte Welt beginnt. Die Vertreibung von Frontkino-Dieter verlief stufenweise. Zuerst wurde er geschlagen. Da er Angst vor Rache hatte, zog er seine Anzeige bei der Polizei zurück. Dennoch blieb er überfällig. Daß er zu verschwinden habe, wurde ihm mit gesprühten Hinweisen auf den Hauswänden beigebracht, die, je sachter sie ausfielen – »Didi ab nach München« –, um so stärker bedrohlich waren.

Die in grünes Gummi gekleideten Männer, die am 27. September 1985, freitags, die Überreste der Rogge auf einer Bahre aus den Höfen trugen, mußten für Dieter etwas einmalig Schreckliches gesehen haben. Das hätten bei aller Kühle ihrer Berufsausübung die Gesichter verraten. Dieter steckte in den Vorbereitungen seines letzten, für diese Gegend seltsamen Festes. Es war für den Abend in den Scenezeitungen mit Querflöte, Schubert-Liedern und Perücken annonciert. Zur romantischen Akzentuierung hatte Dieter die Wegstrecke durch die drei dunklen Höfe mit Windlichtern flankiert. Sie waren gerade angezündet, als die Männer mit der Bahre erschienen. Icke aus der *Walde* fragte den unwissenden Dieter: »Macht ihr Totenfeier?« Und die Woche darauf stand im *Tip,* das Skelett und die Windlichter in Zusammenhang bringend, nur um der Pointe willen das Wort »Kannibalismus«.

Für den Teppich auf dem Knochenbündel wollten die Phönix-Rocker geradestehen. Sie waren sicher, diesen Teppich 1979 in ihrer Klubhütte im vierten OG des dritten Hofes der Waldemarstraße 33 als Windfang gegen die Zugluft vom Nachbarspeicher benutzt zu haben. Auf dem undeutlichen Photo, das ihnen die Mordkommission Keithstraße vorlegte, konnten sie ihn jedoch nicht als ihr Eigentum bestätigen.

Die Phönix gelten für die Scene der Waldemarstraße nur noch als gute Berliner, die arbeiten gehen, um im Frühjahr ihre Motorräder wieder anmelden zu können. Diese Einschätzung gibt ihnen Meinungsfreiheit. Sie brauchten ein Mitwissen nicht zu meiden und erlauben sich ohne Bedenken einen Zustand der Ratlosigkeit. Die Leiche der Rogge müsse nachträglich auf dem Speicher deponiert worden sein, obwohl es schwer sei für einen Fremden, ein so langes Paket unentdeckt vier Treppen hochzutragen.

Die Todesumstände der Ingrid Rogge, die über ihr Zahnschema identifiziert wurde, sind bis heute ungeklärt. Nach ihrer Einäscherung in Berlin am 14. Januar 1986 konnten die Eltern, die vier Monate lang täglich darauf warteten, die Urne im Saulgauer Rathaus abholen zu dürfen, ihre Tochter am 27. Januar 1986 beerdigen. Da die Urne nur das ungefähre Todesdatum »circa 1979« trug, war die in Trauer versackte Beruhigung der Eltern, ein kurzes Gastspiel in Berlin habe einen schnellen Tod gebracht, wieder zunichte.

(1987)

Der RAF-Anwalt Otto Schily

Der Strafverteidiger Otto Schily, der sich seit 1974 keinen Urlaub nahm, ist müde. Für ein halbes Jahr will er Fälle, welche die Auseinandersetzung mit der »Roten Armee Fraktion« (RAF) berühren, nicht mehr übernehmen, sondern von außen über die Zeit der Konfrontation nachdenken.

Otto Schily spricht von einer unwiderruflichen Denkpause. Jemand, der sechs Jahre regelmäßig die Qual von Einsitzenden erlebte, könnte deren Perspektive auf die gesellschaftlichen Verhältnisse angenommen, könnte einen vergleichsweise unwichtigen Ausschnitt der Wirklichkeit für die ganze genommen haben.

Wenn der Schuß auf Benno Ohnesorg 1967 und die Frankfurter Kaufhaus-Brandstiftung 1968 als erster Alarm auch nicht in direktem Zusammenhang mit der späteren RAF stehen mögen: Für Otto Schily ergeben das zehn Jahre, in denen er als Strafverteidiger und selber Teil der bestehenden Ordnung die politische Legitimation von Mandanten gegen die bestehende Ordnung vertrat. Im Prozeß von Stammheim blieb Schily, der sich in diesen Widersprüchen formal nicht verloren hatte, als einziger nicht entpflichteter Vertrauensanwalt übrig.

Das Verhältnis eines Verteidigers zu seinem Mandanten kennzeichnet eine natürliche Parteilichkeit. Diese

Parteilichkeit ist deshalb natürlich, weil in ihr das Wesen von Verteidigung liegt. Nach dem Morgen des 18. Oktober 1977, als im Gefängnis Stuttgart-Stammheim die Terroristen Andreas Baader, Jan-Carl Raspe erschossen und Gudrun Ensslin erhängt aufgefunden worden sind, fügt sich der Strafverteidiger Otto Schily nicht dem menschlichen Ermessen, wonach der Tod der drei Gefangenen Selbstmord war. Er bleibt auch jetzt parteilich. In einer vom Fernsehen übertragenen Pressekonferenz macht der Strafverteidiger Otto Schily deutlich, daß die Wahrscheinlichkeit einer Selbsthinrichtung für ihn nicht die Qualität einer Tatsache hat.

Es ist der gleiche Tag, an dem die überstandene Aktion Mogadischu im Begriff ist, ein Nationalgefühl herzustellen, ein Gefühl zu kräftigen, welches allzulange gewässert wurde in rechtsstaatlichen Skrupeln, ein in Taumel sich ausdrückendes »Endlich!«.

In dieser Atmosphäre nationaler Völlerei, die nicht wesensgleich ist mit dem Zustand der Erleichterung, macht Otto Schily sich mit den Mitteln der Genauigkeit zum Spielverderber. Er durchkreuzt das »Aufatmen über die Höllenfahrt der Mordschweine Baader, Raspe und der Baader-Huren-Sau Ensslin«, wie es auf einem in seinem Bürobriefkasten liegenden Glückwunschzettel heißt. Der Rechtstechniker Schily wird als »Regisseur der Mordlegende« tituliert.

Bei einer Maidemonstration 1976 zündeten in der Budapester Straße in Berlin-Schöneberg Passanten eine rote Fahne an. Es waren ortsübliche Meinungshelden, für die es den Begriff »beherzte Berliner« gibt. Als Otto Schily, der an der Demonstration teilnahm, sich ihnen zuwandte und sagte: »Fahnenverbrennen geht aber nicht!«, ließen sie davon ab und nahmen eine drohende

Haltung gegen ihn ein. Das Volksempfinden dreht auf Vollrausch, und keiner stand mehr wie gerufen da als Otto Schily, der Verteidiger von Terroristen. Weil andere Demonstranten einen Kreis um ihn bildeten und ihn in dieser Formation davontrugen, blieb er körperlich unversehrt. Es liegt nicht an Schilys Wiedergabe, daß diese Szene klingt wie die Jesuslegende nach der plötzlichen Stille auf dem See Genezareth, der durch ein Machtwort aufhörte zu toben, es liegt an der schriftlichen Ausbreitung, am satzweisen Übertragen knapp erinnerter Fakten. Denn seine Person betreffend, bemüht sich Schily eher um Unergiebigkeit als um die Farben eines Zwischenfalls.

Vom 19. Oktober an, nachdem es in Stuttgart-Stammheim die drei Toten gab und die Leiche Hanns Martin Schleyers gefunden wurde, kommen täglich Drohbriefe in Schilys Anwaltspraxis in der Berliner Schaperstraße. Ein »Kommando 20. Oktober« schreibt: »Die gnadenlose Treibjagd bis zur totalen Liquidierung dieser Laientanzgruppe hat erst begonnen. Hütet Euch überall und immer!!!« In einem beigefügten Terroristensteckbrief ist eine freie Ecke für Otto Schily eingezeichnet: »Gesucht als Mordhelfer, nennt sich auch ›Rechtsanwalt‹.« Ein Brief vom 19. Oktober endet mit den beiden Sätzen: »Jeder ist für die Todesstrafe. Hoffentlich lebt Schleyer noch – in Ihrem Interesse!«

Aus Berlin und »im Namen des Volkes« schreibt »ein einfacher Bürger unseres demokratischen Rechtsstaates«: »Es wäre besser, wenn Sie sich ebenfalls eine Kugel in Ihren elenden Kadaver jagen würden!«

Hier äußert sich das Berlinertum mit dem Pathos seiner in Erbpacht stehenden Kompetenz. Die Empfehlung: »Ein Rechtsanwalt soll nicht dem Unrecht die

Stange halten!« schließt mit der Zeile »Empörte Berliner schreiben Ihnen diesen Brief«.

Es sind die Inhaber jenes auf dem rechten Fleck urteilenden Herzens, die ihr zittriges Sütterlin an Stelle ihres Namens mit »ein Berliner« signieren. Die Verwünschung »Für Dich Miststück ist der Scheiterhaufen noch zu schade!« zeichnete »eine alte Berlinerin. 74 Jahre«. Für viele dieser auf Postkarten eingehenden Schmähungen hat das Büro Schily Nachporto zahlen müssen.

Gegen die Angst vor einer physischen Gefährdung rettete sich Otto Schily in das Bewußtsein der Unvermeidbarkeit. Das tat er auch während der vielen Flüge von Berlin nach Stuttgart, wo ihm manchmal Gedanken an die statistische Erfüllung durch einen Absturz kommen. Vom Beginn des Stammheimer Prozesses im Mai 1975 bis zur Urteilsverkündung im April 1977 flog er allein 134mal hin und zurück.

Es dauerte auch nur Bruchteile eines akuten Unbehagens, als Otto Schily bei der Flut pogromgestimmter Zuschriften daran dachte, sich durch einen Hund schützen zu lassen.

Den Hund hätte er aber lieber nicht erwähnt. Diese Erwähnung ist ihm einfach widerfahren, so wie jemand nur dadurch, daß er sich Asche vom Revers wegwischt, den Hinweis gibt, geraucht zu haben.

Am Tag der Beerdigung der Toten von Stammheim trug Otto Schily zwischen Nasenwurzel und rechtem Augenlid eine auf einen Steinwurf hindeutende Verletzung. Die Frage nach dem Verursacher mißfiel ihm. Er reagierte belästigt, als habe man ihm, als Prominentem, ein Rezept für eine weihnachtliche Gänsefüllung abverlangt. Die Wunde genauso wie der Hund berührten schon eine Zone, in die Otto Schily seine Privatsphäre vorverlegt hatte. Ihn ekelte die Vorstellung, als das gepeinigte Lamm von Stammheim zu gelten. Er witterte die phantasietreibende Theatralik eines Steinwurfs und reduzierte ihn deshalb zu einem alltäglichen Versehen.

Otto Schily wurde am 20. Juli 1932 als das zweitjüngste von fünf Kindern in Bochum geboren. Die Familie gehörte der Anthroposophischen Gesellschaft Rudolf Steiners an; aus der Sicht des Kindes eine auserwählte Familie, ein konkurrenzloses Zentrum, in dem der Gedanke nicht aufkommen konnte, das eigentliche Leben fände bei den Nachbarn statt.

Schilys Mutter war die Tochter des Leiters der Königlichen Porzellan-Manufaktur in Berlin, Professor Schmuz-Baudis. Der Vater, ursprünglich Archivar, dann Prokurist, wurde nach Kriegsende Hüttendirektor und Vorstandsmitglied des Gußstahlwerks Bochumer Verein.

Es ist ein Milieu mit den Konturen der großbürgerlichen Klasse, doch abgerückt durch den Lebensstil einer sonntäglich anmutenden Weltanschauung, durch die selbstbewußte Vereinzelung von Diaspora-Mitgliedern. Schilys musikalische Mutter achtet auf das harmonische Klangbild zwischen Vor- und Nachnamen ihrer Kinder. Aber das Kind Otto liebte seinen Namen nicht. »Otto«, sagt er, »hatte immer was von Onkel Otto.«

Es scherte das Kind wenig, daß Otto von Od abgeleitet ist, was Kleinod oder Wert bedeutet. Seine Mutter wünschte, er würde Künstler. Und sie setzte ihn nie auf jene faustrechtliche Lusterfahrung an, bei der Mütter gleichzeitig als Schiedsrichter und Claqueure um den Sandkasten sitzen, um ihren zuschlagenden Knaben den ersten erotischen Applaus zu zollen. Das Kind Otto Schily spielte Cello und Klavier und wurde auf dem Schulhof verprügelt.

Schon diese Konstellation auf dem Schulhof zeigt Schilys Untauglichkeit, Boß oder Mitläufer einer Gruppe zu sein, aber auch dafür, zum Untertanen auszuarten. Otto Schily wurde kein Einzelgänger, weil eine Horde ihn öfters ins Abseits prügelte, sondern weil er von Natur aus ein anderer ist: Für Gerhard Mauz, den Gerichtsreporter des *Spiegel,* war er der »typbildende Strafverteidiger Deutschlands«, wo lieber angeklagt als verteidigt, aber noch lieber gerichtet werde.

1966 heiratete Otto Schily, der damals in einer Berliner Wirtschaftskanzlei arbeitete, Christine Hellwag, eine Enkelin des Architekten Bruno Taut. Sie studierte Theaterwissenschaften. Als Mitglied des SDS, des Sozialistischen Deutschen Studentenbundes, konfrontierte sie Schily, der gerade erst im Begriff war, die FDP nicht wiederzuwählen, mit politischem Aktionismus.

In Berlin wurde der Republikanische Club, der RC, gegründet, eine Chiffre für intellektuelle Staatsverdrossenheit. Die Wut gegen die große Koalition und Vietnam zündete aus den universitären Zirkeln auf die Straße herunter. Die textile Erscheinungsform der Studenten inspirierte sich an Fidel Castro; und Axel Springers Karikaturisten schufen die Bürgerschreck-Version eines in Berlin wimmelnden Havanna-Rübezahls.

Otto Schily ist inzwischen dem Rechtsanwalt Horst Mahler begegnet, der ihm anbietet, mit ihm die Angehörigen des am 2. Juni 1967 erschossenen Benno Ohnesorg als Nebenkläger im Prozeß gegen den Polizisten Kurras zu vertreten: Schilys erster politischer Prozeß.

Die Studenten-Revolte macht das ohnehin besondere Berlin zusätzlich besonders. Es bildet sich auch ein Glamour der Revolution. Das unter roten Fahnen springflutartige Hüpfen zum Stakkato der Ho-Ho-Ho-Tschi-

Minh-Rufe hat die Wirkung ballettös gelöster Aggressionen. Die schönsten Frauen laufen eingehakt mit den schärfsten Vordenkern des Otto-Suhr-Instituts unterm vordersten Transparent. Und sie geraten prompt aufs Titelbild von *Paris Match*. Eine rasende Lockerheit verbreitet sich, eine scheinbar über Nacht bewältigte Distanzierung vom Vater als dem »alten Herrn« und von der Mutter als der »alten Dame«; ein abrupter Positionswechsel vom steilen Eßzimmerstuhl in den Schneidersitz. Es ist der Wechsel auf das gebrockte, duzend verteilte Stangenbrot und die unabgewischt kursierende Rotweinflasche.

Vom politischen Inhalt her wird diese Zeit auch Otto Schilys Zeit. Er ist neben Horst Mahler der berühmteste linke Anwalt Berlins. Er verteidigt die Frankfurter Kaufhaus-Brandstifterin Gudrun Ensslin − Täter-Devise: »Schafft viele Vietnams«, deshalb »burn, warehouse, burn!« −, er setzt sich aber auch für Leute ein, zwischen deren Matratzen hundert Gramm Haschisch gefunden werden. Bei ihnen handelt es sich meistens um die Reigentänzer der Bewegung, die ihr nichts als Beschwingtheit abverlangen und schlapp und süßlich wurden vor lauter Fleischverzicht und ungeschältem Reis.

Das sich äußerlich darstellende, epochale Lebensgefühl mit seiner Folklore und seinen verabredeten Manieren kann für Otto Schily keine Versuchung darstellen. Wie ein spröder Geburtstagsgast, der im Augenblick des Happy-Birthday in der Küche neues Eis besorgt, ist Otto Schily chronisch unfähig, in Sprechchöre einzufallen, obwohl er sie nützlich findet und sich nicht von ihnen absetzt. An einem Spätnachmittag in den mittleren Apo-Jahren zogen nach einer Vietnam-Demonstration Leute aus der vordersten Szene mit Schilys

Frau Christine in deren eheliche Wohnung in Berlin-Grunewald. Die Männer in der gefleckten Rebellenkleidung nahmen sich in dieser Umgebung aus wie Parachutisten in einem Gouverneurssalon. Als Otto Schily aus der Kanzlei nach Hause kam, war die Truppe gerade dabei, auf seinem Konzertflügel Würste aufzuschneiden. Otto Schily sah einen Moment lang mit indignierter Miene zu, unterließ es aber, die Feier abzubrechen.

Damals galt die Tatsache, daß Schily ausschließlich Schneideranzüge mit Weste und Uhrkette trug, noch nicht als Indiz dafür, ein doppelt scharfer Linker im Schafspelz zu sein, einer, der die altdeutsche Bratenrock-Kulisse schiebt, um unverdächtig RAF-Kassiber in oder aus Gefängnissen zu schmuggeln. (*Die Welt* vom 19. Juni 1972 unter der Überschrift »Ein Beau mit Linksdrall«: »Klubsessel zieht er Holzpritschen vor, was ihn freilich nicht daran hindert, trotz alerter Manieren auf die Ballonmützenideologie zu setzen.«)

Bei aller Wertschätzung, die ihm die Neue Linke entgegenbringt, lastet sie ihm bürgerliche Attitüden an. Denn er läßt sich nicht vereinnahmen, auch nicht beim allgemeinen Servus auf die Elternhäuser. Er war, das gibt er zu, ein gehegtes Kind. Und er konnte, im Duktus der auch damals noch virulenten Studiker-Sprache, »die ollen Herrschaften« nicht verraten.

Es darf ja auch vorkommen, daß einer von Hause aus nicht auf Sand gesetzt ist, sondern gerade von dort, wo andere ihre Krankheiten herhaben, Reserven bezieht. Otto Schily hat seine Toleranz von dort. Und natürlich jene Dosis an sozialen Vorgaben, die es ihm erspart, später unter sozialen Beweisdruck zu geraten.

Otto Schily, der sich ebenso wie sein damaliger Kollege Horst Mahler zuerst in Hypotheken- und Erbschaftsprozessen auszeichnet und wie Mahler aus einem juristisch eher unpolitischen Spektrum stammt, kann sich die Verteidigung von zu Tätern abdriftenden Utopisten erlauben. Er kann sich angstfrei auf Mandanten einlassen, die das Zerschlagen des westdeutschen Staatsapparates betreiben wollen, um dadurch der Dritten Welt zu dienen.

Solche politischen Ziele rangieren schließlich in den getäfelten Advokaturen mehr als Scherz. In diesen Advokaturen, deren Schreibtische mit grünem Leder und abschließender Blattgoldlitze überzogen sind und in deren Wartezimmern justizfeindliche Daumier-Lithographien hängen; in diesen Advokaturen darf man mutmaßlicher Erbschleicher bei tödlichem Ausgang sein, aber kein Anarchist. Otto Schily kann nicht absehen, welche Klientel ihm wegen der RAF-Verteidigung verlorenging. Aber es sind rein qualitative Gründe, daß seine Anwalts-Praxis nicht stigmatisiert und ausgehungert wurde. Denn bevor Schily als (gewählter) Pflichtverteidiger seiner letzten Stammheimer Mandantin Gudrun Ensslin auftrat und – wie der *Rheinische Merkur* vorrechnete – »für 192 Verhandlungstage 144 000 DM aus der Staatskasse kassieren durfte«, mußte er sich als Wahlverteidiger den Stammheimer Prozeß durch Wirtschaftsverfahren möglich machen.

Die sonderbare Duplizität, daß Wirtschaftstäter, die eine andere Sorte Mensch darstellen als Angehörige einer Stadtguerilla, denselben Strafverteidiger bemühen, spricht für den Sachverstand des Juristen Schily.

Daß Otto Schily ebenso für vermeintliche Abschreibungs-Ganoven die Robe überzieht, macht ihn janusköpfig für die Überläufer aller Schattierungen. Auch denen, die in der Blüte der Revolution ihren Säuglingen zuerst das Wort »Bulle« beibrachten und jetzt Kinderläden betreiben, wo sie das possessive Verhalten von Mischa, den Aggressionsstau von Sascha und die haptischen Übergriffe von Anke protokollieren. Die gaben Schily den Beinamen »Schizo«.

Bei einem Anwalt, sagt Otto Schily, werde kein Purismus betrieben, doch einen Arbeitgeber, der zu Lasten der Arbeitnehmer einen dicken Gewinn beiseite geschafft haben soll, würde er nicht vertreten. »Das ist ein politischer und kein Klassenstandpunkt, denn man kann mich ja auch noch der bürgerlichen Klasse zurechnen.«

Zu dem Zeitpunkt, als Otto Schily sich politisch fordern ließ, war die Faszination der Revolte schon nicht mehr allgemein. Da sah man die schönen Frauen, die mit den unruhigsten Männern in Kuba Zucker schlagen waren, hauptsächlich in den Boutiquen der Bleibtreustraße, und »aus Straßenschlachten gingen zu allem entschlossene Gastronomen hervor«, wie es in dem Gedicht »Nachlese«, von Hermann Peter Piwitt heißt. Da ließen die antikapitalistischen Trophäenspiele der Zehnjährigen nach, die von den Kühlerhauben die Mercedessterne gepflückt hatten.

1970 verteidigte Otto Schily seinen Freund Horst Mahler, der, weil er an der Spitze eines Demonstrationszuges gegen das Berliner Springer-Haus marschierte, angeklagt ist wegen schweren Aufruhrs und Landfriedensbruchs. Schily erzwingt die Anwesenheit Axel Springers im Zeugenstand, unterläßt es aber, ihm, dem Popanz der Apo, wie einem Beutetier zuzusetzen. Er zitiert nur Sätze aus Springer-Zeitungen, die den Verleger ins Kommentieren bringen, und, im Falle eines Satzes, demzufolge man »Störenfriede ausmerzen«

müsse, bedauert der Verleger die Entgleisung durch das Wort »ausmerzen«.

Schily, der keinen Moment lang Advokaten-Psychologie betreibt mit dem scheppernden Sprachgestus eines Kranzschleifen-Kondolenten, referiert die Genesis eines Gesetzes, nach dem Mahler verurteilt wird und das trotz mehrfacher Novellierung immer noch Züge der Bismarck-Zeit trägt: »Was waren das für Leute, die diese Gesetze beschlossen? An der Spitze standen sechzig Gutsbesitzer, dreiunddreißig Hofräte, Geheimräte, Senatoren und andere, siebzehn Grafen, Freiherren, Fürsten, neun Kammerherren und Zeremonienmeister, acht Generäle, sechs Fabrikanten, drei Prinzen, zwei Polizeipräsidenten – und drei Arbeiter.«

Otto Schilys Wirkung liegt in einer arroganten Faktendemut. Als Linker, der aber als solcher nicht griffig ist, irritiert er die Gegenpartei und deren Feindbild.

Die bürgerliche Verankerung Otto Schilys ist mit dem statischen Unterbau eines Turms vergleichbar, der in der Tiefe das gleiche an Masse bringt wie in der Höhe. Immer handelt es sich um Formen, fast nie um deren Inhalte. Bei der Schlafsackaktion von Baader-Meinhof-Anwälten, die 1973 eine Nacht lang vor dem Bundesgerichtshof gegen die Isolationshaft protestierten, fehlt Otto Schily. »So was«, sagt er, »kommt für mich gar nicht in Frage, das ist nicht mein Stil.«

Als die BM-Anwälte im Gefängnis Stuttgart-Stammheim nicht nur mit Metalldetektoren abgesucht wurden, sondern auch den Hosenbund öffnen mußten, verzichtete Schily darauf, eingelassen zu werden. Den Vorsitzenden Richter Prinzing verleitete dieser Verzicht zu einem umschweifigen Sauigeln: Er sprach von Schilys Genitalien als dem Heiligsten der Nation. Einmal, sagt

Schily, habe er die Teilnahme an einer Wohngemeinschaft für sich erwogen. Es war der Hauch einer Absicht, eine Lebensform zu probieren, die ihm politisch zusagt, aber wesensfremd ist. Und halb bedauert er, es nicht versucht zu haben, aus freien Stücken sein Naturell einmal zu behelligen. »Aber ich brauche«, sagt er, da das Bedauern ja nur zur Hälfte sein Gefühl bei diesem nie begonnenen Unternehmen ausdrückt, »gewisse Rückzugsmöglichkeiten.«

Die Auskünfte, die Otto Schily über sein Privatleben gibt, sind, als handele es sich um ein Mandantengeheimnis, knappe Verweise. Knapp wie die Kürzel zum Personenstand auf einer Steuerkarte, auf der ein Mensch entweder »led.«, »verh.« oder »gesch.« ist, und je nach der sozialen Messung, unter der einer lebt, jedes dieser Kürzel auch ein Brandmal sein kann.

Otto Schily, der geschieden ist und in Berlin lebt, einer gesellschaftlich total verquirlten Stadt, empfindet die Erwähnung seiner Scheidung dennoch als Intimität. Nur seine zehnjährige Tochter Jenny Rosa existiert außerhalb jener strikten Reaktionen. Wenn sie mit im Spiel ist, erzählt Schily auch von einem Sonntagnachmittag, an dem sie vor ihrer Bongotrommel sitzt und er sie rhythmisch am Klavier unterstützt.

Es ist unwahrscheinlich, daß Otto Schily unter dem Glockenschlag des Freiburger Münsters entspannen könnte. Von der Geborgenheit, die er braucht, glaubt er, daß nur Berlin sie geben kann, eine ambulant zu beziehende, nicht klammernde und ohne Gegenbeweise garantierte Geborgenheit. Hier hat er, der meistens nur tangential unterwegs ist, abends und nachts die Gewißheit, auf Leute zu treffen, an deren Tisch er, wenn er will, einen Stuhl schieben kann.

Häufig sind es für den Schachspieler Schily reine Brettkontakte, die sich beispielsweise durch sein Erscheinen im *Zwiebelfisch* am Savignyplatz fast wortlos ergeben. Auf diesen berechenbaren Zufall darf er auch setzen, wenn er Billard spielen will und in Kreuzberg das *Exil* betritt, eine Wiener Exklave, die der Schriftsteller Oswald Wiener als Restaurant betreibt.

Das Wesen Otto Schilys bewirkt Diskretion. Auch nach einem Tag, an dem er der Obduktion der Stammheimer Toten beiwohnte und die obduzierenden Ärzte ihm, zur besseren Verträglichkeit des Anblicks, einen Underberg angeboten hatten, kann Schily seinen Parcours durch die Berliner Nacht antreten. Denn er ist niemals dem gemeinen Vorwitz ausgesetzt.

Sicher wird Otto Schily über Gewalt schreiben, über »die Unmerklichkeit, mit der sich jeder auf Denktraditionen verpflichten läßt, nach denen es mitunter von der Bekleidung, von einer Uniform abhängt«, um gewalttätigem Handeln den Respekt nicht zu versagen. »Wir sind es gewohnt«, sagt Schily, »etwas im Sinne der Gemeinschaft immer dann zu begreifen, wenn es der etablierte Staat ausübt.« Noch 1968 sei es Juristen samt Geschworenen gelungen, die Tatsache, daß Hans-Joachim Rehse als Richter am Volksgerichtshof an mindestens zweihundertunddreißig Todesurteilen beteiligt war, gedanklich so zu verarbeiten, daß dieser Mann straffrei ausging, weil er nach den damaligen Gesetzen geurteilt habe.

Mit dem Selbstmord von Ingrid Schubert, den er mit juristischer Wörtervorsicht als »nicht außerhalb der Reichweite der menschlichen Erfahrungen« hinnimmt, sind alle Mandanten Otto Schilys, die der RAF zugerechnet wurden, tot.

Äußerlich beweist die dichte Abfolge, in der der Strafverteidiger Schily an den offenen Gräbern von Mandanten stand, die Vergeblichkeit seines Einsatzes. Es waren die Beerdigungen von Menschen, die er gut kannte und aus denen, wie Schily sagt, die Medien Gespenster gemacht hatten.

(1978)

Die falsche Nummer

Am Telefon ist Erna Schulich aus der Samoastraße in Wedding. »Meinem Sohn«, sagt sie, »wurde wieder nachgerufen: ›Du bist ein geistesschwacher Unfall-Lügner!‹« Frau Schulich hat sich verwählt und redet trotzdem weiter; auch nach dem Nummernvergleich, der ihren Irrtum doppelt klar macht.

»Während einer Bahnfahrt, in einer Kurve zwischen Uelzen und Celle, ist mein Sohn mit dem Kopf gegen eine Eisenwelle gestoßen. Das Ding ragte wie ein Arm aus dem Gepäcknetz. Er hat sich gleich aus dem Abteilfenster übergeben müssen und ist seit zehn Jahren keine Stunde ohne Kopfweh.

Das sind total gekrümmte Kopfschmerzen, und selber bin ich bluthochkrank und habe dreizehn Jahre den Tabakladen. Auf dem Perkingplatz an der Kiautschoustraße sind grausame Alkoholkranke ihm hinterhergelaufen mit Beschimpfungen. Jetzt hat ihn gestern die *Bildzeitung* gebracht beim Anstehn für die Otto-Hahn-Gedenkmünze vor der LBZ Leibnizstraße, vorne der Dunkle mit Mütze.«

Frau Schulich vermeidet Redepausen.

»Mein Mann hat den Rücken kaputt vom Wurstkessel«, sagt sie. »Den kümmert nichts mehr, der schleicht nur noch, die Augen nach unten. Momentchen mal, da kommt er gerade«, sagt sie vom Hörer wegsprechend und dann wieder dicht ins Telefon: »Heute zieht den die Schulter wieder runter. Das waren ja vierzig Kilo der Kessel, an die achtzig Würste im Siedewasser, die schwere Senfbüchse angeklemmt, der Spiritustank, das Papptellerfach und an die dreihundert Stück Wurst im Sack auf dem Rücken. Dabei hat er pomadig Geld gemacht und vergessen, auf Motorrad mit Beiwagen für'n Kessel umzusteigen. Die andern sind mit ihren Krädern die Parteitage in ganz Deutschland abgefahren, zum Kyffhäuser-Tag in Kassel, zum Erntedankfest auf dem Bückeberg. Als die Reichskanzlei fertig war, haben wir heiraten können. Alles Bauarbeitergroschen, alles übern Brühwursthandel vor den Baubuden.

Meine Dame, mein Mann hat sich totgeschleppt. Der war nicht mehr er selber, als er anfing mit den Weihnachtsbäumen vorm Virchow-Krankenhaus. Er hat sich das Schreien verbeißen müssen, wenn er eine Tanne aufstippte aufs Pflaster, also wenn er die Tanne präsentierte. Zwei Winter habe ich mitgestanden, meistens Edeltannenkundschaft und ›Herr Doktor‹ sagen auf Verdacht. Wir mußten keinen am Arm festhalten bei den guten Bäumen, das waren keine Krücken aus'm Hexenwald. Bei Edeltannen spielt das neureiche Denken mit rein und das Nadeln der gemeinen Fichte auf den Teppich. Großkauf ohne Präsentieren und jede krumme Gurke für zwei Mark fünfundneunzig war meinem Mann zu maschinenhaft.

Jetzt höre ich ihn hantieren, er setzt wohl Kaffeewasser auf.« Weiter kommt Frau Schulich nicht. »Bin schon da!« ruft sie ihm zu.

»Zwei Männer im Haus, und beides Kinder«, sagt Frau Schulich als letztes.

(1980)

Die Herbstwanderung

Frau Fidan fährt zum Treffpunkt der »Herbstfärbungs- und Gehölzwanderung«. Sie sitzt auf der langen Rückbank im A 55. An Haltestellen reckt sie den Kopf nach bekannten Gesichtern und winkt und zeigt auf die freien Plätze neben sich. Am Rathaus Charlottenburg steigt Frau Kahle zu. Sie stellt erleichtert fest, daß Frau Fidan schon Gesellschaft hat und fast schon am Ende ihres Dauerthemas angekommen ist, als ihr Mann sich bei Kriegsende in eine zu sechzig Prozent Hirnverletzte verliebt hatte.

»Die Fidan geht nur wandern, um das zu erzählen«, sagt Frau Kahle. Inzwischen warte sie auch den Wald nicht mehr ab, sondern beginne schon im Bus damit.

»Mit dieser Person«, sagt Frau Fidan, »ist mein Mann dann für immer in Bad Reichenhall geblieben.« An der Endstation Hakenfelde, dem Treffpunkt, versucht Frau Fidan ihrer Tragödie etwas von der Wucht zu nehmen und sagt beim Aussteigen, daß es fast zu einer Begrüßung der anderen wird: »Unter jedem Dach ein Ach.«

Um den Wanderführer Findeisen versammeln sich drei Männer und neunundvierzig Frauen. Dieses Verhältnis bringt den Männern jedoch nicht den Vorteil höherer Beachtung ein.

Alice Grün sagt, sie habe lange aufgehört, sich ihren Mann herbeizudenken. Den lasse sie in aller Abgefundenheit in seinem Grab. Doch ihre Freundin Elfriede vermisse sie, die vor einem Jahr gestorben sei. Jeden Morgen wähle sie Elfriedes Nummer, wie an ein Wunder glaubend, daß Elfriede »Hallo« sage. »Ich wollte mit Elfriede zur Cousine nach Israel, doch die Cousine schrieb. ›Ohne Elfriede, liebe Alice, weißt Du, wie oft die Heil Hitler gesagt hat?‹«

Gegen die Einsamkeit geht Alice Grün fünfmal in der Woche wandern. Die Wandertermine entnimmt sie dem *Tagesspiegel.* Besonders schöne Momente in der Natur verleiten sie, jemanden anzusprechen. Auf schmalen Waldwegen, in dicht aufschließenden Zweierreihen, gelingt es ihr am leichtesten. »Ist das nicht, als wenn Gold hier liegt«, sagt sie über die Blätter.

Die Wanderung führt durch den Spandauer Forst. Im Teufelsbruch bittet Findeisen um Aufmerksamkeit: Der Teufelsbruch sei früher ein Moor gewesen, was er im *Nordberliner* aber ausführlich beschrieben habe. »Einem allgemeinen Verlangen folgend«, fährt er fort, »halten wir keine Einkehr in der *Bürgerablage,* wo das Kännchen Kaffee inzwischen vier Mark fünfzig kostet.« Die Wanderer stöhnen kurz auf. »Also«, sagt Findeisen, »Einkehr im *Heideschlößchen,* Kuchen wie bei Muttern und die Buletten garantiert hufnagelfrei.«

»Nicht wahr, das ist die Havel?« will Alice Grün, obwohl sie es weiß, noch einmal wissen, und Frau Hertig antwortet: »Weeß ick nich.«

Die Jagdhorngruppe Berlin bläst das Signal »Hirsch tot«. »So was«, sagt Alice Grün, »weckt heile Gefühle.« Die Wanderer gehen im Gänsemarsch gebückt unter tief hängenden Ästen, und Alice Grün bleibt für die Länge ihres schönen Satzes »Gold kommt auf uns nieder« stehen.

»Bewegung, Bewegung!« ruft Frau Hertig.

»Mit meiner Tochter war ich immer ein Kick und ein Ei.« Das ist Frau Fidans Stimme an Herrn Lücht gewandt. »Und mein Schwiegersohn«, sagt sie, »ist ja auch so 'n kleiner Fix Niedlich.«

»Jetzt muß der arme Lücht den Nickvogel für die Fidan spielen«, sagt Frau Kahle in den kurzen Stau hinein.

»So ein Herbsttag versöhnt mich mit dem Leben«, sagt Alice Grün, »denn in der Hölle sind wir schon.« Beim Anblick einer heugefüllten Futterkrippe sagt sie: »Und nie Brot den Vögeln streuen! Ich lege meiner Amselmutter Rosinchen aus.«

»Weeß ick, weeß ick«, sagt Frau Hertig, »Amseln brauchen Weichfutter, aber bei uns in Berlin ham wa doch nur Spatzen.«

»Sie müssen immer alles niedrig machen«, entgegnet ihr Alice Grün.

Zwanzig Minuten ist Rast bei den Toilettenwagen, die in einer Lichtung aufgestellt sind. »Ohne mich«, sagt Frau Hertig, »wer da allet ruffjeht.« Die Toilettenwagen lassen Frau Hertig auf das nachlassende Niveau der *Regina Maris* die Rede bringen. »Die Stewards«, sagt sie, »allet Filipinos. Schön, det sin ooch Menschen, nur keen Wort Deutsch.«

Auf einer Wiese zerfließt die Kolonne der Wanderer. Unter die gewohnheitsmäßigen Weggefährten mischen sich andere. Mit lächelnden Anläufen versucht Alice Grün, die Bekanntschaft von Frau Wockenfuß zu machen. »Finden Sie nicht«, fängt sie die Unterhaltung an, »daß es mehr Leute als Menschen gibt?«

»Und ne hundsjemeine Bordkapelle«, sagt Frau Hertig, »det halten nur Jeschlechtskranke aus.«

Alice Grün sagt flüsternd zu Frau Wockenfuß: »Wir setzen uns nachher an denselben Tisch.«

»Seitdem die *Regina Maris* unter Singapur-Flagge fährt«, sagt Frau Hertig, »kann man sie vergessen.«

»Sie müssen wissen«, sagt Alice Grün wieder flüsternd zu Frau Wockenfuß, »ich weiß das alles. Diese Dame fuhr neunmal auf der *Regina Maris* und brüstet sich, keinmal erbrochen zu haben.«

Bis zum *Heideschlößchen* ist noch eine Stunde Weg. Alice Grün läßt von Frau Wockenfuß ihr Alter raten. »Sagte ich Ihnen, daß Wilhelmine Lübke, eine geborene Keuten, meine Lehrerin war? Ins Poesiealbum schrieb sie mir ›Verstand ist ein Edelstein, wenn er in Demut gefaßt ist‹.« Frau Wockenfuß schätzt Alice Grün auf siebzig, was elf Jahre zuwenig sind.

Bei diesen Märschen, sagt Alice Grün, laufe sie sich die Hörner ab. »Und wieviel ich schon gelaufen bin, und wieviel ich schon geredet habe! Ich war Propagandistin im Kaufhaus Israel, Schalhalter, links rein, rechts rein, in Silber und Gold. Eine Witwe wollte ihn in Schwarz, damit konnte ich nicht dienen. Das vergangene Jahrhundert war ganz auf Gefühl und Schläge geputzt. Nach 38 lief ich für Maggi-Familien-Suppe in den düstersten Straßen. Die Thermoskanne mit der Probesuppe trug ich in einem Grammophonkoffer.

›Meine Dame‹, sprach ich diese armen Frauen an, ›was haben Sie heute auf dem Feuer? Ach Suppe! Geben Sie mir einen Löffel und nun unterscheiden Sie, wie Suppe mit und ohne Maggi-Würze schmeckt! In der Schliemannstraße traf ich auf eine Frau voller Kummer, die redete über alles, nur nicht über die Suppe. Plötzlich sagte die Frau: ›Sie haben mir so freundlich zugehört, dafür zeige ich Ihnen meinen Bruch‹ und schlug ihren

Rock zurück. Aber das Leben von Friedrich Schiller war schwieriger. Die hatten Gonorrhöe und wußten es gar nicht. Meine ganze Verehrung gilt Königin Luise. Ich stehe oft vor ihrem Sarkophag im Rauch-Pavillon und hole mir das Gedicht von Gerock über sie zurück: ›In Deinen Engelszügen / In Deiner Marmorruh / im himmlischen Genügen / wie selig schlummerst Du.‹«

»Ach Jottchen«, sagt Frau Hertig.

»So was überhöre ich«, sagt Alice Grün zu Frau Wockenfuß, »die vergessen alle das Memento mori.«

Das *Heideschlößchen* hält einen separaten Saal bereit. Die Tassen sind schon aufgedeckt. Die Phototapete an der Stirnwand zeigt den gleichen Herbstwald, den die Einkehrenden gerade verlassen haben.

»Ich bin froh, Sie neben mir zu wissen«, sagt Alice Grün zu Frau Wockenfuß, »beim Plätzebesetzen gibt es so viel Bosheit.«

Frau Fidan reserviert mit ihrem Hut einen Stuhl für Herrn Lücht, der für den Kuchen ansteht. Frau Hertig führt die Kuchenschlange an. »Zehn Personen weiter«, sagt sie, »und die Donauwelle is alle.«

»Ich sag's noch mal, auch wenn ich's hundertmal gesagt habe«, sagt Wanderführer Findeisen aus der Schlange in den Saal hinein: »Mohnkuchen hakt hinter der Prothese.« Eine Lokalhilfe in weißer Schürze geht mit der großen Kaffeekanne die Tassen ab.

»Natürlich wieder mit Fußbad«, sagt Frau Hertig.

(1980)

QUELLENVERZEICHNIS

Der Akkordeonspieler (2004): Erstveröffentlichung.
Die Hundegrenze (1994).
Erstdruck in: *Der Spiegel* Nr. 6/1994.
Brot (1994). Erstdruck in: *Rituale des Alltags*,
hrsg. von Silvia Bovenschen und Jörg Bong.
Frankfurt am Main: Fischer 1994.
Kleine Schreie des Wiedersehens (1988).
Erstdruck in: *Der Spiegel* Nr. 31/1988.
Die Bestie von Paris (1990). Erstdruck in:
Der Spiegel Nr. 52/1990 und Nr. 1/1991.
Dinge über Monsieur Proust (1984).
Erstdruck in: *Der Spiegel* Nr. 7/1984.
Der letzte Surrealist (1982).
Erstdruck in: *Der Spiegel* Nr. 1/1983.
Der unheimliche Ort Berlin (1987).
Erstdruck in: *Der Spiegel* Nr. 21/1987.
Der RAF-Anwalt Otto Schily (1978).
Erstdruck in: *Der Spiegel* Nr. 17/1978.
Die falsche Nummer (1980). Erstdruck in:
Marie-Luise Scherer: *Ungeheurer Alltag. Geschichten
und Reportagen.* Reinbek: Rowohlt 1988.
Die Herbstwanderung (1980). Erstdruck in:
Marie-Luise Scherer: *Ungeheurer Alltag. Geschichten
und Reportagen.* Reinbek: Rowohlt 1988.

*Sämtliche Texte wurden für die Neuveröffentlichung
durchgesehen, einige Namen von Personen verändert.*

MARIE-LUISE SCHERER,
geboren 1938 in Saarbrücken,
war über zwanzig Jahre Autorin
beim *Spiegel*. 1988 erschien bei Rowohlt
ihr bislang einziges Buch: *Ungeheurer Alltag.
Geschichten und Reportagen*. 1994 wurde sie
mit dem Börne-Preis ausgezeichnet.

DER AKKORDEONSPIELER
von Marie-Luise Scherer ist im Februar 2004
als zweihundertunddreißigster Band
der *Anderen Bibliothek* im Eichborn Verlag,
Frankfurt am Main, erschienen.
Das Lektorat lag in den Händen
von Rainer Wieland.

DIESES BUCH
wurde in der Korpus DeVinne
von Wilfried Schmidberger in Nördlingen gesetzt
und bei der Fuldaer Verlagsagentur auf 100 g/m²
holz- und säurefreies mattgeglättetes Bücherpapier
der Papierfabrik Schleipen gedruckt.
Den Einband besorgte die Buchbinderei
G. Lachenmaier in Reutlingen.
Ausstattung & Typographie
franz.greno@libero.it

1. bis 7. Tausend, Februar 2004.
Von diesem Band der *Anderen
Bibliothek* gibt es eine handgebundene
Lederausgabe mit den Nummern 1 bis 999;
die folgenden Exemplare der limitierten
Erstausgabe werden ab 1001 numeriert.
Dieses Buch trägt die Nummer:

N° 3089